"十三五"国家重点图书出版规划项目

浙江文化艺术发展基金资助项目

中国民间文艺思想史论

飞龙在天
先秦两汉中国民间文艺及其思想变化

高有鹏 著

宁波出版社

图书在版编目（CIP）数据

飞龙在天：先秦两汉中国民间文艺及其思想变化／高有鹏著. -- 宁波：宁波出版社，2023.3
（中国民间文艺思想史论）
ISBN 978-7-5526-4188-2

Ⅰ.①飞… Ⅱ.①高… Ⅲ.①民间文学—文艺思想史—研究—中国—先秦时代②民间文学—文艺思想史—研究—中国—汉代 Ⅳ.① I207.709

中国版本图书馆 CIP 数据核字（2021）第 023711 号

飞龙在天　FEILONG ZAI TIAN

先秦两汉中国民间文艺及其思想变化

高有鹏　著

策　　划	袁志坚　徐　飞
责任编辑	张爱妮
责任校对	谢路漫
出版发行	宁波出版社
地址邮编	宁波市甬江大道 1 号宁波书城 8 号楼 6 楼　315040
装帧设计	金字斋
印　　刷	宁波白云印刷有限公司
开　　本	710 毫米 ×1000 毫米　1/16
印　　张	19.75
字　　数	273 千
版　　次	2023 年 3 月第 1 版
印　　次	2023 年 3 月第 1 次印刷
标准书号	ISBN 978-7-5526-4188-2
定　　价	80.00 元

本书若有印装错误，影响阅读，请与出版社联系调换，电话：0574-87248279。
（版权所有　翻印必究）

目　录

第一章　远古歌谣 …………………………………………… 001
　第一节　《周易》是远古歌谣的集成 ………………………… 003
　第二节　远古歌谣的传承和传播 ……………………………… 010

第二章　商周时代的传说、故事和歌谣 …………………… 016
　第一节　历史著作中的民间传说 ……………………………… 017
　第二节　诸子著作中的民间传说 ……………………………… 030
　第三节　商周时代的民间故事 ………………………………… 043
　第四节　商周时代的民间歌谣 ………………………………… 054

第三章　秦汉间俗说 ………………………………………… 083
　第一节　汉乐府民歌 …………………………………………… 088
　第二节　史传文学中的民间文学 ……………………………… 106
　第三节　个人著述与民间文学 ………………………………… 182
　第四节　典籍注释与民间文学 ………………………………… 272
　第五节　纬书中的民间文学 …………………………………… 280
　第六节　神庙与石刻中的民间文学 …………………………… 290
　第七节　民间戏曲是后世戏剧文学的重要源头 ……………… 294
　第八节　汉代民间故事的重要特点 …………………………… 298

第一章
远古歌谣

歌谣与神话一样,是原始先民口头创作的文学作品,或诵,或唱,或伴以乐舞。对于歌谣的存在形式,如今多以《吕氏春秋·古乐篇》中的"昔葛天氏之乐,三人操牛尾,投足,以歌八阕"为例,说明其实用性特征。远古时代的生产方式和生活方式,决定了远古人民的思维方式和审美表现方式,因而也决定了远古歌谣的存在方式。但对于其具体存在方式及其认定判断,更多限于推测;因为歌谣自其产生之日就是口耳相传,而文字的出现及其对歌谣的具体记载,又同样是十分有限的。整个远古时代都是传说时代,那么,这个时代的歌谣,又如何不是后人追忆所保存的呢?当然,后人的记忆及其表述中不乏伪托之作,但在没有足够的证据认定其伪托时,只好沿袭旧说。对于这一点,前辈学者所说纷纭,莫衷一是。如,梁启超以为,最古的歌谣在经书中被记述的当数《尚书·皋陶谟》,其辞为:

股肱喜哉,
元首起哉,
百工熙哉。

元首明哉,
股肱良哉,

庶事康哉。

元首丛脞哉,
股肱惰哉,
万事堕哉。

他以为这是君臣间对话之作,没有太多的艺术价值[1]。显然,他是受清代学者杜文澜辑《古谣谚》的影响。《宋书·谢灵运传》中曾提到,"虞夏之前,遗文未睹"。诸如《击壤歌》较早见诸文献的是在皇甫谧的《帝王世纪》中,传说它是尧时八十老人所歌。又如《卿云歌》《南风歌》传说为舜所歌,见诸文献也较晚。朱自清先生在《古诗歌笺释三种·古逸歌谣集说》中对此做过考辨,但同样不能令人完全信服。因为歌谣的记述和神话的记述一样,并非同步实录。如三国时期吴人徐整所记盘古神话,是否就不是原始神话呢?当然,古人所记,未必尽信。这里,姑且从其内容上做出大致判断,主要依据同样是文献。较早的文献除了"有典有册"[2]者,还有一些甲骨刻辞和青铜铭,即《墨子·明鬼下》中所述"琢之盘盂,镂之金石以重之"者。甲骨文和青铜铭文中不乏远古歌谣,其记述功能和《山海经》中所记夏后启上天庭取得《九招》,《吕氏春秋·古乐》中所载"帝尧立,乃命质为乐;质乃效山林豀谷之音以歌"是一样的。如鲁迅在《且介亭杂文·门外文谈》中所述:"人类是在未有文字之前,就有了创作的,可惜没有人记下,也没有法子记下。我们的祖先原始人,原是连话也不会说的,为了共同劳作,必须发表意见,才渐渐地练出复杂的声音来。假如那时大家抬木头,都觉得吃力了,却想不到发表,其中有一个(人)叫道'杭育杭育',那么,这就是创作""倘

---

[1] 梁启超:《中国之美文及其历史》,东方出版社1996年版,第1页。
[2] 《尚书·多士》:"惟殷先人有典有册。"

若用什么记号留存了下来,这就是文学"。同样,"杭育杭育"之声,就是较早的民间文学。从现存的典籍来看,远古歌谣保存最为丰富者,当首推《周易》,其他像《尚书》《礼记》和后来的《吴越春秋》等典籍,记述也颇多。此外,《山海经》中许多语句,也可看作歌谣,诸如其《大荒北经》载"令曰:神,北行!先除水道,决通沟渎",就是最典型的歌谣[1],更不用说在甲骨卜辞和青铜铭文中,也可辨析出一些远古歌谣[2]。远古歌谣是远古人民生活的忠实记录和真实体现,透过字里行间,能深切感受到历史隧洞中幽暗的烛光,那明明灭灭中,分明是远古祖先沉重的叹息,和他们炙热的情爱。正是这烛光,滥觞了浩瀚的中华民族文明,哺育了无数的华夏子孙。

第一节 《周易》是远古歌谣的集成

我之所以把《周易》称为远古歌谣的集成,是因为我曾经做过一个实验,即把其中的一些卦名和卦辞进行删简,而剥离出来的辞句,分明就是能独立成章句的歌谣。在出现时间上,它作为"歌谣集成"比《诗经》要早,而且把它与《诗经》的内容相联系,可以看到,它们之间是可以承接的。《诗经》所保存的诗句除了歌谣(如《国风》和《小雅》),都比较成熟,删简的痕迹非常明显,即典型的雅化。《周易》更为浑朴,它所保留的那些诸如"吉""凶""亨""利贞""无咎"等,都是它自身存在的具体场景。事实上,远古歌谣的存在,和今天的歌谣一样,从来没有单纯地存在,它从来都是属于一定的生活。《周易》更多地存在于信仰活动之中,其辞句既有可以唱的,又有用来诵的,巫的成分异常浓郁。一些单句,则可看作谚语,同样也可看作远古歌谣。这种场景,在今天一些少数民族的宗教信仰活动中,仍可看

---

[1] 笔者曾论述《山海经》是上古史诗,详见拙作《山海经与中国文化》,河南大学出版社2001年版。
[2] 如郭沫若《卜辞通纂》所记:"癸卯卜,今日雨?其自西来雨?其自东来雨?其自北来雨?其自南来雨?"在句式上就明显地属于歌谣。

到类似的内容[1]。长时期内,理解和判断歌谣,更多地是从"劳动创造世界"这样简单的道理出发,从而忽略了信仰是民间歌谣的主要成分这一重要现象。《周易》中的歌谣,既有劳动歌谣,又有仪式歌谣。当然,因为其成书问题,中间羼杂了一些文人化的内容,这也是应注意到的。

《周易》简称为《易》,分为《易经》和《易传》两部分。应该指出,《易》并不是一朝一人之作,其成书经过了相当长的一段时间[2],和《山海经》一样,它也是在漫长的岁月中经过无数人(主要是一群巫师)的反复探索,总结成书的。《易》被称为"经",最早见诸《庄子·天运篇》,它被列于"六经"之中,尔后的"五经"(汉)、"七经"(汉)、"九经"(唐)、"十三经"(宋),都以其为诸经之首。许多学者都指出,《易》是卜筮之书。在《易》中,其要素为"—"(阳)和"– –"(阴),然后组成乾、坤、坎、震、巽、离、艮、兑八卦[3],再演成六十四卦[4],每卦有六爻,以卦辞说明题义,以爻辞述说各卦的具体内容[5]。这些爻辞,有许多就是远古时代的民间歌谣(甚至在每一卦中,都可以找到远古歌谣)。

《周易》中的民间歌谣,在许多方面可以看作古老的仪式歌,表达出原始信仰的重要特征。其内容表现最突出,给人印象最深的,是关于婚姻习俗

---

[1] 1942年,重庆国民图书出版社出版了朱光潜的《诗论》,朱光潜说:"我们研究诗的起源,与其拿荷马史诗或《商颂》《周颂》做根据,倒不如拿现代未开化民族或已开化民族中未受教育的民众的歌谣做根据。"

[2] 当代学者对此看法不尽相同,如任继愈以为较早,当在殷周相交之际,而郭沫若、杨伯峻则认为在周代(包含东周)。其实,从其内容上看,其产生似乎更早,当在夏商之际,因为夏末文明发展已相当成熟。

[3] 由三爻组成的八个符号总称八卦,也叫经卦。

[4] 与八卦相对的六十四个符号,总称别卦、重卦、复卦。一卦六爻,经文以"九"示阳爻,以"六"示阴爻。

[5] 所谓卦,是我国古代一套有丰富象征意义的符号。用"—"代表阳,用"– –"代表阴,用三个这样的符号,组成八种形式,叫作八卦。每一卦形代表一定的事物。如乾代表天,坤代表地,坎代表水,离代表火,震代表雷,艮代表山,巽代表风,兑代表泽。八卦互相搭配又得到六十四卦,用来象征各种自然现象和人事现象。

的作品。如：

《屯》卦六二爻：

  屯如，邅如，
  乘马，斑如；
  匪寇，婚媾。

《屯》卦六四爻：

  乘马，斑如，
  求婚媾；
  往，吉，
  无不利。

《屯》卦上六爻：

  乘马，
  斑如，
  泣血，
  涟如。

《贲》卦六四爻：

  贲如，
  皤如，
  白马翰如；

匪寇，

　　婚媾。

《睽》卦上九爻：

　　睽孤，

　　见豕负涂。

　　载鬼一车，

　　先张之弧，

　　后说之弧。

　　匪寇，

　　婚媾。

　　往，遇雨，则吉。

其中的"匪寇,婚媾",意为抢婚。其他像表现劳动生活的作品,虽然不多,但给我们的印象同样很深刻。如：

《无妄》卦六二爻：

　　不耕，

　　获；

　　不菑，

　　畬。

《归妹》卦上六爻：

　　女承筐，

无实。

士刲羊，

无血。

还有一些作品表现了人们不同的生活场景，诸如酒宴、行旅、苦难（灾殃）。如：

《中孚》卦九二爻：

鸣鹤在阴，

其子和之。

我有好爵，

吾与尔靡之。

《明夷》卦初九爻：

明夷于飞，

垂其翼。

君子于行，

三日不食。

《离》卦六四爻：

突如，

其来如；

焚如，

死如，

弃如。

《困》卦六三爻：

　　困于石，
　　据于蒺藜；
　　入于其宫，
　　不见其妻。

爻辞中更多的是生活哲理的阐述。如：
《履》卦六三爻：

　　眇能视，
　　跛能履，
　　履虎尾，
　　咥人，凶。

《井》卦九三爻：

　　井渫不食，
　　为我心恻，
　　可用汲。
　　王明，
　　并受其福。

《周易》中有爻辞,还有《彖传》《象传》《文言》《系辞》《说卦》《序卦》

《杂卦》等,被称为"十翼"。这些作品多属于阐释性内容,其语言表现形式稍加变动,即比照诗歌形式上下排列,分明就是一首首歌谣(或歌谣体诗)。《彖传》所论多为社会生活发展变化的道理;《象传》有大象、小象,大象释卦,小象释爻辞;《文言》释《乾》卦、《坤》卦的意义;《系辞》属于总结性的通论,所论在于世事发展及其规律;《说卦》主要解释八卦方位及发展变化道理;《序卦》主要解释六十四卦次序及其道理;《杂卦》主要解释各卦之间的联系。

这些作品具有内在的韵律,刘勰、阮元和章学诚等学者就已经注意到这个问题。如刘勰在《文心雕龙·丽辞》中说:"《易》之《文》《系》,圣人之妙思也。序《乾》四德,则句句相衔;龙虎类感,则字字相俪……虽句字或殊,而偶意一也。"阮元在《揅经室续集卷三·文韵说》中讲道:"孔子自名其言《易》者曰《文言》,此千古文章之祖。《文言》固有韵矣,而亦有平仄焉。"章学诚在《文史通义·易教下》中说:"易象通于诗之比兴。"钱钟书在《管锥编》第一册的第二条中也谈到"盖与诗歌之托物寓旨,理有相通"。这些现象不是偶然的,我以为,说到底是与《周易》作为远古时代歌谣集成分不开的。《诗经》中的诗句一般为四字,而《周易》中的诗句除了四字之外,两字、一字者也甚多,甚至有相当长的诗句。如《系辞》中述及"古者包牺氏之王天下也"一段,可以在排成诗歌句式时,看到其韵律基本保持着。这种参差不齐的诗句保持着明显的韵律,给人以生动的美感,正是民间歌谣一般形式和规律的体现。

《周易》的歌谣应该与其成书背景有关,与民族的表达方式和文化传统即以歌述事有关。

令人遗憾的是,有许多学者并不懂得这些,每谈及民歌体就以五言或七言概括之。殊不知民间歌谣的形式异常丰富,既有陕北民歌信天游那样异常自由的形式,又有吴越地区采茶歌那样的精妙句式,同时也有中原地区童谣中的一字句、两字句等极其简练的形式。其形式不一样,其韵律即内在的或外在的韵致相通则是一种普遍现象。《周易》所保存的远古歌谣,应该说就是不同形式的歌谣。在某种意义上讲,《周易》就是远古时代中原地区的一部民间歌谣总集。

百家言《周易》,各有所见。此说《周易》有歌谣,有韵律,与《山海经》具有上古史诗色彩一样,皆因为其具有神话传说故事的内容被保存,其讲述者很可能具有巫的身份。诚然,对于民族的经典,应该有神圣感,像欧阳修那样"焚香读易"。今天,文化流行诸端罪恶,竟然戏称《周易》"八卦"即不靠谱云云,这是时代的耻辱和悲哀。这不是什么真正的民间文学,这只是几个无聊的星虫、网虫在肆意作践民族的圣典。这是没有信仰的一代对民族文化传统的戏弄,只能用无知、浅薄、愚昧概括此类不肖之徒。

后人把《周易》看作一部巫觋之书,并用它来作为占卜、预测的经典,更重要的原因在于《周易》的思想博大精深,尤其是其中充满了神秘的意蕴,这就更易于为巫觋所用。同时,也不排除早期的巫曾经参与了对于《周易》的整理和阐释、编撰等工作。与《诗经》相比,《周易》同那些甲骨卜辞、金铭文等早期的文字更为接近,所以可以断言,它出现(成书)更早,其民间色彩也更浓郁。在这种背景上也可以讲,《周易》对《诗经》具有一定的影响作用;只不过后人在整理《诗经》时做了更多的简删工作;当然,还有一种原因,那就是离人类文明的起源越近,巫的成分就越浓;越远,则巫的淡化就越明显。在《诗经》成书的时代,人们文体意识的觉醒,意味着文体的格律化更明显。

第二节　远古歌谣的传承和传播

一般来说,在文明的曙光世界之中,神话更多地用来阐释世界,歌谣则更多地用来抒发情怀,前者偏重于叙事,后者偏重于抒情。它们的基本功能都在于作为远古人民的思想资源、文化资源和精神资源。在文字作为记述工具尚不发达的时代,作为远古人民思维的物质表现即记忆的讲述(包括传唱),在社会文明发展进步的历程中就有了特殊的意义。远古歌谣的存在方式主要表现在两个方面,一个方面是甲骨文、金铭文、石刻等物质表现形式,另一个方面更重要,即不同时期记忆或追述的语言表现形式。

甲骨卜辞和金铭文所显示的歌谣极其简练。所谓卜,是先人用灼骨的方法来请示神灵,观察骨版火灼后的裂纹(即"兆"),再采取决策和具体行动的一种巫术方法。从出土的文物可知,骨卜巫术在原始氏族社会已经得到运用。后来,人们偶然间在河南的安阳小屯一带发现大批殷商时的"卜骨卜甲",甲骨卜辞便成为认识殷商及其前社会生活的重要文献资料。从卜问的内容上来看,有祭品的种类与数量、农事及收成、风雨阴晴和旱涝、征伐与俘虏问题、病患与狩猎以及梦兆等。其中,甲骨卜辞中既有"贞(问)辞",又有"占辞""验辞"。卜辞是不是文学作品,应该根据卜辞的具体情形来看。杨公骥等学者以为,虽然卜辞是极其珍贵的可靠的材料,"但并非文学",金铭文也并非文学[1]。在举例卜辞中的一些歌谣时,他针对"卜辞是韵文散文合组"的说法,否认卜辞有韵脚有节奏,强调其"并不是《诗经》的押韵法"[2]。事实上,不是《诗经》的"押韵法",正是甲骨卜辞和金铭文的特色——在论述《周易》与远古歌谣时,我已经谈到这个问题,即卜辞与《周易》更为接近,比《诗经》更早,它们当然不相同。卜辞中的远古歌谣,正如杨公骥所举例的这几首,在形式和内容上都是非常典型的:

癸卯,贞:
东方受禾?
北方受禾?

---

[1] 杨公骥:《中国文学》(第一分册),吉林人民出版社1980年版,第12、129页。
[2] 杨公骥:《中国文学》(第一分册),吉林人民出版社1980年版,第141页。

西方受禾？

南方受禾？

癸卯卜：

今日雨？

其自西来雨？

其自东来雨？

其自北来雨？

其自南来雨？

其他像"其雨？不其雨""受年？不受年""㞢羌？勿㞢羌""其遘大雨？其遘小雨"等，这些卜辞同样是远古歌谣的表现形式。所应指出的是，郭沫若等学者所强调的"表现了劳动人民的智慧和灵活运用语言文字的自由创造精神"[1]，其偏颇在于不仅是"劳动人民"，而是当时创造主体的范围应该更广大，因为远古时代的历史条件决定了其"全民共巫"。应该看到全民创造的时代特征，那么，又何必依靠晚出的《诗经》韵法而否认它之前的文学存在呢？还应该特别指出的是，甲骨卜辞和金铭文等早期远古歌谣在审美表现机制上更多地处于不自觉的状态，而《诗经》则更多地出于较为自觉的状态，其巫的成分明显淡化就是典型表现。更何况从现在的出土文物来看，《诗经》，包括上海博物馆等地的专家学者所考据的竹简，其佚失的并不是太多，而甲骨卜辞等文献的获得还在不断地延续。相信在将来，甲骨卜辞更多地被发现后，我们能够更清晰地看到远古歌谣的存在。也就是说，刻写甲骨卜辞和金铭文的那群巫们，他们对于远古歌谣的记忆更为准确，他们所提供的资料也更为真实。像《吴越春秋》等文献中对远古歌谣的追忆，缺

---

[1] 郭沫若：《卜辞通纂》，《郭沫若全集》，科学出版社1983年版。

乏实证,自然就有人表示怀疑;但怀疑只能是怀疑,同样的理由是,也还没有找到更确凿更充分的材料来否定它。

《吴越春秋》所载远古歌谣以《弹歌》最为著名:

> 断竹,
>
> 续竹,
>
> 飞土,
>
> 逐肉。

《吴越春秋》卷五载:

> 于是,范蠡复进善射者陈音。音,楚人也。越王请音而问曰:"孤闻子善射,道何所生?"音曰:"臣楚之鄙人,尝步于射术,未能悉知其道。"越王曰:"然。愿子一二其辞。"音曰:"臣闻弩生于弓,弓生于弹,弹起于古之孝子。"越王曰:"孝子弹者奈何?"音曰:"古者人民朴质,饥食鸟兽,渴饮雾露,死则裹以白茅,投于中野。孝子不忍见父母为禽兽所食,故以弹以守之,绝鸟兽之害,故歌曰断竹续竹飞土逐肉之谓也。于是,神农黄帝弦木为弧,剡木为矢,弧矢之利,以威四方。"

刘勰在《文心雕龙·丽辞》中也说:"二言肇于黄世竹弹之谣。"赵晔也好,刘勰也好,都是在追述。他们判断这首歌谣为黄帝时代之作,其依据并非空玄。新中国成立后,有许多文学史著作和教材论及《弹歌》时,总是依据某经典作家(哲学家)的名言,阐释劳动创造世界、创造艺术的道理,简单地断定其为狩猎歌、劳动歌。走进民间文化生活的天地,去亲身感受相关的生活事项时,会发现赵晔和刘勰并没有大错。因为民间文化有传承性的特征和功能,在民间文化生活中,至今还保留着与《弹歌》相连的仪式。浙江、四川、湖北、云南等地的学者,都有人采用这种文化人类学的方法来认定这是不同地域的远古歌谣或原始崇拜,古老的中原地区,同样存在着类似的现象[1]。这正说明《弹歌》及其信仰崇拜的原始遗留意义在我国普遍存在,更进一步表明了《弹歌》的古老即其原始性特征。

《弹歌》的诗句只有两个字,有四行,而《吕氏春秋·音初篇》所载的《涂山女歌》更短,只有一句:"禹行功,见涂山之女,禹未之遇而巡省南土。涂山之女乃令其妾候禹于涂山之阳,女乃作歌,歌曰:'候人兮猗!'实始作为南音。"一句"候人兮猗"成为千古名歌,在这首歌的背后,可以想见大禹与涂山之女绚丽的情爱世界。

在《礼记·郊特牲》中,记载一首传说是伊耆氏时代的歌谣:"天子大蜡八,伊耆氏始为蜡。蜡也者,索也。岁十二月,合聚万物而索飨之也。蜡之祭也,主先啬而祭司啬也,祭百种以报啬也。飨农,及邮表畷、禽兽,仁之至,义之尽也。古之君子,使之必报之。迎猫,为其食田鼠也;迎虎,为其食田豕也;迎而祭之也。祭坊与水庸,事也。"其曰:

土反其宅,

水归其壑;

昆虫毋作,

草木归其泽!

这明显是一首咒语歌谣(即祭祀仪式歌),具有浓厚的巫术色彩,诸如动物崇拜、图腾、禁忌等成分,都充斥其中。这种现象在远古歌谣中是相当普遍的。

---

[1] 参见拙作《弹歌新探》,《民间文学研究动态》,1984 年第 1 期。另见《民间文学论坛》《边疆地区历史文化论集》等书刊在 20 世纪 80 年代中期有关论题的探讨与争鸣。

第一章 远古歌谣

　　远古歌谣具有浓厚的巫术色彩,其时代性常被隐没于历史的文化风云之中。在对时代的及时反映上,远古歌谣与商周时代的歌谣形成鲜明的对比。一个重要原因,就是远古歌谣所体现的时代尤为漫长,它所表现的内容也就异常丰富。歌谣走进商周这段历史空间时,虽然还有一些仪式歌,但它更多的是产生了时政歌。在《左传》和《国语》等史学著作中,可以更清晰地看到这些内容。

　　远古的风把远古的歌谣扯得格外长,让这远古神圣的歌唱贯穿在历史的长空中,任其自由飘荡。歌谣的流传途径有许多,其中的代代相传并不缺少。直到今天,仍然可以在古老的乡间听到那熟悉的旋律。曾经有多少次,我咀嚼着遥远的村间我多情的故乡的夯歌、牛歌、婚恋歌、纪时歌,我的眼睛常转向远古的经卷,发现它们是那样地相似。我想,这些歌谣应该就是从远古起飞的。

　　我常常想起儿时记忆中的歌谣,有许多是两字诗句,而且吟唱时那音节拉得悠长、悠长。我曾在一部长篇历史小说中用这样的歌谣开题,作为我对故乡的纪念。儿时不懂得这些歌谣的价值,如今,在我阅读了祖先们留下的长卷时,才真正明白这些歌谣的价值和意义。当然,我并没有全部明白。故乡古老的歌谣是家乡百姓鲜活的"诗经",它的歌唱中夹着远古的风。从另一个方面来讲,若仅仅蜷缩在书斋中,即使把冰凉的板凳坐个粉碎,也未必就懂得远古歌谣的真正含义。远古的风和今天的风是相通相连的,远古的歌谣不仅属于艺术,而且属于生活。

第二章
商周时代的传说、故事和歌谣

我在前面讲过,大禹时代标志着中国神话时代的终结,也是中国历史的一次开始。这是在总体上所讲,而且在夏王朝之后神话传说并没有完全绝迹,甚至在特殊的历史时期还相当旺盛。神话时代的结束,并不意味着神话传说的消亡。夏王朝的建立,目前来说是可以确认其年代的[1]。国家夏商周断代工程后,当年考古学家悬赏的禹坑被挖掘,已不再成为一代又一代人的梦想。一般来讲,有文字可考的历史是从殷商时期开始的,学者们依据于这个时代即商周时期青铜器的发掘,称之为"青铜时代"。这个时代在我国历史上有着独特的意义,这一时期的传说、故事和歌谣正是这种意义的具体体现。当秦帝国崛起,结束了诸侯争霸的历史时,这个时代也就相应终结,代之而起的是国家的大统一。高度的中央集权政治深刻影响着新的时代和新的文化。但是,和历史上的其他王朝更迭一样,商周时期的民间文学还在生生息息,无论是什么样的长刀都割不断这条流自远古的长河。

传说这一概念,在民间文学史上具有特定的意义。它和神话有联系,和故事也有联系。鲁迅曾在《中国小说史略》中提到,传说是由神话演进而来的:"传说之所道,或为神性之人,或为古英雄,其奇才异能神勇为凡人所

---

[1] 《新闻出版报》2000 年 11 月 13 日报道:"《夏商周断代工程 1996—2000 年阶段成果报告》公布:中国史纪年前推 1229 年。夏代始年约为公元前 2070 年;夏商分界约为公元前 1600 年;商周分界为公元前 1046 年……"

不及,而由于天授,或有天相者……"[1]另一位学者王国维在《古史新证·总论》中说:"上古之事,传说与史实混而不分,史实之中固不免有所缘饰,与传说无异,而传说之中亦往往有事实之素地。"在民间文学研究者看来,民间传说是一种具有一定真实背景的叙事性文学,这种真实性背景或者是历史上的真人、真事,或者是实际存在的山川风物,或者是影响着人们实际生活的民俗节日、禁忌、信仰等事项[2]。因为它和历史联系最为密切,所以,历史传说包括历史人物传说备受人们关注。当年的"古史辨"学派甚至把夏之前的历史完全看作传说;历史学家徐旭生的《中国古史的传说时代》把夏商时期称作"古史的传说时代"。我们这里所指的商周传说更多地是指商周历史的传说,包括相关文献中关于商周社会历史及商周历史人物的传说等材料。

神话、传说、故事三者之间的联系非常复杂,但它们相互之间并非浑然不可分,其区别的关键就在于叙述重点即中心所指。商周传说的保存,主要依赖于当世的一些文献,如《尚书》《逸周书》《左传》《国语》《战国策》《公羊传》《汲冢琐语》《竹书纪年》等历史类著作,和《论语》《孟子》《庄子》《荀子》《韩非子》《晏子春秋》《吕氏春秋》《墨子》《管子》《尸子》等诸子著作。

第一节 历史著作中的民间传说

首先应提到的是《春秋》和《尚书》。班固在《汉书·艺文志》中说:"左史记言,右史记事。事为春秋,言为尚书。""春秋"是一种文体,记录一些历史。春秋战国时代各国都曾有自己的"春秋"。今人所见《春秋》为

---

[1] 《鲁迅全集第九卷·中国小说史略》,人民文学出版社2005年版,第20页。
[2] 参见钟敬文主编《民间文学概论》第八章《神话和民间传说》,上海文艺出版社1980年版。其中举例"民间传说的产生是伴随着历史的",如"随着人类社会发展,神话产生的基础削弱了,而社会生活日趋纷繁和复杂……引起了人们传颂自己历史的要求",黄帝与蚩尤之战、夏禹治水,"就既有神话,也有传说"。

《鲁国春秋》，相传孔子曾经修改过[1]。它记载的传说不在于多少，而在于所保存的历史传说条理清晰、言简意赅，成为其他历史传说的重要参照。相比之下，《尚书》所记述的传说更为丰富。《尚书》的流传经过了曲折的过程，有《古文尚书》和《今文尚书》。今存《尚书》五十八篇，除三十三篇为今古两《尚书》所共有，余为东晋时人伪造。但无论如何，它们都保存了丰富的民间传说这一点是无疑的。《尚书》即"上古之书"，古称"书经"，法国学者马伯乐曾著有《书经中的神话》，就已经注意到其中的民间传说等内容。《尚书》中有《商书》和《周书》等篇，传说原有百篇之多，孔子曾经纂辑过这部典籍。其中的《尧典》，开题即述"曰若稽古"，即根据传说写成。应该说，《尚书》具有明确的传说辑录意识，而且如实地记述了商周时期的各种历史传说。如《尧典》和《皋陶谟》中对尧、舜、禹、皋陶等神话人物故事在商周时期流传情景的记述，既有神话，又有传说。尤其是《禹贡》所记述的大禹治水从神话到传说的"事迹"，异常丰富。在《西伯戡黎》中，纣王自认受命在天而为所欲为的形象非常生动，显然具有传说色彩。《尚书》记述历史传说最生动者，当数《金縢》[2]。它记述了周公从辅佐武王到蒙冤受屈后又复出辅佐成王的一段历史传说。它先讲述了武王克殷之后病重，周公祈祷神灵保佑武王痊愈，申明自己愿替武王去死，从而感动神灵，武王病愈，周公依然活着。史官把这件事和祷告词一同记录下来，置放于金柜中。待武王去世，周成王执政，管叔等人散布流言，使周公被迫避位。周公的避位使国家发生了变异，天象出现异常。周成王和群臣打开金縢之书时，终于真相大白，为周公的忠心所感动，亲自到郊外迎接周公回到朝中继续辅佐自己。这时，"禾则尽起"，"岁则大熟"，一片欢喜。

《尚书》中的民间传说在整个中国民间文学史上具有独特的地位，一方

---

[1] 《史记·孔子世家》："为春秋，笔则笔，削则削，子夏之徒不能赞一辞。"
[2] 这则传说在后世流传甚广，民国时期河南、湖北、山东、河北一带的地方戏曲中有《金縢记》，即取材于此。

面它与古典神话联系在一起,表现出浓郁的巫风,另一方面它在叙事手段上影响了此后的民间传说。这种承前启后的意义是和它所处的时代密切联系在一起的。把历史传说纳入对历史事件的叙述,这种方式对于我国后世历史著作的文化传统有着相当重要的影响。在后来的《左传》和《史记》等典籍中,我们都可以看到这些内容。当然,在叙述形态上,《尚书》基本上保持着甲骨卜辞和金铭文的特色。与之相联的还有一部据说是孔子删定《尚书》时所剩余的《汲冢周书》,也称《周书》,文学史家称《逸周书》。这部著作记述周代的政治思想观念,其中保存了一些历史传说。在一些篇章的开头,它也有"曰若稽古"的字样。如《王会解》《殷祝解》和《太子晋解》等篇,明显地掺杂着一些神话传说。最典型的例子就是《太子晋解》,太子晋虽然只有15岁,但他反应机敏,见识非凡,若后世多才多智的神童。

对商、周历史时期的民间传说进行保存的著作,我们不能不提"春秋三传",即《公羊传》《谷梁传》《左传》。尤其是《左传》中的历史传说,对后世民间文学的发展影响格外深远。如唐代史学家刘知几所说:"左氏之叙事也,述行师则簿领盈视,哜毗沸腾;论备火则区分在目,修饰峻整……若斯才者,殆将工侔造化,思涉鬼神,著述罕闻,古今卓绝。"

《左传》的原名是《春秋左氏传》,又名《左氏春秋》。长期以来,《左传》的作者问题被人争论不休;同时,也有许多学者对这部著作进行注疏、训释,使它的影响日益广大。尤其是作为一部历史著作,它的民本思想表现得非常突出,这和民间文学具有最直接的人民性是一致的,所以,它也易于为后世民间文学所关注、吸收、运用。若我们把后世的民间传说整理成一定的典册,不难发现有一套口述的《左传》,即《左传》的故事渗透进后世的民间文学之中。再者是《左传》中有许多关于占卜、鬼神、灾祥、禁忌、祭祀、节令、星象[1]、

---

[1] 如《左传·昭公元年》所记"昔高辛氏有二子,伯曰阏伯,季曰实沈"与商星、参星的神话,已明显走向传说化。

历法、婚丧习俗等内容的记述,具有神秘意蕴和传奇色彩[1],这和民间文学所具有的神秘性、传奇性特征相一致,因而就很容易形成史实、历史传闻(说)、神话、故事相融合的叙事特点,诸如作品中的石头说话、雄鸡断尾、降神和报应等奇闻,每一种奇闻在事实上都构成了民间传说故事。如《左传·襄公十九年》:

> 荀偃瘅疽,生疡于头。济河,及著雍,病,目出……二月甲寅,卒,而视,不可含。宣子盥而抚之,曰:"事吴敢不如事主犹视。"栾怀子曰:"其为卒事于齐故也乎?"乃复抚之曰:"主苟终,所不嗣事于齐者,有如河!"乃瞑,受含。宣子出,曰:"我浅之为丈夫也。"

重视口述历史,广泛采撷民间传说,这种史著撰写方法不仅使作品更加生动传神,而且为后世保存了珍贵的民间传说资料。

在某种意义上讲,《左传》中的民间传说具有原型、母题意义,它在民俗学、神话学、传说学等方面具有重要的文献价值。如著名的《孟姜女》这个家喻户晓的民间传说,其源头我们在《左传·襄公二十三年》中可以见到:

> 齐侯还自晋,不入,遂袭莒,门于且于,伤股而退。明日,将复战,期于寿舒。杞殖、华还载甲,夜入且于之隧,宿于莒郊。明日,先遇莒子于蒲侯氏。莒子重赂之,使无死,曰:"请有盟。"华周对曰:"贪货弃命,亦君所恶也。昏而受命,日未中而弃之,何以事君!"莒子亲鼓之,从而伐之,获杞梁,莒人行成。
>
> 齐侯归,遇杞梁之妻于郊,使吊之。辞曰:"殖之有罪,何辱命焉?若

---

[1]《左传》中有许多幽灵传说,如"庄公八年"中的齐侯杀彭生,彭生后来化为豕"人立而啼","宣公十五年"中的杜回被草结绊倒应魏颗之梦,"僖公二十八年"中的晋文公梦与楚子争斗,以及"庄公十四年""昭公二十九年"中的龙传说,都是典型的民间传说。

免于罪,犹有先人之敝庐在,下妾不得与郊吊。"齐侯吊诸其室。

虽然有人不同意齐侯郊吊是孟姜女传说最早的形态,但我们在认真考察文献之间的联系时,就有更多理由认为顾颉刚先生当年的见解是有力的[1]。当然,《左传》的重要意义表现在它是我国第一部完备的编年史,民间传说的采用和保存只是其中的一个方面,问题在于它开创了把民间传说即口述史纳入史籍传统的先河。这种方法表现了作者非凡的胆识,使后世史传文学中人物的表现效果更加传神。我们可以看到,《左传》中所记录的历史人物有一千四百多个,既有社会上层的天子、士大夫、王公诸侯,又有商贾、倡优、役人、盗贼等社会下层人物,而其中最传神者,是这些社会底层的人物。要达到这种效果,作者若不走进民间去遍访那些口述的历史,又怎能产生"读其文,连性情、心术、声音、笑貌,千载如生"[2]的功效呢?

民间传说的基本功能还表现在对历史事件或生活现象的阐释上。《左传》在阐释功能的表现上既集中又生动,有许多篇章或在当世或在后世就已经成为人们广泛接受的传说。如对神降与"物"的阐释,我们可看作典型的风物传说。《左传·庄公三十二年》:

> 秋七月,有神降于莘。惠王问诸内史过曰:"是何故也?"对曰:"国之将兴,明神降之,监其德也。将亡,神又降之,观其恶也。故有得神以兴,亦有以亡。虞夏商周皆有之。"王曰:"若之何?"对曰:"以其物享焉。其至之日,亦其物也。"

风物传说是我国传说中的重要类型,其流传范围的广大是一般传说所

---

[1] 参见顾颉刚、钟敬文等著《孟姜女故事论文集》,中国民间文艺出版社1983年版。
[2] 冯李骅、陆浩辑:《春秋左绣·读左卮言》。

不及的。《左传》在表现这类传说时,有的是明确揭示出传说发生的具体根据,有的则是指示或显示某种传说的渊源。如前面我所举到的《孟姜女》与"齐侯郊吊"的联系,就是对孟姜女传说渊源的原型揭示。

再如历史上关于介之推与寒食节的联系,最早介绍以禁火纪念介之推的并不是《左传》,而是汉代蔡邕的《琴操》;晋代陆翙的《邺中记》和《后汉书·周举传》,才把禁火与寒食连接起来。真正揭示这风俗渊源即传说原型的是《左传》。这里虽然没有直接显示禁火的内容,但它却把晋文公对介之推的追随出亡无所赏赐,导致介之推退隐而亡的重要原因点明——晋文公之悔成为这一传说发生的最重要的背景。《左传·僖公二十四年》:

> 晋侯赏从亡者,介之推不言禄,禄亦弗及。推曰:"献公之子九人,唯君在矣。惠、怀无亲,外内弃之。天未绝晋,必将有主;主晋祀者,非君而谁?天实置之,而二三子以为己力,不亦诬乎?窃人之财,犹谓之盗,况贪天之功以为己力乎?下义其罪,上赏其奸,上下相蒙,难与处矣。"其母曰:"盍亦求之,以死谁怼?"对曰:"尤而效之,罪尤甚焉,且出怨言,不食其食。"其母曰:"亦使知之,若何?"对曰:"言,身之文也;身将隐,焉用文之?是求显也。"其母曰:"能如是乎?与女偕隐。"遂隐而死。晋侯求之不获,以绵上为之田,曰:"以志吾过,且旌善人。"

同一个题材,战国时期的有关记载,还见诸《庄子》《韩非子》《吕氏春秋》等书。

如《庄子·盗跖》"介子推":

> 介子推至忠也,自割其股以食文公。文公后背之,子推怒而去,抱木而燔死。

如《吕氏春秋·季冬纪·介立》"介子推"：

> 晋文公反国，介子推不肯受赏，自为赋诗曰："有龙于飞，周遍天下，五蛇从之，为之丞辅。龙反其乡，得其所处。四蛇从之，得其露雨。一蛇羞之，桥死于中野。"悬书公门而伏于山下。文公闻之曰："譆！此必介子推也。"避舍变服，令士庶人曰："有能得介子推者爵上卿，田百万。"或遇之山中，负釜盖簦，问焉，曰："请问介子推安在？"应之曰："夫介子推苟不欲见而欲隐，吾独焉知之。"遂背而行，终身不见。

《左传》的表现方法在许多方面具有民间文学的色彩，这说明《左传》同民间文学的复杂联系，即它们之间相互影响。所以，有人说，《左传》对文学发展的影响"正如荷马史诗之于西方文学"[1]，这是很有道理的。或者可以说，《左传》与《山海经》共同构成中国古代叙事文学的重要源头，其虚实相间，一个开辟了后世文学包括民间文学中历史传说的叙事传统，一个开辟了其中神话传说的叙事传统。

春秋"三传"中的《公羊传》所保存的民间传说也颇有特点。该书的作者"公羊子，齐人"（《汉书·艺文志》），受口头传说的影响尤其明显。如《公羊传》对"宣公六年"晋灵公谋害赵盾的讲述，充满通俗的口语。其中有一个细节，即刺客窥视赵盾吃剩鱼，作者是齐人，齐地近海，就以为吃剩鱼是节俭，而不知道鱼在晋国是珍馐，口头传说的痕迹跃然而出。又如对"昭公三十一年"叔术让国的讲述：

> 当邾娄颜之时，邾娄女有为鲁夫人者，则未知其为武公与？（或为）懿公与？孝公幼，颜淫九公子于宫中，因以纳贼，则未知其为鲁公子与？

---

[1] 褚斌杰、谭家健主编：《先秦文学史》，人民文学出版社1998年版，第209页。

郱娄公子与？臧氏之母,养公者也。君幼,则宜有养者。大夫之妾,士之妻,则未知臧氏之母者曷为者也。养公者必以其子入养。臧氏之母闻有贼,以其子易公,抱公以逃。贼至,凑公寝而弑之。臣有鲍广父与梁买子者,闻有贼,趋而至。臧氏之母曰:"公不死也,在是,吾以吾子易公矣。"于是,负孝公之周诉天子。天子为之诛颜而立叔术,反孝公于鲁。颜夫人者,妪盈女也,国色也。其言曰:"有能为我杀杀颜者,吾为其妻。"叔术为之杀杀颜者而以为妻。有子焉,谓之盱。夏父者,其所为有于颜者也。盱幼,而皆爱之,食必坐二子于其侧而食之。有珍怪之食,盱必先取足焉。夏父曰:"以来,人未足,而盱有余。"叔术觉焉,曰:"嘻,此诚尔国也夫!"起而致国于夏父。夏父受而中分之;叔术曰:"不可,"三分之;叔术曰:"不可。"四分之;叔术曰:"不可。"五分之,然后受之。

整个作品分明就是一则情节完整的民间传说。如人所言,其"三未知,如村老语"[1]。由此我们可以看到鲁宫之中颜公、孝公、乳母、叔术、颜氏之妻和盱等人鲜活的个性。特别是其中的乳母易子救孝公的故事,我们可以看作古典剧作《赵氏孤儿》的原型。

《谷梁传》的作者并非一人,谷梁子是一位对整理这部书稿做出突出贡献的学者。从行文中我们可以看到,集体创作和口耳相传在这本书的形式上有重要作用,因而其中也不免保存一些民间传说。如其中的"成公元年"所描述的几个人物,具有民间文学常用的重叠排比句法而形成滑稽效果:

季孙行父秃,晋郤克眇,卫孙良夫跛,曹公子手偻,同时而聘于齐。齐使秃者御秃者,使眇者御眇者,使跛者御跛者,使偻者御偻者。萧同侄子处台上而笑之;闻于客,客不说而去……

---

[1] 明代张宾王《周文归》引孙月峰语。

《谷梁传》中的民间传说,既保持了口语化的重要特征,又表现出传奇性。如"文公十一年"所记"长狄也,兄弟三人,佚宕中国,瓦石不能害……身横九亩……眉见于轼",按每亩六尺,轼高三尺三寸,可见巨人型民间传说的典型。

《国语》,顾名思义,就是关于各个国家的口头传说,是最早的地域传说。如其中的鲁语,其实就是鲁国的传说故事。

《国语》中的民间传说多短小精悍。这是它的叙事方式以记言为主所决定的。司马迁曾在《史记·太史公自序》中说:"左丘失明,厥有《国语》。"其意谓《国语》乃左丘明所著。今天的《国语》在版本上肯定经过多人加工,共分二十一卷,记述了周、鲁、齐、晋、郑、楚、吴、越八个国家的历史。有人做过统计,《国语》中的故事总计有240多个。这些故事之间没有密切的联系,相对独立,有许多就是民间传说的记述,或者掺杂着民间传说的内容。特别是《国语》对各国的历史进行叙述,在某些程度上,我们可以把它看作不同地区的民间传说汇编。如在《楚语》中就提到有别于史官笔录的文体"语",用以教育太子,其实这"语"就是口头传说。在《国语》中有许多通俗化、口语化的语言,就是证明。

《国语》中对各国历史的记述,在篇幅上并不一致。其记述晋国的最为详细,传说也最为丰富。其次是鲁国和周国的,楚国记述了楚灵王和楚昭王,越国记述了越王勾践,吴国记述了吴王夫差,齐国只记述了齐桓公与管仲的谈话。书中的传说故事有许多不是直接叙述,而是通过不同人物的议论、相互间的对话来讲述的,这是《国语》保存民间传说的一个重要特色。如《晋语》:

献公卜伐骊戎。史苏占之,曰:"胜而不吉。"公曰:"何谓也?"对曰:"遇兆,挟以衔骨,齿牙为猾。戎夏交捽,交捽是交胜也。臣故云。且惧有口,携民,国移心焉!"公曰:"何口之有!口在寡人,寡人弗受,谁敢兴之？"对曰："苟可以携其入也，必甘受逞而不知，胡可壅也？"公不听，遂伐骊戎，克之，获骊姬以归，有宠，立以为夫人。公饮大夫酒，令司正实爵与史苏，曰："饮而无肴。夫骊戎之役，女曰胜而不吉，故赏女以爵，罚女以无肴。克国得妃，其有吉孰大焉？"史苏卒爵，再拜，稽首曰："兆有之，臣不敢蔽；蔽兆之纪，失臣之官，有二罪焉，何以事君？大罚将及，不唯无肴！抑君亦乐其吉而备其凶。凶之无有，备之何害？若其有之，备之为瘳。臣之不信，国之福也，何敢惮罚！"饮酒出，史苏告大夫曰："夫有男戎，必有女戎；若晋以男戎胜戎，而戎亦必以女戎胜晋。其若之何？"里克曰："何如？"史苏曰："昔夏桀伐有施，有施人以妹喜女焉。妹喜有宠，于是乎与伊尹比而亡夏。殷辛伐有苏，有苏氏以妲己女焉。妲己有宠，于是乎与胶鬲比而亡殷。周幽王伐有褒，有褒人以褒姒女焉。褒姒有宠，生伯服，于是乎与虢石甫比，逐太子宜咎而立伯服。大子出奔申。申人鄫人召西戎以伐周，周于是乎亡。今晋寡德而安俘女，又增其宠，虽当三季之王不亦可乎？"

这是故事中套故事的叙述方式，通过史苏与大夫里克的对话，把夏桀与妹喜、殷辛与妲己、周幽王与褒姒这三则历史传说生动地描述出来。晋献公受骊姬蛊惑害死申生，逼得重耳和夷吾外逃，后来又有重耳走国，遇卫国五鹿野人（农夫）"举块以与之"，狐偃说"天赐也，民以土服，又何求焉？天事必象，十有二年必获此土"，重耳"再拜稽首受而载之"。后来重耳果然当国，成为春秋五霸之一的晋文公。应该说，这些细节都是民间传说的内容，与真正的历史本来面目是有区别的。所以，柳宗元在《非〈国语〉》中说它"益之以诬怪"，指责它不顾事实。

进入商、周两个历史时期之后，神话被传说所替代，对远古神话的阐释和对梦占的阐释一样，都成为民间传说的表现内容。《国语·鲁语》中记述了孔子答吴子使的一段话，显然也属于当世的民间传说：

> 吴伐越,堕会稽,获骨焉,节专车。吴子使来好聘,且问之仲尼……曰:"敢问骨何为大?"仲尼曰:"丘闻之,昔禹致群神于会稽之山,防风氏后至,禹杀而戮之,其骨节专车,此为大矣。"客曰:"敢问谁守为神?"仲尼曰:"山川之灵足以纪纲天下者,其守为神……"客曰:"防风氏何守也?"仲尼曰:"汪芒氏之君也,守封隅之山者也,为漆姓。在虞夏商为汪芒氏,于周为长翟,今为大人。"客曰:"人长之极几何?"仲尼曰:"僬侥氏长三尺,短之至也;长者不过十之,数之极也。"

《国语》对这类传说的记述,一方面为我们理解远古神话提供了重要的参考证据,另一方面则为我们理解从神话到传说的嬗变及传说的发生规律提供了珍贵资料。和《左传》一样,《国语》中的民间传说作为史料的保存,我们都可以看作我国古代史传文学发展中口述史采录的实践。

相比较而言,《战国策》也具有语录体的特点,但它更多地保存着民间故事,其保存的民间传说集中于苏秦的活动。刘向在《战国策叙录》中说,其"或曰国策,或曰国事,或曰短长,或曰事语,或曰长书,或曰修书";杨公骥也称其"可能是战国时策论、传说的汇编"[1]。今传《战国策》共三十三篇,所记史料包括东西周和秦、赵、魏、齐、燕、宋、卫、中山、楚诸国。记苏秦说秦,前后对比十分明显:前曾"归至家,妻不下纴,嫂不为炊,父母不与言",于是发愤读书,"读书欲睡,引锥自刺其股,血流至足",而后成功,"父母闻之,清宫除道,张乐设饮,郊迎三十里。妻侧目而视,倾耳而听。嫂蛇行匍伏,四拜自跪而谢"。在这里不仅可以看到"头悬梁、锥刺股"的原型,而且让人感受到"贫穷则父母不子,富贵则亲戚畏惧"的社会众生相。其他像颜斶"晚食以当肉,安步以当车,无罪以当贵"的威武不屈的正直形象、孟尝君纳士、毛遂敢于自荐、蔺相如胸怀大度、荆轲义无反顾刺秦除暴

---

[1] 杨公骥:《中国文学》(第一分册),吉林人民出版社1980年版,第431页。

等,都成为我国民间文学中的经典性内容,不但保存在民间传说中,而且被戏曲、小说等艺术所选用,深刻地影响着我们民族道德情操的陶铸、审美趣味的冶炼。

《战国策》保存了许多意蕴深长的民间寓言。如狐假虎威的故事,即最早见于《战国策》:

> 虎求百兽而食之,得狐。狐曰:"子无敢食我也!天帝使我长百兽。今子食我,是逆天帝命也!——子以我为不信?吾为子先行,子随我后,观百兽之见我而敢不走乎?"
>
> 虎以为然,故遂与之行。兽见之皆走。虎不知兽畏己而走也,以为畏狐也。
>
> 《战国策·楚策》"狐假虎威"

同一个故事,《尹文子·逸文》、汉刘向撰《新序·杂事二》中的文字与《战国策》基本相同。

还有著名的"鹬蚌相争"故事,记述一只鹬啄河蚌的肉时被河蚌死死夹住其长嘴,互不相舍,后来被渔人全都捉住。这一个故事,也是最早见诸《战国策》:

> 蚌方出曝,而鹬啄其肉,蚌合而拑其喙。鹬曰:"今日不雨,明日不雨,即有死蚌!"蚌亦谓鹬曰:"今日不出,明日不出,即有死鹬!"两者不肯相舍,渔者得而并禽之。
>
> 《战国策·燕策二》"鹬蚌相争"

后世唐代冯贽所撰《云仙杂记》卷九《鹬蚌》等文献,不断记述这个故事,自然出自《战国策》。

《越绝书》是一部值得重视的以民间文化(民间文学)为主要内容的历史著述。一般认为,这是关于江浙地区春秋战国包括秦汉时期历史文化的典籍,传说其作者或为子贡,或为伍子胥,或为非一人。其中的非一人,包括后世诸多人的增删。许多学者把它称为我国地方志的鼻祖,开创了后世志书列入民间风俗、民间传说的先河。诸如泰伯、伍子胥、范蠡、越王勾践、吴王夫差等人的传说,以及"由钟穷隆山者,古赤松子所取赤石脂也,去县二十里。伍子胥死,民思祭之"(《越绝书·卷二外传·吴地传第三》)之类风俗,确实深刻影响到我国地方志重视风俗文化中民间传说内容传统的形成和发展。

商、周时期民间传说的保存,还应该提到《汲冢琐语》和《竹书纪年》等典籍。《汲冢琐语》传说因出于汲郡墓中而得名。《晋书·束晳传》中称它为"诸国卜梦妖怪相书也"。它保存的民间传说颇为生动。如《太平御览》卷九百一十七所引平公与叔向对话中关于祥鸟的传说:

> 有鸟飞自西方来,白质,五色皆备,集平公之庭,相见如让。公召叔向问之;叔向曰:"吾闻之师旷曰:西方有白质鸟,五色皆备,其名曰翠;南方赤质,五色皆备,其名曰摇。其来为吾君臣,其祥先至矣。"

《汲冢琐语》中关于梦占、预测之类的传说尤其多。后人不断辑录到新的"汲冢所得",使我们可以看到更多的民间传说。如严可均在《全上古三代秦汉三国六朝文》卷十五中所录的两则《古文周书》,其中有一则记述了周穆王姜后"昼寝而孕",为嬖妃越姬将其子窃走而代之以涂了猪血的燕子,后又有越姬死而七日后复活的故事。从这里我们可以看到后世"狸猫换太子"故事的原型。《竹书纪年》也是汲郡墓中所得,又叫《汲冢纪年》(郦道元注《水经》时始称为《竹书纪年》)。这部书记述了"太甲杀伊尹""文丁杀季历"和周穆王西征至昆仑山见西王母等传说。当然,这些典籍对民间传说的记述同样受制于当时的文化发展条件,即把民间传说作为历史的真实这样一种不自觉的意识,而并非清醒地认识到民间传说与历史真实是两种概念、两个范畴。无疑,巫的思维对这些现象有重要影响作用;也就是说,巫在整个先秦时期的文化发展中,基本处于支配地位,这就很自然地出现了几乎所有文化典籍都不能区分历史真实与历史传说的普遍现象。不唯历史著作是这样,其他典籍,诸如诸子著作中,也常常模糊于这种区分,因而也就保存了大量的口述史料即民间传说,为我们认识先秦时期的民间文学发展史提供了方便。严格区分历史真实与民间传说,并不是一件容易的事情,先秦的文化典籍在形成过程中,有些编者或作者本身就是巫祝,这就很自然地出现经即史、史即巫书的现象;而对于这种现象,至今还有许多文学史家并没有给予足够的重视,甚至有不少学者不仅看不到这种文化特点,反而一味指责其"诬怪"。

第二节　诸子著作中的民间传说

相比于历史著作对民间传说的不自觉的采录采用,诸子著作则有了较为清醒的区分态度与区分意识,如孔子即倡言"子不语怪力乱神"。那么,在诸子著作中是否就没有民间传说的具体保存呢?

对此,有学者讲得非常有道理。其称:"春秋战国是诸子竞出、百家争鸣的时代,所以子书的种类和数量很多。由于子书的内容多是阐发个人或学派的学术观点,与史传的专于记事不同,所以其中包含传说的情况也与史传有异。有的子书,如著名的《老子》,又名《道德经》,纯属哲学论著,其中自无传说可寻。又如《论语》《孟子》,记事写人的分量也很轻,像《论语》中的楚狂接舆过孔子,长沮、桀溺耦而耕,子路遇荷蓧丈人等篇,多少有一点传说的意味,但只是片段,不够完整。至于《孟子》中的'齐人有一妻一妾',更只是民间故事或文人创作的寓言。《庄子》虽然文学性很强,但本质仍是

第二章 商周时代的传说、故事和歌谣

哲学著作,它里边多的是作者为阐明哲理而作的设譬和寓言,即使有时牵出尧、舜、许由、老子、孔子、梁惠王、惠施这样的历史人物,也只是把他们当作对话的伙伴或说理的工具,并未提供有关他们的传说故事。倒是后人从《庄子》中受到启发,把有些篇章编成故事和戏剧,这种故事和戏剧被看作了有关庄子的传说,例如庄子的梦中化蝶(《齐物论》)和他妻死之后的鼓盆而歌(《至乐》)。"那么,什么是典型的传说呢?"《墨子》中的《公输》篇所记的墨子救宋故事,因有真实的人物墨子、公输盘(鲁班),能与历史记载和其他著作相印证(见《战国策·宋策》《吕氏春秋·爱类》),但又不全合于史实,所以是典型的传说。"[1] 问题在于"片段"和"典型"。我以为,"片段"和"典型"一样重要,都是对民间传说的记录保存,它们之间的差别只是对传说记述和运用的具体方式不同。不论是"片段"还是"典型",都是民间传说。更重要的是有些当时未必很典型而只在后世才日益明确化的情节,我们同样可以把它看作民间传说,至少可以看作是民间传说的"原型"或"母题"。对于诸子保存的民间传说,我们应该从历史实际出发,更应该从整个民间文学发展的角度来看待。也就是说,先秦诸子著作中的民间传说被记述得怎么样并不十分重要,重要的是曾经记述过。我们更需要的是历史发展中的"蛛丝马迹",因为在文化发展中,不同的艺术形态其自身也存在着不均衡状态。我们对前人在记述和运用民间传说时所能体现的"典型"程度,不能过于苛求。若严格按照我们今天所概括的"定义"对前人的著作进行观照对比,有许多真正的民间传说会被我们忽视。当然,我们在甄别时还应尽量以"典型"的标准来要求、审视,而在寻找民间传说时则宜宽泛而不宜苛刻,因为在我国的历史上,像今天这样清醒而自觉的成熟的民间文学、民间传说记述,基本上不存在,更多的人是在无意识、不自觉中记述了民间

---

[1] 祁连休、程蔷主编:《中华民间文学史》,河北教育出版社1999年版,第204、205页。

文学作品[1]。诸如《山海经》保存了那么丰富的神话传说,它也只是一部被后人看作"巫书"的著作或资料汇编,而且至今还有许多学者并不把它仅看作神话典籍,见仁见智者甚为众多。

诸子著作与前面所举历史类著作明显存在着差异,即历史类著作在某种意义上来说,其本身就是民间传说尤其是历史传说的重要源头,而诸子著作重在阐述道理,其保存民间传说多处于不自觉状态。如《老子》(又名《道德经》)是一部哲学著作,在民间传说的保存上无意之间提到了"虽有甲兵,无所陈之,使民复结绳而用之"(《八十章》)。"结绳"就是民间传说,只不过像这样其实未免过于简单了一些——但它毕竟保存了民间传说。当然,这样说好像有些牵强,而事实确实如此。在历史上,这样的现象并不少。《论语》《孟子》和《庄子》等典籍就不一样了。在《论语》中,虽然我们也可以看到孔子所"曰"及孔子与他人的对话,但许多地方已经显示出民间传说的原型或雏形。诸如前面引文中所举到的"楚狂接舆过孔子""长沮、桀溺耦而耕""子路遇荷蓧丈人"等,虽然是片段,但也应看作民间传说,何况《论语》本身就是经过口头传播后形成典籍的!在《八佾》中的"孔子谓季氏八佾舞于庭,是可忍也,孰不可忍也""管仲之器小哉……邦君树塞门,管氏亦树塞门;邦君为两君之好,有反坫,管氏亦有反坫。管氏而知礼,孰不知礼";在《公冶长》中的"臧文仲居蔡,山节藻棁,何如其知也""伯夷、叔齐不念旧恶,怨是用希";在《泰伯》中的"巍巍乎,舜、禹之有天下也,而不与焉""大哉,尧之为君也""舜有臣五人而天下治""禹,吾无间然矣!菲饮食而致孝乎鬼神,恶衣服而致美乎黻冕,卑宫室而尽力乎沟洫";在《微子》中的"微子去之,箕子为之奴,比干谏而死。孔子曰:'殷有三仁焉……'""逸民伯夷、叔齐、虞仲、夷逸、朱张、柳下惠、少连。子曰:'不降其志,不辱其身,

---

[1] 在今天的民间文学田野作业中,我们记述某些民间传说,更多只是记述到只言片语,所以,我们不得不"捕风捉影",沿循着一定的线索去寻找那些民间文化生活中的"瑰宝"。

伯夷、叔齐与！谓：'柳下惠、少连，(其)降志辱身矣，言中伦，行中虑，其斯而已矣。'谓：'虞仲、夷逸，(其)隐居放言，身中清，废中权；我则异于是，无可无不可……'"在《子张》中的"子贡曰：'纣之不善，不如是之善也。是以君子恶居下流，天下之恶皆归焉'"；在《尧曰》中的"尧曰：'咨，尔舜！天之历数在尔躬，允执其中。四海困穷，天禄永终。'舜亦以命禹"等文献中，这些内容都包含着民间传说，或者其本身就是传说。在这里，我们不但看到了民间传说的嬗变形态，而且还可以从中窥见孔子他们的民间文学观[1]。

《孟子》也是经过多人整理而成书的。孟子有辩才，在论辩中他广征博引，运用了许多民间文学作品，包括当时所流传的民间传说。如《梁惠王下》中，他针对人所言汤放逐桀、武王伐纣为"以臣弑君"，说"贼仁者谓之贼，贼义者谓之残；残贼之人，谓之一夫。闻诛一夫纣矣，未闻弑君也"；在《告子下》中他提到"人皆可以为尧舜"；针对人所言禹之声高于文王之声，禹所传钟为人所喜爱而连纽都快弄断，他不以为然，以为是年月久远的缘故。在《孟子》中，我们可以看到许多地方所闪放出的民本思想，他所举的例子包括那些民间传说，都体现出他的基本态度。如"三代得天下也，以仁；其失天下也，以不仁。国之所以废兴存亡者亦然""桀、纣之失天下也，失其民也；失其民者，失其心也""尧舜之道，孝悌而已""舜视弃天下，犹弃敝蹝也！窃负而逃，遵海滨而处，终身欣然，乐而忘天下"[2]等，表现出他独特的民间文学观。再如《梁惠王》中，孟子对齐宣王所言"王政可得闻与"所答的"昔者文王之治岐也，耕者九一，仕者世禄，关市讥而不征，泽梁无禁，罪人不孥。老而无妻曰鳏，老而无夫曰寡，老而无子曰独，幼而无父曰孤。此四者，天下之穷民而无告者。文王发政施仁，必先斯四者"及"昔者公刘好货"等，既是孟子对当世关于周文王传说的转述，又表明了他的政治理想。

---

[1] 如"子不语怪力乱神"等具体的民间文学观，他处详述。
[2] "舜视弃天下……"透露出舜与瞽叟之间的矛盾，是舜传说的重要内容。

在《庄子》中,我们能够感受到"处穷闾陋巷,困窘织屦,槁项黄馘"的庄周,其"宁游戏污渎之中自快,无为有国者所羁"这种崇尚自由自在的民间文化心态。和《孟子》相同的是,民间传说在其中都成为对话或述说某种道理的工具,没有表现出独立的故事形态,但这并不影响其保存民间传说的意义。庄周继承了老子的哲学思想,着重阐释和述说"道""万物一齐"等哲学概念,宣扬"绝圣弃智""使民无知无欲""小国寡民",所采用的民间传说大都具有神话色彩,即远离现实。如《天道》中说"夫天地者,古之所大也,而黄帝尧舜之所共美也";在《逍遥游》中,我们看到鲲鹏之大的传说;在《应帝王》中,看到南海之帝倏、北海之帝忽对中央之帝浑沌谋报而"日凿一窍,七日而浑沌死"的传说(此为许多学者以为盘古神话形成的雏形,另议);在《胠箧》中,可以看到"昔者容成氏、大庭氏、伯皇氏、中央氏、栗陆氏、骊畜氏、轩辕氏、赫胥氏、尊卢氏、祝融氏、伏羲氏、神农氏,当是时也,民结绳而用之,甘其食,美其服,乐其俗,安其居,邻国相望,鸡犬之音相闻,民至老死而不相往来";在《在宥》中,可以看到"昔者黄帝始以仁义撄人之心,尧舜于是乎股无胈,胫无毛,以养天下之形"和"尧于是放驩兜于崇山,投三苗于三危,流共工于幽都";在《山木》中,可以看到"舜之将死,真冷禹曰:'汝戒之哉!形莫若缘,情莫若率;缘则不离,率则不劳;不离不劳,则不求文以待形;不求文以待形,固不待物'";在《知北游》中,"知问黄帝曰""黄帝曰"与"舜问乎丞曰"等,显然已非原始神话,而是传说。不论这些传说流传在哪个层面,我们都可以看到庄周对传说的保存,在事实上给我们提供了研究先秦传说的珍贵资料。《庄子》中的民间故事哲理意义非常突出,有许多故事成为后世重要的哲学命题,如有一个童子准备弹击树上的黄雀,这一故事类型,最早见于《庄子》:

庄周游乎雕陵之樊,睹一异鹊自南方来者,翼广七尺,目大运寸,感周之颡而集于栗林。庄周曰:"此何鸟哉,翼殷不逝,目大不睹?"蹇裳躩步,执弹而留之。睹一蝉,方得美荫而忘其身;螳螂执翳而搏之,见得而忘其形;异鹊从而利之,见利而忘其真。庄周怵然曰:"噫!物固相累,二类相召也!"捐弹而反走,虞人逐而谇之。

《庄子·山木》"游雕陵"

另外,像《齐物论》中的梦中化蝶和《至乐》中的鼓盆而歌,我们同样可以看作庄周传说的一些原型存在。当然,《庄子》对民间文学更大的贡献是对民间寓言的保存。

《墨子》一书是墨子门人后学所录而编撰成书的,其中也保存了不少民间传说,如著名的墨子救宋,其见之于《公输》,是我们研究鲁班传说的重要文献。在《所染》中,我们看到染丝的比喻所联系到的帝王治国传说,如舜、禹、汤、武染于贤臣,所以才能"王天下"而"功名蔽天地",桀、纣、幽、厉则染于佞人,所以"国残身死,为天下僇",诸侯兴亡也是同样的道理,其中的兴亡故事即民间传说。

《墨子》是最早系统记录鬼故事传说的典籍。传说一大臣无辜而为君王所杀,此大臣发誓,不出三年,其必定雪冤。到了第三年,君王出游时,果然大臣显灵,将其射死。这一故事最早见诸《墨子》:

今执无鬼者言曰:"夫天下之为闻见鬼神之物者,不可胜计也。"亦孰为闻见鬼神有、无之物哉?子墨子曰:"若以众之所同见,与众之所同闻,则若昔者杜伯是也。"周宣王杀其臣杜伯而不辜,杜伯曰:"吾君杀我而不辜,若以死者为无知,则止矣;若死而有知,不出三年,必使吾君知之。"其三年,周宣王合诸侯而田于圃,田车数百乘,从数千人,满野。日中,杜伯乘白马素车,朱衣冠,执朱弓,挟朱矢,追周宣王,射入车上,中心折脊,殪车中,伏弢而死。当是之时,周人从者莫不见,远者莫不闻,著在周之《春秋》。为君者以教其臣,为父者以警其子,曰:"戒之!慎之!凡杀不辜者,其得不祥,鬼神之谋,若此之憯遫也!"以若书之说观之,则鬼神之有,岂可疑哉!

《墨子·明鬼》下"杜伯报冤"

非惟若书之说为然也,昔者燕简公杀其臣庄子仪而不辜庄子仪曰:"吾君王杀我而不辜。死人无知亦已,死人有知,不出三年,必使吾君知之。"期年,燕将驰祖。燕之有祖,当齐之社稷,宋之有桑林,楚之有云梦也,此男女之所属而观也。日中,燕简公方将驰于祖涂,庄子仪荷朱杖而击之,殪之车上。当是时,燕人从者莫不见,远者莫不闻,著在燕之《春秋》。诸侯传而言之曰:"凡杀不辜者,其得不祥,鬼神之诛,若此其憯遫也!"以若书之说观之,则鬼神之有,岂可疑哉!

《墨子·明鬼》下"庄子仪报冤"

《墨子》表面写的是鬼,其实又如何不是写的人间?更重要的是其开创了后世鬼故事的先河。同时,这也表明了当世的鬼故事与鬼信仰存在的状况。

《管子》是齐国学者根据管仲的事迹和传说等材料编成的,其中一些文章如《大匡》保存了齐桓公重用管仲而成霸业的历史传说;又如《小称》保存了"桓公、管仲、鲍叔牙、宁戚四人饮"和管仲临终劝桓公远奸佞小人的历史传说。在《小问》中,管仲因桓公所使求宁戚,不明白宁戚所说"浩浩乎"的用意,结果婢女为其解谜团,并转述了百里奚饭牛而相秦等传说。这则传说应被看作后世巧女故事的雏形。《尸子》是晋人尸佼在商鞅被刑之后逃往蜀地所撰,其中保存了一些民间传说。如《贵言》中以"范献子游于河"的传说为题,通过舟人清涓所答,讲述了"若不修晋国之政,内不得大夫,而外失百姓"的道理。在《晏子春秋》中,我们看到受人敬重的齐国著名政治家晏婴的传说故事。这部书又叫《晏子》,可看作诸子之作,也可看作史传文学。书中的晏子睿智,正直,善良,勇敢,传说形象栩栩如生。如《内篇杂下》表现晏子使楚,以使狗国者从狗门入、橘生淮南为橘而生淮北为枳屡胜楚王;在《内篇谏上》中,晏婴借对圉人的诘问劝阻了齐景公滥杀无辜。晏子品格高尚,躬行节俭,忠于职守,爱护人民。特别是在《内篇杂上》中崔杼弑齐庄公,面对崔杼的利诱和威胁,他泰然自若;在《内篇杂下》中,齐景公屡次嘉奖他,都被他谢绝,从而"父之党无不乘车者,母之党无不足于衣食者,妻之党无冻馁者,国之简士待臣而后举火者数百家"。这些传说可以看作后世民间传说中机智人物故事的原型。

最后特别应该提到的是《吕氏春秋》对民间传说的保存。《吕氏春秋》是吕不韦主编的类书。司马迁在《史记·吕不韦列传》中说:"当是时,魏有信陵君,楚有春申君,赵有平原君,齐有孟尝君,皆下士,喜宾客,以相倾。吕不韦以秦之强,羞不如,亦招致士,厚遇之,至食客三千人。是时,诸侯多辩士,如荀卿之徒,著书布天下。吕不韦乃使其客人人著所闻,集论以为八览、六论、十二纪,二十余万言。"在某种意义上讲,这部类书内容之丰富,堪称先秦时期的一部百科全书,是对整个先秦时期思想文化的总结。编者的主导思想在于参考"治乱存亡""寿夭吉凶"而使人成为治国"智公"。内中所保存的民间传说,也多是历史传说。如《名类》中,从黄帝、禹、汤、文王等帝王传说来谈金木水火土五行与帝王事业的联系:

> 黄帝之时,天先见大螾大蝼,黄帝曰土气胜;土气胜,故其色尚黄,其事则土。及禹之时,天先见草木秋冬不杀,禹曰木气胜;木气胜,故其色尚青,其事则木。及汤之时,天先见金刃生于水,汤曰金气胜;金气胜,故其色尚白,其事则金。及文王之时,天先见火,赤乌衔丹书集于周社,文王曰火气胜;火气胜,故其色尚赤,其事则火。

《吕氏春秋》对民间传说的保存不像《晏子春秋》那样集中谈论晏子的传说,而是博采百家杂书,许多传说是从其他典籍中采取的,但它同样对保存民间传说做出了重要贡献。尤其是它对音乐艺术起源传说的记述,为我们研究艺术起源提供了珍贵的资料。如在《古乐》篇中,记述了我们举例中谈到的"昔葛天氏之乐,三人操牛尾,投足,以歌八阕",还记述了"黄帝令伶伦作为律":

> 昔黄帝令伶伦作为律。伶伦自大夏之西,乃之阮隃之阴,取竹于嶰溪之谷,以生空窍厚钧者,断两节间,其长三寸九分,而吹之以为黄钟之宫,吹曰舍少。次制十二筒,以之阮隃之下,听凤皇之鸣,以别十二律。其雄鸣为六,雌鸣亦六,以比黄钟之宫,适合黄钟之宫皆可以生之。故曰:黄钟之宫,律吕之本。黄帝又命伶伦与荣将铸十二钟,以和五音,以施英韶,以仲春之月、乙卯之日,日在奎,始奏之,命之曰咸池。

其他还有"昔朱襄氏之治天下也,多风而阳气蓄积,万物散解,果实不成。故士达作为五弦瑟,以来阴气,以定群生""帝颛顼生自若水,实处空桑,乃登为帝,惟天之合,正风乃行。其音若熙熙、凄凄、锵锵。帝颛顼好其音,乃令飞龙作效八风之音,命之曰承云""夔乃效山林溪谷之音以歌,乃以麋鞈置缶而鼓之,乃拊石击石,以象上帝玉磬之音,以致舞百兽"等从神话演变而成的传说。在《音初》篇,还记述了有娀氏之二女与北音起源的传说。

《吕氏春秋》对民间传说的记述十分广泛,而其目的性也很明确,即偏重于教化,如《求人》篇中对大禹辛苦于民,四处奔波跋涉,"不有懈堕,忧其黔首,颜色黧黑,窍藏不通,步不相过,以求贤人,欲尽地利,至劳也"的记述,这是从神话走向传说的典型。其他还有一些当世民间传说的记述,如《慎小》中吴起夜日置表于南门之外而取信,具有教化意义。这也是诸子著作中的普遍现象。

《吕氏春秋》保存的神话传说在民间文学史上有着非常重要的价值和意义。如其记述的伊尹生于空桑的传说:

> 有侁氏女子采桑,得婴儿于空桑之中,献之其君。其君令烰人养之,察其所以然。曰:"其母居伊水之上,孕,梦有神告之曰:'臼出水而东走,毋顾!'"明日,视臼出水,告其邻,东走十里而顾,其邑尽为水,身因化为空桑。故命之曰伊尹。此伊尹生空桑之故也。
>
> ——《吕氏春秋·孝行览》"伊尹生空桑"

不唯如此,在《吕氏春秋》中记述的历史传说,常常有着更为丰富的含义。如:

> 周宅酆、镐,近戎人,与诸侯约:为高葆(堡)祷于王路,置鼓其上,远近相闻。即戎寇至,传鼓相告,诸侯之兵皆至,救天子。戎寇当(尝)至,幽王击鼓,诸侯之兵皆至,褒姒大说,喜之。幽王欲褒姒之笑也,因数击鼓,诸侯之兵数至而无寇。至于后戎寇真至,幽王击鼓,诸侯兵不至,幽王之身乃死于丽山之下,为天下笑。
>
> ——《吕氏春秋·慎行论·疑似》"幽王击鼓"

又如,传说一个将军,猛然见草中有一石,以为遇见猛虎,急而射之,中石没羽。详细视之,乃一石,再射,终不能射入石。此故事最早见于《吕氏春秋》,故事主人公是春秋时楚国的养由基:

> 养由基射兕,中石,矢乃饮羽,诚乎兕也。
>
> ——《吕氏春秋·季秋纪·精通》"养由基射石"

急中生智,生出许多奇迹,其应该是后世李广射虎的原型。而且,这种故事类型在许多民间文学作品中曾经出现。

《吕氏春秋》还记述了许多具有浓郁地方色彩的民间传说。如讲一老者酒醉还家,途中被假扮其子(或孙,下同)的鬼欺侮。回家后才发现原来是鬼魅所为,决意杀鬼。过了不久,老者佯醉而归,却将来迎接他的儿子当成鬼杀死。这既是具有真实地域名称的民间生活传说,也应该是一个鬼故事,其最早见诸《吕氏春秋》:

> 梁北有黎丘部,有奇鬼焉,喜傲人之子侄昆弟之状。邑丈人有之市而醉归者,黎丘之鬼效其子之状,扶而道苦之。
>
> 丈人归,酒醒,而诮其子曰:"吾为汝父也,岂谓不慈哉?我醉,汝道苦我,何故?"其子泣而触地曰:"孽矣,无此事也!昔也往责于东邑人,可问也。"其父信之,曰:"嘻!是必夫奇鬼也,我固尝闻之矣!"
>
> 明日,端复饮于市,欲遇而刺杀之。明旦之市而醉,其真子恐其父之不能反也,遂逝迎之。丈人望其真子,拔剑而刺之。丈人智惑于似其子者,而杀其真子。
>
> 《吕氏春秋·慎行论·疑似》"黎丘奇鬼"

《韩非子》中对于历史传说的记述也有许多,但是,其记述方式与表达意图则表现出自己的特点,更突出于哲理性意义的表达。如《韩非子·外储说左上》"酒醉击鼓":

> 楚厉王有警,为鼓以与百姓为戍。饮酒醉,过而击之也,民大惊。使人止,曰:"吾醉而与左右戏,过击之也。"民皆罢。居数月,有警,击鼓而民不赴,乃更令明号而民信之。

如《韩非子·说林上》"不死之药":

> 有献不死之药于荆王者,谒者操之以入。中射之士问曰:"可食

乎?"曰:"可。"因夺而食之。王大怒,使人杀中射之士。中射之士使人说王曰:"谒者曰可食,臣故食之。是臣无罪,而罪在谒者也。且客献不死之药,臣食之而王杀臣,是死药也,是客欺王也。夫杀无罪之臣,而明人之欺王也,不如释臣。"王乃不杀。

《韩非子·难三》"子产闻哭":

郑子产晨出,过东匠之闾,闻妇人之哭,抚其御之手而听之。有间,遣吏执而问之,则手绞其夫者也。异日,其御问曰:"夫子何以知之?"子产曰:"其声惧。凡人于其亲爱也,始病而忧,临死而惧,已死而哀。今哭已死,不哀而惧,是以知其有奸也。"

其中的楚厉王、荆王、子产都是真实的历史人物。对于这些历史人物相关的传说故事的记述,字里行间表达出韩非的具体立场。

《列子》中的传说故事也值得我们注意。如其《汤问》中的《愚公移山》,就是一篇具有神话色彩的传说故事,其讲述愚公年九十,因为整日面太行、王屋二山生活,深感出行不便,毅然率领其子孙用最简朴的劳动方法去移山。天帝被其行为感动,命夸娥氏二子搬开大山,分别置放在朔东与雍南:

太行、王屋二山,方七百里,高万仞。本在冀州之南,河阳之北。

北山愚公者,年且九十,面山而居。惩山北之塞,出入之迂也,聚室而谋曰:"吾与汝毕力平险,指通豫南,达于汉阴,可乎?"杂然相许。

其妻献疑曰:"以君之力,曾不能损魁父之丘,如太行、王屋何?且焉置土石?"

杂曰:"投诸渤海之尾,隐土之北。"遂率子孙荷担者三夫,叩石垦壤,箕畚运于渤海之尾。邻人京城氏之孀妻有遗男,始龀,跳往助之。寒暑易节,始一反焉。

河曲智叟笑而止之曰:"甚矣,汝之不惠!以残年余力,曾不能毁山之一毛,其如土石何?"

北山愚公长息曰:"汝心之固,固不可彻。曾不若孀妻弱子。虽我之死,有子存焉。子又生孙,孙又生子;子又有子,子又有孙;子子孙孙无穷匮也,而山不加增,何苦而不平?"

河曲智叟亡以应。

操蛇之神闻之,惧其不已也,告之于帝。帝感其诚,命夸娥氏二子负二山,一厝朔东,一厝雍南。自此,冀之南,汉之阴,无陇断焉。

愚公移山在毛泽东的著作中出现,更增强其传说的传播范围,可谓家喻户晓。在如今的河南省济源,保存着传说中的愚公村、愚公洞等神话传说"遗址",地方政府在城市广场竖起愚公移山的巨型雕塑;地方百姓日夜讲述着愚公移山的故事,讲这位搬山老人取名为吕三太,甚至把地方吕姓列为其后裔,云云。

《列子·汤问》"偃师献所造能倡者",是一篇较早的民间智慧故事,与公输班故事并列为我国早期的民间能工巧匠故事。其讲述古时有一巧匠,技艺超群,曾制作出一木人,能歌善舞,巧夺天工,与真人相差无异:

周穆王西巡狩,越昆仑,不至弇山,反还。未及中国,道有献工人,名偃师。穆王荐(进)之。问曰:"若有何能?"偃师曰:"臣唯命所试。然臣已有所造,愿王先观之。"穆王曰:"日以俱来,吾与若俱观之。"

越日,偃师谒见王。王荐之,曰:"若与偕来者,何人邪?"对曰:"臣之所造能倡者。"穆王惊视之,趣步俯仰,信人也。巧夫鎮其颐,则歌合律;捧其手,则舞应节:千变万化,惟意所适。王以为实人也,与盛姬内御并观之。技将终,倡者瞬其目而招王之左右侍妾。王大怒,立欲诛偃师。

偃师大慑，立剖散倡者以示王，皆傅会革、木、胶、漆，白、黑、丹、青之所为。王谛料之，内则肝、胆、心、肺、脾、肾、肠、胃；外则筋、骨、支、节、皮、毛、齿、发：皆假物也，而无不毕具者。合会，复如初见。王试废其心，则口不能言；废其肝，则目不能视；废其肾，则足不能步。

穆王始悦而叹曰："人之巧乃可与造化者同功乎？"

诏贰车载之以归。

夫班输之云梯，墨翟之飞鸢，自谓能之极也。弟子东门贾、禽滑厘，闻偃师之巧，以告二子，二子终身不敢语艺，而时执规矩。

《荀子》等先秦诸子著作中也有不少民间传说的具体记述，因其侧重处不同，若繁星闪烁，内容过于浩瀚，这里不再一一举例。

民间传说故事的基本要素在于人物、地点和时间（时期）的相对真实性表现。一个历史事件成为传说的因素有很多，被反复讲述的背后，包含着不同人物在不同地点与不同时期的认同与选择。在先秦时期，民间传说除了在历史著作和诸子著作之中有大量保存，在一些典册诸如《礼记》和《诗经》《楚辞》等诗歌典籍中有保存，还保存在大量的岩画、各种原始图案及早期的历史文字中，如甲骨文。当然，这需要我们不断揭开其历史的面纱，走进历史的隐秘。

第三节　商周时代的民间故事

民间故事包括幻想故事、生活故事、民间寓言和民间笑话，它的产生与神话、传说有密切的联系，但作为一种成熟的民间文学形态，它在春秋战国时期才形成和发展起来。这是因为民间故事的思维形式相对于神话和传说，属于更高级的一个阶段；尤其在审美表现上，民间故事对人们社会生活的同步表现显然有了飞跃性的发展。当然，要完全区分民间故事和神话、传说之间的差别,也是非常困难的。若从其发生历史上进行考察,就会发现,民间故事在某种程度上讲,是从神话、传说之中发育出来的,问题在于如何理解民间故事的具体特征。《庄子·逍遥游》中曾提到"齐谐者,志怪者也",并举到"谐之言曰"的例子。西方一位学者说:"故事在远古时代就已经出现,可以追溯到新石器时代,以至旧石器时代。从当时尼安得塔尔人的头骨形状,便可判断他已听讲故事了。"[1] 另一位学者说:"当我们的考察以自己的西方世界为限时,大约在三四千年前,故事讲述者的技艺就已经在社会的各个阶层培养起来。"[2] 在我国,其情形也大致相同。最典型者就是先秦时期著作中的"语"体,有"《国语》",有"《论语》"。《国语》中所记的"语"是传说或具有传说色彩的故事,而《论语》中的"语"则更多地属于民间故事即口述民间故事的具体形态。其中最典型的民间故事是在诸子著作中首先出现的,这和先秦诸子对口述文体传统的创造有直接联系。先秦诸子著作中保存的民间故事最集中的内容是民间寓言,这也是我国民间故事发展史上一个重要特色,它在一开始就对我们提出了如何理解民间故事的原始形态保存与文人化创作及运用的棘手问题。先秦寓言故事是否都属于民间文学的范畴呢?有许多学者是肯定的。如一位学者所述:"据史籍所载,先秦诸子大量收集、加工和改造民间故事作寓言,已成为当时的一种社会风习。先秦史籍中保存下来的大量寓言,绝大部分可以看作是在民间故事基础上的再创造。"[3] 但应该指出的是,明确记载先秦诸子如何"改造"而成为"社会风习"的史料,至今所见并不太多。倒是寓言故事与民间寓言在文体上的区别,应该引起我们的思索。民间寓言属于民间文学的一种,而寓言故事则难免有作家的创作。要十分清晰地辨别二者,也是非常

---

[1] 爱·摩·福斯特著,苏炳文译:《小说面面观》,花城出版社1984年版,第23页。
[2] 斯蒂·汤普森著,郑海、郑凡、刘薇琳等译:《世界民间故事分类学》,上海文艺出版社1991年版,第2页。
[3] 公木:《先秦寓言概论》,齐鲁书社1984年版,第53页。

困难的。当然,我们辨别的依据是有条件的,其一在于所述内容的基本语态,其二则在于作为文本是否为后世的历史所验证、认可。同时,我们也因此可以看到后世民间故事的迅速发展及更进一步的成熟,其中一个很重要的原因是文人参与。对于这一点,我们受苏联对民间文学是"劳动人民的口头创作"这一概念的阐释和范畴界定的限制,把民间知识分子这个阶层从民间文学发生的主体层中剔除出去,这是非常狭隘的。阿兰·邓迪斯关于"民间"概念的论述,倒是更值得我们思索。即使在今天我们考察民间故事的发生状态时,也可以看到民间知识分子在民间文学传播(包括创作形成)中的重要作用。我这样说,并不是要抹杀文人创作寓言故事和民间寓言之间的差别,而是提出如何理解"民间化"的问题。若没有文人即民间知识分子的参与,民间文学包括大量的民间传说、民间故事在保存上肯定会受到许多限制;在某些时候,民间知识分子因为更熟悉民间生活,他们提供的传说和故事的文本,更宜于为民间百姓所接受,因而也易于被演绎成民间文学。在今天,这种现象仍是很普遍的。例如,在酒桌上,一个处长(受过高等教育,有丰富的生活阅历)讲了一个荤故事,即不能够在大庭广众间公布的各种段子,满桌的人大笑不止,这个荤故事就有可能成为当代民间故事并为社会所接受。段子的基本模式有两条,一是对性隐秘性所做出的各种解释、表达、渲染,一是对不同人物如愚蠢者包括装疯卖傻等现象的嘲讽。这时候,这个处长已经不纯粹是官员即社会上层成员的角色,而是融入或回归到民间百姓这个泛社会化的大众层面。那么,先秦时期的诸子也应该是这样吧。

诸子著作中民间寓言的保存,应该和诸子的生活阅历及其哲学取向有关。如诸子中的庄周,《史记》老、庄、申、韩列传中有其史迹。这位才思驰骋八方的哲学家生在中原,曾经做过漆园小吏,还曾编卖草鞋,甚至以贷粟度日,生活相当贫困。《庄子·列御寇》描述其"处穷闾陋巷,困窘织屦,槁项黄馘",但他的哲学思想却异常丰富。他接受了老子关于天道自然无为的哲学思想,兼收杨朱、田骈等人的哲学思想,从而进一步提出"万物一齐"等新的哲学思想。在《庄子·大宗师》中,他提出"神鬼神帝,生天生地;在太极之先而不为高,在六极之下而不为深,先天地生而不为久,长于上古而不为老"。他把"道"的内涵与民间文化的内容相糅合。他以为,"安之若命"(《人间世》)才是至高的道德境界;在他看来,"窃钩者诛,窃国者为诸侯;诸侯之门,而仁义存焉"(《胠箧》),"夫尧畜畜然仁"而"其后世人与人相食与"(《徐无鬼》)。他所向往的理想世界是"民之常性",即"冬日衣皮毛,夏日衣葛绨;春耕种,形足以劳动;秋收敛,身足以休息;日出而作,日入而息,逍遥于天地之间而心意自得"(《让王》)。所以,他著作中的"谬悠之说,荒唐之言,无端崖之辞"(《天下》),更接近民间百姓;"卮言为曼衍,以重言为真,以寓言为广"(《天下》),也更易为民间百姓所接受。在先秦诸子中,庄周的寓言创作成就最大,其对民间寓言的保存同样最为突出。《庄子》中的民间寓言不论是在当世或者在后世,都具有一定反响。诸如《秋水》中的"坎井之蛙",《外物》中的"辙中有鲋",《养生主》中的"庖丁解牛",《山木》中的"恶贵美贱",《列御寇》中的"舐痔者得车五乘",《让王》中的"捉衿而肘见",《人间世》中的"不材之木",以及《外篇·至乐》中的"鼓盆而歌"等,多成为后世传诵的成语,或被作为文学创作的素材,家喻户晓。在《庄子》中,民间寓言的保存及其被认定,为其他典籍共同运用,是一个重要证据。如《养生主》中的"庖丁解牛",还见之于《管子·制分》和《吕氏春秋·精通》;《山木》中的"恶贵美贱",还见之于《列子·黄帝》和《韩非子·说林上》;《达生》中的"纪渻子养斗鸡",还见之于《列子·黄帝》《庄子》,体现出庄周对自由的真诚向往,表现出鲜明的神话思维特征。如他在《逍遥游》中所举的长生木、藐姑射之山神人,和他在《齐物论》中所表现的梦境等,都具有神话色彩。判断神话、传说与民间寓言的区别,关键在于其寓意所在。如《逍遥游》:

> 藐姑射之山,有神人居焉,肌肤若冰雪,淖约若处子,不食五谷,吸风饮露,乘云气,御飞龙,而游乎四海之外。

这里的寓意在于对人的眼界与胸怀狭隘性的嘲讽。又如《逍遥游》:

> 楚之南有冥灵者,以五百岁为春,五百岁为秋。上古有大椿者,以八千岁为春,八千岁为秋。而彭祖乃今以久特闻,众人匹之,不亦悲乎!

这里所显示的是对生命有涯而短暂的认识。很明显,这种无限而广大、悠远的艺术境界来自对神话世界的向往,是神话思维的传承。这既是庄周哲学思想的文化风格的表现,又是《庄子》中民间寓言的艺术特点的表现。当然,这和庄周自觉深入民间生活、蔑视权贵的跋扈而庸俗的人生态度有关。再如其《达生》:

> 桓公曰:"然则有鬼乎?"曰:"有。沈有履,灶有髻,户内之烦壤,雷霆处之;东北方之下者倍阿,鲑蠪跃之;西北方之下者,则泆阳处之。水有罔象,丘有峷,山有夔,野有彷徨,泽有委蛇。"公曰:"请问委蛇之状何如?"皇子曰:"委蛇,其大如毂。其长如辕,紫衣而朱冠。其为物也恶,闻雷车之声,则捧其首而立,见之者殆乎霸。"桓公辴然而笑曰:"此寡人之所见者也。"于是,正衣冠与之坐,不终日而不知病之去也。

这里的故事既有传说的痕迹,又有民间故事的神思,它所寓示的内容是人的精神状态颇为重要;同时,它表现出浓郁的民间信仰色彩,即泛鬼神意识。与《孟子》《韩非子》《墨子》等诸子著作相比,民间寓言在《庄子》中所表现的民间故事特点更为突出。也就是说,他人更多的是把民间寓言作为对话所使用的工具,而《庄子》更多的是展示民间故事即民间寓言的独立而完整的艺术形态。

《孟子》运用民间故事阐发其哲学思想,在先秦诸子中也是很突出的。有人统计,《孟子》全书共260章,而比喻的使用就有160多处,其中的民间故事篇幅不长,其深刻的讽喻性和鲜明的思辨色彩尤为犀利。最突出的是其《离娄下》中的"齐人"吹嘘自己"餍酒肉而后反"的一段:

> 齐人有一妻一妾而处室者,其良人出,则必餍酒肉而后反。其妻问所与饮食者,则尽富贵也。其妻告其妾曰:"良人出,则必餍酒肉而后反,问其与饮食者,尽富贵也,而未尝有显者来,吾将瞷良人之所之。"早起,施从良人之所之,遍国中无与立谈者。卒之东郭墦间,之祭者,乞其余,不足,又顾而之他。此其为餍足之道也。其妻归,告其妾曰:"良人者,所仰望而终身也,今若此!"与其妾讪其良人,而相泣于中庭,而良人未之知也,施施从外来,骄其妻妾。

这是一则民间故事,也可以看作一篇民间寓言,其影响相当深远,明传奇《东郭记》、清蒲松龄《东郭箫鼓儿词》等作品都化用了它。孟子的哲学思想中,民本意识具有突出的体现。他主张"民为贵,社稷次之,君为轻",所用的民间故事尤其是民间寓言,也多表现为对所谓蔑视下民的"君子""贵人"辈自大、无聊、无耻心理的无情揭示。"齐人有一妻一妾者"是这样,"今有人日攘其邻之鸡者"也是这样。再如其《公孙丑上》:

> 宋人有闵其苗之不长而揠之者也,芒芒然归,谓其人曰:"今日病矣,予助苗长矣。"其子趋而视之,苗则槁矣。

孟子反对保守、无聊,鄙视权贵,有"浩然之气",在《梁惠王》等篇中集中体现了对统治者伪善面目的揭示,他所向往的是"五亩之宅,树之以桑,五十者可以衣帛""百亩之田,勿夺其时,数口之家可以无饥",他悲愤于"兽相食,人且恶之,为民父母行政,不免于率兽而食人,恶在其为民父母也",可见孟子多用具有讽喻意义的民间故事即在情理之中。长期以来,人们误解孟子"劳心者治人,劳力者治于人",而无视其"老吾老以及人之老,幼吾幼以及人之幼"的真性。孟子是一位杰出的哲学家,对孔子的仁义继承并发扬光大。考察他的经历,我们可以看到,他也曾周游列国,后"退而与万章之徒序《诗》《书》,述仲尼之意,作《孟子》七篇"(《史记·孟子荀卿列传》)。正因为他有这样的经历,胸怀非凡的抱负而不远离人民,所以他被后世尊为"亚圣"——这虽然包含有统治者的用心,而又怎能不包含着民间百姓的道德判断与选择!

韩非子是一位杰出的政治理论家,是先秦法家学说的集大成者。传说他口吃,但擅长于著文,曾和李斯共同受业于荀卿;后来,韩非不能为韩王所用,于是发愤著《韩非子》,为秦王所喜爱。正当秦王欲用韩非时,韩非却被李斯等人陷害而服毒自杀。《韩非子》中保存了许多民间故事,在民间故事的基本类型上非常全备,如民间幻想故事、民间生活故事、民间寓言、民间笑话等,在《韩非子》中都有集中体现,这在先秦诸子中是不多见的。

民间故事在《韩非子》中集中保存在《内储说》《外储说》《说林》《五蠹》《喻老》《十过》等篇章中,诸如"滥竽充数""画犬马最难""守株待兔""郑人买履""买椟还珠""自相矛盾"等故事,不但在民间广泛传播,而且成为人们常用的俗谚、成语。民间故事在《韩非子》中是用来作为说理论据的,而韩非的目的性很明确,集中了商鞅的"明法"、申不害的"任术"、慎到的"乘势"与老子的"道"等思想,强调实用性、质朴性。这些故事生动而完整,寓意深邃,给我们所保存的文本也就更为珍贵。如《内储说》中鸱夷子皮对田成子所讲的故事:

涸泽,蛇将徙。有小蛇谓大蛇曰:"子行而我随之,人以为蛇之行者耳,必有杀子,不如相衔负我以行,人以我为神君也。"乃相衔负以越公道。而行人皆避之,曰:"神君也。"

这是先秦时期较为少见的一篇完整的动物故事(民间幻想故事)[1],在同时期的文献中更显其意义独特。在《内储说下》中,韩非记述了两则内容相同的民间故事(即异文):

> 燕人无惑,故浴狗矢。燕人其妻有私通于士,其夫早自外而来,士适出,夫曰:"何客也?"其妻曰:"无客。"问左右,左右言无有,如出一口。其妻曰:"公惑易也。"因浴之以狗矢。
> 一曰,燕人李季好远出,其妻私有通于士。季突至,士在内中;妻患之,其室妇曰:"令公子裸而解发,直出门,吾属佯不见也。"于是,公子从其计,疾走出门。季曰:"是何人也?"家室皆曰:"无有。"季曰:"吾见鬼乎?"妇人曰:"然。""为之奈何?"曰:"取五牲之矢浴之。"季曰:"诺。"乃浴以矢。一曰浴以兰汤。

"通奸骗夫"的愚人型故事在民间流传甚广,明清时期的戏曲和小说中屡有表现。显然,这种故事非一般文人所能写作出来,而且以"一曰"作为开题语,保存了异文,不但在内容上是同类故事的最早记述,而且在异文记录上也是较早的。《韩非子》中对民间故事的记录(述)因此具有非常重要的价值,值得我们重视。

《韩非子》中的民间寓言流传甚广,前面已举例,并称其中有许多已经成为后世常用的成语,这里不再详述;应该指出的是,与其他先秦作家不同,韩非所运用的民间寓言有着鲜明的倾向性,即对保守现象的集中抨击。《五

---

[1] 在《韩非子》中,动物故事还有"鹬蚌相争,渔翁得利",使其寓言特征更明显。

蠹》[1]中的"守株待兔"抨击的是"守",是坐以待毙的空想、懒惰;《外储说左上》中的"郑人买履"抨击的是墨守成规;《解老》中的"秦伯嫁女"写主人因为妾美而爱妾、"楚人卖珠"写郑人因为椟华丽而买椟还珠,抨击只讲究形式而不论质美者;《外储说左上》中的"画犬马最难画鬼最易",抨击了躲避现实、沉溺空想者;《说林上》中的善织者鲁国夫妇欲到异乡谋生却不知异乡实情,抨击不从实际出发者;《外储说左上》中的"滥竽充数"者、教燕王学不死之道而学生未到先生已死的假神仙以及自称能在棘木顶端雕刻成母猴却没有雕刻工具的骗子,都是抨击不学无术而招摇撞骗者;《喻老》中的"扁鹊见蔡桓公"抨击不听良言以至于病入膏肓的不可救药者;《难势》中的"自相矛盾"抨击说谎而贪欲的无耻者;《喻老》中的"纣为象箸"抨击了欲无止境而不知防微杜渐者;《喻老》中的"赵襄主学御于王子期"抨击了那些求胜心切而意在防止他人超越自己者;等等。这里几乎包容了所有不利于社会迅速发展的邪恶现象。作为热爱变法事业的学者,韩非倡言的是切实而有效的变法。他在《难一》中先举了韩献子斩人而郤献子救人的传说,提出"救罪人,法之所以败也"。他以为,既要变法,又要面对现实,更要严格守法,保证变革的彻底而有序、有效。在他看来,营私舞弊、以势压人、嫉贤妒能、自欺欺人的"当涂之人"(《孤愤》),是变法的大敌。其文激昂慷慨,热情澎湃,洋溢着一位具有卓越才情的学者的赤诚,难怪秦王(始皇帝)读后叹道:"嗟乎,寡人得见此人与之游,死不恨矣!"民间寓言在其文中的作用是很大的。在这种意义上讲,韩非是诸子中尤为出色的一位作家。

更可贵的是韩非保存了先秦典籍中较早的民间笑话故事。如在《外储说左上》中有两则笑话,分别为:

---

[1]《五蠹》之名仿《商君书·靳令》中"六虱"而来,意在抨击时尚的"法古",把空谈的学者(儒家)、只谈而不做的纵横家、带剑的游侠、逃避兵役的人和唯利是图的工商之民称为五蠹,鼓吹变革才是出路。

> 郑县人卜子,使其妻为裤。其妻问曰:"今裤何如?"夫曰:"象吾故裤。"妻因毁新,令如故裤。

> 郑县人乙子妻之市,买鳖以归。过颍水,以为渴也;因纵而饮之,遂亡其鳖。

同韩非其他故事相联系,我们可以看到,作者所引用的故事中的主角,以"郑人"为多。这里应该包含着一种特殊的情愫。郑国与韩国相邻,韩国灭掉了郑国,但韩国的国王却不求进取,不思变革,那么,韩国也就难以逃脱像郑国那样的命运,于是郑人就成了他笔下嘲讽的愚人。在这里,同样寄寓着韩非火热的变革情怀。

《列子》的作者传说是郑人列御寇,其中也保存了一些民间寓言故事。这在先秦民间故事中具有典型意义。诚如一位学者所说:"在寓言文学发展的最初阶段,寓言往往就是神话传说和故事。"[1] 又如《列子·说符》中的《亡铁者》,揭示了主观和持成见者的畸形心理[2]。其他还有《战国策》中的"三人成虎"(另见于《韩非子》和《吕氏春秋》)、"狐假虎威"(另见于《尹文子》)、"画蛇添足"、"南辕北辙",《吕氏春秋》中的"枯梧不祥"(另见于《列子》)、"宣王好射"(另见于《尹文子》)等,都成为影响深广的成语,这显示出先秦民间寓言的独特魅力。

这里应该特别指出的是,在先秦时期的民间故事中,较早地出现了异文,如我们在前面所举的《韩非子》中的"燕人李季浴矢"。还出现了一篇民间故事被几种文献所记述的现象,如在《战国策》和《吕氏春秋》中都记述的"迎娶新妇"故事,其所记异文表现出民间故事的变异轨迹,这种"变异"

---

[1] 杨公骥:《中国文学》(第一分册),吉林人民出版社1980年版,第446页。
[2] 关于《列子》的成书,学者们争论不一。有学者对此考证,以为基本上是魏晋辑录、补充、发挥而成。也有人不以为然。此类论点参见《社会科学战线》2000年第3期谭家健《〈列子〉故事渊源考略》等。

尤其值得我们重视。如,在《战国策·宋卫策》中,其情形是:

> 卫人迎新妇。妇上车,问:"骖马,谁马也?"御曰:"借之。"新妇谓仆曰:"拊骖,无笞服。"车至门,扶,教送母:"灭灶,将失火。"入室见臼,曰:"徙之牖下,妨往来者。"主人笑之。此三言者,皆要言也,然而不免为笑者,蚤晚之时失也。

在《吕氏春秋·不屈》中则是这样记述的:

> 白圭新与惠子相见也,惠子说之以强,白圭无以应。惠子出。白圭告人曰:"人有新取妇者;妇至,宜安矜,烟视媚行。竖子操蕉火而钜,新妇曰:'蕉火大钜。'入于门,门中有敛陷,新妇曰:'塞之,将伤人之足。'此非不便之家氏也,然而有大甚者。今惠子之遇我尚新,其说我有大甚者。"

这两篇异文都显示出禁忌的主题,同时也显示出民间故事异地流传后的具体形态。透过异文,我们能感受到先秦时期的民俗生活。研究民间文学的发展历史,我们不能不关注这些内容。

总的来看,先秦时期的民间故事中,民间寓言被记述、保存得最丰富,幻想故事、生活故事也有一些记录,笑话则被记述得较少。这是因为在商周社会中,诸子百家争鸣,游说之风盛行,人们一方面要很好地表达自己的思想和情感,另一方面则要借用广泛传播的民间故事来增强表达效果,所以很自然地选择了民间寓言故事这种文体;笑话的发展相对于其他故事形态来说,要求的艺术表现能力更强,所以它被记述得少是一方面,在当时产生得少也应当是很重要的因素。也就是说,民间故事各种形态的发生和发展,与其他民间文学形态一样,都有一定的背景,都需要相应的发生机制、嬗变机制。商周时期的民间传说与民间故事常常在内容上互生,构成后世民间文学的重要母题。一定的体裁,是一定的时代所需要的产物,也是一定的时代生成的产品。当神话走出远古时代,它就自然地终结了,代替它的是具有神话色彩的传说故事;而当民间文学走进一个更新的时代,它必须与一定的社会需要(需求)相吻合,才能生存和发展。在任何一个时代,民间文学都没有消失过,所不同的是各类文体(形态)之间的不均衡现象。

第四节　商周时代的民间歌谣

商周时代民间歌谣的保存基本上有两种情况,即:一、先秦典籍的保存,其中又有零星保存和集中保存之别;二、后世典籍文献的保存(包括后人追忆)。从现存典籍的整体情况来看,以先秦典籍的保存为主,并集中在《诗经》与《楚辞》中,分别表现了北方与南方两地民间歌谣的基本状况。当然,诸如历史著作和诸子著作中,也保存有丰富的材料(其他还有卜辞和金铭文所保存的远古歌谣,前面已经详述,此略)。这里,为了便于集中论述商周时期的歌谣,我们先从零星保存方面来窥其原貌。

一、先秦典籍对商周时代民间歌谣的保存

歌谣在先秦典籍中的保存,零星者居多,诸如《尚书》《左传》《国语》《战国策》《晏子春秋》《论语》《孟子》《荀子》《韩非子》《吕氏春秋》《庄子》和《列子》等,都不同程度地记述、保存了商周时期的民间歌谣。其中,《左传》中保存的民间歌谣数量最多,其类型也最全。

《左传》的目的在于记事,在"记"即描述(叙述)中引用了一些民间歌谣,其类型以时政歌谣和儿童歌谣居多,有些谚语也可以看作歌谣。时政歌谣是民间歌谣中反映社会生活最及时的歌谣,如载于《宋宣公二年》的《宋城者讴》:

郑公子归生受命于楚,伐宋。宋华元、乐吕御之。二月壬子,战于大棘,宋师败绩,囚华元……宋人以兵车百乘、文马百驷以赎华元于郑。半入,华元逃归……宋城,华元为植,巡功。城者讴曰:

睅其目,
皤其腹,
弃甲而复。
于思于思,
弃甲复来!

(华元)使其骖乘谓之曰:

牛则有皮,
犀兕尚多,
弃甲则那?
役人曰:
从其有皮,
丹漆若何?
华元曰:"去之,夫其口众我寡。"

从这里我们可以看到华元的无耻被役人揭示得淋漓尽致。同时,我们也可以看到,这里的"对歌",即华元所曰"其口众我寡"的效果。像这样不仅描绘其歌唱内容,又描述其歌唱环境者,在先秦典籍中是很有代表性的。又如,《襄公十七年》:

宋皇国父为大宰,为平公筑台,妨于农收。子罕请俟农功之毕,公弗许。筑者讴曰:

泽门之晳，

实兴我役。

邑中之黔，

实慰我心。

在这里，我们可以看到扰民而引发的民怨。这类歌谣差不多成为专制社会民间歌谣的主流，其原因就在于封建统治者向来以扰民、害民而成为社会的祸端。同样，对于给社会发展带来繁荣昌盛景象的贤人能臣，民间歌谣则给予赞誉。当然，民间社会对任何人都有一个认识过程。如《襄公三十年》：

(子产)从政一年，舆人诵之曰：

取我衣冠而褚之，

取我田畴而伍之。

孰杀子产，

吾其与之！

及三年，又诵之曰：

我有子弟，

子产诲之。

我有田畴，

子产殖之。

子产而死，

谁其嗣之？

子产是著名的政治家，他对社会发展采用了一系列新的政策，民间百姓的歌谣就反映了他的为政效果。再如《昭公十二年》所载：

南蒯之将叛也,其乡人或知之,过之而叹,且言曰:

恤恤乎,

湫乎,

攸乎。

深思而浅谋,

迩身而远志,

家臣而君图,

有人矣哉!

……

(其)将适费,饮乡人酒。乡人或歌之曰:

我有圃,

生之杞乎!

从我者子乎,

去我者鄙乎,

倍其邻者耻乎!

已乎已乎,

非吾党之士乎!

民间歌谣是社会政治的晴雨表,时政歌最直接地传达了人民的心声,体现出人民的爱憎。在民间歌谣中,所有的丑恶都不能被掩饰。如《定公十四年》中的"宋野人歌":

卫侯为夫人南子召宋朝,太子蒯聩献盂于齐,过宋野。野人歌之曰:

既定尔娄猪,

盍归吾艾豭!

与时政歌谣对社会历史的直接表现相比,民间儿童歌谣对社会政治的反映有着更复杂的内容。如《僖公五年》:

八月甲午,晋侯围上阳。问于卜偃曰:"吾其济乎?"对曰:"克之。"公曰:"何时?"对曰:"童谣云:

丙之晨,

龙尾伏辰,

均服振振,

取虢之旗。

鹑之贲贲,

天策焞焞,

火中成军,

虢公其奔。

其九月、十月之交乎?丙子旦,日在尾,月在策,鹑火中,必是时也。"冬十二月丙子朔,晋灭虢。

这种现象即以童谣为谶语的"验证",在《左传》中颇不少见,其中包含着典型的神秘文化的意蕴,特别是星占与时政的联系,体现出先秦时代社会文化发展的基本特点。又如《昭公二十五年》所载"鸜鹆谣":

有鸜鹆来巢。书所无也。师己曰:"异哉,吾闻文、成之世,童谣有之曰:

鸜之鹆之,

公出辱之。

鸜鹆之羽,

公在外野,

往馈之马。
鸜鹆跦跦,
公在乾侯,
征褰与襦。
鸜鹆之巢,
远哉遥遥。
稠父丧劳,
宋父以骄。
鸜鹆鸜鹆,
往歌来哭。
童谣有是,今鸜鹆来巢,其将及乎?"

这里的"鸜鹆来巢"是很典型的比兴手法,其运用效果非常突出,一方面增强了意象的生动性,一方面使诗句更富于乐感。它和《诗经》的联系,我们从一个方面可以管窥到。

《国语》中所保存的民间歌谣也不少,其中不少歌谣成为后世广泛流传的谚语、成语,如《周语》中的"众心成城,众口铄金""从善如登,从恶如崩"等名句,直到今天还为我们所运用。《国语》中的时政歌谣也好,儿童歌谣也好,其保存都具有一定的环境,即具有阐释性内容,述说其发生背景。如《晋语》中的"暇豫歌"讲述了著名的骊姬传说:

骊姬告优施曰:"君既许我杀太子而立奚齐矣,吾难里克,奈何?"优施曰:"吾来里克,一日而已。子为我具特羊之飨,吾以从之饮酒。我优也,言无邮。"骊姬许诺,乃具,使优施饮里克酒。中饮,优施起舞,谓里克妻曰:"主孟啖我,我教兹暇豫事君。"乃歌曰:
暇豫之吾吾,

不如鸟乌。

人皆集于苑,

已独集于枯。

里克笑曰:"何谓苑?何谓枯?"优施曰:"其母为夫人,其子为君,可不谓苑乎?其母既死,其子又有谤,可不谓枯乎?枯且有伤。"

这是《国语·晋语》中所述"晋献公杀子而重耳走国"的一段故事。骊姬是个狡诈的女人,以谗言害申生,立奚齐为太子;晋献公盲目自大,狂妄专横而又贪色,他听信骊姬的谎言,想借让太子申生伐霍之机,待其兵败而杀之,但申生得胜而归。骊姬再向献公进谗言,先派优施去到大夫里克那里探听消息。这就是优施与里克载酒载歌载舞载言中的一段。后来申生含冤而死,骊姬又迫害重耳和夷吾。最后晋献公死去,晋国大乱,奚齐、卓子继位之后,里克等人被杀,骊姬也被杀。当我们读到这一段歌谣时,犹如身临其境,为优施这个人的奸诈和阴险而惊心。《国语·郑语》中的"周宣王时童谣",记述了"檿弧箕服,实亡周国"的预言,同样伴随着历史传说,引人深思。类似的现象在《战国策》《吕氏春秋》等典籍中也不乏其例,如《战国策·齐策》所载"齐人为王建歌":

秦使陈驰诱齐王,内之,约与五百里之地。齐王不听即墨大夫而听陈驰,遂入秦,处之共松柏之间,饿而死。先是,齐为之歌曰:

松邪柏邪,

住建共者,

客耶!

以歌谣预示天下大事,作为一种艺术传统,我们在后世的谶书中时有所见,在一些文学作品中也可以看到。这些歌谣已不单单是一种民间歌唱的载体,而且包容了许多人对未来世事的分析与预见,如《烧饼歌》又何尝不是这样!

在先秦典籍诸如诸子著作中,歌谣成为另一种意义的述说表现方式,显示出诸子对社会、历史、人生等问题的思索。如《论语·子路》中的"人而无恒,不可以作巫医";又如《论语·微子》中的"楚狂接舆歌":

楚狂接舆歌而过孔子,曰:
凤兮,凤兮!
何德之衰?
往者不可谏,
来者犹可追。
已而,已而!
今之从政者殆而!

《孟子·离娄上》载"孺子歌":

有孺子歌曰:
沧浪之水清兮,
可以濯我缨;
沧浪之水浊兮,
可以濯我足。[1]
孔子曰:"小子听之,清斯濯缨,浊斯濯足矣。自取之也。"

《庄子》中也引用了一些歌谣,如在《论语·微子》中曾被引用过的"楚

---

[1]《文子》中变为"混混之水浊,可以濯吾足乎;泠泠之水清,可以濯吾缨乎"。

狂接舆歌";所不同者,是他加上了"天下有道,圣人成焉;天下无道,圣人生焉"。在《大宗师》中,有所谓"孟子反、子琴张歌":

> 而子桑户死,未葬。孔子闻之,使子贡往侍事焉。或编曲,或鼓琴,相和而歌曰:
> 嗟来桑户乎!
> 嗟来桑户乎!
> 而已反其真,
> 而我犹为人猗!

在《韩非子》中所引用歌谣也是比较多的。如《说林篇下》:

> 管仲、鲍叔相谓曰:"君乱甚矣,必失国。齐国之诸公子其可辅者,非公子纠则小白也,与子人事一人焉,先达者相收。"管仲乃从公子纠,鲍叔从小白。国人果弑君。小白先入为君,鲁人拘管仲而效之,鲍叔言而相之。故谚曰:
> 巫咸虽善祝,
> 不能自祓也。
> 秦医虽善除,
> 不能自弹也。

其他如《难二》中的"公胡不复遗冠"等,以及《外储说右上》中的"晏子述周秦民歌"等,都并非单纯为了述说歌谣,而是借以抒发自己渴望社会变革的火热情怀。

在《荀子》中也是这样。值得说明的是,这位先秦时期的哲学家自觉地采用民间说唱的艺术形式,其《成相》篇可看作民间歌谣体的长卷。"相"作为一种民间文学体裁，类似于今日民间流行的鼓书，在字句上有明显的节拍。如《尚书·皋陶谟》中所言"抟拊琴瑟以咏"，"抟拊"即"相"，即郑玄在注中所言"抟拊以韦为之，装之以糠，形如小鼓，所以节乐，一名相"。所谓"成"，即"奏"。《成相》共有五十六节，每节为五句，第一句、第二句都是三字，第三句是七字，第四句是四字，第五句还是七字。这种句式给人以特殊的韵致美感，恰与今日河南东部地区流行的大鼓书相一致。《成相》中的基本内容为：先述对贤与奸的任用不同而出现了治与乱两种效果，然后举出历史事实包括大量民间传说和民间故事，进一步阐述用奸佞之人所产生的危害，最后再提出自己的具体主张。荀子作《成相》篇时，应该是他在齐国不被任用而被迫去楚，之后又因遇谗而游赵再赴秦，最后终老于楚时所作[1]。在楚国，他曾经为春申君所用，但由于政治旋涡将他推出政坛，所以他空有壮志而不得实现，便走进民间，借此歌谣体述说自己的万千胸臆。我们不能肯定地说《成相》就是民间歌谣，但可以肯定地说其中保存有不少民间歌谣；荀子在自己的晚年目睹社会政治的全面腐败，借用民间文艺形式来抒怀，为我们保存了当世民间歌谣等民间文艺文体，这是他非凡的贡献。

  《尚书》《礼记》等先秦典籍中，也保存了不少传说为这个时期的一些歌谣，如《伊尹歌》《麦秀歌》《曳杖歌》《登木歌》等，此外还有《琴操》中所举的《猗兰操》《龟山操》《岐山操》《箕山操》《思亲操》等，《吴越春秋》所举的《渔父歌》《伍子胥引河上歌》《越王夫人歌》《采葛妇歌》等。《史记》《风俗通义》《后汉书》和《韩诗外传》等典籍所引传说中的歌谣，其辨伪非常困难。我们不能一概而论其皆伪或皆真，但至少可以说，这是与先秦典籍的影响分不开的。通过其中的句式，我们可以管窥商、周时代或远古时代歌谣的一斑。这种情况与相传为尧时代的《击壤歌》《康衢童谣》相差无几，我们只能把它们看作传说。

---

[1] 荀子经历见《史记·孟子荀卿列传》。

二、《诗经》与《楚辞》楚歌

先秦时期即远古歌谣之后的民间歌谣,最集中的保存当推《诗经》与《楚辞》。这两部诗歌总集,分别体现出北方和南方民间歌谣的基本风格。

1.《诗经》中的民间歌谣

首先我们可以从《诗经》中看到先秦时期以河洛为中心,东到齐,西到渭,北到燕,南到江汉这样一个大致相当于今天黄河中下游地区、淮河流域(即河南、河北、山西、陕西和山东的全部及湖北、安徽的一部分)的民间歌谣保存状况。从《诗经》中,我们能够管窥先民们丰富多彩的文化生活,尤其是民间文艺和禁忌、图腾、巫术等信仰崇拜在民俗事项中的具体表现。

《诗经》原称《诗》《诗三百》,它被人称为儒学的经典之一。相传孔子曾经删定过它。但我们从《左传》等典籍中可以看到,早在孔子之前,就应该有其基本形式的流传了。如《左传·襄公二十九年》:

> (吴国公子季札聘问鲁国)使工为之歌《周南》《召南》,曰:"美哉!始基之矣,犹未也;然勤而不怨矣。"为之歌《邶(风)》《鄘(风)》《卫(风)》,曰:"美哉!渊乎!忧而不困者也。吾闻卫康叔、武公之德如是,是其《卫风》乎?"为之歌《王(风)》,曰:"美哉!思而不惧,其周之东乎?"为之歌《郑(风)》,曰:"美哉!其细已甚,民弗堪也,是其先亡乎?"为之歌《齐(风)》,曰:"美哉,泱泱乎!大风也哉!表东海者,其大公乎?国未可量也。"为之歌《豳(风)》,曰:"美哉!荡乎!乐而不淫,其周公之东乎?"为之歌《秦(风)》,曰:"此之谓夏声;夫能夏则大,大之至也,其周之旧乎?"为之歌《魏(风)》,曰:"美哉,沨沨乎!大而婉,险而易行,以德辅此,则明主也。"为之歌《唐(风)》,曰:"思深哉,其有陶唐氏之遗民乎?不然,何忧之远也;非令德之后,谁能若是!"为之歌《陈(风)》,曰:"国无主,其能久乎?"自《桧(风)》以下无讥焉。为之歌《小雅》,曰:

"美哉,思而不贰,怨而不言,其周德之衰乎?犹有先王之遗民焉。"为之歌《大雅》,曰:"广哉!熙熙乎!曲而有直体,其文王之德乎?"为之歌《颂》,曰:"至矣哉!……"

这与今天所传《诗经》中的"十五国风""大小雅"和"颂"大致相同。新华社曾发布一则消息,上海博物馆发现一批战国竹简,其中有30枚竹简记有孔子论诗的内容。在这些竹简(其被定名《竹书孔子诗论》)中,涉及孔子所论诗有60篇,其十分之一为今传《诗经》中所无,有《肠肠》《卷而》《涉秦》《河水》《角幡》等。《诗经》中的"国风""大雅""小雅"和"颂",在此被称为"邦风""大夏""小夏"和"讼",其排列顺序正好与今所传相颠倒,为"讼""夏""风"。其中还记载了孔子"诗毋离志,乐毋离情,文毋离言"的诗观和他讲授诗的情形[1]。再联系到我们在上述材料中引的"为之歌《秦(风)》,曰,此之谓夏声",可以想见,《诗经》的成书当在孔子之前就已经完备。《诗经》在流传中曾经发生过浩劫。《后汉书·儒林传》说:"诗有齐鲁韩毛。"今天所传《诗经》属于在两汉时限于民间传授的《毛诗》,为大毛公毛亨、小毛公毛苌所传。从《礼记》《国语》等文献中,我们可以看到古代有采诗制度。如《礼记·王制》中所述的"天子五年一巡狩"而"命大师陈诗以观民风",《国语·召公谏弭谤》中所述的"故天子听政,使公卿至于列士献诗,瞽献曲,史献书,师箴,瞍赋,矇诵"。何休在《春秋公羊传解诂》中对此做进一步解释道:"男女有所怨恨,相从而歌。饥者歌其食,劳者歌其事。男年六十女年五十无子者,官衣食之,使之民间求诗。乡移于邑,邑移于国,国以闻于天子。"《诗经》作为诗歌总集,一般以为其《国风》和《雅》的一部分保存民间歌谣较多,其作者可考者不多,如《小雅》中提到的尹吉甫、家父等人,大部分是民间百姓包括一些出身低下或居于下

---

[1] 载《中国文化报》2000年8月23日《战国竹简发现孔子诗论》。

层民众中的民间知识分子。《诗经》之所以保存民歌,其目的首先在于教化,其次才在于"观民风",这是当世统治者的政治策略所决定的。孔子在《论语·阳货》中说:"《诗》可以兴,可以观,可以群,可以怨。迩之事父,远之事君。多识于草木鸟兽之名。"当然,这是经世致用的功利性表现,也正是由于此种功利性,使后人更多地撇开了《诗经》的原始内容而不断地曲解、误解它。如《论语·八佾》中,孔子说《关雎》是"乐而不淫,哀而不伤",这个评说被后世所传诵,甚至成为定论。其实,整部《诗经》除了"颂"之外,更多的就是"淫"和"伤"!而"淫"和"伤"从来都是民间歌谣真正的主题和基本功能。

总观《诗经》中"国风"和"小雅"中的民间歌谣,我们可以看到,表现内容最突出者是情爱主题和婚姻生活。在这部分内容中,我们可以看到男欢女爱的尽情张扬,而这正是民间文化生活的主流,即封建卫道士所指斥的"淫"。如《关雎》诗,开篇即以"关关雎鸠,在河之洲,窈窕淑女,君子好逑"来指明年轻的心对恋情的投入,其暗示的内容则应该是关于"野合"的民俗生活。其后的"参差荇菜,左右流之"和"参差荇菜,左右采之""参差荇菜,左右芼之",并不是指具体的劳动动作,而是"野合"的欢爱情景;最后的"钟鼓乐之",则应是仲春之月桑林之会的盛景的想象。也就是说,我们理解《诗经》中的民间歌谣,应该结合当时的民俗生活,而诸如《周礼》《礼记》等典籍中所述的民间盛会,正是《关雎》这类作品的具体背景。《周礼》中所述的"仲春之月,令会男女,于是时也,奔者不禁",《礼记·月令》中所述的"是月也,玄鸟至。至之日,以太牢祠于高禖,天子亲往,后妃帅九嫔御。乃礼天子所御,带以弓韣,授以弓矢,于高禖之前",指的都是仲春之会及高禖崇拜,这在《诗经》形成的时代应该是广为流行的民俗生活。更重要的是"关关雎鸠"在河洲上所示的意义。朱熹在《诗集传》中对此解释为"雌雄相应之和声也",但他却又来了一句"生有定偶而不相乱,偶常并游而不相狎"来喻此《关雎》为颂"后妃之德"(《诗集传》卷一)。清人王先谦做了更详细的考证,他举《史记·佞幸传索引》中的"关,通也",《尚书大传》中的"虽禽兽之声,犹悉关于律",《太玄·玄测都序》注"关"为"交","鸟之情意通,则鸣声往复相交,故曰关"(《诗三家义集疏》卷一)。鸟之交,实际上就是人之交。仲春之会中男女相交相欢相爱,在鸟相交的图画中自然显示出来。再者是诗中所用的"参差荇菜",即俗称的黄花菜,《唐本草》称"蕃菜",《本草纲目》中称为"金莲子",在古代既可做药又可食用,还可供观赏,其疗效与洗濯意义相连,给人以特殊的美感。由此,我们联系到乡村民俗生活中以鸟喻男根,以黄花喻少女,可以想见这仲春之会中男女间热烈欢爱的动人情景——而这在当时丝毫没有淫的色彩,一切都顺乎自然。由此,我们再看《邶风·静女》中的"静女其姝,俟我于城隅"和《郑风·溱洧》《召南·野有死麕》《王风·采葛》《鄘风·桑中》等作品,也就不难见其中的情爱世界了。

人常以为《郑风》"淫"。"淫"其实就是无拘无束的情爱,忘我的投入。举数《郑风》,可见《缁衣》《将仲子》《叔于田》《大叔于田》《清人》《羔裘》《遵大路》《女曰鸡鸣》《有女同车》《山有扶苏》《萚兮》《狡童》《褰裳》《丰》《东门之墠》《风雨》《子衿》《扬之水》《出其东门》《野有蔓草》《溱洧》,共21首诗。除了《缁衣》被释为"郑武公好贤"、《清人》被释为"刺郑文公"、《羔裘》被释为"赞美郑国大夫",其余诸篇都是表现男女情爱的。《将仲子》中的"无逾""无折"及"亦可畏也"所形成的复沓结构,体现出一对男女相爱相欢的情形。《遵大路》二章每章四句,每章的前两句都是"遵大路兮,掺执子之祛(或手)兮",使我们联想起流传至今的西北民歌《走西口》,其中"走路要走大路"和"紧拉着妹妹(哥哥)的手",其意境与意蕴是惊人地一致。在《萚兮》和《狡童》《褰裳》《山有扶苏》中,我们同样可以看到仲春之会的狂欢,"狂且""狂童""狡童"和"叔兮伯兮"是当时最亲昵的称呼。在《出其东门》中,我们看到"有女如云""有女如荼",在《野有蔓草》中,我们看到"零露漙兮""零露瀼瀼"与"邂逅相遇",其中都流露出野合的痕迹。最突出也是最典型的野合情景表现在《溱洧》，它集中体现了溱洧之滨，男男女女踏青修禊，以祓除不祥，其"维士与女，伊其相谑，赠之以勺药"更直接更具体地描绘了上巳节男欢女爱的恣肆。而这些内容，正是腐儒们克己勿视勿闻的，因此，也就难怪口口诬其为"淫声"了。

《齐风》中也不乏"淫声"，如《还》《著》《东方之日》等篇，描绘情爱间的交流与相悦。《还》曾被认为"刺荒"即讽刺田猎之事，事实上其中的"遭我乎猺（náo）之间兮"与"并驱从两肩兮"，和后世民歌中的"雌雄傍地走"意义相同，是男女在野外追逐嬉戏的情景。值得提出的是《齐风》中的《南山》《敝笱》《载驱》《猗嗟》，表面上连成一体，可看作是讽刺齐襄公与其妹文姜淫乱的故事，其实其主题意旨已被民间衍化为男女情爱的歌唱，失去了讽刺的意义。其中的"匪斧不克""其鱼唯唯""敝笱在梁"和"汶水汤汤""汶水滔滔""美目扬兮"，都包含着炙热的情爱。但我们从唐代诗歌中"女娲本是伏羲妻"等神话传说的嬗变形态中，还可以寻找到其踪迹。也就是说，《诗经》中的传说虽源于历史，但已经不是真实的历史记述，而是再创造成新的意蕴的历史。这种现象在《陈风》中也有所表现。如《宛丘》，有人以为"刺幽公也，淫荒昏乱，游荡而无度焉"（《诗序》），但我们通读全篇之后并没有这种感觉，看到的却是宛丘之上成群的男女自由自在、载歌载舞、尽情欢娱的景象。与之相近的是《东门之枌》，也有人说它是"刺女巫盛行之诗"（《诗序》）。其实《东门之枌》和《宛丘》一样，都是再现了高禖崇拜、桑林之会、仲春之会等具有原始信仰包括生殖崇拜、性崇拜内容的集体狂欢。还有《株林》，有人以为其"刺灵公也，淫乎夏姬，驱驰而往，朝夕不休息焉"（《诗序》），其中的"胡为乎株林""朝食于株"同样是表现仲春野合的内容，这里的夏南也并不是指夏姬的儿子，而应是泛指美貌女子，若说有《诗序》所讲的灵公故事（《左传·宣公九年》载），也只是说明仲春之会中不分男女、不分尊卑的集体行为。甚至可以说，在《国风》中，只有情爱即淳朴的男欢女爱的内容，并不存在对所谓"淫乱"的指斥。这是当时社会生活的具体内容决定的。后世学者根据主流文化即统治者巩固社会秩序的需要,强调《诗经》的教化功能,极力扼杀《诗经》之中所张扬的欢爱内容。可以说,若没有这些内容,"国风"将失去其绚丽的姿色,整个《诗经》也将同其他先秦典籍一样被束之高阁,远没有像现在这样在民间文化、民俗生活中为大众传播所青睐。当然,爱与欢乐是美丽的,其中也不乏忧伤,《诗经》中有不少民间歌谣直接表现了这种痛苦、无奈和焦渴。如《桧风》中的《羔裘》所唱的"岂不尔思,我心忧伤",《素冠》中所唱的"棘人栾栾兮""我心伤悲兮",还有《曹风》中的《蜉蝣》所唱的"心之忧矣",《候人》中所唱的"不遂其媾"与"季女斯饥"。

《诗经》中所保存的民歌,还集中反映了劳动生活、人生苦难与忧愁等内容。在《诗经》形成的时代,农耕技术已经得到相当充足的发展,社会分工带给民间百姓许多欢乐,也带来许多烦恼和仇恨、不满。人们通过这些民歌的诵唱,得到情感的宣泄,获得慰藉,另一方面,人们也把这些民歌作为生产知识和生活经验的教材,甚至是他们的百科全书,通过传唱教育、培养后代,同时,也陶冶着一代又一代人的性情和操守。这类作品最典型的当数《豳风》中的《七月》。"七月流火,九月授衣","四月秀葽,五月鸣蜩,八月其获,十月陨萚","九月筑场圃,十月纳禾稼","二之日凿冰冲冲,三之日纳于凌阴,四之日其蚤,献羔祭韭"等时令的描述,具体表现了于耜、举趾、执筐(采桑、采蒿)、条桑、载绩、狩猎、熏鼠、春酒、食瓜、断壶、叔苴、索绹、乘屋、飨宴、祭祀、祈祷等民俗生活。在后世的民间歌曲中普遍流行《十二月》之歌,即把一年的农事和主要生活事项,包括民间节日,都通过歌谣表现出来,《七月》就是这类歌曲的最原始的类型。我们的先人热爱生活,同样也热爱劳动,在劳动中歌唱快乐。如在《周南·芣苢》中,每个诗句之前都有"采采芣苢"作为复沓章句,描述劳动中的欢乐。又如《召南·驺虞》和《齐风·还》中对猎手的称赞,可看作较早的狩猎歌。在劳动歌谣中,《诗经》中一些作品还表现了唱和的效果,除了《周南·芣苢》外,突出的典型如《魏风·十亩之间》：

> 十亩之间兮，
> 桑者闲闲兮。
> 行与子还兮！

> 十亩之外兮，
> 桑音泄泄兮。
> 行与子逝兮！

但并不是所有的劳动都充满了欢乐，当过重的劳役给人民带来苦痛时，民歌就多了一些咒骂、指斥和憎恨。如《唐风·鸨羽》中"悠悠苍天，曷其有常"的发问，充满了悲苦和凄凉。最典型的同类作品是《魏风·硕鼠》和《魏风·伐檀》，人们把那些欺压人的人比作"硕鼠"，发出"逝（誓）将去汝"的呐喊，对"不狩不猎"的"彼君子兮"提出质问。还有一些民歌表现了对征战的厌恶。周代连年征战，给人民带来不尽的哀伤和痛苦，诸如《豳风·东山》成为这种苦情倾诉的典型。在《东山》中，每章前几句都是"我徂东山，慆慆不归。我来自东，零雨其濛"，展现了厌战、思乡、怀旧的心态。《小雅·采薇》《卫风·伯兮》《邶风·击鼓》等，也是这类歌谣的代表。

原始信仰和祖先崇拜是《诗经》民歌中的重要内容。我们这样理解《诗经》，而更多的学者虽然也承认其中有丰富的民间歌谣，但做具体阐释时总是依照文人诗来理解，有意无意地忽略其中的原始信仰和祖先崇拜。尤其是一些人片面强调《诗经》所具有的人民性，以为其基本价值就在于揭露黑暗、嘲讽丑恶、歌颂正义，这样理解《诗经》是相当偏颇的。我们认为，《诗经》源自特殊的时代，它虽然具有表现社会现实的意义，但无论如何都摆脱不了特殊时代所赋予的文化特征，即它首先属于生活，其次才属于艺术。

第二章　商周时代的传说、故事和歌谣

《诗经》的诵唱,曾经是先秦时期文艺生活的重要内容,如《左传·文公十三年》:

> 郑伯与公宴于棐。子家赋《鸿雁》,季文子曰:"寡君未免于此。"文子赋《四月》。子家赋《载驰》之四章,文子赋《采薇》之四章。郑伯拜,公答拜。

在《诗经》中,《诗序》说"风,风也,教也","雅者,正也","颂者,美盛德之形容,以其成功告于神明者也"。郑樵在《诗辨妄》中说:"乡土之音曰风,朝廷之音曰雅,宗庙之音曰颂。"

原始信仰和祖先崇拜作为《诗经》民歌的重要内容,在各篇章中以不同的程度存在着。如,原始信仰中的生殖崇拜、性崇拜、动物崇拜通过"鸟兽草木之名"展现出来,有时伴之以野合的描绘、高禖崇拜的表现,像我们在前面所举到的例子;诸如巫术崇拜、自然崇拜、灵魂崇拜在许多篇章中更是普遍性表现;尤为突出的是星辰崇拜及其伴随的民间传说,成为《诗经》中原始信仰的动人表现。如《小雅·大东》中所列的织女星、牵牛星、启明星、长庚星、天毕星、箕星、斗星,每一颗星辰后面,都有相关的传说作为诗句,融成一体:

> 维天有汉,
> 监亦有光。
> 跂彼织女,
> 终日七襄。
> 虽则七襄,
> 不成报章。
> 皖彼牵牛,

不以服箱。
东有启明，
西有长庚。
有捄天毕，
载施之行。
维南有箕，
不可以簸扬。
维北有斗，
不可以挹酒浆。
维南有箕，
载翕其舌。
维北有斗，
西柄之揭。

这应该是先秦文献中最早提到"牛郎织女"的神话传说材料。我们考察这则民间传说，《大东》是一个重要的起点（原型）。其他像许多篇章中提到的祭祀、祈祷、诅咒性内容，与原始信仰有着密切的联系，诸如《小雅·桑扈》中的"兕觥其觩，旨酒思柔；彼交匪敖，万福来求"等，我们可以看作继远古歌谣之后重要的仪式歌谣，直接影响着后世的民间仪式歌的形成和变化。在提到这一点时，许多学者只把《国风》和《小雅》的一部分看作民间歌谣，而排除《大雅》和《颂》中民间仪式歌的存在，这是不够全面的。我以为，在《国风》中也有并非纯属民间歌谣的作品，如《鄘风·载驰》，有人考证即为许穆夫人所作[1]；在《颂》中，也未必没有民间歌谣的存在，只是我们通常不把一些民间仪式歌谣作为所谓规范的民间歌谣看待。如《商颂》

---

[1] 褚斌杰、谭家健主编：《先秦文学史》第二编第四章，人民文学出版社1998年版。

中的《那》《烈祖》《玄鸟》《长发》和《殷武》,是祭祀祖先、先王的"乐歌",而此时周已经灭商,商的子孙还在传唱、怀念自己的祖先和先王,内容和语句都与那些民歌无异,又为何不能直作祭祀时所唱的民间歌谣呢?尤其是《长发》,《诗序》称其"大禘也"。《礼记·丧服小记》载:"王者禘其祖之所自出,以其祖配之,而立四庙。庶子王亦如之。"郑玄注曰:"禘即祭天。"二者都是讲"禘"作为重要的祭仪而存在[1]。显然,《商颂》所保存的被征服民族的"乐歌",其实就是正在民间流传的歌谣。《周颂·载芟》在《诗序》中被释为"春籍田而祈社稷也",即春耕祀神的乐歌;《周颂·良耜》是秋收后祀神的乐歌。它们都是集体活动中演唱的"乐歌",也可以被看作民间仪式歌。在某种意义上讲,在整部《诗经》中,处处都可以看到集体性的意义,而集体性正是民间歌谣存在的基础。那么,一部《诗经》被看作先秦时期或商周时期的民间歌谣总集,并不为过。特别是《商颂·玄鸟》,可以被看作最早保存的民间叙事诗。正因为许多学者在文化研究中长期固守于偏狭的"民间"概念,即一味强调下层体力劳动者对口头创作的贡献,才人为地抹杀了民间文学全民性的重要内容,这同样是一种偏见。

祖先崇拜在《诗经》中主要保存在《大雅》和《颂》中,集中表现在《大雅》中的《绵》《生民》《公刘》和《商颂》等篇章。其中《大雅》中所表现的是周民族的几代祖先神,《商颂》中所表现的是殷商民族的祖先神。在信仰成分与表现方式上,它们和西方学者所论述的"史诗"(epic)的具体概念,并无太大的差异。如(英)卡顿(J.A. Cuddon)在《文学术语词典》"史诗"中所说:"史诗指在大范围内描述武士和英雄们的业绩的长篇叙事诗,是多方面的英雄故事,包括神话、传说、民间故事与历史。"[2]那么,依此而论,《生民》和《玄鸟》这几篇作品被看作先秦时期所保存的史诗,是有道理的。

---

[1] 《论语·八佾》中,孔子曰:"不知(禘)也。"《礼记·王制》:"天子诸侯宗庙之祭,春曰礿,夏曰禘,秋曰尝,冬曰烝。"

[2] 卡顿:《文学术语词典》,伦敦出版社1979年版,第225页。

《大雅》之意即"大事",即郑樵在《诗辨妄》中所述"朝廷之音"。如《生民》从姜嫄生育后稷开始,述说后稷在周民族发展史上具有史诗意义的神圣事迹:

> 厥初生民,
> 时维姜嫄。
> 生民如何,
> 克禋克祀,
> 以弗无子。
> 履帝武敏歆,
> 攸介攸止。
> 载震载夙,
> 载生载育,
> 时维后稷。

它详细地述说了周始祖诞生的神话传说,并以农耕仪礼等形式来表达后人对祖先的怀念。这是周民族第一代祖先的颂歌。

《公刘》描述了周民族的第二代英雄祖先对周国家建立及在豳创业的艰辛历史,反复咏叹"笃公刘",讴歌其"乃场乃疆""爰方启行""瞻彼溥原""于京斯依""既景乃冈,相其阴阳""于豳斯馆"而"涉渭为乱,取厉取锻,止基乃理,爰众爰有"。

在《绵》中,描述了周民族第三代英雄祖先神古公亶父(即王季之父、文王之祖,后称太王)由豳迁往"岐下"建立周国家的历程:

> 绵绵瓜瓞,
> 民之初生,

自土沮漆。
古公亶父，
陶复陶穴，
未有家室。

诗中还描述了"周原膴膴，堇荼如饴。爰始爰谋，爰契我龟"的内容。古公亶父领导周民族在"岐下"这片土地上"乃慰乃止，乃左乃右；乃疆乃理，乃宣乃亩""乃立皋门""乃立应门""乃立冢土"，而后才有"文王蹶厥生"以及疏附、先后、奔奏、御侮的强大阵容。在《大雅·思齐》中，文王齐家治国，他"不显亦临，无射亦保"，全心全意为人民服务，而且"成人有德，小子有造"，周王朝的人民无限幸福、光荣和自豪，而这和《生民》《公刘》《绵》都是一脉相承的。同样，在这三篇史诗性的作品中，从内容到形式都是经过许多人共同创造才完成的。

《商颂》的情况更为特殊，因为这里的商民族已经失去了统治者的地位而被周民族所征服。但我们可以看到，在《商颂》中，诸如《玄鸟》这类作品，不会是在短时间内由个别人创作完成的，而是经过了相当长时间的集体传播，在这一时期被整理、保存。诸如《长发》中，先述"濬哲维商，长发其祥"，然后以"洪水芒芒，禹敷下土方，外大国是疆"引出"有娀方将，帝立子生商"，讴歌契、相、成汤等商民族的英雄神，还赞颂了"实维阿衡（即伊尹），实左右商王"，一点也看不出沮丧的情绪，显然是周灭商之前的作品。在《玄鸟》中，以"天命玄鸟，降而生商"引题，在揭示商民族的图腾"玄鸟"的同时，铺叙"武汤""正域彼四方"而"方命厥后，奄有九有"，再述说孙子"武丁""肇域彼四海，四海来假"的昌盛景象。显然，这也是商灭亡之前的作品。武王灭纣而封微子启于宋，商的子孙在宋这片土地上继续传唱着他们的先人留下的史诗。和《大雅》中的《生民》《公刘》《绵》一样，这些"乐歌"应该被看作民间歌谣或民间叙事诗、史诗。

《诗经》确实是我国第一部诗歌总集,这是在把文人诗和民间诗同等看待条件下的论断,但它也是继《周易》之后的又一部民歌总集;尤其是《大雅》和《颂》中,保存了包括民间仪式歌、民间史诗或民间叙事诗在内的作品,特别是后者,应该为我们重新认识和深入思索。

2.《楚辞》与楚地古歌

楚国的历史与周民族代替殷商是分不开的,即楚国民众更多的是殷人的后裔[1]。殷人封鲁、殷人南迁,离开了作为政治和文化中心的中原地区,在南方的开发中起到重要作用,从而也影响到楚地文化、南方文化的发展。郭沫若在《屈原研究》(上海群益出版社1950年版)中曾提到"把殷人创生的文化移植到了南方"。殷商民族在历史上不断迁徙,过去许多学者以为商人来自东方,如郭沫若、范文澜、李亚农等都持此见,但也有学者以为其源自北方,如金景芳等人以为商文化起源于辽水发源处即今内蒙古昭乌达盟一带[2]。近年来北方地区的考古材料颇多,可证殷商民族源自北方说更近史实。从神话传说中可知,北方地区曾是颛顼、帝喾统治的地方,所以,作为殷人后裔的屈原,在其诗中高唱"帝高阳之苗裔兮,朕皇考曰伯庸",也就并不奇怪了。有的学者在考察楚国先世时,以为其"实际上的始祖鬻熊却是住在荆山(在今湖北西部、武当山东南、汉水西岸)的荆蛮,并且在周夷王时(约公元前9世纪)和楚武王三十五年(前705年)时楚王还都以蛮夷自居"[3]。鬻熊曾孙熊绎曾被周封为楚子,建都于丹阳,《左传·昭公十二年》称楚人在其时"筚路蓝缕,以处草莽,跋涉山林"。后来到楚庄王时,楚国曾经达到鼎盛;至楚怀王时,楚国的疆域更进一步扩大,甚至东北至今山东东南一带,西南至今广西东北一带,以及浙江、江苏、河南的一部分还曾归其占有,但由于国内政治腐败,以致屡次为秦所败 —— 秦攻下郢时,楚迁都于陈

---

[1]《史记·楚世家》称楚之先祖出自"帝颛顼高阳"。

[2] 金景芳:《商文化起源于我国北方说》,《中华文史论丛》第七辑,上海古籍出版社1978年版。

[3] 葛剑雄:《中国移民史(第二卷)》,福建人民出版社1997年版,第23页。

（今河南淮阳）；当楚再迁钜阳（今安徽阜阳北）、寿春（今安徽寿阳）时，其大势已趋于灭亡。待公元前223年，这个从长江中游起家，曾辉耀江浙、威震淮河中游地区的国家（民族），终于被秦帝国所灭亡。当然，在这一次又一次扩张即发展中，土著的蛮夷与北方迁来的殷人的共同努力也是不可忽视的因素。《楚辞》作为楚国古歌的一部分，融进这些历史的氤氲，化成一道道云霓，闪烁在我们的面前。

《楚辞》与《诗经》一样，既是对历史的真实记述，又包含了许多民间歌曲、民间歌谣和民间传说等内容。当年楚人所包容的"九夷八蛮"，即南方越、苗、氐、羌、巴等民族的文化，与中原文化相汇聚，一同在楚古歌中表现出来。楚古歌包括《楚辞》在内，是楚文化的一部分，构成其自身的特点；而在楚文化的具体构成中，民俗生活起到了非常重要的"底色"作用。如《汉书·地理志》所说：

> 楚有江汉川泽山林之饶。江南地广，或火耕水耨；民食鱼稻，以渔猎山伐为业，果蓏蠃蛤，食物常足。故呰窳偷生，而亡积聚，饮食还给，不忧冻饿，亦亡千金之家。（其）信巫鬼，重淫祀。而汉中淫失枝柱，与巴蜀同俗。
>
> 巴、蜀、广汉本南夷，秦并以为郡，土地肥美，有江水沃野、山林竹木、疏食果实之饶。南贾滇、僰僮，西近邛、莋马、旄牛。民食稻鱼，亡凶年忧，俗不愁苦而轻易淫泆，柔弱褊厄。

这种文化包括民间信仰在内的民俗生活等因素，决定了《楚辞》和楚古歌的基本内容与个性。王逸在《楚辞章句·九歌·序》中说：

> 昔楚国南郢之邑，沅湘之间，其俗信鬼而好祠。其祠必作歌乐、鼓舞，以乐诸神。屈原放逐，窜伏其域，怀忧苦毒，愁思沸郁，出见俗人祭祀之

礼、歌舞之乐,其词鄙陋,因为作《九歌》之曲。

当然,屈原是否因"其词鄙陋"而"作《九歌》之曲"是另一回事,其受楚地"俗人祭祀之礼、歌舞之乐"的影响是不可避免的,也是不可否认的。后来朱熹也谈道:"昔楚南郢之邑,沅湘之间,其俗信鬼而好祀。其祀必使巫觋作乐、歌舞以娱神。蛮荆陋俗,词既鄙俚,而阴阳神鬼之间,又或不能无亵慢淫荒之杂。"(《楚辞集注辨证》)可见王逸、朱熹都曾强调《九歌》原为楚地沅湘之间的民间祭歌即民间仪式歌,屈原曾经因"其词鄙陋"而重作(写)。他们一味强调的"其词鄙陋",正是楚古歌的重要特色。

令人遗憾的是,以楚古歌为代表的南方先秦民歌没有得到更多的保存,只是散见于一些文献中,诸如《孟子·离娄上》所记的《孺子歌》,《吕氏春秋》所举的"候人兮猗"(前已引),还有刘向《说苑·善说》中所记的《越人歌》,《新序·节士》中所记的《徐人歌》,《吴越春秋》卷一所载的《渔父歌》。此举如下:

《越人歌(越人拥楫歌)》:

> 今夕何夕兮搴舟中流,
> 今日何日兮得与王子同舟。
> 蒙羞被好兮不訾诟耻,
> 心几顽而不绝兮得知王子。
> 山有木兮木有枝,
> 心悦君兮君不知!

《徐人歌》:

> 延陵季子兮不忘故,

脱千金之剑兮带丘墓。

《渔父歌》：

日月昭昭乎侵已驰，
与子期乎芦之漪。
日已夕兮予心忧悲，
月已驰兮何不渡为？
事寖急兮将奈何！
芦中人！
芦中人！
岂非穷士乎？

《越人歌》在《说苑·善说》中被载为"鄂君子皙之泛舟于新波之中"，其"会钟鼓之音毕，榜枻越人拥楫而歌"，原来的歌辞被记为"滥兮抃草滥予昌枑泽予昌州州𩜁州焉乎秦胥胥缦予乎昭澶秦逾渗惿随河湖"。鄂君子皙不懂越语，召人译成楚语。这应该是广义上的楚地民歌。《徐人歌》在《新序·节士》中载为徐人称赞季札讲信用不忘故诺而唱的歌。《渔父歌》的背景是伍子胥亡楚至吴，"至江，江中有渔父乘船从下方溯水而上，子胥呼之，谓曰：'渔父渡我！'如是者再。渔父欲渡之，适会旁有人窥之，因而歌曰……"

《越绝书》卷一中也载有这首歌，其词有所改：

（伍子胥）于是乃南奔吴。至江上，见渔者曰："来渡我！"渔者知其非常人也，欲往渡之，恐人知之，歌而往过之曰：

日昭昭侵以施，

> 与子期甫芦之碕。
> 子胥即从渔者之芦碕。日入,渔者复歌往日:
> 心中目施,
> 子可渡河,
> 何为不出?
> 船到,即载入船而伏。

这些楚地古歌在句式上与《诗经》中的北方民歌有显著不同。如清人沈德潜将"心悦君兮君不知"与《九歌》中的"思公子兮未敢言"作比较,以为其"同一婉至"。近人王国维也曾称《沧浪歌》"已开楚体格"。这种现象在我国文学史上并不鲜见;从某一个方面来讲,正是屈原对楚地民间歌谣的吸收、运用与再创作,形成了后世作家自觉地学习、运用民间文学的优良传统。诚如鲁迅在《汉文学史纲要》中所说的那样:

> 战国之世,言道术既有庄周之蔑诗礼,贵虚无,尤以文辞,陵轹诸子。在韵言则有屈原起于楚,被谗放逐,乃作《离骚》。逸响伟辞,卓绝一世。后人惊其文采,相率仿效,以原楚产,故称"楚辞"。[1]

有学者考,《楚辞》虽在屈原生活的时代被创作,但当时并无这一概念。"楚辞"一词始见于司马迁《史记·酷吏列传》"(朱)买臣以'楚辞'与助俱幸"处,即汉武帝时。"楚辞"作为一种新诗体,战国时代产生于楚地;它的产生从王逸、朱熹的论述中,可知是受到楚地"鄙俚"之词、"亵慢淫荒之杂"的具体影响而形成的。后人在文体分类上把"楚辞"归为"骚",即以屈原的《离骚》为代表,强调其形式的独特。

---

[1] 《鲁迅全集第九卷·汉文学史纲要》,人民文学出版社2005年版,第382页。

屈原生活的时代,怀王被囚于秦,顷襄王不用贤良,楚国危在旦夕。屈原满怀救国的壮志,先是被"(怀)王怒而疏"(《史记·屈原贾生列传》),后"至于襄王,复用谗言,逐屈原"(班固《离骚赞序》)。他被黜贬之后,流浪于汉北一带,感世伤怀,不忍见自己的国家被秦所灭而身蒙耻辱,愤而自沉于汨罗江。他自沉的时节是《怀沙》中所记的"滔滔孟夏",后人传说即农历五月端五(午)节,赛龙舟、食米粽等习俗都源自民间百姓对这位伟大爱国诗人的敬仰、纪念。在他的作品中,《离骚》《九歌》《九章》《天问》《招魂》等诗篇,都明显吸收和借鉴、运用了楚地的民歌。不用举数其诗中大量运用的神话传说和民间信仰(它们形成了中国诗歌史上诗性神话思维的重要典型,影响了后世),单是其中所用的夹带"兮"字之类的诗句,我们就可以看到其深受民歌影响的一面。当然,他的作品并不仅仅限于受楚地古歌的影响,还受到中原文化的重要影响。在《离骚》和《天问》中,我们可以看到丰富的古典神话系统,诸如《天问》中的"女娲有体,孰制匠之"等句,明显是对古代典籍中神话传说的探究、诘问,通过这些"问",我们可以复原出古典神话灿烂辉煌的大一统面目。最为典型的是《九歌》,作为古代神曲的"九歌"之名,我们在《山海经·大荒西经》中"开(启)上三嫔于天,得《九辩》《九歌》以下"句,可以看到一些端倪。屈原为其作品取此名,应该是受此影响。《九歌》中的神仙世界,气势恢宏,无比壮丽,充满真挚的深情。《九歌》今传十一篇,有《东皇太一》《云中君》《湘君》《湘夫人》《大司命》《少司命》《东君》《河伯》《山鬼》《国殇》和《礼魂》,篇篇都有巫载歌载舞的场面,与"楚人信巫鬼,重淫祀"(《汉书·地理志》)相通相合。诗中最为动人的是那些女神,如《湘君》《湘夫人》和《山鬼》,那种缠绵、狂野、娟秀、清丽被绚丽的世界衬托得分外妖娆。诗中格外动人的还有数不尽的香草,这些五彩缤纷、充满芬芳的鲜花,在神界仙国尽情开放,显现出诗人高洁的品格和非凡的胸怀。《九章》包括《惜诵》《涉江》《哀郢》《抽思》《怀沙》《思美人》《惜往日》《橘颂》和《悲回风》。在这里,同样可以看到"生南国"的嘉树、风云、江水中闪现的巫文化色彩。在《天问》中,诗人不仅问来自远古的各种神话,而且问到夏桀灭亡、成汤为万民拥戴,尤其是对"师望在肆,昌何识"即对文王发现吕尚的才能并重用而得天下的诘问,对"比干何逆,而抑沉之"和"梅伯受醢,箕子佯狂"的诘问,对"周幽谁诛,焉得夫褒姒"的诘问,都显现出其火热的济世情怀。当我读到《招魂》时,听到屈原一声声"魂兮归来",心灵就止不住颤动。我想起了在田野作业中亲眼见到的那些招魂场面,眼前交织着千年前的三闾大夫和今天满面刻着沧桑的乡间父老,应该说,他们都是灵魂的信仰者,都因此而憧憬着美好,同样,也憎恨着邪恶。从两千多年前的荆楚蛮荒,到今天远离高楼大厦的现代乡村,我看到了连续不断的巫。"魂兮归来!"和"来家咧——"都是一个语调。我由此想起了《阿达婆吠陀》中的《保胎咒》,也想起了英国学者詹姆斯·乔治·弗雷泽在《金枝》中所描绘的内米林中的小湖和在岸边徘徊的狄安娜的灵魂,还有那位昼夜守护在圣树旁的祭司。每年8月13日,圣林中总是要举行相当于我们中国古庙会那样隆重的祭典,那无数火炬的光芒被湖水倒映得格外美丽。那湖水因为许多充满神秘意味的传说应该和汨罗江是相连着的。如今,我不知道如何从屈原的诗中辨别哪是楚地的古歌,哪才是三闾大夫自己的心声。但是,我看到了这样一种事实,那就是《孟子·离娄上》中"沧浪之水"的歌声、《越人歌》和《徐人歌》中的"兮"字句,同屈原的《九歌》与《招魂》是一致的,而且连接着今天乡野间一声声异常沉重的歌谣。曾经有人怀疑屈原的诗不是屈原所作,这是否因为他的歌声与楚地古歌太相近呢?后来,我从林河的《〈九歌〉与沅湘民俗》[1]中略略读懂了一些。我相信,待我们到楚地的乡间亲耳听那些民间歌谣时,我们会读懂更多。

---

[1]　林河:《〈九歌〉与沅湘民俗》,上海三联书店1990年版。

第三章
秦汉间俗说

秦汉时期是经过周王朝之后对中国文化进行重新整理的阶段,具有文化复兴的特殊意义。这一时期的民间文学有许多内容成为后世历史文化最深刻的记忆。

民间文学发展到秦统一中国时,发生了重要变化。秦始皇进行了一系列文化政策的革新与创制,既是对先秦时代民间文学的总结与继承,又深刻地影响着后世。如秦代最早设置了"乐府",有"奉常"和"少府"二署。班固《汉书·百官公卿表》曾最早记载"奉常"和"少府"所属官职情况,其中有"少府,秦官,掌山海池泽之税,以给供养,有六丞。属官有尚书、符节、太医、太官、汤官、导官、乐府、若卢、考工室、左弋、居室、甘泉居室、左右司空、东织、西织、东园匠十六官令、丞"的详细记载。后来,唐代杜佑的《通典》、宋代郑樵的《通志》、元代马端临的《文献通考》等典籍,都提及"太常卿——太乐署"。1977年,我国考古工作者在陕西秦始皇陵附近发掘出一件重要文物秦错金甬钟,在钟的柄上镌刻着篆书"乐府"两字。应该说,这是最有力的证据。在《史记·李斯列传》中,我们可以看到秦代的俗乐颇为繁盛,如其所引《谏逐客书》:

夫击瓮叩缶弹筝搏髀,而歌呼呜呜快耳目者,真秦之声也。《郑》《卫》《桑间》《昭》《虞》《武》《象》者,异国之乐也。今弃击瓮叩缶而就《郑》

《卫》,退弹筝而取《昭》《虞》,若是者何也?快意当前,适观而已矣。

秦王朝统治者曾经焚书坑儒,但它并没有消灭文化,而是在吸收与改造民间文艺上取得了一些令后人瞩目的成就。如它曾经把战国时代的"讲武之礼"改名为"角觝"。

任昉在其《述异记》中特意提到这个著名的民间文艺现象:

> 秦汉间说,蚩尤氏耳鬓如剑戟,头有角,(其)与轩辕斗,以角觝人,人不能向。今冀州有乐,名蚩尤戏,其民两两三三,头戴牛角而相觝,汉造角觝戏,盖其遗制也。

同是在《史记·李斯列传》中,也提到"是时(秦)二世在甘泉,方作觳(角)觝优俳之观",即此"角觝戏"。秦之前,吴国的吹篪(《史记·范雎蔡泽列传》)、燕国的击筑(《战国策·燕策三》)、齐国的弹唱(《战国策·齐策一》)都颇盛行,俗乐的影响超过了雅乐。《史记·秦始皇本纪》中提到其"所得诸侯美人钟鼓,以充入之",刘向在《说苑·反质》中说:"关中离宫三百所,关外四百所,皆钟鼓帷帐,妇女倡优。"可见乐府的设立及其影响在秦代是那样普遍和深入。但是,由于秦王朝的苛政给天下百姓带来无尽灾难,强制劳役和沉重的赋税,加上焚书坑儒,终于把其罪恶推向了极点;"大楚兴,陈胜王"(《史记·陈涉世家》)的呼声,为秦帝国敲响了丧钟。

这个朝代留下了太多的控诉,在后世文献中保存着,诸如《史记》《汉书》和南朝刘敬叔的《异苑》、任昉的《述异记》,宋人郭茂倩的《乐府诗集》,明代杨慎《升庵诗话》、杨泉《物理论》等,都或载,或记,或引地记下了这些作品。尤为典型的如刘敬叔《异苑》中所载的《秦世谣》:

> 秦始皇,

何僵梁!

开吾户,

据吾床,

饮吾酒,

唾吾浆,

餐吾饭,

以为粮,

张吾弓,

射东墙。

前至沙丘当灭亡!

在《升庵诗话》所引的《秦记》中唱道:

远石井泉口,

渭水不为流。

千人唱,

万人呕。

在《物理论》中也记述了相似的内容:

秦始皇起骊山之冢,使蒙恬筑长城,死者相属。民歌曰:

生男慎勿举,

生女哺用脯。

不见长城下,

尸骸相支柱。

对沉重的徭役给人民带来的灾难进行控诉,成为秦代歌谣的主题。与此相关的还有许多关于秦始皇出巡、求仙的传说,尤其是他派徐福率童男童女渡海求仙的故事,也被《史记》等典籍所记载,成为后世同类主题传说的原型。秦代历史短暂,却在后世民间传说中屡屡被演绎成一幕幕惊心动魄的故事;秦始皇成为中国历史上为数不多的暴君的典型,几乎所有的专制罪恶都在他的身上集中。这并不是因为千百万人民认识不到秦始皇对统一国家所做的巨大贡献,而是由于令人不堪忍受的劳役和残酷的迫害成为人民憎恨的枷锁,尤其是那些好大喜功、草菅人命、飞扬跋扈的丑恶行径,必然受到唾弃和诅咒。相比而言,秦代歌谣和秦代传说在后世广为流传,而秦始皇命秦博士所作的《仙真人诗》(见《史记·始皇本纪》)、杂赋(《汉书·艺文志》)等时文,都化作了历史的灰烬。如鲁迅所说:"由现存者而言,秦之文章,李斯一人而已。"[1]

那些被秦始皇所焚烧的典籍,有许多被人们口述,到汉代被整理成文,重见天日。秦代文献被保留完整者,当数李斯在秦始皇巡游时所撰的碑文即"刻石",如《泰山刻石》《琅琊刻石》《之罘刻石》《会稽刻石》和《峄山刻石》,"政暴而文泽"(刘勰《文心雕龙·铭箴》)。其他如唐代初年发现的石鼓文(如《汧沔》《霝雨》《而师》《作原》《吾水》《车工》《田车》《銮敕》《马荐》《吴人》),宋代初年发现的"诅楚文"(如《大沈厥湫文》等"三石"之作),以及后来秦代墓中所发现的竹简(如睡虎地秦墓竹简)等,更多地被锁在学识渊博的学者们的书斋中。只有那些歌谣和传说,作为秦代的风,至今还飘荡着。当然,相伴的还有战火硝烟中灭秦兴汉的一曲曲战地歌谣,诸如《史记·陈涉世家》中所举的"大楚兴,陈胜王",《史记·项羽本纪》中的"力拔山兮气盖世,时不利兮骓不逝。骓不逝兮可奈何?虞兮虞兮奈若何",

---

[1]《鲁迅全集第九卷·汉文学史纲要》,人民文学出版社2005年版,第395页。李斯有《议废封建》《议烧诗书百家语》《议刻金石》《上书言治骊山陵》,也有《狱中上书》,但其人格卑微,死亦应得,其文也失去光彩。至于秦二世的《责李斯文》,当属无耻之作,不足以谈。

以及《史记·高祖本纪》中的"大风起兮云飞扬,威加海内兮归故乡,安得猛士兮守四方"[1]。不过,这些歌谣已经成为大秦帝国的挽歌,成为宣告汉帝国崛起的新声,掀开了历史包括民间文学的新篇章。

汉王朝建立后,统治者吸取了秦帝国灭亡的教训,也汲取了往昔统治者的经验,进行了政治、经济、文化等方面在政策上的调整与革新,建起了新的社会秩序。特别是著名的文景之治,朝廷倡导休养生息,发展生产,强调孝道在社会道德中的作用,出现了繁荣景象。当然,汉王朝也出现了许多新的罪恶,充满动荡和战火,使人民蒙受新的苦难。但它毕竟在进步、发展,尤其是汉代文化政策重视乐府制度的建设,重视对前人文化遗产的整理,重视文人和方士在文化生活中的支配作用,这些都深刻影响着汉代民间文学的具体构成和发展,从而使汉代民间文学形成了一个全新的格局:

首先是汉乐府民歌成为汉代民间文学的重要内容,特别是长篇民间叙事诗的出现,标志着汉代民间文学的成熟发展,戏曲艺术出现了萌芽。

其次是以《史记》和《汉书》为代表的历史著作,保存了丰富的民间文学。

再次是以《说苑》《淮南子》《风俗通义》《论衡》以及《四民月令》等著作为代表,出现了以民俗生活和民间文学为主要内容的专门典籍。

第四是对以经学为代表的先秦典籍的整理和注释,使民间文学的钩沉与发微得到空前的发展,并成为后世民间文学研究的重要依据。而且,以此形成雅俗互证的文化传统。事实证明,雅俗可以共存,更能够相互转化。

第五是纬书的盛行,特别是其中的天文占、五行占、史事谶,对民间文学整理工作及其社会政治影响产生了重要作用;神仙、精怪、佛事成为民间文化生活的重要内容。尤其是五行志,是中国历史文化典籍中表现民间文学内容最丰富的文献之一;而我们常常没有重视其特殊的价值意义。

---

[1] 任昉的《文章缘起》:"汉祖《大风歌》汪洋自恣,不必三百篇遗音,实开汉一代气象,实为汉后诗开创。若武帝《瓠子》《秋风》《柏梁》诸作,从湘累脱化,有词人本色也。"

第六是神庙的大肆修建、画像石刻的广泛流行,这些民间文学的物化具形在文化生活和文化发展中都具有重要意义。

最后是中国戏曲艺术呈现雏形,对后世的戏曲艺术产生重要影响。民间曲艺当称为戏曲之源。

这种格局不仅影响到当世,而且影响到后世。汉代民间文学因此而成为继战国时代之后又一次文化高潮的主体。在某种意义上讲,汉代民间文学在类型和主题上,是秦之前民间文学的集大成。几乎可以说,若全面理解了汉代民间文学,差不多就理解了整个中国古典民间文学。因为这个时期的民间文学意味着对先秦以来历史文化的吸收、整理与再创造,从而具有全新的意义。它同样成为后世文学的"元典"。当然,汉代民间文学的保存,在某些方面仍然离不开其他文献。其丰富性、完整性明显超过了它之前的时代,一个非常重要的原因,就是典籍的众多,使我们能够多角度多层次地认识到其具体存在。

第一节　汉乐府民歌

汉代民间歌谣以乐府民歌为典型,其形式多样,内容丰富,标志着汉代民间文学所取得的重要成就。但我们应该看到,汉代民间歌谣远不止乐府民歌一种类型,况且它作为政府干预民间文化、疏导民间生活的一种艺术手段,其保存范围受到很大限制。汉代民间歌谣还散布在《乐府诗集》之外的其他典籍中,甚至明确记述了相当可观的少数民族歌谣。

《乐府诗集》为宋代郭茂倩所编,但他并不是仅选取汉一代,而是包括了汉代至汉之后到唐五代这样漫长岁月中的乐府民歌,其中有大量作品并不是民歌,而是文人的创作。正如后人顾炎武在《日知录》中所说:"乐府是官署之名",其"后人乃以乐府所采之诗,即名之曰乐府焉"。乐府的建立是与刘邦沿用秦制,"颇采古礼与秦仪杂就之"等具体措施分不开的。秦始皇实行严酷的专制统治,曾经焚书坑儒,使中国文化受到浩劫,但他并不是拒绝一切文化。他曾经"立百官之职",在宫廷设立"太乐"和"乐府"两种掌管音乐歌舞的机构。"太乐"主要负责宗庙祭礼中的音乐歌舞,归奉常所管;"乐府"主要负责一般娱乐的音乐歌谣,归少府所管。刘邦回故乡时所唱的《大风歌》就曾为乐府所存,"于乐府习常肆旧而已"(《史记·乐书》)。到汉武帝时,乐府被加强管理,还增设"协律都尉"来总管具体的创编音乐及搜集民间歌曲等任务[1]。如《汉书·礼乐志》所说:"至武帝定郊祀之礼",其时"乃立乐府,采诗夜诵,有赵代秦楚之讴,以李延年为协律都尉"。《汉书·礼乐志》中提到"至武帝……乃立乐府",又提到"哀帝时罢之",许多人也就误以为到汉武帝时才设乐府,才有乐府民歌。《汉书·李延年传》载:"李延年,中山人,身及父母兄弟皆故倡也。延年坐法腐刑,给事狗监中。""延年善歌,为新变声。是时,上方兴天地诸祠,欲造乐,令司马相如等作诗颂。延年辄承意弦歌所造诗,为之新声曲。""哀帝时罢之"并不是因其他,其诏书中的理由是"惟世俗奢泰文巧,而郑卫之声兴","郑卫之声兴,则淫辟之化流"。应该说,真正的原因,一是汉哀帝确实对乐府不感兴趣(有学者提出因他身体病弱),另一种更重要的是这种乐府及民歌的采编、传播,造成了对政权巩固不利的因素。但乐府作为一种官方机构,对民歌的传播起到了重要的推动作用;乐府民歌作为一种官方提倡的文化运动,也就势不可当了。在后世如六朝时期,乐府已经由音乐歌舞的管理机构变成诗体即诗歌艺术的一种专有名称;再往后,有魏时的古题乐府,又有唐代的新题乐府。乐府民歌对后世诗体的变化和发展产生了重要影响,如郭茂倩在《乐府诗集·新乐府辞》的"序"中所讲:

  乐府之名,起于汉魏;自孝惠帝时,夏侯宽为乐府令,始以名官。至武

---

[1]《汉书·艺文志》:"自孝武立乐府而采歌谣,于是有赵代之讴、秦楚之风,皆感于哀乐,缘事而发,亦可以观风俗,知薄厚云。"

帝,乃立乐府,采诗夜诵,有赵代秦楚之讴。则采歌谣,被声乐,其来盖亦远矣。凡乐府歌辞,有因声而作歌者,若魏之三调歌诗[1],因弦管金石,造歌以被之是也。有因歌而造声者,若清商、吴声诸曲,始皆徒歌,既而被之弦管是也。有有声有辞者,若郊庙、相和、铙歌、横吹曲是也。有有辞无声者,若后人之所述作,未必尽被于金石是也。新乐府者,皆唐世之新歌也。以其辞实乐府,而未常被于声,故曰新乐府也。……其或颇同古义,全创新词,则《田家》止述军输,《捉捕》请先蝼蚁。如此之类,皆名乐府。

郭茂倩把乐府具体划分为郊庙歌辞、燕射歌辞、鼓吹曲辞、横吹曲辞、相和歌辞、清商曲辞、舞曲歌辞、琴曲歌辞、杂曲歌辞、近代辞曲、杂歌谣辞、新乐府辞共计十二类。其中的"郊庙歌辞""燕射歌辞""鼓吹曲辞""横吹曲辞""相和歌辞""舞曲歌辞""琴曲歌辞""杂曲歌辞""杂歌谣辞"这九类,保存了汉代乐府诗歌。汉乐府民歌主要保存在"鼓吹曲辞""相和歌辞""杂曲歌辞"和"杂歌谣辞"中。

当然,汉乐府民歌的保存,不独郭茂倩的《乐府诗集》,其他典籍如郑樵《通志·乐略》、吴兢《乐府古题要解》、徐陵《玉台新咏》、蔡邕《礼乐志》、班固《汉书》和《文选》《艺文类聚》《太平御览》,以及《汉书》注、《文选》注等注疏,都保存了相当多的乐府诗和乐府民歌[2]。特别是徐陵编撰的《玉台新咏》(又名《玉台集》),保存了相当重要的汉乐府诗与民歌。《玉台新咏》编定于梁,共十卷(程琰在《玉台新咏》跋中称宋本收诗690首,吴兆宜在《玉台新咏笺注》中称收诗869首,今所见为明代赵均翻刻南宋陈玉父本,共659首),其中卷一和卷十所收汉乐府民歌最多、最集中。卷一收诗40首,

---

[1] 三调,《旧唐书·乐志》曰:"平调、清调、瑟调,皆周房中曲之遗声。汉世谓之三调。总谓之相和调。"
[2] 魏晋之后不少学者整理、钩沉乐府诗歌,如《新唐书·艺文志》所载的孔衍《琴操》,荀勖《太乐杂歌辞》《太乐歌辞》《乐府歌诗》,谢灵运《新乐府集》,释智匠《古今乐录》,郑译《乐府歌辞》,苏夔《乐府志》等,惜其大都不传或散佚。但这表明对乐府诗歌、乐府民歌的整理工作一直未断。

有古诗、古乐府、汉童谣等内容,另有枚乘、张衡、苏武等人的诗;卷十收诗153首,包括汉至梁的小诗即五言二句的"古绝句"。著名的乐府叙事民歌或称民间叙事诗《孔雀东南飞》,原名《古诗为焦仲卿妻作》,即保存在卷一。唐吴兢鉴于前人对乐府编纂的粗疏,编撰成《乐府古题要解》二卷,上卷有"相和歌""拂舞歌""白纻歌""铙歌""横吹曲"和"清商曲",下卷有"杂题"和"琴曲"。他的"题辞",对于我们理解汉乐府民歌的意义很有价值。如他对《相和歌》等所作"题辞":

> 以上乐府《相和歌》。案,相和而歌,并汉世街陌讴谣之词,丝竹更相和,执节者歌之……

> 以上乐府《铙歌》。案,汉明帝定乐有四品,最末篇曰《短箫铙歌》,军中鼓吹之曲。旧说黄帝所造,以建武扬德。《周礼》所谓王大捷则恺乐,军大献则恺歌是也……

> 以上乐府《横吹曲》,有鼓角,《周礼》:"以鼖鼓鼓军事用角。"旧说云,蚩尤氏帅魑魅与黄帝战于涿鹿之野,帝始命吹角为龙鸣以御之……

吴兢着重对乐府古题的起源和嬗变所作的探索很有特色,成为我们理解汉代乐府民歌存在状况的重要参考材料。如他对《相和歌》中《薤露歌》所作的"要解":

> 右丧歌。旧曲本出于田横门人,歌以葬横。一章言人命奄忽如薤上之露,易晞灭也。词云:"薤上露,何易晞。露晞明朝已复落,人死一去何时归!"二章言人死精魄归于蒿里。词云:"蒿里谁家地,聚敛魂魄无贤愚。鬼伯一何相催促,今乃不得少踟蹰。"至汉武帝时,李延年分为二曲,

《薤露》送王公贵人,《蒿里》送士大夫、庶人;挽柩者歌之,亦呼为《挽柩歌》。《左氏春秋》:齐将与吴战于艾陵,公孙夏使其徒歌《虞殡》。杜预注云:"送葬歌也。"即丧歌不自田横始矣。复有《泰山吟行》,亦言人死精魄归于泰山,《薤露》《蒿里》之类也。

另外值得提出的是班固《汉书》中所见的汉乐府及《铙歌》问题。在班固之前,刘向、刘歆父子整理文献典籍,曾经在《七略》中论及乐府;班固继承了刘氏父子的学术方法对乐府进行分类,在《汉书·艺文志》中专列"诗赋略",录28家314篇诗,一类分为"郊祀歌"等雅歌,一类分为"赵代之讴、秦楚之风"的民间歌谣。而且,他尤为看重后者,以为其"皆感于哀乐,缘事而发,亦可以观风俗,知厚薄"。更重要的是班固在《汉书》的《礼乐志》《艺文志》和他的《两都赋》等作品中,详细记述了汉代前期尤其是文景两帝和汉武帝时代乐府运动的状况。如他在《礼乐志》中记述了汉武帝时的"掖庭材人"和"上林乐府",以及"皆以郑声施于朝廷"和"常御及郊庙皆非雅声"的情景;在《艺文志》中还记述了"齐讴员""刘讴员""蔡讴员""郑四会员""楚四会员""秦倡员"和"邯郸鼓员""沛吹鼓员""陈吹鼓员""临淮鼓员"等,这应该是文献中民间艺人群体的最早记录。有一些学者对此不以为然,以为其与民歌联系不大,事实上是这些学者因视角的偏颇而没能看到其真相。班固不但记述了乐府对传统民歌的改造与利用,而且具体记述了内外民间文学的交流,如《汉书·叙传上》载:"始皇之末,班壹避地于楼烦,致马牛羊数千群。值汉初定,与民无禁,当孝惠、高后时,以财雄边,出入弋猎,旌旗鼓吹,年百余岁,以寿终。"

《汉书·礼乐志》还详细记述了哀帝下诏罢废乐府的情况:

是时,郑声尤甚,黄门名倡丙彊、景武之属,富显于世,贵戚五侯、定陵、富平、外戚之家,淫侈过度,至与人主争女乐。哀帝自为定陶王时疾之,又性不好音,及即位,下诏曰:"惟世俗奢泰文巧,而郑卫之声兴。夫奢泰则下不孙而国贫,文巧则趋末背本者众。郑卫之声兴,则淫辟之化流,而欲黎庶敦朴家给,犹浊其源而求其清流,岂不难哉!孔子不云乎?'放郑声,郑声淫。'其罢乐府官;郊祭乐及古兵法武乐,在经非郑卫之乐者,条奏别属他官。"

在汉哀帝罢遣乐府之后,大批的歌工乐人又回到了民间。这时的乐府作为官方文化管理机构已失去了其职能,而民歌包括乐府民歌的创作及传播并没有停止,而是以新的姿态存在着,为当世的民间歌曲注入了活力,并深刻地影响着后世的民间歌谣。应该说,这对于当时民间文艺活动的繁荣发展并非坏事。特别是大批民间艺人流入社会底层,这对于全社会民间文艺创作主体自身素质的提高,肯定具有积极意义。东汉时的大予乐、举谣言,当属乐府运动的遗响。

乐府民歌运动在汉代历史上的出现,是我国民间文学史上辉煌的一页,它不但在当世具有重要意义,而且深深地影响到后世,诸如唐代出现的新乐府运动,它们之间在许多方面是一脉相承的;再往后来,我们可以看到,1958年的"大跃进"民歌运动,在某些方面又何尝不是与汉乐府民歌运动有着密切的联系!明代学者胡应麟在《诗薮·内编》中说:"乐府之体,古今凡三变:汉魏古词,一变也;唐人绝句,一变也;宋元词曲,一变也。"应该说,乐府民歌的求俗风尚,在某种意义上奠定了我国诗歌艺术及小说、戏曲面向民众的文化传统。汉乐府把"礼失求诸野"的文化哲学思想锻炼成一种经久不衰的创作方法,这正是我国文学常变常新的底蕴。

理解汉乐府民歌,绕不开对汉代三大雅歌《房中歌》(《汉书·礼乐志》)、《郊祀歌》(《汉书·礼乐志》)和《铙歌》[1]三篇作品的认识,许多学者都以其

---

[1] 《铙歌》始载于《宋书·乐志》。

为雅,排除其为民间歌谣。其实,若我们对歌辞作详细考察,就会发现其俗而不雅的一面。究其原因,在于其中掺和了民间歌曲的成分。如《房中歌》第八章:

> 丰草葽,
> 女罗施。
> 善何如?
> 谁能回?
> 大莫大,
> 成教德。
> 长莫长,
> 被无极。

这种句式明显带有楚地古歌的色彩。唐山夫人改周、秦之声,把原来的祈求子嗣换成颂扬高祖皇帝的内容,形成这种雅中有俗的现象。这种现象在《郊祀歌》和《铙歌》中也存在着。

如《铙歌》的第一首《朱鹭》:

> 朱鹭,
> 鱼以乌。
> 路訾邪,鹭何食?
> 食茄(荷)下。
> 不之食,
> 不之吐,
> 将以问谏者。

它所描述的是古时路设谏鼓的故事,有问,有答,显然以俗为个性,不宜为典雅的祭仪所用,类似于先秦或远古时期的民间歌谣。

最典型的是《上邪》:

上邪!
我欲与君相知,
长命无绝衰。
山无陵,
江水为竭,
冬雷震震夏雨雪,
天地合,
乃敢与君绝!

显然,这是一首纯粹的爱情民歌,其口气明显与宫廷生活相异,又如何能做"黄门鼓吹"的庆宴之声呢?《铙歌》中的《战城南》《巫山高》《有所思》也是如此。可见,其原意绝不在宫廷庆宴,而应是生在民间,或者是从民间采撷来,为"黄门鼓吹"所用。有许多学者强调汉《铙歌》十八曲难解,其实正是这些学者没有注意到民间文化生活的重要背景。

再如其中的《石留》,全句为"石留凉阳凉石水流为沙锡以微河为香向始䂞冷将风阳北逝肯无敢与于扬心邪怀兰志金安薄北方开留离兰",这成了一桩公案。其中很可能是域外所传或者是音译所造成的混乱;我曾试着做过"修复",即将字句中的衬音清理出来,便可看到一首优美的小诗或歌谣:

石留(榴)"凉阳凉"石(榴),
水流为沙"锡以"(兮);

微河（为何）为香？

向始（相识）"穌"（兮）冷（能）将（相）风阳（逢），

北（彼）逝！

肯无勿敢与欤"于扬"。

心邪，

怀兰（念）志（至）金（今），

安薄（何）北方开？

"留离兰（恋）"

"修复"后，全句就成了：

石榴石榴，

水流为沙兮；

为何为香？

相识兮能相逢！

彼（指河水）逝矣！

肯勿敢欤。

心邪，

怀念至今，

安何北方开（石榴为何朝阴一面开）？

留恋——

可以将此设想为一对妙龄男女，站立在河边的石榴树丛中，目睹石榴成熟散出芬芳香味，引来蜂蝶飞舞，而河水闪着涟漪。他们正互诉衷肠，发誓永不分离。当然，这只能是一种试验，是一种猜想。

在今天文献中我们所能见到的汉乐府民歌，尤其是那些注为"古辞"的作品，应当如《宋书·乐志》所说："凡乐章古辞，今之存者，并汉世街陌谣讴。《江南可采莲》《乌生十五子》《白头吟》之属是也。"由于其大多为后世辑录，考据就出现许多困难。尤其是汉乐府民歌的辨别认定，我们的依据更多地来自文献，特别是对史籍的寻索。同时，我们还必须对民歌本身作认真的分析和判断。

汉乐府民歌的整体内容可分为爱情歌谣、生活歌谣，时政歌谣三大类；另外，民间叙事诗若可以归于其中的话，应归于爱情歌谣类。其他像劳动歌谣、仪式歌谣和儿童歌谣等，在这里保存较少。这种情况是多方面原因造成的。其中，与我国文化发展中的记录技术、选择观念有着直接的联系。特别是时政歌谣散见于乐府诗集之外的历史典籍类文献中，就表明了统治者的矛盾心态：虽然他们采录民歌的重要目的之一是"观风俗，知厚薄"，但他们更多地却是回避矛盾，不敢正视现实，因而选录或记述的民歌就多属于爱情歌谣和生活歌谣两大类；虽然在生活歌谣中也保存了一些具有时政内容的民间歌谣，但这并不能改变其整体面貌。其实，从《乐府诗集》的目录排列上，我们就可以看到它对《诗经》辑录、编选方法与观念的直接继承。在后世的民间歌谣集中，此类现象甚为普遍。余冠英在《乐府诗选·前言》中提及这个问题时也说道："其采录标准是有问题的。"另一点需要强调指出的是，下层文人的创作，有一些也应该被看作是民间歌谣。这是因为下层文人在民间文学的创作或传播过程中，始终是不可忽视的主体构成部分。乐府诗歌包括乐府民歌中，此类例子很多，《文选》所载《古诗十九首》，是人们公认的文人创作，明人誉为"五言之《诗经》"，"无名氏"的身份其实就是下层文人。弄清楚这个问题，我们才能全面地理解汉乐府民歌；其他时期的民歌，也有这样的情况存在。当然，文人诗与乐府民歌还是有明显区别的。

我以为，汉乐府民歌中，保存最多、审美价值最高的，首先是爱情歌谣。这不仅因为爱情是感情中最美丽神圣，也最为脆弱的部分，还因为它最真实地体现出不同时代不同阶层人们复杂的心理世界。同时,爱情歌谣中寄寓着民间百姓对自由幸福的真切向往,它永远都是艺术的精灵——尽管一代代卫道者装模作样地斥责他人"思有邪",其实许多卫道士正是最无耻的淫欲横行者。在乐府民歌中,我们可以感受到民间百姓火热的情怀,其中包含着对爱情的忠贞不渝,也包含着黑白分明的爱与憎,如《乐府诗集》中的"相和歌辞"。流传很广的是《宋书·乐志》中举到的《江南可采莲》:

> 江南可采莲,
> 莲叶何田田!
> 鱼戏莲叶间。
> 鱼戏莲叶东,
> 鱼戏莲叶西,
> 鱼戏莲叶南,
> 鱼戏莲叶北。

表面看来这是一首采莲曲,其实它所包含的是男欢女爱和生殖崇拜等生活内容,只不过其诉说方式更为隐秘含蓄。最直接表现爱情守望的无比忠贞者,是"横吹曲辞"中的《上邪》:

> 上邪!
> 我欲与君相知,
> 长命无绝衰。
> 山无陵,
> 江水为竭,
> 冬雷震震夏雨雪,

天地合,
乃敢与君绝!

其他还有"相和歌辞"中的《陌上桑》《相逢行》《艳歌行》等作品。其中的《陌上桑》广为流传,《古今注》中记述道:"《陌上桑》者,出秦氏女子。秦氏,邯郸人;有女名罗敷,为邑人千乘王仁妻。王仁后为赵王家令。罗敷出采桑于陌上,赵王登台见而悦之,因置酒欲夺焉。罗敷巧弹筝,乃作《陌上桑》之歌以自明。赵王乃止。"此可看作与这首民歌伴生的民间传说。与之相似的《羽林郎》《秋胡行》等,也都表现出女性对爱情的忠贞。与之相对的是一些弃妇诗、怨妇诗,表达了对那些摧残爱情、亵渎爱情者的谴责、愤恨,如《艳歌何尝行》(又名《双白鹄》)等。相传为蔡邕所写的乐府民歌《饮马长城窟行》,表达的是思念亲人的情感;《陇西行》则表达了对妇女不卑不亢、精明能干的赞誉,它和《饮马长城窟行》一样,都可看作情与爱的歌唱,是另一种风格的爱情歌谣。此外,诸如《王昭君》以及《古诗十九首》中的《青青河畔草》《冉冉孤生竹》《庭中有奇树》《迢迢牵牛星》等篇,也是爱情歌谣。

尤其是《迢迢牵牛星》借牛郎织女的传说来表达衷情,别有情致:

迢迢牵牛星,
皎皎河汉女。
纤纤擢素手,
札札弄机杼。
终日不成章,
泣涕零如雨。
河汉清且浅,
相去复几许。

> 盈盈一水间，
> 脉脉不得语。

这是牛郎织女传说在汉代流传的重要文本，成为我们考察它嬗变轨迹的一座碑石。

著名的叙事民歌《孔雀东南飞》形成在汉代，其最早被完整地记述，则见于南朝徐陵的《玉台新咏》中，旧题《古诗为焦仲卿妻作》，作者署为"无名人"（郭茂倩将它编入"杂曲歌辞"，题为《焦仲卿妻》）。它也可以被归入汉乐府的爱情歌谣类。徐陵在《玉台新咏》的"序"中记道：

> 汉末建安中，庐江府小吏焦仲卿妻刘氏（兰芝）为仲卿母所遣，自誓不嫁。其家逼之，乃投水而死。仲卿闻之，亦自缢于庭树。时人伤之，为诗云尔。

在《太平御览》所存汉乐府古辞《古艳歌》中，我们可以看到这则民间叙事诗的雏形：

> 孔雀东飞，
> 苦寒无衣。
> 为君作妻，
> 中心恻悲。
> 夜夜织作，
> 不得下机。
> 三日载匹，
> 尚言吾迟。

此处不能断言这首民歌与《孔雀东南飞》之间的必然联系,但我们可以由此看到,《孔雀东南飞》不是一朝一夕所成,而是经过了漫长岁月的浸染、锻炼而形成的。

汉乐府民歌中的生活歌谣颇为丰富,按其内容可分为游子类、伤世类。其中的游子类歌谣或抒发生活中的孤独、悲苦,或抒发对自然世界的感慨。游子的成分也颇复杂,有士卒,有农民,也有商贾。这类人的遭遇及其心态的表达,成为汉乐府民歌的一种特色。如"杂曲歌辞"中的《伤歌行》《枯鱼过河泣》,"相和歌辞"中的《猛虎行》,以及"横吹曲辞"中所录的《紫骝马歌辞》后的四曲"古诗",都是此类作品。"古诗"《十五从军征》当为汉乐府民歌:

十五从军征,
八十始得归。
道逢乡里人:
家中有阿谁?
遥望是君家,
松柏冢累累。
兔从狗窦入,
雉从梁上飞。
中庭生旅谷,
井上生旅葵。
烹谷持作饭,
采葵持作羹。
羹饭一时熟,
不知贻阿谁。
出门东向望,

泪落沾我衣。

生活歌谣中的伤世之作相当多,其中有对世态炎凉的感慨,有对苦难生活的倾诉,充满了痛苦。如"相和歌辞"中的《箜篌引》《孤儿行》《妇病行》《西门行》《乌生》《东门行》《驱车上东门行》等,刻画人生,入木三分。《续汉书·五行志》中载有一首以东汉桓帝时凉州羌族造反大败官军,朝廷征丁无数,给百姓带来巨大灾难为背景的歌谣:

大麦青青小麦枯,
谁当获者妇与姑。
丈夫何在西击胡!
吏买马,
君具车,
请为诸君鼓咙胡!

这首歌谣在后世不断被借用,如1958年的"大跃进"民歌运动中,传说有一首彭德怀所作的"诗"中写道:"谷撒地,薯叶枯,青壮炼铁去,惟剩妇与孺,吾为农民鼓咙胡!"两首歌谣的背景不一样,它们所传达的来自最底层的真诚心声,却是一致的。

除了乐府民歌,在《史记》《汉书》和《风俗通义》等典籍中,还记述了一些汉代民间歌谣的其他形式。如《史记·灌夫传》:

(灌)夫不喜文学,好任侠,已然诺。诸所与交通,无非豪杰大猾。家累数千万,食客日数十百人。陂池田园,宗族宾客为权利,横于颍川。颍川儿乃歌之曰:

颍水清,

灌氏宁；

颍水浊，

灌氏族。

《史记·淮南厉王传》载：

孝文十二年，民有作歌歌淮南厉王，曰：

一尺布，

尚可缝；

一斗粟，

尚可舂。

兄弟二人，

不能相容。

上闻之乃叹曰："……天下岂以我为贪淮南王地邪？"……上怜淮南厉王废法不轨，自使失国蚤死，乃立其三子……皆复得厉王时地，参分之。

其他如《史记·滑稽传》《货殖传》《酷吏传》和《司马相如传》等篇，也记述了许多时政类歌谣。这恰是在类型上对乐府民歌的补充。《汉书》和《后汉书》等典籍，记载的时政歌谣更为丰富。如《汉书·五行志》中所记"元帝时童谣""成帝时童谣"，《汉书·广川惠王越传》中所记"广川王去为陶望卿歌""广川王去为诸姬歌"，《汉书·翟方进传》中所记"汝南鸿陂童谣"，《汉书·扬雄传赞》中所记"京师为扬雄语"，《汉书·尹赏传》中所记"长安中为尹赏歌"，《汉书·石显传》中所记"牢石歌""长安谣"，《汉书·王莽传》中所记"宁逢赤眉，不逢太师；太师尚可，更始（将军）杀我"等，表现出汉王朝的动乱、腐败、黑暗。特别是《汉书·匈奴传》和《汉书·乌孙传》中第一次全面记述了少数民族的民歌,弥足珍贵。如《汉书·匈奴传》中所载"元狩二年春,霍去病伐匈奴,过焉支山。其夏又攻祁连山。匈奴人作《匈奴歌》",歌中有"亡我祁连[1]山,使我六畜不蕃息;失我焉支[2]山,使我妇女无颜色"之句。《汉书·乌孙传》载:

> 汉元封中,遣江都王建女细君为公主,以妻焉。赐乘舆服御物,为备官属宦官侍御数百人,赠送甚盛。乌孙昆莫以为右夫人。匈奴亦遣女妻昆莫,昆莫以为左夫人。公主至其国,自治宫室,居岁时,一再与昆莫会,置酒饮食,以币帛赐王左右贵人。昆莫年老,语言不通,公主悲愁,自为作歌曰:
>
> 吾家嫁我兮天一方,
> 远托异国兮乌孙王……

显然,这不是少数民族歌曲,而应是楚风,但它记述了在少数民族地区即兴演唱的歌谣。这和《汉书·苏武传》中记的李陵所歌"径万里兮度沙幕"属于同类。在《后汉书》和《续汉书》中所记的一些汉代民间歌谣尤其值得注意,如《后汉书·刘玄传》:

> 时李轶、朱鲔擅命山东,王匡、张卬横暴三辅。其所授官爵者,皆群小贾竖,或有膳夫庖人,多着绣面衣、锦裤、襜褕、诸于,骂詈道中。长安为之语曰:
>
> 灶下养,
> 中郎将。

---

[1] 祁连,蒙古语,湿润的草原。
[2] 焉支,蒙古语,母亲。

烂羊胃,

骑都尉。

烂羊头,

关内侯。

在这些歌谣中,抨击社会的腐朽政治成为其主题。如《后汉书·马廖传》中的"长安语":"城中好高髻,四方高一尺;城中好广眉,四方且半额;城中好大袖,四方全匹帛。"《后汉书·贾琮传》中载"贾父来晚,使我先反;今见清平,吏不敢饭"。当然,那些正直的官吏,若为民勤奋工作,同样会在歌谣中受到称赞。如《后汉书·张堪传》中载:

(张堪)拜渔阳太守,捕击奸猾,赏罚必信,吏民皆乐为用。……乃于狐奴开稻田八千余顷,劝民耕种,以致殷富。百姓歌曰:

桑无附枝,

麦穗两歧。

张君为政,

乐不可支。

(其)视事八年,匈奴不敢犯塞。

民间歌谣是社会政治的晴雨表。但总的来看,汉王朝的历史虽有盛世,更多的却是腐朽的黑暗政治,民谣声声,催它早日灭亡。在《续汉书·五行志一》中所记的一些"童谣",从一个方面反映了这种趋势。如《更始时南阳童谣》:"谐不谐,在赤眉;得不得,在河北。"再如《王莽末天水童谣》:"出吴门,望缇群。见一蹇人,言欲上天。令天可上,地上安得民!"《顺帝末京都童谣》:"直如弦,死道边。曲如钩,反封侯。"桓帝时代的"童谣"在这里被记述得格外多,所表达的主题都是对时政的讥讽、鞭挞,包含着愤怒的诅咒和控诉[1]。应该指出的是,这些作品虽题为"童谣",实际却并非纯粹意义的儿童歌谣,而是时政歌谣与谶谣的结合体,显得扑朔迷离。如《续汉书·五行志一》中所记的"千里草,何青青。十日卜,不得生",被阐释为董卓作乱并"旋破亡"的预言。其中所包含的民间传说成分,是非常明显的。

总的来看,汉乐府民歌中爱情歌谣和生活歌谣占据着很重要的位置;在史籍典册中保存的歌谣,则以时政歌谣为主。与这之前的民间歌谣相比,面向现实的成分越来越明显,劳动歌谣和仪式歌谣所占比例却很少。这表明了汉代民间文学的重要特点,也说明汉代民间文学审美表现机制的日益现实化、多样化。

第二节 史传文学中的民间文学

汉代的历史典籍,十分注重对民间文学,尤其是民间传说、民间故事的采录,并以此作为对历史事件或历史人物的阐释或补充。以此为背景,形成了独具特色的史传文学,保存下大量民间文学作品。

汉代史传文学基本上可以分为两类:一类是具有真实意义的历史记载,以《史记》《汉书》《越绝书》和《吴越春秋》作为典型,称为"正史";一类是具有传奇意义的历史演绎,诸如《列女传》《列仙传》《汉武故事》《汉武内传》等典册,称为"外史"或"野史"。它们共同影响了汉代民间文学的系统性构成,成为后世民间文学阐释和演绎的对象。

司马迁是一位伟大的历史学家,他对于民间文学的保存具有突出贡献,同时也形成了他独特的民间文学观,这和他的非凡经历有着直接联系。首先是他幼年承父训诵读大量古文经传,受到良好的古典文化教育;其次是他

---

[1] 后世文献中散存着对汉代民间歌谣谚语的引述,也应看作汉代民间歌谣的一部分,如《通俗编》卷二十三所载"廷尉狱,平如砥,有钱生,无钱死",表明其流传甚远。

不但有很好的天资,而且具有很好的艺术修养和道德修养。青年时代,他跋山涉水,寻访神州大地上的文化瑰宝,自觉走进民间,深入了解民间传说和民俗生活,独立思索,刻苦钻研,直面人生,谱写出《史记》这部光照千古的史学巨著。如《史记·太史公自序》中所记述的:

> 迁生龙门,耕牧河山之阳。年十岁则诵古文。二十而南游江淮,上会稽,探禹穴,窥九疑(嶷),浮于沅湘,北涉汶泗,讲业齐鲁之都,观孔子之遗风,乡射邹峄,厄困鄱薛彭城,过梁楚以归。

他在《史记》的"书""世家"和"列传"中,也多次具体记述了他游历各地的经过:"南登庐山,观禹疏九江,遂至会稽大湟,上姑苏,望五湖"(《河渠书》);"适齐,自泰山属之琅邪,北被于海,膏壤二千里"(《齐太公世家》);"适鲁,观仲尼庙堂、车服、礼器;诸生以时习礼其家","低徊留之,不能去"(《孔子世家》);"过薛,其俗闾里率多暴桀子弟,与邹鲁殊"(《孟尝君列传》);"过大梁之墟,求问其所谓夷门"(《信陵君列传》);"适楚,观春申君故城,宫室盛矣哉"(《春申君列传》);"适长沙,观屈原所自沉渊"(《屈原贾生列传》);"如淮阴,淮阴人为余言,韩信虽为布衣时,其志与众异"(《淮阴侯列传》);"适丰沛,问其遗老,观故萧曹樊哙滕公之冢"(《樊郦滕灌列传》)。他壮年时,袭父职而为太史令,曾"奉使西征巴蜀以南,南略邛、笮、昆明",并曾随皇帝"行幸缑氏,登崇高,遂东巡海上","还登封泰山;复东巡海上,自碣石至辽西,历北边九原,归于甘泉"(《太史公行年考》中引《汉书·武帝纪》等)。他因职务之便,"从巡祭天地、诸神、名山而封禅"(《史记·封禅书》),"适北边,自直道归,行观蒙恬所为秦筑长城亭障"(《史记·蒙恬列传》),这些经历,不但开阔了他的视野,而且增长了他的学识。他在这些经历中直接接触到许多民间传说,这些传说无疑成为他在《史记》写作中所用的具体资料。这和《左传》的征引文献,在方法上有明显不同。特别是他48岁时因李陵之祸而身遭腐刑,身心都受到沉重的打击与考验。这些都直接影响着他在写作史传文学中所表现出的民本意识。司马迁大胆开拓史传文学的新思路,在史传中掺入大量民俗生活事项和民间传说、民间歌谣。应该说,他是我国最早具有田野作业自觉意识,而且取得卓越成就的民间文艺学的探索者,堪称口述史学的先驱。这是我们今天从事历史、文化、民俗研究时所应特别关注的。

从严可均辑《全后汉文》中所存《东海庙碑》等可知,《史记》之称始见于桓帝灵帝时,其自定名为"太史公书","凡百三十篇,五十二万六千五百字",其意在"藏之名山,副在京师,俟后世圣人君子"(《史记·太史公自序》)。班固在《汉书·司马迁传》中说他"网罗天下放失旧闻,王迹所兴","略推三代,录秦汉,上记轩辕,下至于兹,著十二本纪,既科条之矣。并时异世,年差不明,作十表。礼乐损益,律历改易,兵权山川鬼神,天人之际,承敝通变,作八书"。这都说明司马迁的学识与胆识的非凡。《史记》成为我国第一部纪传体史学著作,包括口述文学的方法在内,深刻地影响着后世。

司马迁将民间传说、民间歌谣和神话纳入史学著作,不仅是大胆的,而且是审慎的,并不是无原则地滥造。这既是他史学观的体现,也是他民间文学观的体现。以《史记·五帝本纪》等篇所谈黄帝,在历史上的"史迹"为例,可以看到司马迁这种观念的集中体现:

> 太史公曰:学者多称五帝,尚矣。然《尚书》独载尧以来,而百家言黄帝,其文不雅驯,荐绅先生难言之。孔子所传《宰予问五帝德》及《帝系姓》,儒者或不传。余尝西至空峒,北过涿鹿,东渐于海,南浮江淮矣,至长老皆各往往称黄帝、尧、舜之处,风教固殊焉,总之不离古文者近是。予观《春秋》《国语》,其发明《五帝德》《帝系姓》章矣。顾弟弗深考,其所表见皆不虚。《书》缺有间矣,其轶乃时时见于他说。非好学深

思,心知其意,固难为浅见寡闻道也。余并论次,择其言尤雅者,故著为本纪书首。

司马迁"择其言尤雅者",绝非拒绝民间文学,而是如其在《三代世表》中所说的,"疑则传疑,盖其慎也"。在论及《禹本纪》《山海经》时,他说:"太史公曰:《禹本纪》言河出昆仑,昆仑其高二千五百余里,日月所相避隐为光明也。其上有醴泉、瑶池。今自张骞使大夏之后也,穷河源,恶睹《(禹)本纪》所谓昆仑者乎。故言九州山川,《尚书》近之矣。至《禹本纪》《山海经》所有怪物,余不敢言之也。"这和他在《史记》中大量保存民间传说并不矛盾。因为神话、传说在作为史料处理时,必须剔除"玄怪"成分,才能具有史实的意义。与之相联的是司马迁撰写《史记》并不是凭主观臆断,更不是为著名而著史,而是在总结历史的经验和教训。他是通过对历史的科学总结,抨击历史和现实中共存的丑恶,这些见解体现在《史记》的字里行间。他所采用的民间传说、神话、歌谣,大多有所据,即强调其真实性,这样在表现史实上就更加有力了。《史记》的史学思想,集中体现在对历史人物包括历史事件、社会活动的具体态度上。司马迁对历史上的贤良,表现出崇高的敬意,如他为陈涉和东方朔等人立传,不因为他们出身卑贱而鄙薄之。他对那些丑恶现象,无论是历史上的或者现实中的,都表示出愤慨。尤其是他不畏强权,敢于对上层统治者的种种荒淫无耻和愚昧无知进行揭露和批判,诚如沈湛钧所举论,"太史公见汉武惑于方士而好神仙,敛集资财而作宫室列观,物力殚于上,民风靡于下,举世汹汹,不可终日,因作《封禅书》以隐讽之"(《知非斋古文录·书〈史记·封禅书〉后》)。同时,司马迁还通过大量生动的史实,向后人展示了昌与亡的社会发展规律,不言自见。司马迁的博大胸怀和鲜明爱憎,通过民间文学作品的具体运用,或衬托,或烘托,或寓意,显得尤为生动传神。

在司马迁的笔下,我们可以看到汉代历史尤其是武帝时代及武帝之前历史真实而全面地展现。那些民间传说和歌谣令我们沉醉,如置身于其情其景之中。更为珍贵的是,他向我们展示了十分广阔的世界。历史上各个阶层的人物形象,通过民间传说的运用而栩栩如生;历史上的歌谣,其发生背景及具体含义,在事件的描述中自然地展现出来。特别是他对黄帝神话时代的勾勒与展示,让我们看到华夏民族大融合的发生史、奋斗史。"黄帝者,少典之子,姓公孙,名曰轩辕……"此琅琅书声在我们历史的长空中从未停息,无论走到世界的哪里,我们听到这声音,都能找到自己的同胞,因为这声音凝聚着无数人的神圣感情,而这感情中又分明挟裹着中华民族悠久而坚韧的历史,包括那些源自《史记》的历史传说。在我看来,《史记》中关于三代的历史,实际上就是历史传说的汇集。在《夏本纪》中,我们可以看到"夏禹,名曰文命;禹之父曰鲧,鲧之父曰帝颛顼,颛顼之父曰昌意,昌意之父曰黄帝。禹者,黄帝之玄孙而帝颛顼之孙也"的记述,司马迁从尧时大洪水论及鲧和禹的出世,逐步展示出夏禹王朝的建立。在《殷本纪》中,我们可以看到"殷契,母曰简狄,有娀氏之女,为帝喾次妃。三人行浴,见玄鸟堕其卵,简狄取吞之,因孕生契。契长而佐禹治水有功,帝舜乃命契曰……契兴于唐虞大禹之际"。在《周本纪》中,我们看到"周后稷名弃,其母有邰氏女,曰姜原。姜原为帝喾元妃。姜原出野,见巨人迹,心忻然说(悦),欲践之;践之而身动如孕者,居期而生子,以为不祥,弃之隘巷,马牛过者皆辟不践;徙置之林中,适会山林多人,迁之而弃渠中冰上,飞鸟以其翼覆荐之。姜原以为神,遂收养长之。初欲弃之,因名曰弃"。《史记·封禅书》记述了许多当世的民俗生活,尤其是其中的民间传说,成为某种民俗生活的文化阐释。但长期以来,许多人不以为《封禅书》保存了丰富的民间传说,而只以为它是一部国家祭祀天地的礼仪史志。如果我们走进其中,就会发现它不仅是一部珍贵的民俗志,而且是一部民间传说的集成。它应该是我国秦汉时期难得的一部民间文学史志。因为封禅不单单是国家祭祀大典,而且是对先秦乃至远古时代全民族信仰习俗的集中体现,是对全社会民俗生活,包括汉代民间信仰的整体性经验总结。在民俗生活的文化认定即判断中,我们长期坚持着一种将国家与民间百姓全然对立的态度,其实这中间有许多偏颇,好像民间文化与官方文化或经典文化总是截然对立的,事实上它们经常共存共享。诸如春节作为民俗,俗称"过年",是否只有民间百姓才是其行为主体,官员阶层就被排除在外呢?民间文学的存在,最重要的就是以口头性、集体性作为其基本标志;民俗生活包括民间文化(民间文学),是全社会全民族的共同的资源。《史记·封禅书》非常突出地表现出这种官民共享的文化特征。如其中所载:

是时李少君亦以祠灶、谷道、却老方见上,上尊之。少君者,故深泽侯人,主方。匿其年及其生长,常自谓七十,能使物,却老。其游以方遍诸侯。无妻子。人闻其能使物及不死,更馈遗之,常余金钱衣食。人皆以为不治生业而饶给,又不知其何所人,愈信,争事之。少君资好方,善为巧发奇中。尝从武安侯饮,坐中有九十余老人,少君乃言与其大父游射处,老人为儿时从其大父行,识其处,一坐尽惊。少君见上,上有故铜器,问少君。少君曰:"此器齐桓公十年陈于柏寝。"已而案其刻,果齐桓公器,一宫尽骇,以为少君神,数百岁人也。少君言上曰:"祠灶则致物,致物而丹沙可化为黄金;黄金成,以为饮食器则益寿,益寿而海中蓬莱仙者乃可见,见之以封禅则不死,黄帝是也。臣尝游海上,见安期生。安期生食巨枣,大如瓜。安期生,仙者,通蓬莱中,合则见人,不合则隐。"于是,天子始亲祠灶而遣方士入海求蓬莱安期生之属,而事化丹沙诸药齐为黄金矣。居久之,李少君病死,天子以为化去不死,而使黄锤、史宽舒受其方,求蓬莱安期生莫能得,而海上燕齐怪迂之方士,多更来言神事矣。

齐人少翁以鬼神方见上。上有所幸王夫人。夫人卒,少翁以方盖夜致王夫人及灶鬼之貌云,天子自帷中望见焉。于是,乃拜少翁为文成将军。赏赐甚多,以客礼礼之。文成言曰:"上即欲与神通,宫室被服非象神,神物不至。"乃作画云气车,及各以胜日驾车辟恶鬼。又作甘泉宫,中为台室,画天地太一诸鬼神,而置祭具以致天神。居岁余,其方益衰,神不至。乃为帛书以饭牛,佯不知,言曰:"此牛腹中有奇。"杀视得书,书言甚怪。天子识其手书。问其人,果是伪书,于是诛文成将军,隐之。

这是关于当世民间文学的记述。《史记》对民间文学的记述有着明显的历史化倾向,最典型的就是开篇第一章中对黄帝神话的描述,而司马迁任何时候都没有忘却对现实的关注——所有这些,都是他游历天下,自觉进行田野作业性的写作准备的具体结果。

在司马迁的笔下,有许多民间传说以历史事件的面目出现,更具有时代意义。如其《史记》卷一二六《滑稽列传》记述的西门豹传说:

魏文侯时,西门豹为邺令。豹往到邺,会长老,问之民所疾苦。长老曰:"苦为河伯娶妇,以故贫。"豹问其故,对曰:"邺三老、廷掾常岁赋敛百姓,收取其钱得数百万,用其二三十万为河伯娶妇,与祝巫共分其余钱持归。当其时,巫行视人家女好者,云是当为河伯妇,即娉取。洗沐之,为治新缯绮縠衣,闲居斋戒;为治斋宫河上,张缇绛帷,女居其中。为具牛酒饭食,行十余日。共粉饰之,如嫁女床席,令女居其上,浮之河中。始浮,行数十里乃没。其人家有好女者,恐大巫祝为河伯取之,以故多持女远逃亡。以故城中益空无人,又困贫,所从来久远矣。民人俗语曰'即不为河伯娶妇,水来漂没,溺其人民'云。"西门豹曰:"至为河伯娶妇时,愿三老、巫祝、父老送女河上,幸来告语之,吾亦往送女。"皆曰:"诺。"

至其时,西门豹往会之河上。三老、官属、豪长者、里父老皆会,以人民往观之者三二千人。其巫,老女子也,已年七十。从弟子女十人所,皆衣缯单衣,立大巫后。西门豹曰:"呼河伯妇来,视其好丑。"即将女出帷中,来至前。豹视之,顾谓三老、巫祝、父老曰:"是女子不好,烦大巫妪为入报河伯,得更求好女,后日送之。"即使吏卒共抱大巫妪投之河中。有顷,曰:"巫妪何久也?弟子趣之!"复以弟子一人投河中。有顷,曰:"弟子何久也?复使一人趣之!"复投一弟子河中。凡投三弟子。西门豹曰:"巫妪弟子是女子也,不能白事,烦三老为入白之。"复投三老河中。西门豹簪笔磬折,向河立待良久。长老、吏傍观者皆惊恐。西门豹顾曰:"巫妪、三老不来还,奈之何?"欲复使廷掾与豪长者一人入趣之。皆叩头,叩头且破,额血流地,色如死灰。西门豹曰:"诺。且留待之须臾。"须臾,豹曰:"廷掾起矣。状河伯留客之久,若皆罢去归矣。"邺吏民大惊恐,从是以后,不敢复言为河伯娶妇。

这篇故事的背后,包含许多想象的内容。无论其表述的效果还是西门豹让巫婆们自作自受,以其人之道还治其人之身的整个过程,都是非常典型的传说故事。

另外,他旁征博引,大胆将史实与传说共同纳进自己的视野,以此来论证自己对历史的见解,使《史记》各章都显得那样神采飞扬。如《史记·周本纪》中关于褒姒的一段传说:

昔自夏后氏之衰也,有二神龙止于夏帝庭而言曰:"余,褒之二君。"夏帝卜杀之与去之与止之,莫吉。卜请其漦而藏之,乃吉。于是,布币而策告之,龙亡而漦在,椟而去之。夏亡,传此器殷。殷亡,又传此器周。比三代,莫敢发之。至厉王之末,发而观之,漦流于庭,不可除。厉王使妇人裸而澡之,漦化为玄鼋,以入王后宫。后宫之童妾既龀而遭之,既笄而孕,无夫而生子,惧而弃之。宣王之时,童女谣曰:"檿弧箕服,实亡周国。"于是宣王闻之,有夫妇卖是器者,宣王使执而戮之。逃于道,而见乡者后宫童妾所弃妖子出于路者,闻其夜啼,哀而收之。夫妇遂亡,奔于褒。褒人有罪,请入童妾所弃女子者于王以赎罪。弃女子出于褒,是为褒姒。当幽王三年,王之后宫,见而爱之,生子伯服,竟废申后及太子,以褒姒为后,伯服为太子。

接下来便是著名的烽火戏诸侯的故事。周王朝因褒姒祸国而四分五裂。《韩非子·外储说左上》"酒醉击鼓"曾经记述类似故事:"楚厉王有警,为鼓以与百姓为戍。饮酒醉,过而击之也,民大惊。使人止,曰:'吾醉而与左右戏,过击之也。'民皆罢。居数月,有警,击鼓而民不起,乃更令明号而民信之。"《吕氏春秋·慎行论·疑似》"幽王击鼓"详细记述了周幽王烽火戏诸侯的故事。这则传说成为戏言、失信、浅薄、重色等恶性的明鉴,在周王朝之后的历史上流传甚广,而在汉代,自然也广为流传。司马迁记述这则传说,是为了进一步述说历史规律。那么,什么是历史最真实的规律呢?民间传说所作的回答,最形象具体,也最准确。这是被历史所证明了的。司马迁独具慧眼,为后人做出了榜样。但令人遗憾的是,后世的正史在撰写中,更多的人丢弃了民间传说的内容,在貌似公允的外表下,充满了瞒和骗,这一副副陈年流水簿子,人轻易不敢踹,若谁踹了它一脚,便成了不为世所容的"狂人"!这使我想起了法国新史学的代表作家布罗代尔。布罗代尔在菲利普二世时代对地中海的调查,为法国新史学赢得了巨大的声誉,他对口述史料的充分重视,成为一种新的史学方法。我并不是说司马迁如何影响了布罗代尔,而是认为在所有的伟大史学家身上,都涂满了来自民间的风霜雨雪;而在那些庸俗、怯懦的史家笔下,我们除了看到虚假之外,又能看到什么有价值的东西呢?今天,在民间文学史乃至整个文学史的写作中,严重地存在着一种不健康的现象,即不是从史料出发,而是从观念出发,一部文学史成了几个人为了证明某种狭隘、偏颇甚至无聊的观念的橡皮泥。曾有人把这种现象归之于庸俗社会学的方法;不仅仅是这样。其十分重要的原因是对千百万人民大众作为文化创造主体这一历史背景的忽视。比如,在当代中国文学史的写作中,有哪一位学者充分注意到新中国民间文学的价值和意义?在司马迁的面前,我们应该感到羞愧!

在司马迁之后,班固的《汉书》对民间文学的保存,也做出了重要贡献。从《汉书·叙传》中,我们可以看到班固与司马迁相异的另一种家世与出身、经历。班固的先人"壹"生"孺",而"孺为任侠,州郡歌之",至班伯辈曾受过良好的古典文化教育,这对班氏家风有一定影响。到了班固父亲班彪一辈,"博而不俗","述而不作"。由于世道变化,班固"弱冠而孤"。他"年九岁能属文诵诗赋。及长,遂博贯载籍,九流百家之言,无不穷究。所学无常师,不为章句,举大义而已",他"自永平中始受诏(修史),潜精积思二十余年,至建初中乃成"(《后汉书·班彪列传》)。班固广采百家学说,撰写成了《汉书》,其记事上自汉高祖,下至王莽世,有十二本纪、八表、十志和七十列传,为我国首部纪传体断代史。与司马迁所不同的是,班固没能像司马迁那样游历天下,去获取大量的第一手资料,而且,也没能像司马迁那样让自己的著作"俟后世圣人君子",而是受到汉明帝的直接干预。这不是班固个人所能改变的。但他同样注意到对民间文学的重视,除了前面举到的对民间歌谣的保存之外,还在《东方朔传》等纪传之作中使用了大量民间传说的内容。尤其是《汉书·艺文志》对当世民间传说故事的保存相当丰富。如他在其中的"诸子略"中设了"小说家"类,并在阐释"小说家"的含义时说:

> 右小说十五家千三百八十篇。小说家者流,盖出于稗官,街谈巷语,道听途说之所造也。孔子曰:"虽小道,必有可观者焉。致远恐泥,是以君子弗为也。"然亦弗灭也,闾里小知者之所及,亦使缀而不忘,如或一言可采,此亦刍荛狂夫之议也。

由此可知,所谓"小说"就包含着一些民间传说故事。从班固所列的

"小说",我们可以很清楚地看到这些内容:

> 伊尹说二十七篇(其语浅薄,似依托也);
>
> 鬻子说十九篇(后世所加);
>
> 周考七十六篇(考周事也);
>
> 青史子五十七篇(古史官记事也);
>
> 师旷六篇(见《春秋》,其言浅薄,本与此同似因托也);
>
> 务成子十一篇(称尧问,非古语);
>
> 宋子十八篇(孙卿道宋子,其言黄老意);
>
> 天乙三篇(天乙谓汤,其言非殷时,皆依托也);
>
> 黄帝说四十篇(迂诞依托);
>
> 封禅方说十八篇(武帝时);
>
> 待诏臣饶心术二十五篇(武帝时);
>
> 待诏臣安成未央术一篇;
>
> 臣寿周纪七篇(项国圉人,宣帝时);
>
> 虞初周说九百四十三篇(河南人,武帝时,以方士侍郎,号黄车使者);
>
> 百家百三十九卷。

其中的"其语(言)浅薄""依托也""迂诞依托",就是民间传说、民间故事最典型的特点。《汉书》诸志有"律历""礼乐""刑法""食货""郊祀""天文""五行""地理""沟洫"和"艺文",都或多或少地涉及民间传说等民间文学内容。如《汉书·郊祀志》提到"在男曰觋,在女曰巫",及颛顼使"南正重司天""火正黎司地"和"共工氏霸九州,其子曰句龙,能平水土,死为社祠""烈山氏王天下,其子曰柱,能殖百谷,死为稷祠"等神话传说,其他还有关于"威宣燕昭使人入海,求蓬莱、方丈、瀛洲此三神山者,其传在渤海中"得见"不死之药"等神仙传说、陕西宝鸡"命曰陈宝"等地名传说

(此两类传说,可看作后世流传的八仙传说、识宝传说两大类型民间故事的原型)。尤其是班固所写《匈奴传》《西南夷两粤朝鲜传》《西域传》等章,记述了许多少数民族中流传的故事和歌谣,可看作较早专门记述少数民族文学史的文献。《汉书·王莽传》写得尤为精彩,其中保存了不少传神的王莽传说,这也是一般学者所忽略的地方。当然,我们也要看到,班固在写作《汉书》时,有许多民间传说是直接从司马迁《史记》中摘取的。班固因为永元初年窦宪事的牵连,死于狱中,传说其妹班昭与马续接下来完成了《汉书》。南朝范晔的《后汉书》中也保存了不少汉代民间文学。其他还有《吴越春秋》《越绝书》等史籍,对民间文学的保存都做出了一些贡献。《吴越春秋》原书有十二卷,今存十卷,为东汉赵晔所撰,主要记述了吴越争霸的历史,其中西施和范蠡的故事、勾践卧薪尝胆的故事及伍员传说等,对此后的民间文学产生了深远影响。《越绝书》也是记述吴越争霸历史的,其中的少年计倪、持剑英雄干将等传说,颇有风采。此书原有二十五篇,今存十九篇,篇首标为伍员、子贡所撰,而末篇有隐语,应为东汉人袁康和吴平编撰而成。

汉魏之际,出现了一批神怪史话著作,诸如《汉武故事》《汉武内传》《赵飞燕外传》《洞冥记》《列仙传》等,或托名班固,或托名东方朔,其中所保存的民间文学也是相当丰富的。但是,这些作品已经明显超出了史学的范畴,而是与《淮南子》相似的言"道"之作。关于它们对保存民间文学所做的贡献,在另外的章节中,将再作详细论述。如两部以汉武帝为传主的作品,旧题为班固所著,《赵飞燕外传》旧题汉伶玄所著,其实都是托名。这些著作在文化品格上表现出另外一些内容,我们可以看到它们从《史记》和《汉书》的"传"体中分离出来的痕迹。这些具有怪异色彩的著作冲荡着史传文学,同时其自身也形成了一股潮流,直接影响了后世神怪文学《搜神记》之类作品的产生。这种现象的出现,一方面是由于社会文化在哲学性格上不断自觉地走向"玄""异",对"道"进行发扬光大;另一方面则是由于《史记》所影响的个体化史著风尚,使更多的学者不再局限于对社会和历史、文化的发展作简单的表述。经与史的彻底结合,导致了我国汉魏之后历史著作、史传文学的畸形发展,汉代末期的学者,主要是经学家们,应该对此负主要责任。这对民间文学的保存貌似有利,其实并非完全这样,甚至成为对民间文学原始性的冲荡与消解。经、史之作与宗教(主要是道教与佛教)相结合后,汇聚成新的文化潮流,冲击着时势,使我国民间文学的面目发生了非常明显的大转变。

一、司马迁的传说时代

黄帝之前的世界面目如何?

人的生命如何产生?中国人的世界就是从黄帝开始的吗?

开天辟地的盘古、抟土造人和炼石补天的女娲、画制八卦的伏羲与尝遍百草的神农等神祇,这些独立的时代,为什么没有系统地出现在司马迁的笔端呢?

《史记》中的《五帝本纪》对这些历史有明显的取舍,其记述了"神农氏世衰。诸侯相侵伐,暴虐百姓,而神农氏弗能征。于是轩辕乃习用干戈,以征不享,诸侯咸来宾从"的背景。那么,神农之前各个阶段的情形呢?从黄帝到尧舜禹时代,司马迁总结道:"自黄帝至舜、禹,皆同姓而异其国号,以章明德。故黄帝为有熊,帝颛顼为高阳,帝喾为高辛,帝尧为陶唐,帝舜为有虞。帝禹为夏后而别氏,姓姒氏。契为商,姓子氏。弃为周,姓姬氏。"继而,他称:"学者多称五帝,尚矣。然《尚书》独载尧以来,而百家言黄帝,其文不雅驯,荐绅先生难言之。孔子所传《宰予问五帝德》及《帝系姓》,儒者或不传。余尝西至空峒,北过涿鹿,东渐于海,南浮江淮矣,至长老皆各往往称黄帝、尧、舜之处,风教固殊焉,总之不离古文者近是。予观《春秋》《国语》,其发明《五帝德》《帝系姓》章矣。顾弟弗深考,其所表见皆不虚。《书》缺有间矣,其轶乃时时见于他说。非好学深思,心知其意,固难为浅见寡闻道也。余并论次,择其言尤雅者,故著为本纪书首。"

显然,司马迁对历史的描述有自己的根据,他在事实上认定黄帝以来的"五帝"都是真实的朝代。这种观念是他对自己实地考察历史文化遗迹和历史文献阅读的总结,也深刻影响了后人的文化判断。

司马迁描述历史的发生,首先选择轩辕黄帝,郑重地为其列传,主要是从黄帝的事迹构成方面认定国家开端阶段的。

其描述道:

> 黄帝者,少典之子,姓公孙,名曰轩辕。生而神灵,弱而能言,幼而徇齐,长而敦敏,成而聪明。轩辕之时,神农氏世衰。诸侯相侵伐,暴虐百姓,而神农氏弗能征。于是轩辕乃习用干戈,以征不享,诸侯咸来宾从。而蚩尤最为暴,莫能伐。炎帝欲侵陵诸侯,诸侯咸归轩辕。轩辕乃修德振兵,治五气,艺五种,抚万民,度四方,教熊罴貔貅䝙虎,以与炎帝战于阪泉之野。三战,然后得其志。蚩尤作乱,不用帝命。于是黄帝乃征师诸侯,与蚩尤战于涿鹿之野,遂擒杀蚩尤。而诸侯咸尊轩辕为天子,代神农氏,是为黄帝。天下有不顺者,黄帝从而征之,平者去之,披山通道,未尝宁居。
>
> 东至于海,登丸山,及岱宗。西至于空桐,登鸡头。南至于江,登熊、湘。北逐荤粥,合符釜山,而邑于涿鹿之阿。迁徙往来无常处,以师兵为营卫。官名皆以云命,为云师。置左右大监,监于万国。万国和,而鬼神山川封禅与为多焉。获宝鼎,迎日推策。举风后、力牧、常先、大鸿以治民。顺天地之纪,幽明之占,死生之说,存亡之难。时播百谷草木,淳化鸟兽虫蛾,旁罗日月星辰水波土石金玉,劳勤心力耳目,节用水火材物。有土德之瑞,故号黄帝。
>
> 黄帝二十五子,其得姓者十四人。
>
> 黄帝居轩辕之丘,而娶于西陵之女,是为嫘祖。嫘祖为黄帝正妃,生

二子,其后皆有天下:其一曰玄嚣,是为青阳,青阳降居江水;其二曰昌意,降居若水。昌意娶蜀山氏女,曰昌仆,生高阳,高阳有圣德焉。黄帝崩,葬桥山。

然后是轩辕黄帝的继承者,分别为"颛顼""高辛""帝喾""帝挚""帝尧",其描述道:

> 其孙昌意之子高阳立,是为帝颛顼也。
>
> 帝颛顼高阳者,黄帝之孙而昌意之子也。静渊以有谋,疏通而知事;养材以任地,载时以象天,依鬼神以制义,治气以教化,絜诚以祭祀。北至于幽陵,南至于交趾,西至于流沙,东至于蟠木。动静之物,大小之神,日月所照,莫不砥属。
>
> 帝颛顼生子曰穷蝉。颛顼崩,而玄嚣之孙高辛立,是为帝喾。
>
> 帝喾高辛者,黄帝之曾孙也。高辛父曰蟜极,蟜极父曰玄嚣,玄嚣父曰黄帝。自玄嚣与蟜极皆不得在位,至高辛即帝位。高辛于颛顼为族子。
>
> 高辛生而神灵,自言其名。普施利物,不于其身。聪以知远,明以察微。顺天之义,知民之急。仁而威,惠而信,修身而天下服。取地之财而节用之,抚教万民而利诲之,历日月而迎送之,明鬼神而敬事之。其色郁郁,其德嶷嶷。其动也时,其服也士。帝喾溉执中而遍天下,日月所照,风雨所至,莫不从服。
>
> 帝喾娶陈锋氏女,生放勋。娶娵訾氏女,生挚。帝喾崩,而挚代立。帝挚立,不善,崩,而弟放勋立,是为帝尧。

颛顼和帝喾是黄帝之后两个非常重要的时代,都是以杰出的才干和德行受到世人的尊重。相比而言,是否司马迁忽略了颛顼绝地天通的政治事迹和帝喾的传说?

至尧的时代,形成选贤任能的政治禅让制度,被后世热烈赞颂。司马迁非常详细地描述道:

> 帝尧者,放勋。其仁如天,其知如神。就之如日,望之如云。富而不骄,贵而不舒。黄收纯衣,彤车乘白马。能明驯德,以亲九族。九族既睦,便章百姓。百姓昭明,合和万国。
>
> 乃命羲、和,敬顺昊天,数法日月星辰,敬授民时。分命羲仲,居郁夷,曰旸谷。敬道日出,便程东作。日中,星鸟,以殷中春。其民析,鸟兽字微。申命羲叔,居南交。便程南为,敬致。日永,星火,以正中夏。其民因,鸟兽希革。申命和仲,居西土,曰昧谷。敬道日入,便程西成。夜中,星虚,以正中秋。其民夷易,鸟兽毛毨。申命和叔,居北方,曰幽都。便在伏物。日短,星昴,以正中冬。其民燠,鸟兽氄毛。岁三百六十六日,以闰月正四时。信饬百官,众功皆兴。
>
> 尧曰:"谁可顺此事?"放齐曰:"嗣子丹朱开明。"尧曰:"吁!顽凶,不用。"尧又曰:"谁可者?"讙兜曰:"共工旁聚布功,可用。"尧曰:"共工善言,其用僻,似恭漫天,不可。"尧又曰:"嗟,四岳,汤汤洪水滔天,浩浩怀山襄陵,下民其忧,有能使治者?"皆曰鲧可。尧曰:"鲧负命毁族,不可。"岳曰:"异哉,试不可用而已。"尧于是听岳用鲧。九岁,功用不成。
>
> 尧曰:"嗟!四岳:朕在位七十载,汝能庸命,践朕位?"岳应曰:"鄙德忝帝位。"尧曰:"悉举贵戚及疏远隐匿者。"众皆言于尧曰:"有矜在民间,曰虞舜。"尧曰:"然,朕闻之。其何如?"岳曰:"盲者子。父顽,母嚚,弟傲,能和以孝,烝烝治,不至奸。"尧曰:"吾其试哉。"于是尧妻之二女,观其德于二女。舜饬下二女于妫汭,如妇礼。尧善之,乃使舜慎和五典,五典能从。乃遍入百官,百官时序。宾于四门,四门穆穆,诸侯远方宾客皆敬。尧使舜入山林川泽,暴风雷雨,舜行不迷。尧以为圣,召舜曰:"女谋事至而言可绩,三年矣。女登帝位。"舜让于德不怿。正月上日,舜

受终于文祖。文祖者,尧大祖也。

　　于是帝尧老,命舜摄行天子之政,以观天命。舜乃在璇玑玉衡,以齐七政。遂类于上帝,禋于六宗,望于山川,辩于群神。揖五瑞,择吉月日,见四岳诸牧,班瑞。岁二月,东巡狩,至于岱宗,祡,望秩于山川。遂见东方君长,合时月正日,同律度量衡,修五礼五玉三帛二生一死为挚,如五器,卒乃复。五月,南巡狩;八月,西巡狩;十一月,北巡狩。皆如初。归,至于祖祢庙,用特牛礼。五岁一巡狩,群后四朝。遍告以言,明试以功,车服以庸。肇十有二州,决川。象以典刑,流宥五刑,鞭作官刑,扑作教刑,金作赎刑。眚灾过,赦;怙终贼,刑。钦哉,钦哉,惟刑之静哉!

　　谨兜进言共工,尧曰不可而试之工师,共工果淫辟。四岳举鲧治鸿水,尧以为不可,岳强请试之,试之而无功,故百姓不便。三苗在江淮、荆州数为乱。于是舜归而言于帝,请流共工于幽陵,以变北狄;放谨兜于崇山,以变南蛮;迁三苗于三危,以变西戎;殛鲧于羽山,以变东夷:四罪而天下咸服。

　　尧立七十年得舜,二十年而老,令舜摄行天子之政,荐之于天。尧辟位凡二十八年而崩。百姓悲哀,如丧父母。三年,四方莫举乐,以思尧。尧知子丹朱之不肖,不足授天下,于是乃权授舜。授舜,则天下得其利而丹朱病;授丹朱,则天下病而丹朱得其利。尧曰"终不以天下之病而利一人",而卒授舜以天下。尧崩,三年之丧毕,舜让辟丹朱于南河之南。诸侯朝觐者不之丹朱而之舜,狱讼者不之丹朱而之舜,讴歌者不讴歌丹朱而讴歌舜。舜曰"天也",夫而后之中国践天子位焉,是为帝舜。

　　对于尧的事迹,司马迁进行了甚为详细的描述,关键性内容在于对舜的出场做铺垫。尧舜一体,成为中国政治制度的理想境界,在司马迁笔下被塑造出辉煌的画面。

　　舜的时代同样是曲折而彰显悲壮的,司马迁描述道:

虞舜者,名曰重华。重华父曰瞽叟,瞽叟父曰桥牛,桥牛父曰句望,句望父曰敬康,敬康父曰穷蝉,穷蝉父曰帝颛顼,颛顼父曰昌意:以至舜七世矣。自从穷蝉以至帝舜,皆微为庶人。

舜父瞽叟盲,而舜母死,瞽叟更娶妻而生象,象傲。瞽叟爱后妻子,常欲杀舜,舜避逃;及有小过,则受罪。顺事父及后母与弟,日以笃谨,匪有懈。

舜,冀州之人也。舜耕历山,渔雷泽,陶河滨,作什器于寿丘,就时于负夏。舜父瞽叟顽,母嚚,弟象傲,皆欲杀舜。舜顺适不失子道,兄弟孝慈。欲杀,不可得;即求,尝在侧。

舜年二十以孝闻。三十而帝尧问可用者,四岳咸荐虞舜,曰可。于是尧乃以二女妻舜以观其内,使九男与处以观其外。舜居妫汭,内行弥谨。尧二女不敢以贵骄事舜亲戚,甚有妇道。尧九男皆益笃。舜耕历山,历山之人皆让畔;渔雷泽,雷泽上人皆让居;陶河滨,河滨器皆不苦窳。一年而所居成聚,二年成邑,三年成都。尧乃赐舜絺衣与琴,为筑仓廪,予牛羊。瞽叟尚复欲杀之,使舜上涂廪,瞽叟从下纵火焚廪。舜乃以两笠自捍而下,去,得不死。后瞽叟又使舜穿井,舜穿井为匿空旁出。舜既入深,瞽叟与象共下土实井,舜从匿空出,去。瞽叟、象喜,以舜为已死。象曰:"本谋者象。"象与其父母分,于是曰:"舜妻尧二女,与琴,象取之。牛羊仓廪予父母。"象乃止舜宫居,鼓其琴。舜往见之。象鄂不怿,曰:"我思舜正郁陶!"舜曰:"然,尔其庶矣!"舜复事瞽叟爱弟弥谨。于是尧乃试舜五典百官,皆治。

昔高阳氏有才子八人,世得其利,谓之"八恺"。高辛氏有才子八人,世谓之"八元"。此十六族者,世济其美,不陨其名。至于尧,尧未能举。舜举八恺,使主后土,以揆百事,莫不时序。举八元,使布五教于四方,父义,母慈,兄友,弟恭,子孝,内平外成。

昔帝鸿氏有不才子,掩义隐贼,好行凶慝,天下谓之浑沌。少暭氏有不才子,毁信恶忠,崇饰恶言,天下谓之穷奇。颛顼氏有不才子,不可教训,不知话言,天下谓之梼杌。此三族世忧之。至于尧,尧未能去。缙云氏有不才子,贪于饮食,冒于货贿,天下谓之饕餮。天下恶之,比之三凶。舜宾于四门,乃流四凶族,迁于四裔,以御螭魅,于是四门辟,言毋凶人也。

舜入于大麓,烈风雷雨不迷,尧乃知舜之足授天下。尧老,使舜摄行天子政,巡狩。舜得举用事二十年,而尧使摄政。摄政八年而尧崩。三年丧毕,让丹朱,天下归舜。而禹、皋陶、契、后稷、伯夷、夔、龙、垂、益、彭祖自尧时而皆举用,未有分职。于是舜乃至于文祖,谋于四岳,辟四门,明通四方耳目,命十二牧论帝德,行厚德,远佞人,则蛮夷率服。舜谓四岳曰:"有能奋庸美尧之事者,使居官相事?"皆曰:"伯禹为司空,可美帝功。"舜曰:"嗟,然!禹,汝平水土,维是勉哉。"禹拜稽首,让于稷、契与皋陶。舜曰:"然,往矣。"舜曰:"弃,黎民始饥,汝后稷播时百谷。"舜曰:"契,百姓不亲,五品不驯,汝为司徒,而敬敷五教,在宽。"舜曰:"皋陶,蛮夷猾夏,寇贼奸宄,汝作士,五刑有服,五服三就;五流有度,五度三居:维明能信。"舜曰:"谁能驯予工?"皆曰垂可。于是以垂为共工。舜曰:"谁能驯予上下草木鸟兽?"皆曰益可。于是以益为朕虞。益拜稽首,让于诸臣朱虎、熊罴。舜曰:"往矣,汝谐。"遂以朱虎、熊罴为佐。舜曰:"嗟!四岳,有能典朕三礼?"皆曰伯夷可。舜曰:"嗟!伯夷,以汝为秩宗,夙夜维敬,直哉维静絜。"伯夷让夔、龙。舜曰:"然。以夔为典乐,教稚子,直而温,宽而栗,刚而无虐,简而无傲;诗言意,歌长言,声依永,律和声,八音能谐,毋相夺伦,神人以和。"夔曰:"於!予击石拊石,百兽率舞。"舜曰:"龙,朕畏忌谗说殄伪,振惊朕众,命汝为纳言,夙夜出入朕命,惟信。"舜曰:"嗟!女二十有二人,敬哉,惟时相天事。"三岁一考功,三考绌陟,远近众功咸兴。分北三苗。

此二十二人咸成厥功:皋陶为大理,平,民各伏得其实;伯夷主礼,上下咸让；垂主工师，百工致功；益主虞，山泽辟；弃主稷，百谷时茂；契主司徒，百姓亲和；龙主宾客，远人至；十二牧行而九州莫敢辟违；唯禹之功为大，披九山，通九泽，决九河，定九州，各以其职来贡，不失厥宜。方五千里，至于荒服。南抚交阯、北发，西戎、析枝、渠廋、氐、羌，北山戎、发、息慎，东长、鸟夷，四海之内咸戴帝舜之功。于是禹乃兴《九招》之乐，致异物，凤皇来翔。天下明德皆自虞帝始。

舜年二十以孝闻，年三十尧举之，年五十摄行天子事，年五十八尧崩，年六十一代尧践帝位。践帝位三十九年，南巡狩，崩于苍梧之野。葬于江南九疑，是为零陵。舜之践帝位，载天子旗，往朝父瞽叟，夔夔唯谨，如子道。封弟象为诸侯。舜子商均亦不肖，舜乃豫荐禹于天。十七年而崩。三年丧毕，禹亦乃让舜子，如舜让尧子。诸侯归之，然后禹践天子位。尧子丹朱，舜子商均，皆有疆土，以奉先祀。服其服，礼乐如之。以客见天子，天子弗臣，示不敢专也。

最后是大禹时代，从"禹亦乃让舜子，如舜让尧子。诸侯归之，然后禹践天子位"到"帝舜朝，禹、伯夷、皋陶相与语帝前"，中间形成政治过渡。以禅让为主题，这里的政治作为制度，既是历史，也是神话。于是，"禹者，黄帝之玄孙而帝颛顼之孙"与"舜举鲧子禹"的身份认同，形成新的神话叙事。对此，司马迁没有如尧舜时代那样详细描述，而是用另外一种笔法叙说：

夏禹，名曰文命。禹之父曰鲧，鲧之父曰帝颛顼，颛顼之父曰昌意，昌意之父曰黄帝。禹者，黄帝之玄孙而帝颛顼之孙也。禹之曾大父昌意及父鲧皆不得在帝位，为人臣。当帝尧之时，洪水滔天，浩浩怀山襄陵，下民其忧。尧求能治水者，群臣四岳皆曰鲧可。尧曰："鲧为人负命毁族，不可。"四岳曰："等之未有贤于鲧者，愿帝试之。"于是尧听四岳，用鲧治水。九年而水不息，功用不成。于是帝尧乃求人，更得舜。舜登用，摄行天子之政,巡狩。行视鲧之治水无状,乃殛鲧于羽山以死。天下皆以舜之诛为是。于是舜举鲧子禹,而使续鲧之业。

尧崩,帝舜问四岳曰:"有能成美尧之事者使居官?"皆曰:"伯禹为司空,可成美尧之功。"舜曰:"嗟,然!"命禹:"女平水土,维是勉之。"禹拜稽首,让于契、后稷、皋陶。舜曰:"女其往视尔事矣。"

禹为人敏给克勤;其德不违,其仁可亲,其言可信;声为律,身为度,称以出;亹亹穆穆,为纲为纪。

禹乃遂与益、后稷奉帝命,命诸侯百姓兴人徒以傅土,行山表木,定高山大川。禹伤先人父鲧功之不成受诛,乃劳身焦思,居外十三年,过家门不敢入。薄衣食,致孝于鬼神。卑宫室,致费于沟淢。陆行乘车,水行乘船,泥行乘橇,山行乘檋。左准绳,右规矩,载四时,以开九州,通九道,陂九泽,度九山。令益予众庶稻,可种卑湿。命后稷予众庶难得之食。食少,调有余相给,以均诸侯。禹乃行相地宜所有以贡,及山川之便利。

禹行自冀州始。冀州:既载壶口,治梁及岐。既修太原,至于岳阳。覃怀致功,至于衡漳。其土白壤。赋上上错,田中中,常、卫既从,大陆既为。鸟夷皮服。夹右碣石,入于海。

济、河维沇州:九河既道,雷夏既泽,雍、沮会同,桑土既蚕,于是民得下丘居土。其土黑坟,草繇木条。田中下,赋贞,作十有三年乃同。其贡漆丝,其篚织文。浮于济、漯,通于河。

海岱维青州:嵎夷既略,潍、淄其道。其土白坟,海滨广潟,厥田斥卤。田上下,赋中上。厥贡盐缔,海物维错,岱畎丝、枲、铅、松、怪石,莱夷为牧,其篚檿丝。浮于汶,通于济。

海岱及淮维徐州:淮、沂其治,蒙、羽其艺。大野既都,东原底平。其土赤埴坟,草木渐包。其田上中,赋中中。贡维土五色,羽畎夏狄,峄阳孤桐,泗滨浮磬,淮夷蚌珠暨鱼,其篚玄纤缟。浮于淮、泗,通于河。淮海维扬州：彭蠡既都，阳鸟所居。三江既入，震泽致定。竹箭既布。其草惟夭，其木惟乔，其土涂泥。田下下，赋下上上杂。贡金三品，瑶、琨、竹箭，齿、革、羽毛，岛夷卉服，其篚织贝，其包橘、柚锡贡。均江海，通淮、泗。

荆及衡阳维荆州：江、汉朝宗于海。九江甚中，沱、涔已道，云、梦土为治。其土涂泥。田下中，赋上下。贡羽、旄、齿、革，金三品，杶、干、栝、柏，砺、砥、砮、丹，维箘簬、楛，三国致贡其名，包匦菁茅，其篚玄纁玑组，九江入赐大龟。浮于江、沱、涔于汉，逾于雒，至于南河。

荆河惟豫州：伊、雒、瀍、涧既入于河，荥播既都，道菏泽，被明都。其土壤，下土坟垆。田中上，赋杂上中。贡漆、丝、絺、纻，其篚纤絮，锡贡磬错。浮于雒，达于河。

华阳黑水惟梁州：汶、嶓既艺，沱、涔既道，蔡、蒙旅平，和夷底绩。其土青骊。田下上，赋下中三错。贡璆、铁、银、镂、砮、磬，熊、罴、狐、狸、织皮。西倾因桓是来，浮于潜，逾于沔，入于渭，乱于河。

黑水西河惟雍州：弱水既西，泾属渭汭。漆、沮既从，沣水所同。荆、岐已旅，终南、敦物至于鸟鼠。原隰底绩，至于都野。三危既度，三苗大序。其土黄壤。田上上，赋中下。贡璆、琳、琅玕。浮于积石，至于龙门西河，会于渭汭。织皮昆仑、析支、渠搜，西戎即序。

道九山：汧及岐至于荆山，逾于河；壶口、雷首至于太岳；砥柱、析城至于王屋；太行、常山至于碣石，入于海；西倾、朱圉、鸟鼠至于太华；熊耳、外方、桐柏至于负尾；道嶓冢，至于荆山；内方至于大别；汶山之阳至于衡山，过九江，至于敷浅原。

道九川：弱水至于合黎，余波入于流沙。道黑水，至于三危，入于南海。道河积石，至于龙门，南至华阴，东至砥柱，又东至于盟津，东过雒汭，至于大邳，北过降水，至于大陆，北播为九河，同为逆河，入于海。嶓冢道漾，东流为汉，又东为苍浪之水，过三澨，入于大别，南入于江，东汇泽为彭蠡，东为北江，入于海。汶山道江，东别为沱，又东至于醴，过九江，至于东陵,东迤北会于汇,东为中江,入于海。道沇水,东为济,入于河,泆为荥,东出陶丘北,又东至于荷,又东北会于汶,又北东入于海。道淮自桐柏,东会于泗、沂,东入于海。道渭自鸟鼠同穴,东会于沣,又东北至于泾,东过漆、沮,入于河。道雒自熊耳,东北会于涧、瀍,又东会于伊,东北入于河。

于是九州攸同,四奥既居,九山刊旅,九川涤原,九泽既陂,四海会同。六府甚修,众土交正,致慎财赋,咸则三壤成赋。中国赐土姓:"祗台德先,不距朕行。"

令天子之国以外五百里甸服:百里赋纳裹,二百里纳铚,三百里纳秸服,四百里粟,五百里米。甸服外五百里侯服:百里采,二百里任国,三百里诸侯。侯服外五百里绥服:三百里揆文教,二百里奋武卫。绥服外五百里要服:三百里夷,二百里蔡。要服外五百里荒服:三百里蛮,二百里流。

东渐于海,西被于流沙,朔、南暨:声教讫于四海。于是帝锡禹玄圭,以告成功于天下。天下于是太平治。

皋陶作士以理民。帝舜朝,禹、伯夷、皋陶相与语帝前。皋陶述其谋曰:"信其道德,谋明辅和。"禹曰:"然,如何?"皋陶曰:"於!慎其身修,思长,敦序九族,众明高翼,近可远在已。"禹拜美言,曰:"然。"皋陶曰:"於!在知人,在安民。"禹曰:"吁!皆若是,惟帝其难之。知人则智,能官人;能安民则惠,黎民怀之。能知能惠,何忧乎驩兜,何迁乎有苗,何畏乎巧言善色佞人?"皋陶曰:"然,於!亦行有九德,亦言其有德。"乃言曰:"始事事,宽而栗,柔而立,愿而共,治而敬,扰而毅,直而温,简而廉,刚而实,强而义,章其有常,吉哉。日宣三德,蚤夜翊明有家。日严振敬六德,亮采有国。翕受普施,九德咸事,俊乂在官,百吏肃谨。毋教邪淫奇谋。非其人居其官,是谓乱天事。天讨有罪,五刑五用哉。吾言底可行乎?"禹曰:"女言致可绩行。"皋陶曰:"余未有知,思赞道哉。"

帝舜谓禹曰:"女亦昌言。"禹拜曰:"於,予何言!予思日孳孳。"皋陶难禹曰:"何谓孳孳?"禹曰:"鸿水滔天,浩浩怀山襄陵,下民皆服于水。予陆行乘车,水行乘舟,泥行乘橇,山行乘檋,行山刊木。与益予众庶稻鲜食。以决九川致四海,浚畎浍致之川。与稷予众庶难得之食。食少,调有余补不足,徙居。众民乃定,万国为治。"皋陶曰:"然,此而美也。"

禹曰:"於,帝!慎乃在位,安尔止。辅德,天下大应。清意以昭待上帝命,天其重命用休。"帝曰:"吁,臣哉,臣哉!臣作朕股肱耳目。予欲左右有民,女辅之。余欲观古人之象。日月星辰,作文绣服色,女明之。予欲闻六律五声八音,来始滑,以出入五言,女听。予即辟,女匡拂予。女无面谀。退而谤予。敬四辅臣。诸众谗嬖臣,君德诚施皆清矣。"禹曰:"然。帝即不时,布同善恶则毋功。"

帝曰:"毋若丹朱傲,维慢游是好,毋水行舟,朋淫于家,用绝其世。予不能顺是。"禹曰:"予辛壬娶涂山,癸甲,生启予不子,以故能成水土功。辅成五服,至于五千里,州十二师,外薄四海,咸建五长,各道有功。苗顽不即功,帝其念哉。"帝曰:"道吾德,乃女功序之也。"

皋陶于是敬禹之德,令民皆则禹。不如言,刑从之。舜德大明。

于是夔行乐,祖考至,群后相让,鸟兽翔舞,箫韶九成,凤皇来仪,百兽率舞,百官信谐。帝用此作歌曰:"陟天之命,维时维几。"乃歌曰:"股肱喜哉,元首起哉,百工熙哉!"皋陶拜手稽首扬言曰:"念哉,率为兴事,慎乃宪,敬哉!"乃更为歌曰:"元首明哉,股肱良哉,庶事康哉!"又歌曰:"元首丛脞哉,股肱惰哉,万事堕哉!"帝拜曰:"然,往钦哉!"于是天下皆宗禹之明度数声乐,为山川神主。

帝舜荐禹于天,为嗣。十七年而帝舜崩。三年丧毕,禹辞避舜之子商均于阳城。天下诸侯皆去商均而朝禹。禹于是遂即天子位,南面朝天下,国号曰夏后,姓姒氏。

帝禹立而举皋陶荐之,且授政焉,而皋陶卒。封皋陶之后于英、六,或在许。而后举益,任之政。

十年,帝禹东巡狩,至于会稽而崩。以天下授益。三年之丧毕,益让帝禹之子启,而辟居箕山之阳。禹子启贤,天下属意焉。及禹崩,虽授益,益之佐禹日浅,天下未洽。故诸侯皆去益而朝启,曰"吾君帝禹之子也"。于是启遂即天子之位,是为夏后帝启。

此后,"授益,益之佐禹日浅,天下未洽","诸侯皆去益而朝启",又有"夏后帝启崩,子帝太康立",大禹时代之后的夏王朝便以新的面目出现。司马迁述说夏朝国家历史,从半神半人的时代开始。如其所述:

夏后帝启,禹之子,其母涂山氏之女也。

有扈氏不服,启伐之,大战于甘。将战,作甘誓,乃召六卿申之。启曰:"嗟!六事之人,予誓告女:有扈氏威侮五行,怠弃三正,天用剿绝其命。今予维共行天之罚。左不攻于左,右不攻于右,女不共命。御非其马之政,女不共命。用命,赏于祖;不用命,僇于社,予则帑僇女。"遂灭有扈氏。天下咸朝。

夏后帝启崩,子帝太康立。帝太康失国,昆弟五人,须于洛汭,作五子之歌。

太康崩,弟中康立,是为帝中康。帝中康时,羲、和湎淫,废时乱日。胤往征之,作胤征。

中康崩,子帝相立。帝相崩,子帝少康立。帝少康崩,子帝予立。帝予崩,子帝槐立。帝槐崩,子帝芒立。帝芒崩,子帝泄立。帝泄崩,子帝不降立。帝不降崩,弟帝扃立。帝扃崩,子帝廑立。帝廑崩,立帝不降之子孔甲,是为帝孔甲。帝孔甲立,好方鬼神,事淫乱。夏后氏德衰,诸侯畔之。天降龙二,有雌雄,孔甲不能食,未得豢龙氏。陶唐既衰,其后有刘累,学扰龙于豢龙氏,以事孔甲。孔甲赐之姓曰御龙氏,受豕韦之后。龙一雌死,以食夏后。夏后使求,惧而迁去。

孔甲崩,子帝皋立。帝皋崩,子帝发立。帝发崩,子帝履癸立,是为桀。帝桀之时,自孔甲以来而诸侯多畔夏,桀不务德而武伤百姓,百姓弗堪。乃召汤而囚之夏台,已而释之。汤修德,诸侯皆归汤,汤遂率兵以伐夏桀。桀走鸣条,遂放而死。桀谓人曰:"吾悔不遂杀汤于夏台,使至此。"汤乃践天子位,代夏朝天下。汤封夏之后,至周封于杞也。

对此,司马迁总结道:"禹为姒姓,其后分封,用国为姓,故有夏后氏、有扈氏、有男氏、斟寻氏、彤城氏、褒氏、费氏、杞氏、缯氏、辛氏、冥氏、斟戈氏。孔子正夏时,学者多传夏小正云。自虞、夏时,贡赋备矣。或言禹会诸侯江南,计功而崩,因葬焉,命曰会稽。会稽者,会计也。"不仅如此,在述说商周朝代和秦的历史起源时,司马迁都做了具有"帝喾次妃""帝喾元妃"之类神话内容的描述。如其描述商朝历史的发端,称:"殷契,母曰简狄,有娀氏之女,为帝喾次妃。三人行浴,见玄鸟堕其卵,简狄取吞之,因孕生契。契长而佐禹治水有功。帝舜乃命契曰:'百姓不亲,五品不训,汝为司徒而敬敷五教,五教在宽。'封于商,赐姓子氏。契兴于唐、虞、大禹之际,功业著于百姓,百姓以平。"其描述周朝历史起源,称:"周后稷名弃,其母有邰氏女,曰姜原。姜原为帝喾元妃。姜原出野,见巨人迹,心忻然说,欲践之;践之而身动如孕者,居期而生子,以为不祥,弃之隘巷,马牛过者皆辟不践;徙置之林中,适会山林多人,迁之而弃渠中冰上,飞鸟以其翼覆荐之。姜原以为神,遂收养长之。初欲弃之,因名曰弃。弃为儿时,屹如巨人之志。其游戏,好种树麻、菽,麻、菽美。及为成人,遂好耕农,相地之宜,宜谷者稼穑焉,民皆法则之。帝尧闻之,举弃为农师,天下得其利,有功。帝舜曰:弃,黎民始饥,尔后稷播时百谷。封弃于邰,号曰后稷,别姓姬氏。后稷之兴,在陶唐、虞、夏之际,皆有令德。"其描述秦朝,同样从神话传说开始,称:"秦之先,帝颛顼之苗裔孙曰女脩。女脩织,玄鸟陨卵,女脩吞之,生子大业。大业取少典之子,曰女华。女华生大费,与禹平水土。已成,帝锡玄圭。禹受曰:非予能成,亦大费为辅。帝舜曰:咨尔费,赞禹功,其赐尔皂游。尔后嗣将大出。乃妻之姚姓之玉女。大费拜受,佐舜调驯鸟兽,鸟兽多驯服,是为柏翳。舜赐姓嬴氏。"秦始皇统一天下,在封禅泰山等活动中,也不乏神话传说,如"齐人徐市等上书,言海中有三神山,名曰蓬莱、方丈、瀛洲,仙人居之。请得斋戒,与童男女求之。于是遣徐市发童男女数千人,入海求仙人","过彭城,斋戒祷祠,欲出周鼎泗水。使千人没水求之,弗得。乃西南渡淮水,之衡山、南郡。浮江,至湘山祠。逢大风,几不得渡。上问博士曰:湘君神?博士对曰:闻之,尧女,舜之妻,而葬此。于是始皇大怒,使刑徒三千人皆伐湘山树,赭其山","使韩终、侯公、石生求仙人不死之药","始皇梦与海神战,如人状"等。神话传说与历史事实相混淆,包含着中国史学顽固的信仰。

二、班固的民间文学民族志

班固的《汉书》是我国历史上第一部断代史。与《史记》不同,班固的目光集中在整个汉代,其记述人物有以汉高祖为典型的帝王,也有诸侯王公大臣,更有社会各阶层的著名人物。在叙说这些人物时,不乏神话传说的内容,显示出独特的语言风格。在民间文学史上,其突出意义还在于《五行志》《地理志》《郊祀志》对于社会文化生活的记述,尤其是其对于西域、西南夷、匈奴、朝鲜等中原地区之外的少数民族社会文化生活的记述,保存了丰富的社会风俗与民间文学,堪称西汉时代的民族志。

首先,班固继承了司马迁以民间传说描述历史人物与历史事件的笔法,使得叙说内容非常生动。

一切历史的记述都不是偶然的,都有着认同与选择的因素,其中也不乏信仰的体现。刘邦既然能够成为一代帝王,便有不平凡的性格、意志和能力,具有英雄主义的色彩。如其《高帝纪》中对汉高祖刘邦幼年的记述:"高祖,沛丰邑中阳里人也,姓刘氏。母媪尝息大泽之陂,梦与神遇。是时雷电晦冥,父太公往视,则见交龙于上。已而有娠,遂产高祖。"这是民间传说常用的附会方式，是箭垛式传说主体不断衍化的基础。继而，其描述刘邦成为一代帝王的种种奇异经历，以民间信仰为核心内容，应和于命运与风水等充满神秘性意味的传说故事。一是相貌不凡："高祖尝告归之田。吕后与两子居田中耨，有一老父过，请饮，吕后因餔之。老父相后曰：夫人天下贵人也。令相两子，见孝惠帝，曰：夫人所以贵者，乃此男也。相鲁元公主，亦皆贵。老父已去，高祖适从旁舍来，吕后具言：客有过，相我子母皆大贵。高祖问，曰：未远。乃追及，问老父。老父曰：乡者夫人儿子皆以君，君相贵不可言。高祖乃谢曰：诚如父言，不敢忘德。及高祖贵，遂不知老父处。"一是经历的不平凡："高祖以亭长为县送徒骊山，徒多道亡。自度比至皆亡之，到丰西泽中亭，止饮，夜皆解纵所送徒，曰：公等皆去，吾亦从此逝矣！徒中壮士愿从者十余人。高祖被酒，夜径泽中，令一人行前。行前者还报曰：前有大蛇当径，愿还。高祖醉，曰：壮士行，何畏！乃前，拔剑斩蛇。蛇分为两，道开。行数里，醉困卧。后人来至蛇所，有一老妪夜哭。人问妪何哭，妪曰：人杀吾子。人曰：妪子何为见杀？妪曰：吾子，白帝子也，化为蛇当道，今者赤帝子斩之，故哭。人乃以妪为不诚，欲苦之，妪因忽不见。后人至，高祖觉。告高祖，高祖乃心独喜，自负。诸从者日益畏之。"一是气度不凡："秦始皇帝尝曰东南有天子气，于是东游以当之。高祖隐于芒、砀山泽间，吕后与人俱求，常得之。高祖怪问吕后，后曰：季所居上常有云气，故从往常得季。高祖又喜。沛中子弟或闻之，多欲附者。"由是，命运注定，即天赐皇权。班固总结道："赞曰：《春秋》晋史蔡墨有言：陶唐氏既衰，其后有刘累，学扰龙，事孔甲，范氏其后也。而大夫范宣子亦曰：祖自虞以上为陶唐氏，在夏为御龙氏，在商为豕韦氏，在周为唐杜氏，晋主夏盟为范氏。范氏为晋士师，鲁文公世奔秦。后归于晋，其处者为刘氏。刘向云战国时刘氏自秦获于魏。秦灭魏，迁大梁，都于丰，故周市说雍齿曰：丰，故梁徙也。是以颂高祖云：汉帝本系，出自唐帝。降及于周，在秦作刘。涉魏而东，遂为丰公。丰公，盖太上皇父。其迁日浅，坟墓在丰鲜焉。及高祖即位，置祠祀官，则有秦、晋、梁、荆之巫,世祠天地,缀之以祀,岂不信哉! 由是推之,汉承尧运,德祚已盛,断蛇著符,旗帜上赤,协于火德,自然之应,得天统矣。"不惟刘邦的身世如此,他的继承者也是如此,许多奇异的事件,如彗星出现、地震发生等,都应和于朝廷重大事件。如班固《惠帝纪》中所记述:"春正月癸酉,有两龙见兰陵家人井中,乙亥夕而不见。陇西地震。"《宣帝纪》记述了同类的内容:"巫蛊事连岁不决。至后元二年,武帝疾,往来长杨、五柞宫,望气者言长安狱中有天子气,上遣使者分条中都官狱系者,轻、重皆杀之。内谒者令郭穰夜至郡邸狱,吉拒闭,使者不得入,曾孙赖吉得全。因遭大赦,吉乃载曾孙送祖母史良娣家。"奇异的世相,常常用来隐喻或者铺陈某种社会政治理念。这是历史的宿命论,也是我国述说政治更迭的文化传统。而在民间传说世界,这种现象普遍存在。

天人相应,天人合一,信奉苍天的神圣、公正,是中国传统文化的重要内容,也是民间信仰的重要基础,是民间文学的核心思想。它不仅仅体现在民间社会,融化成为社会风俗生活的主体,而且成为上层社会的文化主题。班固在《景帝纪》《武帝纪》等章节中详细记述了这些内容。如《武帝纪》所记"春正,行幸缑氏。诏曰:朕用事华山,至于中岳。获驳麃,见夏后启母石。翌日,亲登嵩高,御史乘属,在庙旁吏卒咸闻呼万岁者三。登礼罔不答。其令祠官加增太室祠,禁无伐其草木。以山下户三百为之奉邑,名曰崇高,独给祠,复亡所与。行,遂东巡海上。春三月,祠后土。诏曰:朕躬祭后土地祇,见光集于灵坛,一夜三烛。幸中都宫,殿上见光。其赦汾阴、夏阳、中都死罪以下,赐三县及杨氏皆无出今年租赋","五年冬,行南巡狩,至于盛唐,望祀虞舜于九嶷。登天柱山,自寻阳浮江,亲射蛟江中,获之。舳舻千里,薄枞阳而出,作《盛唐枞阳之歌》。遂北至琅邪,并海,所过,礼祠其名山大川","三月,行幸泰山,修封,祀明堂,因受计。还幸北地,祠常山,瘗玄玉"等,彰显出信奉天地鬼神的社会风俗导向,包括其稳固的价值立场。而其中的信奉与敬祀对象,常常成为民间传说故事叙说的重要对象。

其次是班固与司马迁一样,追溯社会发展的渊源,总是能够从神话传说中找到根由。固然,神话传说是后世的概念,在班固的眼中其实就是真实的历史,只不过是非常古老的历史,而且是古代神圣的祖先或英雄,具有超越世俗和自然的非常之人所创造的历史。这些古老历史中出现的非常之人,即神人,是神话传说的主角。

这是文化发生的阐释方式。从神话传说叙说文化的开端,在事实上形成文化的神圣性表达,增强了文化感染力。这也是中国传统文化中敬仰文明的重要规律性内容。如其《律历志》所述:"《虞书》曰乃同律度量衡,所以齐远近,立民信也。自伏羲画八卦,由数起,至黄帝、尧、舜而大备。三代稽古,法度章焉。周衰官失,孔子陈后王之法,曰:谨权量,审法度,修废官,举逸民,四方之政行矣。汉兴,北平侯张苍首律历事,孝武帝时乐官考正。"其解释五声的意义,追溯到黄帝,称:"五声为本,生于黄种之律。九寸为宫,或损或益,以定商、角、徵、羽。九六相生,阴阳之应也。律十有二,阳六为律,阴六为吕。律以统气类物,一曰黄钟,二曰太族,三曰姑洗,四曰蕤宾,五曰夷则,六曰亡射。吕以旅阳宣气,一曰林钟,二曰南吕,三曰应钟,四曰大吕,五曰夹钟,六曰中吕。有三统之义焉。其传曰,黄帝之所作也。黄帝使泠纶自大夏之西,昆仑之阴,取竹之解谷,生其窍厚均者,断两节间而吹之,以为黄钟之宫。制十二筒以听凤之鸣,其雄鸣为六,雌鸣亦六,比黄钟之宫,而皆可以生之,是为律本。至治之世,天地之气合以生风;天地之风气正,十二律定。"其论说历法的文化发生,从上古神话追溯起,其叙说道:"历数之起上矣。传述颛顼命南正重司天,火正黎司地,其后三苗乱德,二官咸废,而闰余乖次,孟陬殄灭,摄提失方。尧复育重、黎之后,使纂其业,故《书》曰:乃命羲、和,钦若昊天,历象日月星辰,敬授民时。岁三百有六旬有六日,以闰月定四时成岁,允厘百官,众功皆美。其后以授舜曰:咨尔舜,天之历数在尔躬。舜亦以命禹。至周武王访箕子,箕子言大法九章,而五纪明历法。故自殷、周,皆创业改制,咸正历纪,服色从之,顺其时气,以应天道。

三代既没,五伯之末,史官丧纪,畴人子弟分散,或在夷狄,故其所记,有《黄帝》《颛顼》《夏》《殷》《周》及《鲁历》。战国扰攘,秦兼天下,未皇暇也,亦颇推五胜,而自以获水德,乃以十月为正,色上黑。"在班固看来,历法作为时间的序列,之所以能够规范时间,就在于它体现了天地的意志,是文化的发生,也是文化的总结,是历史文化的重要结晶。他在《律历志》中以"世经"名目叙述道:

《春秋》昭公十七年"郯子来朝",《传》曰:昭子问少昊氏鸟名何故,对曰:"吾祖也,我知之矣。昔者,黄帝氏以云纪,故为云师而云名;炎帝氏以火纪,故为火师而火名;共工氏以水纪,故为水师而水名;太昊氏以龙纪,故为龙师而龙名。我高祖少昊挚之立也,凤鸟适至,故纪于鸟,为鸟师而鸟名。"言郯子据少昊受黄帝,黄帝受炎帝,炎帝受共工,共工受太昊,故先言黄帝,上及太昊。稽之于《易》,炮牺、神农、黄帝相继之世可知。

太昊帝《易》曰:"炮牺氏之王天下也。"言炮牺继天而王,为百王先,首德始于木,故为帝太昊。作罔罟以田渔,取牺牲,故天下号曰炮牺氏。《祭典》曰:"共工氏伯九域。"言虽有水德,在火、木之间,其非序也。任知刑以强,故伯而不王。秦以水德,在周、汉木火之间。周人迁其行序,故《易》不载。

炎帝《易》曰:"炮牺氏没,神农氏作。"言共工伯而不王,虽有水德,非其序也。以火承木,故为炎帝。教民耕农,故天下号曰神农氏。

黄帝《易》曰:"神农氏没,黄帝氏作。"火生土,故为土德。与炎帝之后战于坂泉,遂王天下。始垂衣裳,有轩、冕之服,故天下号曰轩辕氏。

少昊帝《孝德》曰少昊曰清。清者,黄帝之子清阳也,是其子孙名挚立。土生金,故为金德,天下号曰金天氏。周迁其乐,故《易》不载,序于行。

颛顼帝《春秋外传》曰:少昊之衰,九黎乱德,颛顼受之,乃命重黎。

苍林昌意之子也。金生水,故为水德。天下号曰高阳氏。周迁其乐,故《易》不载,序于行。

帝喾《春秋外传》曰:颛顼之所建,帝喾受之。清阳玄嚣之孙也。水生木,故为木德。天下号曰高辛氏。帝挚继之,不知世数。周迁其乐,故《易》不载。周人禘之。

唐帝《帝系》曰:帝喾四妃,陈丰生帝尧,封于唐。盖高辛氏衰,天下归之。木生火,故为火德,天下号曰陶唐氏。让天下于虞,使子朱处于丹渊为诸侯。即位七十载。

虞帝《帝系》曰:颛顼生穷蝉,五世而生瞽叟,瞽叟生帝舜,处虞之妫汭,尧嬗以天下。火生土,故为土德。天下号曰有虞氏。让天下于禹,使子商均为诸侯。即位五十载。

伯禹《帝系》曰:颛顼五世而生鲧,鲧生禹,虞舜嬗以天下。土生金,故为金德。天下号曰夏后氏。继世十七王,四百三十二岁。

成汤《书经·汤誓》:汤伐夏桀。金生水,故为水德。天下号曰商,后曰殷。

在班固看来,历法是这样起自上古神圣的创造,那么,音乐,主要是礼乐,作为规范人的文明行为,形成礼仪秩序结构的文化,其同样离不开神圣祖先的创造。他特别注意到礼乐的社会功能,特别是礼乐的教化意义,他在《礼乐志》中引述贾谊的论说:"汉承秦之败俗,废礼义,捐廉耻,今其甚者杀父兄,盗者取庙器,而大臣特以簿书不报,期会为故,至于风俗流溢,恬而不怪,以为是适然耳。夫移风易俗,使天下回心而乡道,类非俗吏之所能为也。夫立君臣,等上下,使纲纪有序,六亲和睦,此非天之所为,人之所设也。人之所设,不为不立,不修则坏。汉兴至今二十余年,宜定制度,兴礼乐,然后诸侯轨道,百姓素朴,狱讼衰息。"所以,他强调"乐者,圣人之所乐也,而可以善民心。其感人深,移风易俗,故先王著其教焉"。这里,他论述道:

王者未作乐之时,因先王之乐以教化百姓,说乐其俗,然后改作,以章功德。《易》曰:"先王以作乐崇德,殷荐之上帝,以配祖考。"昔黄帝作《咸池》,颛顼作《六茎》,帝喾作《五英》,尧作《大章》,舜作《招》,禹作《夏》,汤作《濩》,武王作《武》,周公作《勺》。《勺》,言能勺先祖之道也。《武》,言以功定天下也。《濩》言救民也。《夏》,大承二帝也。《招》,继尧也。《大章》,章之也。《五英》,英华茂也。《六茎》,及根茎也。《咸池》,备矣。自夏以往,其流不可闻已,殷《颂》犹有存者。周《诗》既备,而其器用张陈,《周官》具焉。典者自卿大夫、师瞽以下,皆选有道德之人,朝夕习业,以教国子。国子者,卿大夫之子弟也,皆学歌九德,诵六诗,习六舞,五声、八音之和。故帝舜命夔曰:"女典乐,教胄子,直而温,宽而栗,刚而无虐,简而无敖。诗言志,歌咏言,声依咏,律和声,八音克谐。"此之谓也。又以外赏诸侯德盛而教尊者。其威仪足以充目,音声足以动耳,诗语足以感心,故闻其音而德和,省其诗而志正,论其数而法立。是以荐之郊庙则鬼神飨,作之朝廷则群臣和,立之学官则万民协。听者无不虚己竦神,说而承流,是以海内遍知上德,被服其风,光辉日新,化上迁善,而不知所以然,至于万物不夭,天地顺而嘉应降。故《诗》曰:"钟鼓锽锽,磬管锵锵,降福穰穰。"《书》云:"击石拊石,百兽率舞。"鸟兽且犹感应,而况于人乎?况于鬼神乎?故乐者,圣人之所以感天地,通神明,安万民,成性类者也。然自《雅》《颂》之兴,而所承衰乱之音犹在,是谓淫过凶嫚之声,为设禁焉。世衰民散,小人乘君子,心耳浅薄,则邪胜正。故《书》序:"殷纣断弃先祖之乐,乃作淫声,用变乱正声,以说妇人。"乐官师瞽抱其器而奔散,或适诸侯,或入河海。夫乐本情性,浃肌肤而臧骨髓,虽经乎千载,其遗风余烈尚犹不绝。至春秋时,陈公子完奔齐。陈,舜之后,《招》乐存焉。故孔子适齐闻《招》,三月不知肉味,曰:"不图为乐之至于斯!"美之甚也。

历法、礼乐如此,是上古神圣祖先对世间秩序的规范,法律更是这样。班固在《刑法志》中论述道:

> 自黄帝有涿鹿之战以定火灾,颛顼有共工之陈以定水害。唐、虞之际,至治之极,犹流共工,放驩兜,窜三苗,殛鲧,然后天下服。夏有甘扈之誓,殷、周以兵定天下矣。天下既定,戢臧干戈,教以文德,而犹立司马之官,设六军之众,因井田而制军赋。地方一里为井,井十为通,通十为成,成方十里;成十为终,终十为同,同方百里;同十为封,封十为畿,畿方千里。有税有赋。税以足食,赋以足兵。故四井为邑,四邑为丘。丘,十六井也,有戎马一匹,牛三头。四丘为甸。甸,六十四井也,有戎马四匹,兵车一乘,牛十二头,甲士三人,卒七十二人,干戈备具,是谓乘马之法。一同百里,提封万井,除山川沈斥,城池邑居,园囿术路,三千六百井,定出赋六千四百井,戎马四百匹,兵车百乘,此卿大夫采地之大者也,是谓百乘之家。一封三百一十六里,提封十万井,定出赋六万四千井,戎马四千匹,兵车千乘,此诸侯之大者也,是谓千乘之国。天子畿方千里,提封百万井,定出赋六十四万井,戎马四万匹,兵车万乘,故称万乘之主。戎马、车徒、干戈素具,春振旅以搜,夏拔舍以苗,秋治兵以狝,冬大阅以狩,皆于农隙以讲事焉。五国为属,属有长;十国为连,连有帅;三十国为卒,卒有正;二百一十国为州,州有牧。连师比年简车,卒正三年简徒,群牧五载大简车、徒,此先王为国立武足兵之大略也。

历法、音乐、法律,都是人世间精神世界的内容,人的存在与发展,离不开物质世界。物质的创造,在班固看来,也是与上古神圣祖先分不开的。他在《食货志》中表达了自己的物质观、财富观,他说:

> 《洪范》八政,一曰食,二曰货。食谓农殖嘉谷可食之物,货谓布帛

可衣,及金、刀、鱼、贝,所以分财布利通有无者也。二者,生民之本,兴自神农之世。"斫木为耜,煣木为耒,耒耨之利以教天下",而食足;"日中为市,致天下之民,聚天下之货,交易而退,各得其所",而货通。食足货通,然后国实民富,而教化成。黄帝以下"通其变,使民不倦"。尧命四子以"敬授民时",舜命后稷以"黎民祖饥",是为政首。禹平洪水,定九州,制土田,各因所生远近,赋入贡棐,茂迁有无,万国作乂。殷周之盛,《诗》《书》所述,要在安民,富而教之。故《易》称:"天地之大德曰生,圣人之大宝曰位;何以守位曰仁,何以聚人曰财。"财者,帝王所以聚人守位,养成群生,奉顺天德,治国安民之本也。故曰:"不患寡而患不均,不患贫而患不安。盖均亡贫,和亡寡,安亡倾。"是以圣王域民,筑城郭以居之;制庐井以均之;开市肆以通之;设庠序以教之;士、农、工、商,四人有业。学以居位曰士,辟土殖谷曰农,作巧成器曰工,通财鬻货曰商。圣王量能授事,四民陈力受职,故朝亡废官,邑亡敖民,地亡旷土。

物质世界与精神世界是人类文明的双翼,二者之间相互依赖,共同促进人的发展。中国传统文化的核心在于信仰,而信仰的重要形式,长期以来与祭祀密切相关。"国之大事,在祀与戎",就在于强调国家文化与信仰的重要地位。班固非常明白这个道理,他把郊祀即祭祀文化的根源归之于人神相通,归之于上古神圣祖先的发蒙,在《郊祀志》中论述道:

《洪范》八政,三曰祀。祀者,所以昭孝事祖,通神明也。旁及四夷,莫不修之;下至禽兽,豺獭有祭。是以圣王为之典礼。民之精爽不贰,齐肃聪明者,神或降之,在男曰觋,在女曰巫,使制神之处位,为之牲器。使先圣之后,能知山川,敬于礼仪,明神之事者,以为祝;能知四时牺牲,坛场上下,氏姓所出者,以为宗。故有神民之官,各司其序,不相乱也。民神异业,敬而不黩,故神降之嘉生,民以物序,灾祸不至,所求不匮。

第三章　秦汉间俗说

及少昊之衰,九黎乱德,民神杂扰,不可放物。家为巫史,享祀无度,黩齐明而神弗蠲。嘉生不降,祸灾荐臻,莫尽其气。颛顼受之,乃命南正重司天以属神,命火正黎司地以属民,使复旧常,亡相侵黩。

自共工氏霸九州,其子曰句龙,能平水土,死为社祠。有烈山氏王天下,其子曰柱,能殖百谷,死为稷祠。故郊祀社稷,所从来尚矣。

《虞书》曰:舜在璇玑玉衡,以齐七政。遂类于上帝,禋于六宗,望秩于山川,遍于群神。揖五瑞,择吉月日,见四岳诸牧,班瑞。岁二月,东巡狩,至于岱宗。岱宗,泰山也。柴,望秩于山川。遂见东后。东后者,诸侯也。合时月正日,同律、度、量、衡,修五礼、五乐,三帛二生一死为贽。五月,巡狩至南岳。南岳者,衡山也。八月,巡狩至西岳。西岳者,华山也。十一月,巡狩至北岳。北岳者,恒山也。皆如岱宗之礼。中岳,嵩高也。五载一巡狩。

禹遵之。后十三世,至帝孔甲,淫德好神,神黩,二龙去之。其后十三世,汤伐桀,欲迁夏社,不可,作《夏社》。乃迁烈山子柱,而以周弃代为稷祠。后八世,帝太戊有桑穀生于廷,一暮大拱,惧。伊陟曰:"祆不胜德。"太戊修德,桑穀死。伊陟赞巫咸。后十三世,帝武丁得傅说为相,殷复兴焉,称高宗。有雉登鼎耳而雊,武丁惧。祖己曰:"修德。"武丁从之,位以永宁。后五世,帝乙嫚神而震死。后三世,帝纣淫乱,武王伐之。由是观之,始未尝不肃祇,后稍怠嫚也。

至此,他借以述说海上神仙故事,称:"自威、宣、燕昭使人入海求蓬莱、方丈、瀛洲。此三神山者,其传在勃海中,去人不远。盖尝有至者,诸仙人及不死之药皆在焉。其物、禽兽尽白,而黄金、银为宫阙。未至,望之如云;及到,三神山反居水下,水临之。患且至,则风辄引船而去,终莫能至云。世主莫不甘心焉","及秦始皇至海上,则方士争言之。始皇如恐弗及,使人赍童男女入海求之。船交海中,皆以风为解,曰未能至,望见之焉。其明年,始皇复游海上,至琅邪,过恒山,从上党归。后三年,游碣石,考入海方士,从上郡归。后五年,始皇南至湘山,遂登会稽,并海上,几遇海中三神山之奇药。不得,还到沙丘崩"。以此,他总结道:"昔三代之居,皆河、洛之间,故嵩高为中岳,而四岳各如其方,四渎咸在山东。至秦称帝,都咸阳,则五岳、四渎皆并在东方。自五帝以至秦,迭兴迭衰,名山、大川或在诸侯,或在天子,其礼损益世殊,不可胜记。及秦并天下,令祠官所常奉天地、名山、大川、鬼神可得而序也。"其有感于"武帝初即位,尤敬鬼神之祀",与"李少君亦以祠灶、谷道、却老方见上,上尊之",为人讲述了著名的李少君故事:"少君者,故深泽侯人,主方。匿其年及所生长。常自谓七十,能使物,却老。其游以方遍诸侯。无妻子。人闻其能使物及不死,更馈遗之,常余金钱、衣食。人皆以为不治产业而饶给,又不知其何所人,愈信,争事之。少君资好方,善为巧发奇中。常从武安侯宴,坐中有年九十余老人,少君乃言与其大父游射处,老人为儿从其大父,识其处,一坐尽惊。少君见上,上有故铜器,问少君。少君曰:此器齐桓公十年陈于柏寝。已而按其刻,果齐桓公器。一宫尽骇,以为少君神,数百岁人也。少君言上:祠灶皆可致物,致物而丹沙可化为黄金,黄金成以为饮食器则益寿,益寿而海中蓬莱仙者乃可见之,以封禅则不死,黄帝是也。臣尝游海上,见安期生,安期生食臣枣,大如瓜。安期生仙者,通蓬莱中,合则见人,不合则隐。于是天子始亲祠灶,遣方士入海求蓬莱安期生之属,而事化丹沙诸药齐为黄金矣。久之,少君病死。天子以为化去不死也,使黄、锤史宽舒受其方,而海上燕、齐怪迂之方士多更来言神事矣。"同时,他还讲述了同样属于装神弄鬼的"齐人少翁"与"李夫人"故事:"明年,齐人少翁以方见上。上有所幸李夫人,夫人卒,少翁以方盖夜致夫人及灶鬼之貌云,天子自帷中望见焉。乃拜少翁为文成将军,赏赐甚多,以客礼礼之。文成言:上即欲与神通,宫室被服非象神,神物不至。乃作画云气车,及各以胜日驾车辟恶鬼。又作甘泉宫,中为台室,画天地泰一诸鬼神,而置祭具以致天神。居岁余,其方益衰,神不至。乃帛书以饭牛,阳不知,言此牛腹中有奇。杀视得书,书言甚怪。天子识其手,问之,果为书。于是诛文成将军,隐之。"同样是在这里,他记述了一系列的"神仙故事",如其所记"上遂东巡海上,行礼祠八神。齐人之上疏言神怪、奇方者以万数,乃益发船,令言海中神山者数千人求蓬莱神人。公孙卿持节常先行候名山,至东莱,言夜见大人,长数丈,就之则不见,见其迹甚大,类禽兽云。群臣有言见一老父牵狗,言吾欲见巨公,已忽不见。上既见大迹,未信,及群臣又言老父,则大以为仙人也。宿留海上,与方士传车,及间使求神仙人以千数"。班固用意未必全在于破除迷信,而是无意中揭示出民间传说故事的重要生成背景,即求仙心理的社会文化土壤与神话传说的发生与传播。

神话空间作为文化秩序,其中的信仰总是作为文化发生的重要因素被表现。与信仰相关的因素有许多,五行观念就是一个典型。五行是中国传统文化的重要内容,与民间文学的神秘性有着非常密切的联系。班固通过《五行志》更具体地表现出他对中国古代神话传说的理解,如其所述:"《易》曰:天垂象,见吉凶,圣人象之;河出图,雒出书,圣人则之。刘歆以为虙羲氏继天而王,受《河图》,则而画之,八卦是也;禹治洪水,赐《雒书》,法而陈之,《洪范》是也。圣人行其道而宝其真。降及于殷,箕子在父师位而典之。周既克殷,以箕子归,武王亲虚己而问焉。故经曰:惟十有三祀,王访于箕子,王乃言曰:乌呼,箕子!惟天阴骘下民,相协厥居,我不知其彝伦逌叙。箕子乃言曰:我闻在昔,鲧陻洪水,汨陈其五行,帝乃震怒,弗畀《洪范》九畴,彝伦逌斁。鲧则殛死,禹乃嗣兴,天乃锡禹《洪范》九畴,彝伦逌叙。此武王问《雒书》于箕子,箕子对禹得《雒书》之意也。"

在《地理志》中,班固勾画出汉代社会的文化地理,其中涉及历史上的神话传说。如其叙说大禹神话道:"昔在黄帝,作舟车以济不通,旁行天下,方制万里,画野分州,得百里之国万区。是故《易》称先王建万国,亲诸侯,《书》云协和万国,此之谓也。尧遭洪水,怀山襄陵,天下分绝,为十二州,使禹治之。水土既平,更制九州,列五服,任土作贡。曰:禹敷土,随山刊木,奠高山大川。"他在《地理志》中还记述了"肤施,有五龙山、帝、原水、黄帝祠四所。独乐,有盐官。阳周。桥山在南,有黄帝冢""秦之先曰伯益,出自帝颛顼,尧时助禹治水,为舜朕虞,养育草木鸟兽,赐姓嬴氏,历夏、殷为诸侯""郑国,今河南之新郑,本高辛氏火正祝融之虚也""陈国,今淮阳之地。陈本太昊之虚,周武王封舜后妫满于陈,是为胡公,妻以元女大姬。妇人尊贵,好祭祀,用史巫,故其俗巫鬼""周封微子于宋,今之睢阳是也,本陶唐氏火正阏伯之虚也""昔尧作游成阳,舜渔雷泽,汤止于亳,故其民犹有先王遗风,重厚多君子,好稼穑,恶衣食,以致畜藏""颍川、南阳,本夏禹之国""其君禹后,帝少康之庶子云,封于会稽,文身断发,以避蛟龙之害"等。同样的叙说方式,在《沟洫志》中也有体现,如其所记述:"《夏书》:禹堙洪水十三年,过家不入门。陆行载车,水行乘舟,泥行乘毳(橇),山行则梮,以别九州;随山浚川,任土作贡;通九道,陂九泽,度九山。然河灾之羡溢,害中国也尤甚。唯是为务,故道河自积石,历龙门,南到华阴,东下底柱,及盟津、雒内,至于大伾。于是禹以为河所从来者高,水湍悍,难以行平地,数为败,乃酾二渠以引其河,北载之高地,过洚水,至于大陆,播为九河。同为迎河,入于勃海。九川既疏,九泽既陂,诸夏乂安,功施乎三代。"其表达的效果,就是一切源自神圣,源自表现祖先神英雄神伟大业绩的神话传说。

《艺文志》是对典籍文化的重要总结。班固描述其中的文献成就,也常常注意到神话传说的内容。如其记述"凡《易》十三家,二百九十四篇"时,称:"《易》曰:宓戏氏仰观象于天,俯观法于地,观鸟兽之文,与地之宜,近取诸身,远取诸物,于是始作八卦,以通神明之德,以类万物之情。至于殷、周之际,纣在上位,逆天暴物,文王以诸侯顺命而行道,天人之占可得而效,于是重《易》六爻,作上下篇。孔氏为之《彖》《象》《系辞》《文言》《序卦》之属十篇。故曰《易》道深矣,人更三圣,世历三古。及秦燔书,而《易》为筮卜之事,传者不绝。汉兴,田何传之。讫于宣、元,有施、孟、梁丘、京氏列于学官,而民间有费、高二家之说,刘向以中《古文易经》校施、孟、梁丘经,或脱去无咎、悔亡,唯费氏经与古文同。"在记述"凡《书》九家,四百一十二篇"时,其称:"《易》曰:'河出图,洛出书,圣人则之。'故《书》之所起远矣,至孔子纂焉,上断于尧,下讫于秦,凡百篇,而为之序,言其作意。秦燔书禁学,济南伏生独壁藏之。汉兴亡失,求得二十九篇,以教齐鲁之间。讫孝宣世,有《欧阳》《大小夏侯氏》,立于学官。《古文尚书》者,出孔子壁中。武帝末,鲁共王怀孔子宅,欲以广其宫。而得《古文尚书》及《礼记》《论语》《孝经》凡数十篇,皆古字也。共王往入其宅,闻鼓琴瑟钟磬之音,于是俱,乃止不坏。孔安国者,孔子后也,悉得其书,以考二十九篇,得多十六篇。安国献之。遭巫蛊事,未列于学官。刘向以中古文校欧阳、大小夏侯三家经文,《酒诰》脱简一,《召诰》脱简二。率简二十五字者,脱亦二十五字,简二十二字者,脱亦二十二字,文字异者七百有余,脱字数十。《书》者,古之号令,号令于众,其言不立具,则听受施行者弗晓。古文读应尔雅,故解古今语而可知也。"论及"凡小学十家,四十五篇",其称:《易》曰:"上古结绳以治,后世圣人易之以书契,百官以治,万民以察,盖取诸《夬》。""夬,扬于王庭",言其宣扬于王者朝廷,其用最大也。古者八岁入小学,故《周官》保氏掌养国子,教之六书,谓象形、象事、象意、象声、转注、假借,造字之本也。汉兴,萧何草律,亦著其法,曰:"太史试学童,能讽书九千字以上,乃得为史。又以六体试之,课最者以为尚书、御史、史书令史。吏民上书,字或不正,辄举劾。"六体者,古文、奇字、篆书、隶书、缪篆、虫书,皆所以通知古今文字,摹印章,书幡信也。古制,书必同文,不知则阙,问诸故老,至于衰世,是非无正,人用其私。故孔子曰:"吾犹及史之阙文也,今亡矣夫!"盖伤其浸不正。《史籀篇》者,周时史官教学童书也,与孔氏壁中古文异体。《仓颉》七章者,秦丞相李斯所作也;《爰历》六章者,车府令赵高所作也;《博学》七章者,太史令胡母敬所作也;文字多取《史籀篇》,而篆体复颇异,所谓秦篆者也。是时始造隶书矣,起于官狱多事,苟趋省易,施之于徒隶也。汉兴,闾里书师合《仓颉》《爰历》《博学》三篇,断六十字以为一章,凡五十五章,并为《仓颉篇》。武帝时司马相如作《凡将篇》,无复字。元帝时黄门令史游作《急就篇》,成帝时将作大匠李长作《元尚篇》,皆《仓颉》中正字也。《凡将》则颇有出矣。至元始中,征天下通小学者以百数,各令记字于庭中。扬雄取其有用者以作《训纂篇》,顺续《仓颉》,又易《仓颉》中重复之字,凡八十九章。臣复续扬雄作十三章,凡一百二章,无复字,六艺群书所载略备矣。《仓颉》多古字,俗师失其读,宣帝时征齐人能正读者,张敞从受之,传至外孙之子杜林,为作训故,并列焉。"论及"儒五十三家,八百三十六篇",其称:"儒家者流,盖出于司徒之官,助人君顺阳阳明教化者也。游文于六经之中,留意于仁义之际,祖述尧、舜,宪章文、武,宗师仲尼,以重其言,于道最为高。孔子曰:如有所誉,其有所试。唐、虞之隆,殷、周之盛,仲尼之业,已试之效者也。然惑者既失精微,而辟者又随时抑扬,违离道本,苟以哗众取宠。后进循之,是以《五经》乖析,儒学浸衰,此辟儒之患。"论及"阴阳二十一家,三百六十九篇",其称:"阴阳家者流,盖出于羲和之官,敬顺昊天,历象日月星辰,敬授民时,此其所长也。及拘者为之,则牵于禁忌,泥于小数,舍人事而任鬼神。"

再其次,班固记述两汉时代历史人物,受到神话传说超越自然的表现方式的影响,夹杂着神话传说的内容。其《东方朔传》记述东方朔时,充分显示其诙谐、夸张、率性、机智等性情。班固集中表现东方朔"文辞不逊,高自称誉","朔虽诙笑,然时观察颜色,直言切谏,上常用之。自公卿在位,朔皆敖弄,无所为屈"。如其描述:"久之,朔绐驺朱儒,曰:上以若曹无益于县官,耕田力作固不及人,临众处官不能治民,从军击虏不任兵事,无益于国用,徒索衣食,今欲尽杀若曹。朱儒大恐,啼泣。朔教曰:上即过,叩头请罪。居有顷,闻上过,朱儒皆号泣顿首。上问:何为?对曰:东方朔言上欲尽诛臣等。上知朔多端,召问朔:何恐朱儒为?对曰:臣朔生亦言,死亦言。朱儒长三尺余,奉一囊粟,钱二百四十。臣朔长九尺余,亦奉一囊粟,钱二百四十。朱儒饱欲死,臣朔饥欲死。臣言可用,幸异其礼;不可用,罢之,无令但索长安米。上大笑,因使待诏金马门,稍得亲近。""上尝使诸数家射覆,置守宫盂下,射之,皆不能中。朔自赞曰:臣尝受《易》,请射之。乃别蓍布卦而对曰:臣以为龙又无角,谓之为蛇又有足,跂跂脉脉善缘壁,是非守宫即蜥蜴。上曰:善。赐帛十匹。复使射他物,连中,辄赐帛。""时有幸倡郭舍人,滑稽不穷,常侍左右,曰:朔狂,幸中耳,非至数也。臣愿令朔复射,朔中之,臣榜百,不能中,臣赐帛。乃覆树上寄生,令朔射之。朔曰:是窭薮也。舍人曰:果知朔不能中也。朔曰:生肉为脍,干肉为脯;著树为寄生,盆下为窭薮。上令倡监榜舍人,舍人不胜痛,呼謈。朔笑之曰:咄!口无毛,声謷謷,尻益高。舍人恚曰:朔擅诋欺天子从官,当弃市。上问朔:何故诋之?对曰:臣非敢诋之,乃与为隐耳。上曰:隐云何?朔曰:夫口无毛者,狗窦也;声謷謷者,鸟哺鷇也;尻益高者,鹤俯啄也。舍人不服,因曰:臣愿复问朔隐语,不知,亦当榜。即妄为谐语曰:令壶齟,老柏涂,伊优亚,狋吽牙。何谓也?朔曰:令者,命也。壶者,所以盛也。齟者,齿不正也。老者,人所敬也。柏者,鬼之廷也。涂者,渐洳径也。伊优亚者,辞未定也。狋吽牙者,两犬争也。舍人所问,朔应声辄对,变诈锋出,莫能穷者,左右大惊。上以朔为常侍郎,遂得爱幸。""久之,伏日,诏赐从官肉。大官丞日晏不来,朔独拔剑割肉,谓其同官曰:伏日当蚤归,请受赐。即怀肉去。大官奏之。朔入,上曰:昨赐肉,不待诏,以剑割肉而去之,何也?朔免冠谢。上曰:先生起,自责也!朔再拜曰:朔来!朔来!受赐不待诏,何无礼也!拔剑割肉,一何壮也!割之不多,又何廉也!归遗细君,又何仁也!上笑曰:使先生自责,乃反自誉!复赐酒一石,肉百斤,归遗细君。"在班固的笔下,东方朔是聪明智慧的化身,处处显示过人之处。而且,东方朔又是正义的化身。如其所记:"时天下侈靡趋末,百姓多离农亩。上从容问朔:吾欲化民,岂有道乎?朔对曰:尧、舜、禹、汤、文、武、成、康上古之事,经历数千载,尚难言也,臣不敢陈。愿近述孝文皇帝之时,当世耆老皆闻见之。贵为天子,富有四海,身衣弋绨,足履革舃,以韦带剑,莞蒲为席,兵木无刃,衣缊无文,集上书囊,以为殿帷;以道德为丽,以仁义为准。于是天下望风成俗,昭然化之。今陛下以城中为小,图起建章,左凤阙,右神明,号称千门万户;木土衣绮绣,狗马被缋罽;宫人簪瑇瑁,垂珠玑;设戏车,教驰逐,饰文采,丛珍怪;撞万石之钟,击雷霆之鼓,作俳优,舞郑女。上为淫侈如此,而欲使民独不奢侈失农,事之难者也。陛下诚能用臣朔之计,推甲乙之帐,燔之于四通之衢,却走马,示不复用,则尧、舜之隆,宜可与比治矣。《易》曰:正其本,万事理;失之毫厘,差以千里。愿陛下留意察之。"

班固眼中的东方朔,不仅足智多谋,而且胸怀天下,关心国家和社会的前途命运。如其记述:"上以朔口谐辞给,好作问之。尝问朔曰:先生视朕何如主也?朔对曰:自唐、虞之隆,成、康之际,未足以谕当世。臣伏观陛下功德,陈五帝之上,在三王之右。非若此而已,诚得天下贤士,公卿在位咸得其人矣。譬若以周、邵为丞相,孔丘为御史大夫,太公为将军,毕公高拾遗于后,弁严子为卫尉,皋陶为大理,后稷为司农,伊尹为少府,子赣使外国,颜、闵为博士,子夏为太常,益为右扶风,季路为执金吾,契为鸿胪,龙逢为宗正,伯夷为京兆,管仲为冯翊,鲁般为将作,仲山甫为光禄,申伯为太仆,延陵季子为水衡,百里奚为典属国,柳下惠为大长秋,史鱼为司直,蘧伯玉为太傅,孔父为詹事,孙叔敖为诸侯相,子产为郡守,王庆忌为期门,夏育为鼎官,羿为旄头,宋万为式道侯。上乃大笑。""是时,朝廷多贤材,上复问朔:方今公孙丞相、兒大夫、董仲舒、夏侯始昌、司马相如、吾丘寿王、主父偃、朱买臣、严助、汲黯、胶仓、终军、严安、徐乐、司马迁之伦,皆辩知闳达,溢于文辞,先生自视,何与比哉?朔对曰:臣观其舌齿牙,树颊胲,吐唇吻,擢项颐,结股脚,连雕尻,遗蛇其迹,行步偶旅,臣朔虽不肖,尚兼此数子者。朔之进对澹辞,皆此类也。""客难东方朔曰:苏秦、张仪一当万乘之主,而都卿相之位,泽及后世。今子大夫修先王之术,慕圣人之义,讽诵《诗》、《书》、百家之言,不可胜数,著于竹帛,唇腐齿落,服膺而不释,好学乐道之效,明白甚矣;自以智能海内无双,则可谓博闻辩智矣。然悉力尽忠,以事圣帝,旷日持久,官不过侍郎,位不过执戟,意者尚有遗行邪?同胞之徒,无所容居,其故何也?东方先生喟然长息,仰而应之曰:是固非子之所能备也。彼一时也,此一时也,岂可同哉?夫苏秦、张仪之时,周室大坏,诸侯不朝,力政争权,相禽以兵,并为十二国,未有雌雄,得士者强,失士者亡,故谈说行焉。身处尊位,珍宝充内,外有廪仓,泽及后世,子孙长享。今则不然。圣帝流德,天下震慑,诸侯宾服,连四海之外以为带,安于覆盂,动犹运之掌,贤不肖何以异哉?遵天之道,顺地之理,物无不得其所;故绥之则安,动之则苦;尊之则为将,卑之则为虏;抗之则在青云之上,抑之则在深泉之下;用之则为虎,不用则为鼠;虽欲尽节效情,安知前后?夫天地之大,士民之众,竭精谈说,并进辐凑者不可胜数,悉力慕之,困于衣食,或失门户。使苏秦、张仪与仆并生于今之世,曾不得掌故,安敢望常侍郎乎?故曰时异事异。虽然,安可以不务修身乎哉!《诗》云:鼓钟于宫,声闻于外。鹤鸣于九皋,声闻于天。苟能修身,何患不荣!太公体行仁义,七十有二乃设用于文、武,得信厥说,封于齐,七百岁而不绝。此士所以日夜孳孳,敏行而不敢怠也。辟若鹡鸰,飞且鸣矣。传曰:天不为人之恶寒而辍其冬,地不为人之恶险而辍其广,君子不为小人之匈匈而易其行。天有常度,地有常形,君子有常行;君子道其常,小人计其功。《诗》云:礼义之不愆,何恤人之言?故曰:水至清则无鱼,人至察则无徒。冕而前旒,所以蔽明;黈纩充耳,所以塞聪。明有所不见,聪有所不闻,举大德,赦小过,无求备于一人之义也。枉而直之,使自得之;优而柔之,使自求之;揆而度之,使自索之。盖圣人教化如此,欲自得之;自得之,则敏且广矣。今世之处士,魁然无徒,廓然独居,上观许由,下察接舆,计同范蠡,忠合子胥,天下和平,与义相扶,寡耦少徒,固其宜也,子何疑于我哉?若夫燕之用乐毅,秦之任李斯,郦食其之下齐,说行如流,曲从如环,所欲必得,功若丘山,海内定,国家安,是遇其时也,子又何怪之邪?语曰以管窥天,以蠡测海,以莛撞钟,岂能通其条贯,考其文理,发其音声哉!由是观之,譬犹鼱鼩之袭狗,孤豚之咋虎,至则靡耳,何功之有?今以下愚而非处士,虽欲勿困,固不得已,此适足以明其不知权变而终或于大道也。"以此,班固称:"赞曰:刘向言少时数问长老贤人通于事及朔时者,皆曰朔口谐倡辩,不能持论,喜为庸人诵说,故令后世多传闻者。而扬雄亦以为朔言不纯师,行不纯德,其流风遗书蔑如也。然朔名过实者,以其诙达多端,不名一行,应谐似优,不穷似智,正谏似直,秽德似隐。非夷、齐而是柳下惠,戒其子以上容;首阳为拙,柱下为工;饱食安步,以仕易农;依隐玩世,诡及不逢。其滑稽之雄乎!朔之诙谐,逢占射覆,其事浮浅,行于众庶,童儿牧竖莫不眩耀。而后世好事者因取奇言怪语附着之朔,故详录焉。"

中国史学形成一个重要传统,即风俗,包括民间文学,是历史书写的重要标识。与司马迁一样,班固的历史观是以中原王朝为中心的,中原以外的地区,便是"异"。但是,这种"异"是差异,并不是异端。所以,班固的视野中,匈奴等中原以外的地区,便成为另一种风景。尤其是其中的社会风俗生活,包括神话传说等民间文学内容,引起班固的特别关注。这是班固书写的民族志。

在《匈奴传》中,班固表达了匈奴与中原王朝血脉相连的文化观念。其强调"匈奴,其先夏后氏之苗裔",称:"匈奴,其先夏后氏之苗裔,曰淳维。唐、虞以上有山戎、猃允、薰粥,居于北边,随草畜牧而转移。其畜之所多则马、牛、羊,其奇畜则橐驼、驴、骡、駃騠、騊駼、驒騱。逐水草迁徙,无城郭常居耕田之业,然亦各有分地。无文书,以言语为约束。儿能骑羊,引弓射鸟鼠,少长则射狐菟,肉食。士力能弯弓,尽为甲骑。其俗,宽则随畜田猎禽兽为生业,急则人习战攻以侵伐,其天性也。其长兵则弓矢,短兵则刀铤。利则进,不利则退,不羞遁走。苟利所在,不知礼义。自君王以下咸食畜肉,衣其皮革,被旃裘。壮者食肥美,老者饮食其余。贵壮健,贱老弱。父死,妻其后母;兄弟死,皆取其妻妻之。其俗有名不讳而无字。"班固指出其历史演变及其与中原王朝即中国的联系,曰:"夏道衰,而公刘失其稷官,变于西戎,邑于豳。其后三百有余岁,戎狄攻太王亶父,亶父亡走于岐下,豳人悉从亶父而邑焉,作周。其后百有余岁,周西伯昌伐畎夷。后十有余年,武王伐纣而营雒邑,复居于酆镐,放逐戎夷泾、洛之北,以时入贡,名曰荒服。其后二百有余年,周道衰,而周穆王伐畎戎,得四白狼、四白鹿以归。自是之后,荒服不至。于是作《吕刑》之辟。至穆王之孙懿王时,王室遂衰,戎狄交侵,暴虐中国。中国被其苦,诗人始作,疾而歌之,曰:靡室靡家,猃允之故;岂不日戒,猃允孔棘。至懿王曾孙宣王,兴师命将以征伐之,诗人美大其功,曰:薄伐猃允,至于太原;出车彭彭,城彼朔方。是时四夷宾服,称为中兴。"随着社会发展,匈奴形势发生变化,与中国关系也发生变化,班固称:"当是时,东胡强而月氏盛。匈奴单于曰头曼,头曼不胜秦,北徙。十有余年而蒙恬死,诸侯畔秦,中国扰乱,诸秦所徙適边者皆复去,于是匈奴得宽,复稍度河南与中国界于故塞。""自淳维以至头曼千有余岁,时大时小,别散分离,尚矣,其世传不可得而次。然至冒顿,而匈奴最强大,尽服从北夷,而南与诸夏为敌国,其世姓官号可得而记云。"

在述说匈奴的历史发展时,班固特别提到"单于",表现出民间传说的叙事方式。如其记述:

> 单于有太子,名曰冒顿。后有爱阏氏,生少子,头曼欲废冒顿而立少子,乃使冒顿质于月氏。冒顿既质,而头曼急击月氏。月氏欲杀冒顿,冒顿盗其善马,骑亡归。头曼以为壮,令将万骑。冒顿乃作鸣镝,习勒其骑射,令曰:"鸣镝所射而不悉射者斩。"行猎兽,有不射鸣镝所射辄斩之。已而,冒顿以鸣镝自射善马,左右或莫敢射,冒顿立斩之。居顷之,复以鸣镝自射其爱妻,左右或颇恐,不敢射,复斩之。顷之,冒顿出猎,以鸣镝射单于善马,左右皆射之。于是冒顿知其左右可用,从其父单于头曼猎,以鸣镝射头曼,其左右皆随鸣镝而射杀头曼,尽诛其后母与弟及大臣不听从者。于是冒顿自立为单于。

> 冒顿既立,时东胡强,闻冒顿杀父自立,乃使使谓冒顿曰:"欲得头曼

时号千里马。"冒顿问群臣,群臣皆曰:"此匈奴宝马也,勿予。"冒顿曰:"奈何与人邻国爱一马乎?"遂与之。顷之,东胡以为冒顿畏之,使使谓冒顿曰:"欲得单于一阏氏。"冒顿复问左右,左右皆怒曰:"东胡无道,乃求阏氏!请击之。"冒顿曰:"奈何与人邻国爱一女子乎?"遂取所爱阏氏予东胡。东胡王愈骄,西侵。与匈奴中间有弃地莫居千余里,各居其边为瓯脱。东胡使使谓冒顿曰:"匈奴所与我界瓯脱外弃地,匈奴不能至也,吾欲有之。"冒顿问群臣,或曰:"此弃地,予之。"于是冒顿大怒,曰:"地者,国之本也,奈何予人!"诸言与者,皆斩之。冒顿上马,令国中有后者斩,遂东袭击东胡。东胡初轻冒顿,不为备。及冒顿以兵至,大破灭东胡王,虏其民众、畜产。既归,西击走月氏,南并楼烦、白羊河南王,悉复收秦所使蒙恬所夺匈奴地者,与汉关故河南塞,至朝那、肤施,遂侵燕、代。是时,汉方与项羽相距,中国罢于兵革,以故冒顿得自强,控弦之士三十余万。

班固借文中对话,记述匈奴风俗,其意在于表现匈奴与中原王朝的差异和联系。在《匈奴传》中,其记述道:"汉使或言匈奴俗贱老,中行说穷汉使曰:而汉俗屯戍从军当发者,其亲岂不自夺温厚肥美赍送饮食行者乎?汉使曰:然。说曰:匈奴明以攻战为事,老弱不能斗,故以其肥美饮食壮健以自卫,如此父子各得相保,何以言匈奴轻老也?汉使曰:匈奴父子同穹庐卧。父死,妻其后母;兄弟死,尽妻其妻。无冠带之节、阙庭之礼。中行说曰:匈奴之俗,食畜肉,饮其汁,衣其皮;畜食草饮水,随时转移。故其急则人习骑射,宽则人乐无事。约束径,易行;君臣简,可久。一国之政犹一体也。父兄死,则妻其妻,恶种姓之失也。故匈奴虽乱,必立宗种。今中国虽阳不取其父兄之妻,亲属益疏则相杀,至到易姓,皆从此类也。且礼义之弊,上下交怨,而室屋之极,生力屈焉。夫力耕桑以求衣食,筑城郭以自备,故其民急则不习战攻,缓则罢于作业,嗟土室之人,顾无喋喋占占,冠固何当!自是之后,汉使欲辩论者,中行说辄曰:汉使毋多言,顾汉所输匈奴缯絮米蘖,令其量中,必善美而已,何以言为乎?且所给备善则已,不备善而苦恶,则候秋孰,以骑驰蹂乃稼穑也。日夜教单于候利害处。"

匈奴如此,西南夷等地就不同了。虽然西南夷与中原王朝远隔千里,但文化风景有着另一番气象。班固在《西南夷两粤朝鲜传》中作描述道:"南夷君长以十数,夜郎最大。其西,靡莫之属以十数,滇最大。自滇以北,君长以十数,邛都最大。此皆椎结,耕田,有邑聚。其外,西自桐师以东,北至叶榆,名为嶲、昆明、编发,随畜移徙,亡常处,亡君长,地方可数千里。自嶲以东北,君长以十数,徙、筰都最大。自筰以东北,君长以十数,冉駹最大。其俗,或土著,或移徙。在蜀之西。自駹以东北,君长以十数,白马最大,皆氐类也。此皆巴、蜀西南外蛮夷也。"同样,西南夷与中原王朝形成千丝万缕的联系,班固叙述道:"始楚威王时,使将军庄蹻将兵循江上,略巴、黔中以西。庄蹻者,楚庄王苗裔也。蹻至滇池,方三百里,旁平地肥饶数千里,以兵威定属楚。欲归报,会秦击夺楚巴、黔中郡,道塞不通,因乃以其众王滇,变服,从其俗以长之。秦时尝破,略通五尺道,诸此国颇置吏焉。十余岁,秦灭。及汉兴,皆弃此国而关蜀故徼。巴、蜀民或窃出商贾,取其筰马、僰僮、髦牛,以此巴、蜀殷富。"其中,班固记述了著名的"夜郎"传说,其曰:"建元六年,大行王恢击东粤,东粤杀王郢以报。恢因兵威使番阳令唐蒙风晓南粤。南粤食蒙蜀枸酱,蒙问所从来,曰:道西北牂柯江,江广数里,出番禺城下。蒙归至长安,问蜀贾人,独蜀出枸酱,多持窃出市夜郎。夜郎者,临牂柯江,江广百余步,足以行船。南粤以财物役属夜郎,西至桐师,然亦不能臣使也。蒙乃上书说上曰:南粤王黄屋左纛,地东西万余里,名为外臣,实一州主。今以长沙、豫章往,水道多绝,难行。窃闻夜郎所有精兵可得十万,浮船牂柯,出不意,此制粤一奇也。诚以汉之强,巴、蜀之饶,通夜郎道,为置吏,甚易。上许之。乃拜蒙以郎中将,将千人,食重万余人,从巴苻关入,遂见夜郎侯多同。厚赐,谕以威德,约为置吏,使其子为令。夜郎旁小邑皆贪汉缯帛,以为汉道险,终不能有也,乃且听蒙约。还报,乃以为犍为郡。发巴、蜀卒治道,自僰道指牂柯江。蜀人司马相如亦言西夷邛、莋可置郡。使相如以郎中将往谕,皆如南夷,为置一都尉,十余县,属蜀。当是时,巴、蜀西郡通西南夷道,载转相饷。数岁,道不通,士罢饿馁,离暑湿,死者甚众。西南夷又数反,发兵兴击,耗费亡功。上患之,使公孙弘往视问焉。还报,言其不便。及弘为御史大夫,时方筑朔方,据河逐胡,弘等因言西南夷为害,可且罢,专力事匈奴。上许之,罢西夷,独置南夷两县一都尉,稍令犍为自保就。""及元狩元年,博望侯张骞言使大夏时,见蜀布、邛竹杖,问所从来,曰:从东南身毒国,可数千里,得蜀贾人市。或闻邛西可二千里有身毒国。骞因盛言大夏在汉西南,慕中国,患匈奴隔其道,诚通蜀,身毒国道便近,又亡害。于是天子乃令王然子、柏始昌、吕越人等十余辈间出西南夷,指求身毒国。至滇,滇王当羌乃留为求道。四岁余,皆闭昆明,莫能通。滇王与汉使言:汉孰与我大?及夜郎侯亦然,各自以一州王,不知汉广大。使者还,因盛言滇大国,足事亲附。天子注意焉。"

疆域问题是一个历史问题,而历史的因素非常复杂,时时刻刻发生变化,影响着疆域的界限,也影响着地区之间的文化往来。南粤和朝鲜等地与中原王朝的联系与匈奴和西南夷不尽相同,是另一种情形。这些历史的记述,因为相关的民间传说故事和社会风俗生活给人以更深刻的印象。班固在《西南夷两粤朝鲜传》中亦指出"闽粤王无诸及粤东海王摇,其先皆粤王勾践之后也,姓驺氏",其记述道:"南粤王赵佗,真定人也。秦并天下,略定扬粤,置桂林、南海、象郡,以適徙民与粤杂处。十三岁,至二世时,南海尉任嚣病且死,召龙川令赵佗语曰:闻陈胜等作乱,豪杰叛秦相立,南海辟远,恐盗兵侵此。吾欲兴兵绝新道,自备待诸侯变,会疾甚。且番禺负山险阻,南北东西数千里,颇有中国人相辅,此亦一州之主,可为国。郡中长吏亡足与谋者,故召公告之。即被佗书,行南海尉事。嚣死,佗即移檄告横浦、阳山、湟溪关曰:盗兵且至,急绝道聚兵自守。因稍以法诛秦所置吏,以其党为守假。秦已灭,佗即击并桂林、象郡,自立为南粤武王。"南粤与中原王朝的联系,在汉初因为汉高祖的政治决策而形成变化。对此,班固记述道:"高帝已定天下,为中国劳苦,故释佗不诛。十一年,遣陆贾立佗为南粤王,与部符通使,使和辑百粤,毋为南边害,与长沙接境。"此后,形势又不断变化,"至武帝建元四年,佗孙胡为南粤王。立三年,闽粤王郢兴兵南击边邑","于是天子曰东粤狭多阻,闽粤悍,数反复,诏军吏皆将其民徙处江、淮之间。东粤地遂虚"。

此外,朝鲜的情形更不同。班固在《西南夷两粤朝鲜传》中记述道:"朝鲜王满,燕人。自始燕时,尝略属真番、朝鲜,为置吏筑障。秦灭燕,属辽东外徼。汉兴,为远难守,复修辽东故塞,至浿水为界,属燕。燕王卢绾反,入匈奴,满亡命,聚党千余人,椎结蛮夷服而东走出塞,渡浿水,居秦故空地上下障,稍役属真番、朝鲜蛮夷及故燕、齐亡在者王之,都王险。"之后,又有变化。对此,班固概括总结道:"楚、粤之先,历世有土。及周之衰,楚地方五千里,而勾践亦以粤伯。秦灭诸侯,唯楚尚有滇王。汉诛西南夷,独滇复宠。及东粤灭国迁众,繇王居股等犹为万户侯。三方之开,皆自好事之臣。故西南夷发于唐蒙、司马相如,两粤起严助、朱买臣,朝鲜由涉何。遭世富盛,动能成功,然已勤矣。追观太宗填抚尉佗,岂古所谓招携以礼,怀远以德者哉!"

西域的情形与匈奴、西南夷、两粤和朝鲜都不同。在班固的眼中,既是远方的风景,也是中国的"异地",与中国同样有割不断的联系。他特别提到张骞出使西域,在《西域传》中称:"西域以孝武时始通,本三十六国,其后稍分至五十余,皆在匈奴之西,乌孙之南。南北有大山,中央有河,东西六千余里,南北千余里。东则接汉,厄以玉门、阳关,西则限以葱岭。其南山,东出金城,与汉南山属焉。其河有两原:一出葱岭出,一出于阗。于阗在南山下,其河北流,与葱岭河合,东注蒲昌海。蒲昌海,一名盐泽者也,去玉门、阳关三百余里,广袤三四百里。其水亭居,冬夏不增减,皆以为潜行地下,南出于积石,为中国河云。自玉门、阳关出西域有两道:从鄯善傍南山北,波河西行至莎车,为南道,南道西逾葱岭则出大月氏、安息。自车师前王廷随北山,波河西行至疏勒,为北道,北道西逾葱岭则出大宛、康居、奄蔡焉。西域诸国大率土著,有城郭田畜,与匈奴、乌孙异俗,故皆役属匈奴。匈奴西边日逐王置僮仆都尉,使领西域,常居焉耆、危须、尉黎间,赋税诸国,取富给焉。"其又称:"汉兴至于孝武,事征四夷,广威德,而张骞始开西域之迹。其后骠骑将军击破匈奴右地,降浑邪、休屠王,遂空其地,始筑令居以西,初置酒泉郡,后稍发徙民充实之,分置武威、张掖、敦煌,列四郡,据两关焉。自贰师将军伐大宛之后,西域震惧,多遣使来贡献。汉使西域者益得职。于是自敦煌西至盐泽,往往起亭,而轮台、渠犁皆有田卒数百人,置使者校尉领护,以给使外国者。"接着,他分别记述西域各国,叙说他们与汉朝的联系,其中涉及不同国家的风俗。如"安息国",其称:"安息国,王治番兜城,去长安万一千六百里。不属都护。北与康居、东与乌弋山离、西与条支接。土地风气,物类所有,民俗与乌弋、罽宾同。亦以银为钱,文独为王面,幕为夫人面。王死辄更铸钱。有大马爵。其属小大数百城,地方数千里,最大国也。临妫水,商贾车船行旁国。书草,旁行为书记。"安息国与中原王朝的联系,在于"武帝始遣使至安息,王令将将二万骑迎于东界。东界去王都数千里,行比至,过数十城,人民相属。因发使随汉使者来观汉地,以大鸟卵及犁靬眩人献于汉,天子大说。安息东则大月氏"。其记述大月氏国,称:"大月氏国,治监氏城,去长安万一千六百里。不属都护。户十万,口四十万,胜兵十万人。东至都护治所四千七百四十里,西至安息四十九日行,南与罽宾接。土地风气,物类所有,民俗钱货,与安息同。出一封橐驼。"大月氏国"与匈奴同俗",班固称:"大月氏本行国也,随畜移徙,与匈奴同俗。控弦十余万,故强轻匈奴。本居敦煌、祁连间,至昌顿单于攻破月氏,而老上单于杀月氏,以其头为饮器,月氏乃远去,过大宛,西击大夏而臣之,都妫水北为王庭。其余小众不能去者,保南山羌,号小月氏。"以及"康居国",其称:"康居国,王冬治乐越匿地。到卑阗城。去长安万二千三百里。不属都护。至越匿地马行七日,至王夏所居蕃内九千一百四里。户十二万,口六十万,胜兵十二万人。东至都护治所五千五百五十里。与大月氏同俗。"还有"大宛国",班固记述道:"大宛国,王治贵山城,去长安万二千五百五十里。户六万,口三十万,胜兵六万人。副王、辅国王各一人。东至都护治所四千三十一里,北至康居卑阗城千五百一十里,西南至大月氏六百九十里。北与康居、南与大月氏接,土地风气物类民俗与大月氏、安息同。大宛左右以蒲陶为酒,富人藏酒至万余石,久者至数十岁不败。俗耆酒,马耆目宿。"有"休循国",其称:"休循国,王治鸟飞谷,在葱岭西,去长安万二百一十里。户三百五十八,口千三十,胜兵四百八十人。东至都护治所三千一百二十一里,至捐毒衍敦谷二百六十里,西北至大宛国九百二十里,西至大月氏千六百一十里。民俗衣服类乌孙,因畜随水草,本故塞种也。"众多西域国家,在班固笔下由一个"俗"字连接起来,形成与中原王朝的联系。由是,班固感叹道:"西域诸国,各有君长,兵众分弱,无所统一,虽属匈奴,不相亲附。匈奴能得其马畜旃罽,而不能统率与之进退。与汉隔绝,道里又远,得之不为益,弃之不为损。盛德在我,无取于彼。故自建武以来,西域思汉威德,咸乐内属。唯其小邑鄯善、车师,界迫匈奴,尚为所拘。而其大国莎车、于阗之属,数遣使置质于汉,愿请属都护。圣上远览古今,因时之宜,羁縻不绝,辞而未许。虽大禹之序西戎,周公之让白雉,太宗之却走马,义兼之矣,亦何以尚兹!"

班固对历史的叙说与书写,从神话传说中寻找历史文化的源头,从社会风俗生活的比较中观察不同民族的性情,描绘出汉朝社会一幅壮阔的风俗画。神话传说成为历史的一部分,上古神话中的英雄成为历史的开创者,这种观念既是中国历史文化的重要传统,也是中华民族的信仰。班固笔端的历史文化因为这些世代相传的民间文学,成为时代的民族志。这是中国民间文学史上又一页鲜活的篇章。

三、《后汉书》与汉代传说故事

历史跨过汉代,进入南朝,宋人范晔著述《后汉书》,顾名思义,是书写汉代社会历史的。其书写者具有浓郁的汉代情结。与《史记》《汉书》一样,它记述了汉代的社会历史生活,包括社会风俗生活与民间文学。《后汉书》之"后",在于其后人书写前人,叙说汉朝的后半部,其上起东汉的汉光武帝建武元年(25),下至汉献帝建安二十五年(220),将近二百年的风风雨雨。

与司马迁和班固不同的是,司马迁书写了汉朝的前半叶,班固书写了整个汉朝,而范晔书写了汉朝的后半叶。其中的社会风俗与传说故事,使得汉朝的社会历史面目更加清晰,也使得其故事更生动,更具有感染力。

首先,范晔叙说汉朝,以传说入史,表现出鲜明的情感倾向。如其《光武帝纪》所记:"世祖光武皇帝讳秀,字文叔,南阳蔡阳人,高祖九世之孙也,出自景帝生长沙定王发。发生春陵节侯买,买生郁林太守外,外生巨鹿都尉回,回生南顿令钦,钦生光武。光武年九岁而孤,养于叔父良。身长七尺三寸,美须眉,大口,隆准,日角。性勤于稼穑,而兄伯升好侠养士,常非笑光武事田业,比之高祖兄仲。王莽天凤中,乃之长安,受《尚书》,略通大义。"其记叙曰:"莽末,天下连岁灾蝗,寇盗锋起。地皇三年,南阳荒饥,诸家宾客多为小盗。光武避吏新野,因卖谷于宛。宛人李通等以图谶说光武云:刘氏复起,李氏为辅。光武初不敢当,然独念兄伯升素结轻客,必举大事,且王莽败亡已兆,天下方乱,遂与定谋,于是乃市兵弩。十月,与李通从弟轶等起于宛,时年二十八。"其又记述曰:"十一月,有星孛于张。光武遂将宾客还春陵。时伯升已会众起兵。初,诸家子弟恐惧,皆亡逃自匿,曰伯升杀我。及见光武绛衣大冠,皆惊曰谨厚者亦复为之,乃稍自安。伯升于是招新市、平林兵,与其帅王凤、陈牧西击长聚。光武初骑牛,杀新野尉乃得马。进屠唐子乡,又杀湖阳尉。军中分财物不均,众恚恨,欲反攻诸刘。光武敛宗人所得物,悉以与之,众乃悦。进拔棘阳,与王莽前队大夫甄阜、属正梁丘赐战于小长安,汉军大败,还保棘阳。"其中以谶言穿插,是帝王传说的惯用方式。又如,其描述:"论曰:皇考南顿君初为济阳令,以建平元年十二月甲子夜生光武于县舍,有赤光照室中。钦异焉,使卜者王长占之。长辟左右曰:此兆吉不可言。是岁县界有嘉禾生,一茎九穗,因名光武曰秀。明年,方士有夏贺良者,上言哀帝,云汉家历运中衰,当再受命。于是改号为太初元年,称陈圣刘太平皇帝,以厌胜之。及王莽篡位,忌恶刘氏,以钱文有金刀,故改为货泉。或以货泉字文为白水真人。后望气者苏伯阿为王莽使至南阳,遥望见舂陵郭,唶曰:气佳哉!郁郁葱葱然。及始起兵还舂陵,远望舍南,火光赫然属天,有顷不见。初,道士西门君惠、李守等亦云刘秀当为天子。其王者受命,信有符乎?不然,何以能乘时龙而御天哉!"其中的"一茎九穗",与汉高祖出世的奇异景象异曲同工,同样是民间传说的语言和语法。

民间传说故事描述传奇人物,有着独特的表现方式。人物身份不同,但是,都具有超越世俗和自然的内容。范晔在其《方士传》中,巧妙借用这种方式述说传奇人物的传奇特征。在议论中,表现出作者的历史文化思想,其先述说汉武帝时代方士盛行的原因,称:"汉自武帝颇好方术,天下怀协道艺之士,莫不负策抵掌,顺风而届焉。后王莽矫用符命,及光武尤信谶言,士之赴趣时宜者,皆骋驰穿凿,争谈之也。故王梁、孙咸,名应图箓,越登槐鼎之任;郑兴、贾逵,以附同称显;恒谭、尹敏,以乖忤沦败。自是习为内学,尚奇文,贵异数,不乏于时矣。是以通儒硕生,忿其奸妄不经,奏议慷慨,以为宜见藏摈。子长亦云:观阴阳之书,使人拘而多忌。盖为此也。"其记述"任文公"故事,曰:"任文公,巴郡阆中人也。父文孙,明晓天官风角秘要。文公少修父术,州辟从事。哀帝时,有言越巂太守欲反,刺史大惧,遣文公等五从事检行郡界,潜伺虚实。共止传舍,时,暴风卒至,文公遽趣白诸从事促去,当有逆变来害人者,因起驾速驱。诸从事未能自发,郡果使兵杀之,文公独得免。斋为治后为治中从事。时,天大旱,白刺史曰:五月一日,当有大水。其变已至,不可防救,宜令吏人豫为其备。刺史不听,文公独储大船。百姓或闻,颇有为防者。到其日旱烈,文公急命促载,使白刺史,刺史笑之。日将中,天北云起,须臾大雨,至晡时,湔水涌起十余丈,突坏庐舍,所害数千人。文公遂以占术驰名。辟司空掾。平帝即位,称疾归家。王莽篡后,文公推数,知当大乱,乃课家人负物百斤,环舍趋走,日数十,时人莫知其故。后兵寇并起,其逃亡者少能自脱,惟文公大小负粮捷步,悉得完免。遂奔子公山,十余年不被兵革。公孙述时,蜀武担石折。文公曰:噫!西州智士死,我乃当之。自是常会聚子孙,设酒食。后三月果卒。"其记述"王子乔",曰:"王乔者,河东人也。显宗世,为叶令。乔有神术,每月朔望,常自县诣台朝。帝怪其来数,而不见车骑,密令太史伺望之。言其临至,辄有双凫从东南飞来。于是候凫至,举罗张之,但得一只舃焉。乃诏上方诊视,则四年中所赐尚书官属履也。每当朝时,叶门下鼓不击自鸣,闻于京师。后天下玉棺于堂前,吏人推排,终不摇动。乔曰:天帝独召我邪?乃沐浴服饰寝其中,盖便立覆。宿昔葬于城东,土自成坟。其夕,县中牛皆流汗喘乏,而人无知者。百姓乃为立庙,号叶君祠。牧守每班录,皆先谒拜之。吏人祈祷,无不如应。若有违犯,亦立能为祟。帝乃迎取其鼓,置都亭下,略无复声焉。或云此即古仙人王子乔也。"

方士阶层皆以奇异的手段闻名于世,其人生事迹即传说故事。在《方士传》中,范晔记述了著名医学家华佗的传说,给人以深刻的印象:"华佗字元化,沛国谯人也。游学徐土,兼通数经。晓养性之术,年且百岁而犹有壮容,时人以为仙。沛相陈珪举孝廉,太尉黄琬辟,皆不就。若疾精于方药,处齐不过数种,心识分铢,不假称量,针灸不过数处。若疾发结于内,针药所不能及者,乃令先以酒服麻沸散,既醉无所觉,因刳破腹背,抽割积聚。若在肠胃,则断截湔洗,除去疾秽,既而缝合,傅以神膏,四五日创愈,一月之间皆平复。可佗尝行道,见有病咽塞者,因语之曰:向来道隅有卖饼人,萍齑甚酸,可取三升饮之,病自当去。即如佗言,立吐一蛇,乃悬于车而候佗。时佗小儿戏于门中,逆见,自相谓曰:客车边有物,必是逢我翁也。及客进,顾视壁北,悬蛇以十数,乃知其奇。又留又有一郡守笃病久,佗以为盛怒则差。乃多受其货而不加功。无何弃去,又留书骂之。太守果大怒,令人追杀佗,不及,因恚,吐黑血数升而愈。又有疾者,诣佗求疗,佗曰:君病根深,应当剖破腹。然君寿亦不过十年,病不能相杀也。病者不堪其苦,必欲除之,佗遂下疗,应时愈。十年竟死。懔晏广陵太守陈登,忽患匈中烦懑,面赤不食。佗脉之,曰府君胃中有虫,欲成内疽,腥物所为也。即作汤二升,再服,须臾,吐出三升许虫,头赤而动,半身犹是生鱼脍,所苦便愈。佗曰:此病后三期当发,遇良医可救。登至期疾动,时佗不在,遂死。操闻曹操闻而召佗,常在左右,操积苦头风眩,佗针,随手而差。主者,有李将军者,妻病,呼佗视脉。佗曰:伤身而胎不去。将军言间实伤身,胎已去矣。佗曰:案脉,胎未去也。将军以为不然。妻稍差,百余日复动,更呼佗。佗曰:脉理如前,是两胎。先生者去血多,故后儿不得出也。胎既已死,血脉不复归,必燥著母脊。乃为下针,并令进汤。妇因欲产而不通。佗曰:死胎枯燥,势不自生。使人探之,果得死胎,人形可识,但其色已黑。佗之绝技,皆此类也。"

又如其《方士传》所记费长房传说,曰:"费长房者,汝南人也。曾为市掾。市中有老翁卖药,悬一壶于肆头,及市罢,辄跳入壶中。市人莫之见,唯长房于楼上睹之,异焉,因往再拜奉酒脯。翁知长房之意其神也,谓之曰:子明日可更来。长房旦日复诣翁,翁乃与俱入壶中。唯见玉堂严丽,旨酒甘肴,盈衍其中,共饮毕而出。翁约不听与人言之。后乃就楼上候长房曰:我神仙之人,以过见责,今事毕当去,子宁能相随乎?楼下有少酒,与卿与别。长房使人取之,不能胜,又令十人扛之,犹不举。翁闻,笑而下楼,以一指提之而上。视器如一升许,而二人饮之终日不尽。长房遂欲求道,而顾家人为忧。翁乃断一青竹,度与长房身齐,使悬之舍后。家人见之,即长房形也,以为缢死,大小惊号,遂殡葬之。长房立其傍,而莫之见也。于是遂随从入深山,践荆棘于群虎之中,留使独处,长房不恐。又卧于空室,以朽索悬万斤石于心上,众蛇竞来啮索且断,长房亦不移。翁还,抚之曰:子可教也。复使食粪,粪中有三虫,臭秽特甚,长房意恶之。翁曰:子几得道,恨于此不成,如何! 陛广长房辞归,翁与一竹杖,曰:骑此任所之,则自至矣。既至,可以杖投葛陂中也。又为作一符,曰:以此主地上鬼神。长房乘杖,须臾来归,自谓去家适经旬日,而已十余年矣。即以杖投陂,顾视则龙也。家人谓其久死,不信之。长房曰:往日所葬,但竹杖耳。乃发冢剖棺,杖犹存焉。遂能医疗众病,鞭笞百鬼,及驱使社公。或在它坐,独自恚怒,人问其故,曰:吾责鬼魅之犯法者耳。汝南岁岁常有魅,伪作太守章服、诣府门椎鼓者,郡中患之。时魅适来,而逢长房谒府君,惶惧不得退,便前解衣冠,叩头乞活。长房呵之云:便于中庭正汝故形! 即成老鳖,大如车轮,颈长一丈。长房复令就太守服罪,付其一札,以敕葛陂君。魅叩头流涕,持札植于陂边,以颈绕之而死。后东海君来见葛陂君,因淫其夫人,于是长房劾系之三年,而东海大旱。长房至海上,见其人请雨,乃谓之曰:东海君有罪,吾前系于葛陂,今方出之,使作雨也。于是雨立注。主曾与长房曾与人共行,见一书生黄巾被裘,无鞍骑马,下而叩头,长房曰:还它马,赦汝死罪。人问其故,长房曰:此狸也,盗社公马耳。又尝坐客,而使至宛市鲊,须臾还,乃饭。或一日之间,人见其在千里之外者数处焉。后失其符,为众鬼所杀。"

范晔运用民间传说表现历史人物,还体现在他对汉代妇女阶层的记述。他撰写《列女传》,记述了许多女性传说故事。其称:"《诗》《书》之言女德尚矣。若夫贤妃助国君之政,哲妇隆家人之道,高士弘清淳之风,贞女亮明白之节,则其徽美未殊也,而世典咸漏焉。故自中兴以后,综其成事,述为《列女篇》。"其记述"勃海鲍宣妻者"传说曰:"勃海鲍宣妻者,桓氏之女也,字少君。宣尝就少君父学,父奇其清苦,故以女妻之,装送资贿甚盛。宣不悦,谓妻曰:少君生富骄,习美饰,而吾实贫贱,不敢当礼。妻曰:大人以先生修德守约,故使贱妾侍执巾栉。即奉承君子,唯命是从。宣笑曰:能如是,是吾志也。妻乃悉归侍御服饰,更着短布裳,与宣共挽鹿车归乡里。拜姑礼毕,提瓮出汲,修行妇道,乡邦称之。"其记述"沛郡周郁妻者"曰:"沛郡周郁妻者,同郡赵孝之女也,字阿。少习仪训,闲于妇道,而郁骄淫轻躁,多行无礼。郁父伟谓阿曰:新妇贤者女,当以道匡夫。郁之不改,新妇过也。阿拜而受命,退谓左右曰:我无樊、卫二姬之行,故君以责我。我言而不用,君必谓我不奉教令,则罪在我矣。若言而见用,是为子违父而从妇,则罪在彼矣。生如此,亦何聊哉!乃自杀。莫不伤之。"两个人物,两种命运,两种传说。

列女,亦为烈女,性格鲜明,见义勇为,成为乡里道德楷模。范晔记述这些传说中的女性,既是对汉代社会风俗生活的认同,也是对这些女性传说所表达的思想文化传统的认同。《列女传》记述"河南乐羊子之妻者"曰:"河南乐羊子之妻者,不知何氏之女也。羊子尝行路,得遗金一饼,还以与妻,妻曰:妾闻志士不饮盗泉之水,廉者不受嗟来之食,况拾遗求利,以污其行乎!羊子大惭,乃捐金于野,而远寻师学。一年来归,妻跪问其故。羊子曰:久行怀思,无它异也。妻乃引刀趋机而言曰:此织生自蚕茧,成于机杼,一丝而累,以至于寸,累寸不已,遂成丈匹。今若断斯织也,则捐失成功,稽废时日。夫子积学,当日知其所亡,以就懿德。若中道而归,何异断斯织乎?羊子感其言,复还终业,遂七年不反。妻常躬勤养姑,又远馈羊子。"这里既有拾金不昧的内容,又有劝学的内容,女性人物成为中国传统道德的化身。曹娥投江,是女性贞节的楷模,其记述道:"孝女曹娥者,会稽上虞人也。父盱,能弦歌,为巫祝。汉安二年五月五日,于县江溯涛婆娑迎神,溺死,不得尸骸。娥年十四,乃沿江号哭,昼夜不绝声,旬有七日,遂投江而死。至元嘉元年,县长度尚改葬娥于江南道傍,为立碑焉。"

范晔对汉代民间传说与民间歌谣的记述,主要体现在其《后汉书》的《五行志》。这里的历史事件成为一种生活的叙说,总是有神秘性的歌谣或风俗被预见,成为后发的故事预兆。

《五行志》首先将各种奇异事件与传说分为"貌不恭、淫雨、服妖、鸡祸、青眚、屋自坏、讹言、旱、谣、狼食人"等类,然后进行文化梳理。

"貌不恭"一类其举例称:"建武元年,赤眉贼率樊崇、逢安等共立刘盆子为天子。然崇等视之如小儿,百事自由,初不恤录也。后正旦至,君臣欲共飨,既坐,酒食未下,群臣更起,乱不可整。时,大司农杨音案剑怒曰:小儿戏尚不如此!其后遂破坏,崇、安等皆诛死。唯音为关内侯,以寿终。""光武崩,山阳王荆哭不哀,作飞书与东海王,劝使作乱。明帝以荆同母弟,太后在,故隐之。后徙王广陵,荆遂坐复谋反自杀也。""章帝时,窦皇后兄宪以皇后甚幸于上,故人人莫不畏宪。宪于是强请夺沁水长公主田,公主畏宪,与之,宪乃贱顾之。后上幸公主田,觉之,问宪,宪又上言借之。上以后故,但谴敕之,不治其罪。后章帝崩,窦太后摄政,宪秉机密,忠直之臣与宪忤者,宪多害之,其后宪兄弟遂皆被诛。""桓帝时,梁冀秉政,兄弟贵盛自恣,好驱驰过度,至于归家,犹驰驱入门,百姓号之曰'梁氏灭门驱驰'。后遂诛灭。"

"淫雨"一类,其举例:"桓帝延熹二年夏,霖雨五十余日。是时,大将军梁冀秉政,谋害上所幸邓贵人母宣,冀又擅杀议郎邴尊。上欲诛冀,惧其持权日久,威势强盛,恐有逆命,害及吏民,密与近臣中常侍单超等图其方略。其年八月,冀卒伏罪诛灭。""灵帝建宁元年夏,霖雨六十余日。是时,大将军窦武谋变废中官。其年九月,长乐五官史朱瑀等共与中常侍曹节起兵,先诛武,交兵阙下,败走,追斩武兄弟,死者数百人。""中平六年夏,霖雨八十余日。是时,灵帝新弃群臣,大行尚在梓宫,大将军何进与佐军校尉袁绍等共谋欲诛废中官。下文陵毕,中常侍张让等共杀进,兵战京都,死者数千。"

"服妖"一类其举例称:"桓帝元嘉中,京都妇女作愁眉、啼妆、堕马髻、折要步、龋齿笑。所谓愁眉者,细而曲折。啼妆者,薄拭目下,若啼处。堕马髻者,作一边。折要步者,足不在体下。龋齿笑者,若齿痛,乐不欣欣。始自大将军梁冀家所为,京都歙然,诸夏皆仿效。此近服妖也。梁冀二世上将,婚媾王室,大作威福,将危社稷。天诫若曰:兵马将往收捕,妇女忧愁,蹙眉啼泣,吏卒挚顿,折其要脊,令髻倾邪,虽强语笑,无复气味也。到延熹二年,举宗诛夷。""延熹中,京都长者皆著木屐;妇女始嫁,至作漆画五采为系。此服妖也。到九年,党事始发,传黄门北寺,临时惶惑,不能信天任命,多有逃走不就考者,九族拘系,及所过历,长少妇女皆被桎梏,应木屐之象也。""熹平中,省内冠狗带绶,以为笑乐。有一狗突出,走入司徒府门,或见之者,莫不惊怪。京房《易传》曰:'君不正,臣欲篡,厥妖狗冠出。'后灵帝宠用便嬖子弟,永乐宾客、鸿都群小,传相汲引,公卿牧守,比肩是也。又遣御史于西邸卖官,关内侯顾五百万者,赐与金紫;诣阙上书占令长,随县好丑,丰约有贾。强者贪如豺虎,弱者略不类物,实狗而冠者也。司徒,古之丞相,壹统国政。天戒若曰:宰相多非其人,尸禄素餐,莫能据正持重,阿意曲从。今在位者皆如狗也,故狗走入其门。"

"鸡祸"一类,其举例曰:"灵帝光和元年,南宫侍中寺雌鸡欲化雄,一身毛皆似雄,但头冠尚未变。诏以问议郎蔡邕。邕对曰:貌之不恭,则有鸡祸。宣帝黄龙元年,未央宫雌鸡化为雄,不鸣无距。是岁元帝初即位,立王皇后。至初元元年,丞相史家雌鸡化为雄,冠距鸣将。是岁后父禁为阳平侯,女立为皇后。至哀帝晏驾,后摄政,王莽以后兄子为大司马,由是为乱。臣窃推之:头,元首,人君之象。今鸡一身已变,未至于头,而上知之,是将有其事而不遂成之象也。若应之不精,政无所改,头冠或成,为患兹大。是后张角作乱称黄巾,遂破坏。四方疲于赋役,多叛者。上不改政,遂至天下大乱。"

"屋自坏"一类,其举例:"灵帝光和元年,南宫平城门内屋、武库屋及外东垣屋前后顿坏。蔡邕对曰:平城门,正阳之门,与宫连,郊祀法驾所由从出,门之最尊者也。武库,禁兵所藏。东桓,库之外障。《易传》曰:小人在位,上下咸悖,厥妖城门内崩。《潜潭巴》曰:宫瓦自堕,诸侯强陵主。此皆小人显位乱法之咎也。其后黄巾贼先起东方,库兵大动。皇后同父兄何进为大将军,同母弟苗为车骑将军,兄弟并贵盛,皆统兵在京都。其后进欲诛废中官,为中常侍张让、段珪等所杀,兵战宫中阙下,更相诛灭,天下兵大起。"

"讹言"一类,其举例:"安帝永初元年十一月,民讹言相惊,司隶、并、冀州民人流移。时,邓太皇专政。妇人以顺为道,故《礼》夫死从子之命。今专主事,此不从而僭也。"

"童谣"类最为典型,用歌谣的流传与社会现实的发生作为谶言,是历史上预言动荡的普遍现象。如其记述:"世祖建武六年,蜀童谣曰:黄牛白腹,五铢当复。是时,公孙述僭号于蜀,时人窃言王莽称黄,述欲继之,故称白;五铢,汉家货,明当复也。述遂诛灭。"其又记述:"王莽末,天水童谣曰:出吴门,望缇群。见一蹇人,言欲上天;令天可上,地上安得民!时,隗嚣初起兵于天水,后意稍广,欲为天子,遂破灭,嚣少病蹇。吴门,冀郭门名也。缇群,山名也。"社会腐败是童谣讽刺的主要内容,其记述曰:"顺帝之末,京都童谣曰:直如弦,死道边。曲如钩,反封侯。案顺帝即世,孝质短祚,大将军梁冀贪树疏幼,以为己功,专国号令,以赡其私。太尉李固以为清河王雅性聪明,敦诗悦礼,加又属亲,立长则顺,置善则固。而冀建白太后,策免固,征蠡吾侯,遂即至尊。固是日幽毙于狱,暴尸道路,而太尉胡广封安乐乡侯、司徒赵戒厨亭侯、司空袁汤安国亭侯云。"

桓帝时代,社会混乱,邪恶横行,童谣出现繁密,其记述曰:"桓帝之初,天下童谣曰:小麦青青大麦枯,谁当获者妇与姑。丈人何在西击胡,吏买马,君具车,请为诸君鼓咙胡。案元嘉中凉州诸羌一时俱反,南入蜀、汉,东抄三辅,延及并、冀,大为民害。命将出众,每战常负,中国益发甲卒,麦多委弃,但有妇女获刈之也。吏买马,君具车者,言调发重及有秩者也。请为诸君鼓咙胡者,不敢公言,私咽语。"其又记述曰:"桓帝之初,京都童谣曰:城上乌,尾毕逋,公为吏,子为徒。一徒死,百乘车。车班班,入河间。河间姹女工数钱,以钱为室金为堂。石上慊慊舂黄粱。梁下有悬鼓,我欲击之丞卿怒。案此皆谓为政贪也。城上乌,尾毕逋者,处高利独食,不与下共,谓人主多聚敛也。公为吏,子为徒者,言蛮夷将叛逆,父既为军吏,其子又为卒徒往击之也。一徒死,百乘车者,言前一人往讨胡既死矣,后又遣百乘车往。车班班,入河间者,言上将崩,乘舆班班入河间迎灵帝也。河间姹女工数钱,以钱为室金为堂者,灵帝既立,其母永乐太后好聚金以为堂也。石上慊慊舂黄粱者,言永乐虽积金钱,慊慊常苦不足,使人舂黄粱而食之也。梁下有悬鼓,我欲击之丞卿怒者,言永乐主教灵帝,使卖官受钱,所禄非其人,天下忠笃之士怨望,欲击悬鼓以求见,丞卿主鼓者,亦复谄顺,怒而止我也。"其记述曰:"桓帝之初,京都童谣曰:游平卖印自有平,不辟豪贤及大姓。案到延熹之末,邓皇后以谴自杀,乃以窦贵人代之,其父名武字游平,拜城门校尉。及太后摄政,为大将军,与太傅陈蕃合心勠力,惟德是建,印绶所加,咸得其人,豪贤大姓,皆绝望矣。"其记述曰:"桓帝之末,京都童谣曰:茅田一顷中有井,四方纤纤不可整。嚼复嚼,今年尚可后年铙。案《易》曰:拔茅茹以其汇,征吉。茅喻群贤也。井者,法也。于时中常侍管霸、苏康憎疾海内英哲,与长乐少府刘嚣、太常许咏、尚书柳分、寻穆、史佟、司隶唐珍等,代作唇齿。河内牢川诣阙上书:汝、颍、南阳,上采虚誉,专作威福;甘陵有南北二部,三辅尤甚。由是传考黄门北寺,始见废阁。茅田一顷者,言群贤众多也。中有井者,言虽厄穷,不失其法度也。四方纤纤不可整者,言奸慝大炽,不可整理。嚼复嚼者,京都饮酒相强之辞也。言食肉者鄙,不恤王政,徒耽宴饮歌呼而已也。今年尚可者,言但禁锢也。后年铙者,陈、窦被诛,天下大坏。"其记述曰:"桓帝之末,京都童谣曰:白盖小车何延延。河间来合谐,河间来合谐!案解犊亭属饶阳河间县也。居无几何而桓帝崩,使者与解犊侯皆白盖车从河间来。延延,众貌也。是时御史刘倏建议立灵帝,以倏为侍中,中常侍侯览畏其亲近,必当间己,白拜倏泰山太守,因令司隶迫促杀之。朝廷少长,思其功效,乃拔用其弟郃,致位司徒,此为合谐也。"

童谣的流行,包含着神秘性的预示。《后汉书》的《五行志》将童谣的发生与一定的社会历史事件相对应,意在述说某种规律。其"案"便成为其阐释某种现象发生的根据。如其记述:"灵帝之末,京都童谣曰:侯非侯,王非王,千乘万骑上北芒。案到中平六年,史侯登蹑至尊,献帝未有爵号,为中常侍段珪等数十人所执，公卿百官皆随其后，到河上，乃得来还。此为非侯非王上北芒者也。"其记述曰："灵帝中平中，京都歌曰：承乐世董逃，游四郭董逃，蒙天恩董逃，带金紫董逃，行谢恩董逃，整车骑董逃，垂欲发董逃，与中辞董逃，出西门董逃，瞻宫殿董逃，望京城董逃，日夜绝董逃，心摧伤董逃。案董谓董卓也，言虽跋扈，纵其残暴，终归逃窜，至于灭族也。"其记述曰："献帝践祚之初，京都童谣曰：千里草，何青青。十日卜，不得生。案千里草为董，十日卜为卓。凡别字之体，皆从上起，左右离合，无有从下发端者也。今二字如此者，天意若曰：卓自下摩上，以臣陵君也。青青者，暴盛之貌也。不得生者，亦旋破亡。"其记述曰："建安初，荆州童谣曰：八九年间始欲衰，至十三年无孑遗。言自中兴以来，荆州无破乱，及刘表为牧，民又丰乐，至此逮八九年。当始衰者，谓刘表妻当死，诸将并零落也。十三年无孑遗者，言十三年表又当死，民当移诣冀州也。"其记述曰："顺帝阳嘉元年十月中，望都蒲阴狼杀童儿九十七人。时，李固对策，引京房《易传》曰君将无道，害将及人，去之深山以全身，厥妖狼食人。陛下觉寤，比求隐滞，故狼灾息。"

汉代社会，黄老思潮盛行，方士、神仙、巫术等现象成为社会思想文化的重要内容。范晔《后汉书》的《五行志》记述五行生克之类的奇异现象，将自然现象与人文现象联系在一起，为后世保存了这些充满神秘意味的传说故事。这是中国民间文学史独特的一页。

在这些传说故事中，日蚀、地震、蝗灾等现象引发各种社会动荡或变故，这也反映出汉代社会的文化走向。作为传说故事，其成为历史文化遗产。

如其记述"地震"曰："和帝永元元年七月，会稽南山崩。会稽，南方大名山也。京房《易传》曰：山崩，阴乘阳，弱胜强也。刘尚以为山阳，君也；水阴，民也；君道崩坏，百姓失所也。刘歆以为崩犹弛也。是时，窦太后摄政，兄窦宪专权。七年七月，赵国易阳地裂。京房《易传》曰：地裂者，臣下分离，不肯相从也。是时，南单于众乖离，汉军追讨。十二年夏，闰四月戊辰，南郡秭归山高四百丈崩，填溪，杀百余人。明年冬，巫蛮夷反，遣使募荆州吏民万余人击之。"

如其记述"日蚀"曰:"光武帝建武二年正月甲子朔,日有蚀之,在危八度。《日蚀说》曰:日者,太阳之精,人君之象。君道有亏,有阴所乘,故蚀。蚀者,阳不克也。其候杂说,《汉书·五行志》著之必矣。儒说诸侯专权,则其应多在日所宿之国。诸象附从,则多为王者事。人君改修其德,则咎害除。是时,世祖初兴,天下贼乱未除。虚、危,齐也。贼张步拥兵据齐,上遣伏隆谕步,许降。旋复叛称王,至五年中乃破。三年五月乙卯晦,日有蚀之,在柳十四度。柳,河南也。时,世祖在雒阳,赤眉降贼樊崇谋作乱,其七月发觉,皆伏诛。六年九月丙寅晦,日有蚀之。史官不见,郡以闻。在尾八度。七年三月癸亥晦,日有蚀之,在毕五度。毕为边兵。秋,隗嚣反,侵安定。冬,卢芳所置朔方、云中太守各举郡降。"其又记:"二十二年五月乙未晦,日有蚀之,在柳七度,京都宿也。柳为上仓,祭祀谷也,近舆鬼,舆鬼为宗庙。十九年中,有司奏请立近帝四庙以祭之,有诏庙处所未定,且就高庙袷祭之。至此三年,遂不立庙。有简堕心,奉祖宗之道有阙,故示象也。二十五年三月戊申晦,日有蚀之,在毕十五度。毕为边兵。其冬十月,以武谿蛮夷为寇害,伏波将军马援将兵击之。二十九年二月丁巳朔,日有蚀之,在东壁五度。东壁为文章,一名姒訾之口。先是皇子诸王各招来文章谈说之士,去年中,有人上奏:诸王所招待者,或真伪杂,受刑罚者子孙,宜可分别。于是上怒,诏捕诸王客,皆被以苛法,死者甚多。世祖不早为明设刑禁,一时治之过差,故天示象。世祖于是改悔,遣使悉理侵枉也。"

其实,传说的发生总是基于对现实的过度关注,一切都被附会太多的猜测。这是一种社会文化的心理暗示,更是民间传说形成、发展和变化的普遍性规律。范晔在《后汉书》的《五行志》中,用颇多的笔墨书写这些传说故事,更多的是在试图破译或总结出奇异与日常的联系。同时,范晔也向世人提出一个问题,即传说中的结果,都是什么因素决定的呢?

《后汉书》对于汉朝的传说故事保存方式、记述方式有许多独到之处,如其所保存的少数民族民间文学之丰富，是其同时代及其前代所不能比的。这里所指的少数民族是指夏族或汉族之外的民族。秦汉之后，"中国"之外的"四夷"或融入汉民族，或独立发展着。这些独立发展着的民族，就是属于这一特殊历史时期的少数民族。《后汉书》中所记述的"南蛮西南夷"等民族，即属此一部分。《后汉书》中，《东夷列传》《南蛮西南夷列传》《西羌列传》《西域列传》《南匈奴列传》和《乌桓鲜卑列传》六部分，分别记述了不同地区的民间传说。这些列传在事实上成为汉代社会以民间传说为主体的民族志。

如《东夷列传》曰："《王制》云：东方曰夷。夷者，柢也，言仁而好生，万物柢地而出。故天性柔顺，易以道御，至有君子、不死之国焉。夷有九种，曰畎夷、于夷、方夷、黄夷、白夷、赤夷、玄夷、风夷、阳夷。故孔子欲居九夷也。"其称："昔尧命羲仲宅夷，曰旸谷，盖日之所出也。夏后氏太康失德，夷人始畔。自少康已后，世服王化，遂宾于王门，献其乐舞。桀为暴虐，诸夷内侵，殷汤革命，伐而定之。至于仲丁，蓝夷作寇。自是或服或畔，三百余年。武乙衰敝，东夷浸盛，遂分迁淮、岱，渐居中土。"其称："自中兴之后，四夷来宾，虽时有乖畔，而使驿不绝，故国俗风土，可得略记。东夷率皆土著，憙饮酒歌舞，或冠弁衣锦，器用俎豆。所谓中国失礼，求之四夷者也。凡蛮、夷、戎、狄总名四夷者，犹公、侯、伯、子、男皆号诸侯云。"其所记高句丽传说，曰："高句丽，在辽东之东千里，南与朝鲜、濊貊，东与沃沮，北与夫馀接。地方二千里，多大山深谷，人随而为居。少田业，力作不足以自资，故其俗节于饮食，而好修宫室。东夷相传以为夫馀别种，故言语法则多同，而跪拜曳一脚，行步皆走。凡有五族，有消奴部、绝奴部、顺奴部、灌奴部、桂娄部。本消奴部为王，稍微弱，后桂娄部代之。其置官，有相加、对卢、沛者、古邹大加、主簿、优台、使者、帛衣先人。武帝灭朝鲜，以高句丽为县，使属玄菟，赐鼓吹伎人。其俗淫，皆洁净自熹，暮夜辄男女群聚为倡乐。好祠鬼神、社稷、零星，以十月祭天大会，名曰东盟。其国东有大穴，号襚神，亦以十月迎而祭之。其公会衣服皆锦绣,金银以自饰。大加、主簿皆著帻,如冠帻而无后;其小加著折风,形如弁。无牢狱,有罪,诸加评议便杀之,没入妻子为奴婢。其昏姻皆就妇家,生子长大,然后将还,便稍营送终之具。金银财币尽于厚葬,积石为封,亦种松柏。其人性凶急,有气力,习战斗,好寇抄,沃沮、东濊皆属焉。"其记述"韩有三种:一曰马韩、二曰辰韩、三曰弁辰",曰:"马韩人知田蚕,作绵布。出大栗如梨。有长尾鸡,尾长五尺。邑落杂居,亦无城郭。作土室,形如冢,开户在上。不知跪拜。无长幼男女之别。不贵金宝锦罽,不知骑乘牛马,唯重璎珠,以缀衣为饰,及县颈垂耳。大率皆魁头露紒,布袍草履。其人壮勇,少年有筑室作力者,辄以绳贯脊皮,缒以大木,欢呼为健。常以五月田竟祭鬼神,昼夜酒会,群聚歌舞,舞辄数十人相随,蹋地为节。十月农功毕,亦复如之。诸国邑各以一人主祭天神,号为天君。又立苏涂,建大木以县铃鼓,事鬼神。其南界近倭,亦有文身者。"其记述:"又有北沃沮,一名置沟娄,去南沃沮八百余里。其俗皆与南同。界南接挹娄。挹娄人喜乘船寇抄,北沃沮畏之,每夏辄臧于岩穴,至冬船道不通,乃下居邑落。其耆者言,尝于海中得一布衣,其形如中人衣,而两袖长三丈。又于岸际见一人乘破船,顶中复有面,与语不通,不食而死。"其特别提到"又说海中有女国。无男人,或传其国有神井,窥之辄生子云"。东南海之外,《后汉书》称:"自女王国东渡海千余里,至拘奴国,虽皆倭种,而不属女王。自女王国南四千余里,至朱儒国,人长三四尺。自朱儒东南行船一年,至裸国、黑齿国,使驿所传,极于此矣。"其记述曰:"会稽海外有东鳀人,分为二十余国。又有夷洲及澶洲。传言秦始皇遣方士徐福将童男女数千人入海,求蓬莱神仙不得,徐福畏诛不敢还,遂止此洲,世世相承,有数万家。人民时至会稽市。会稽东冶县人有入海行遭风,流移至澶洲者。所在绝远,不可往来。"

《后汉书》所保存的少数民族民间文学尤其丰富,《南蛮西南夷列传》中所记神话传说更具典型意义,如对以盘瓠神话为典型的族源神话的详细记述:

昔高辛氏有犬戎之寇,帝患其侵暴,而征伐不克。乃访募天下,有能得犬戎之将吴将军头者,购黄金千镒,邑万家,又妻以少女。时帝有畜狗,其毛五采,名曰盘瓠。下令之后,盘瓠遂衔人头造阙下。群臣怪而诊之,乃吴将军首也。帝大喜,而计盘瓠不可妻之以女,又无封爵之道,议欲有报而未知所宜。女闻之,以为帝皇下令,不可违信,因请行。帝不得已,乃以女配盘瓠。盘瓠得女,负而走入南山,止石室中。所处险绝,人迹不至。于是女解去衣裳,为仆鉴之结,著独力之衣。帝悲思之,遣使寻求,辄遇风雨震晦,使者不得进。经三年,生子一十二人,六男六女。盘瓠死后,因自相夫妻。织绩木皮,染以草实,好五色衣服,制裁皆有尾形。其母后归,以状白帝,于是使迎致诸子。衣裳斑兰,语言侏离,好入山壑,不乐平旷。帝顺其意,赐以名山广泽。其后滋蔓,号曰蛮夷。外痴内黠,安土重旧。以先父有功,母帝之女,田作贾贩,无关梁符传租税之赋。有邑君长,皆赐印绶,冠用獭皮,名渠帅曰精夫,相呼为姎徒。今长沙武陵蛮是也。

此章还记述了"巴郡南郡蛮本有五姓",其"皆出于武落钟离山",曰:"其山有赤黑二穴,巴氏之子生于赤穴,四姓之子皆生黑穴。未有君长,俱事鬼神,乃共掷剑于石穴,约能中者,奉以为君。巴氏子务相乃独中之,众皆叹。又令各乘土船,约能浮者,当以为君。余姓悉沉,唯务相独浮。因共立之,是为廪君。乃乘土船,从夷水至盐阳。盐水有神女,谓廪君曰:此地广大,鱼盐所出,愿留共居。廪君不许。盐神暮辄来取宿,旦即化为虫,与诸虫群飞,掩蔽日光,天地晦冥。积十余日,廪君伺其便,因射杀之,天乃开明。廪君于是君乎夷城,四姓皆臣之。廪君死,魂魄世为白虎。巴氏以虎饮人血,遂以人祠焉。"其又有"板楯蛮夷"与"白虎"的传说,记述曰:"板楯蛮夷者,秦昭襄王时,有一白虎,常从群虎数游秦、蜀、巴、汉之境,伤害千余人。昭王乃重募国中有能杀虎者,赏邑万家,金百镒。时,有巴郡阆中夷人,能作白竹之弩,乃登楼射杀白虎。昭王嘉之,而以其夷人,不欲加封,乃刻石盟要,复夷人顷田不租,十妻不算,伤人者论,杀人者得以倓钱赎死。盟曰:秦犯夷,输黄龙一双;夷犯秦,输清酒一钟。夷人安之。"

应该说,这些传说与盘瓠神话一样,都是对民族起源的民间文学阐释,是一个民族最早的口头文学史。

"西南夷"中,此类传说颇丰富。其中如"夜郎国"和"哀牢夷"的传说。其记述夜郎国称:"西南夷者,在蜀郡徼外。有夜郎国,东接交阯,西有滇国,北有邛都国,各立君长。其人皆椎结左衽,邑聚而居,能耕田。其外又有巂、昆明诸落,西极同师,东北至叶榆,地方数千里。无君长,辫发,随畜迁徙无常。自东北至叶榆有莋都国,东北有冉駹国,或土著,或随畜迁徙。自冉駹东北有白马国,氐种是也。此三国亦有君长。"其称曰:"夜郎者,初有女子浣于遁水,有三节大竹流入足间,闻其中有号声,剖竹视之,得一男儿,归而养之。及长,有才武,自立为夜郎侯,以竹为姓。武帝元鼎六年,平南夷,为牂柯郡,夜郎侯迎降,天子赐其王印绶。后遂杀之。夷獠咸以竹王非血气所生,甚重之,求为立后。牂柯太守吴霸以闻,天子乃封其三子为侯。死,配食其父。今夜郎县有竹王三郎神是也。"其记述哀牢人传说,称:"哀牢夷者,其先有妇人名沙壹,居于牢山。尝捕鱼水中,触沉木,若有感,因怀妊十月,产子男十人。后沉木化为龙,出水上。沙壹忽闻龙语曰:若为我生子,今悉何在?九子见龙惊走,独小子不能去,背龙而坐,龙因舐之。其母鸟语,谓背为九,谓坐为龙,因名子曰九隆。及后长大,诸兄以九隆能为父所舐而黠,遂共推以为王。后牢山下有一夫一妇,复生十女子,九隆兄弟皆娶以为妻,后渐相滋长。种人皆刻画在其身,象龙文,衣皆著尾。九隆死,世世相继。"其又记曰:"哀牢人皆穿鼻儋耳,其渠帅自谓王者,耳皆下肩三寸,庶人则至肩而已。土地沃美,宜五谷、蚕桑。知染采文绣,罽氀帛叠,兰干细布,织成文章如绫锦。有梧桐木华,绩以为布,幅广五尺,洁白不受垢污。先以覆亡人,然后服之。其竹节相去一丈,名曰濮竹。出铜、铁、铅、锡、金、银、光珠、虎魄、水精、琉璃、轲虫、蚌珠、孔雀、翡翠、犀、象、猩猩、貊兽。云南县有神鹿两头,能食毒草。"

值得一提的是,在《南蛮西南夷列传》中记述永平年间,汉明帝派益州刺史梁国朱辅大力宣传汉政治,得到"白狼王唐菆等慕化归义"所作的《白狼歌》,这是一首少数民族语言古歌谣,被称为"现存反映藏语族语言特点的最早的历史文献"[1],其"远夷之语,辞意难正";田恭熟悉他们的习俗,翻译此"远夷"之乐诗曰:

大汉是治,与天意合。吏译平端,不从我来。闻风向化,所见奇异。多赐缯布,甘美酒食。昌乐肉飞,屈伸悉备。蛮夷贫薄,无所报嗣。愿主长寿,子孙昌炽。

远夷慕德歌诗曰:蛮夷所处,日入之部。慕义向化,归日出主。圣德深恩,与人富厚。冬多霜雪,夏多和雨。寒温时适,部人多有。涉危历险,不远万里。去俗归德,心归慈母。

远夷怀德歌曰:荒服之外,土地墝埆。食肉衣皮,不见盐谷。吏译传风,大汉安乐。携负归仁,触冒险陕。高山岐峻,缘崖磻石。木薄发家,百宿到洛。父子同赐,怀抱匹帛。传告种人,长愿臣仆。

显然,在翻译中,田恭作了汉化处理,整理成语句非常整齐的歌诗,颇类于《诗经》中的句式。事实是,这也是一则和边历史传说故事记述。这是我国汉代文献中最早见到的一首对少数民族文学(歌诗)作翻译的作品。从内容上看,这首歌谣应当是一首即兴演唱,具有仪式歌色彩的作品,从一个方面显示出汉代中原文化与边疆文化之间的相互交流。

《后汉书·西羌传》中,提到"氂牛种""白马种"和"狼种"的传说,亦可看作族源神话传说的内容。其记述内容,总是将传说故事与民族起源相糅合,如《西羌传》所记:"西羌之本,出自三苗,姜姓之别也。其国近南岳。

---

[1]　参见和煜堂《〈白狼歌诗〉译注》,云南人民出版社2002年版。

及舜流四凶,徙之三危,河关之西南羌地是也。滨于赐支,至乎河首,绵地千里。赐支者,《禹贡》所谓析支者也。南接蜀、汉徼外蛮夷,西北接鄯善、车师诸国。所居无常,依随水草。地少五谷,以产牧为业。其俗氏族无定,或以父名母姓为种号。十二世后,相与婚姻,父没则妻后母,兄亡则纳釐嫂,故国无鳏寡,种类繁炽。不立君臣,无相长一,强则分种为酋豪,弱则为人附落,更相抄暴,以力为雄。杀人偿死,无它禁令。其兵长在山谷,短于平地,不能持久,而果于触突,以战死为吉利,病终为不祥。堪耐寒苦,同之禽兽。虽妇人产子,亦不避风雪。性坚刚勇猛,得西方金行之气焉。"其记述:"羌无弋爱剑者,秦厉公时为秦所拘执,以为奴隶。不知爱剑何戎之别也。后得亡归,而秦人追之急,藏于岩穴中得免。羌人云爱剑初藏穴中,秦人焚之,有景象如虎,为其蔽火,得以不死。既出,又与劓女遇于野,遂成夫妇。女耻其状,被发覆面,羌人因以为俗,遂俱亡入三河间。诸羌见爱剑被焚不死,怪其神,共畏事之,推以为豪,河湟间少五谷,多禽兽,以射猎为事,爱剑教之田畜,遂见敬信,庐落种人依之者日益众。羌人谓奴为无弋,以爱剑尝为奴隶,故因名之。其后世世为豪。"其中,范晔记述了民族间的杂糅,如其所记:"湟中月氏胡,其先大月氏之别也,旧在张掖、酒泉地。月氏王为匈奴冒顿所杀,余种分散,西逾葱领。其羸弱者南入山阻,依诸羌居止,遂与共婚姻。及骠骑将军霍去病破匈奴,取西河地,开湟中,于是月氏来降,与汉人错居。虽依附县官,而首施两端。其从汉兵战斗,随势强弱。被服饮食言语略与羌同,亦以父名母姓为种。其大种有七,胜兵合九千余人,分在湟中及令居。又数百户在张掖,号曰义从胡。中平元年,与北宫伯玉等反,杀护羌校尉泠征、金城太守陈懿,遂寇乱陇右焉。"

边疆地区的奇风异俗,范晔未必像司马迁那样做过实地考察,他更多的是道听途说。而道听途说,既是一种想象,也是一种传说,包含着民间文学的成分。在《南匈奴列传》中,他描述南匈奴的起源道:"南匈奴醢落尸逐鞮单于比者,呼韩邪单于之孙,乌珠留若鞮单于之子也。自呼韩邪后,诸子以次立,至比季父孝单于舆时,以比为右薁鞬日逐王,部领南边及乌桓。"其记述相关风俗曰:"匈奴俗,岁有三龙祠,常以正月、五月、九月戊日祭天神。南单于既内附,兼祠汉帝,因会诸部议国事,走马及骆驼为乐。其大臣贵者左贤王,次左谷蠡王,次右贤王,次右谷蠡王,谓之四角;次左右日逐王,次左右温禺鞮王,次左右渐将王,是为六角;皆单于子弟,次第当为单于者也。异姓大臣:左右骨都侯,次左右尸逐骨都侯,其余日逐、且渠、当户诸官号,各以权力优劣、部众多少为高下次第焉。单于姓虚连题。异姓有呼衍氏、须卜氏、丘林氏、兰氏四姓,为国中名族,常与单于婚姻。呼衍氏为左,兰氏、须卜氏为右,主断狱听讼,当决轻重,口白单于,无文书簿领焉。"

在《乌桓鲜卑列传》中,范晔记述了北方少数民族的"刻木为信""食肉饮酪,以毛毳为衣"等社会风俗生活内容与民间传说。其记述族源称:"乌桓者,本东胡也。汉初,匈奴冒顿灭其国,余类保乌桓山,因以为号焉。俗善骑射,弋猎禽兽为事。随水草放牧,居无常处。以穹庐为舍,东开向日。食肉饮酪,以毛毳为衣。贵少而贱老,其性悍塞。怒则杀父兄,而终不害其母,以母有族类,父兄无相仇报敌也。有勇健能理决斗讼者,推为大人,无世业相继。邑落各有小帅,数百千落自为一部。大人有所召呼,时刻木为信,虽无文字,而部众不敢违犯。氏姓无常,以大人健者名字为姓。大人以下,各自畜牧营产,不相徭役。其嫁娶则先略女通情,或半岁百日,然后送牛、马、羊畜,以为娉币。婿随妻还家,妻家无尊卑,旦旦拜之,而不拜其父母。为妻家仆役,一二年间,妻家乃厚遣送女,居处财物一皆为办。其俗妻后母,报寡嫂,死则归其故夫。计谋从用妇人,唯斗战之事乃自决之。父子男女,相对踞蹲。以髡头为轻便。妇人至嫁时乃养发,分为髻,著句决,饰以金碧,犹中国有帼步摇。妇人能刺韦作文绣,织氀毼。男子能作弓矢鞍勒,锻金铁为兵器。其土地宜穄及东墙。东墙似蓬草,实如穄子,至十月而熟。见鸟兽孕乳,以别四节。"其又记:"鲜卑者,亦东胡之支也,别依鲜卑山,故因号焉。其言语习俗与乌桓同。唯婚姻先髡头,以季春月大会于饶乐水上,饮宴毕,然后配合。又禽盖异于中国者,野马、原羊、角端牛,以角为弓,俗谓之角端弓者。又有貂、豽、䑕子,皮毛柔蝡,故天下以为名裘。"

西域与中原王朝的联系非常复杂,经常处于变化之中。西域的风景,同样成为范晔的想象。其《西域传》记述曰:"武帝时,西域内属,有三十六国。汉为置使者、校尉领护之。宣帝改曰都护。元帝又置戊己二校尉,屯田于车师前王庭。哀、平间,自相分割,为五十五国。王莽篡位,贬易侯王,由是西域怨叛,与中国遂绝,并复役属匈奴。匈奴敛税重刻,诸国不堪命,建武中,皆遣使求内属,愿请都护。光武以天下初定,未遑外事,竟不许之。会匈奴衰弱,莎车王贤诛灭诸国。贤死之后,遂更相攻伐。小宛、精绝、戎庐、且末为鄯善所并。渠勒、皮山为于窴所统,悉有其地。郁立、单桓、孤胡、乌贪訾离为车师所灭。后其国并复立。永平中,北虏乃胁诸国共寇河西郡县,城门昼闭。十六年,明帝乃命将帅北征匈奴,取伊吾卢地,置宜禾都尉以屯田,遂通西域,于窴诸国皆遣子入侍。西域自绝六十五载,乃复通焉。明年,始置都护、戊己校尉。及明帝崩,焉耆、龟兹攻没都护陈睦,悉覆其众,匈奴、车师围戊己校尉。"其又记述曰:"建初元年春,酒泉太守段彭大破车师于交河城。章帝不欲疲敝中国以事夷狄,乃迎还戊己校尉,不复遣都护。二年,复罢屯田伊吾,匈奴因遣兵守伊吾地。时军司马班超留于窴,绥集诸国。和帝永元元年,大将军窦宪大破匈奴。二年,宪因遣副校尉阎槃将二千余骑掩击伊吾,破之。三年,班超遂定西域,因以超为都护,居龟兹。复置戊己校尉,领兵五百人,居车师前部高昌壁。又置戊部候,居车师后部候城,相去五百里。六年,班超复击破焉耆,于是五十余国悉纳质内属。其条支、安息诸国至于海濒四万里外,皆重译贡献。九年,班超遣掾甘英穷临西海而还。皆前世所不至,《山经》所未详,莫不备其风土,传其珍怪焉。于是远国蒙奇、兜勒皆来归服,遣使贡献。"其述说西域的空间,描述了从西域到中原的道路,称:"西域内属诸国,东西六千余里,南北千余里,东极玉门、阳关,西至葱领。其东北与匈奴、乌孙相接。南北有大山,中央有河。其南山东出金城,与汉南山属焉。其河有两源,一出葱领东流,一出于寘南山下北流,与葱领河合,东注蒲昌海。蒲昌海一名盐泽,去玉门三百余里。"接着说:"自敦煌西出玉门、阳关,涉鄯善,北通伊吾千余里,自伊吾北通车师前部高昌壁千二百里,自高昌壁北通后部金满城五百里。此其西域之门户也,故戊己校尉更互屯焉。伊吾地宜五谷、桑麻、蒲萄。其北又有柳中,皆膏腴之地。故汉常与匈奴争车师、伊吾,以制西域焉。"其记述中又说:"自鄯善逾葱领出西诸国,有两道。傍南山北,陂河西行至莎车,为南道。南道西逾葱领,则出大月氏、安息之国也。自车师前王庭随北山,陂河西行至疏勒,为北道。北道西逾葱领,出大宛、康居、奄蔡焉。"其称:"出玉门,经鄯善、且末、精绝三千余里至拘弥。"

西域的风景伴随着传说,其记述西域的物产,《后汉书》中《西域传》称曰:"安息国,居和椟城,去洛阳二万五千里。北与康居接,南与乌弋山离接。地方数千里,小城数百,户口胜兵最为殷盛。其东界木鹿城,号为小安息,去洛阳二万里","章帝章和元年,遣使献师子、符拔。符拔形似麟而无角。和帝永元九年,都护班超遣甘英使大秦,抵条支。临大海欲度,而安息西界船人谓英曰:海水广大,往来者逢善风三月乃得度,若遇迟风,亦有二岁者,故入海人皆赍三岁粮。海中善使人思土恋慕,数有死亡者。英闻之乃止。十三年,安息王满屈复献师子及条支大鸟,时谓之安息雀","自安息西行三千四百里至阿蛮国。从阿蛮西行三千六百里至斯宾国。从斯宾南行渡河,又西南至于罗国九百六十里,安息西界极矣。自此南乘海,乃通大秦。其土多海西珍奇异物焉"。又如其描述想象中的"大秦",其称:"大秦国,一名犁鞬,以在海西,亦云海西国。地方数千里,有四百余城。小国役属者数十。以石为城郭。列置邮亭,皆垩墍之。有松柏诸木百草。人俗力田作,多种树蚕桑。皆髡头而衣文绣,乘辎軿白盖小车,出入击鼓,建旌旗幡帜","所居城邑,周圜百余里。城中有五宫,相去各十里。宫室皆以水精为柱,食器亦然。其王日游一宫,听事五日而后遍。常使一人持囊随王车,人有言事者,即以书投囊中,王室宫发省,理其枉直。各有官曹文书。置三十六将,皆会议国事。其王无有常人。皆简立贤者。国中灾异及风雨不时,辄废而更立,受放者甘黜不怨。其人民皆长大平正,有类中国,故谓之大秦","土多金银奇宝,有夜光璧、明月珠、骇鸡犀、珊瑚、虎魄、琉璃、琅玕、朱丹、青碧。刺金缕绣,织成金缕罽、杂色绫。作黄金涂、火浣布。又有细布,或言水羊毳,野蚕茧所作也。合会诸香,煎其汁以为苏合。凡外国诸珍异皆出焉","以金银为钱,银钱十当金钱一。与安息、天竺交市于海中,利有十倍。其人质直,市无二价。谷食常贱,国用富饶。邻国使到其界首者,乘驿诣王都,至则给以金钱。其王常欲通使于汉,而安息欲以汉缯彩与之交市,故遮阂不得自达。至桓帝延熹九年,大秦王安敦遣使自日南徼外献象牙、犀角、玳瑁,始乃一通焉。其所表贡,并无珍异,疑传者过焉"。其中,范晔在联想中述及神话传说,表现出中国人对西方世界的遐想,即遥远的西方,是传说中西王母居住的地方。其称:"或云其国西有弱水、流沙,近西王母所居处,几于日所入也。《汉书》云从条支西行二百余日,近日所入,则与今书异矣。前世汉使皆自乌弋以还,莫有至条支者也。又云从安息陆道绕海北行出海西至大秦,人庶连属,十里一亭,三十里一置,终无盗贼寇警。而道多猛虎、师子,遮害行旅,不百余人赍兵器,辄为所食。又言有飞桥数百里可度海北诸国。所生奇异玉石诸物,谲怪多不经,故不记云。"

与《史记》《汉书》不同,《后汉书》是汉代社会历史的旁观者,其回顾历史,总结社会文化,自然回避不了佛教作为外来文化对中国传统文化的影响。其《西域传》记述了佛教与中国的联系,具体叙说西方的"天竺",称:"天竺国,一名身毒,在月氏之东南数千里。俗与月氏同,而卑湿暑热。其国临大水。乘象而战。其人弱于月氏,修浮图道,不杀伐,遂以成俗。从月氏、高附国以西,南至西海,东至磐起国,皆身毒之地。身毒有别城数百,城置长。别国数十,国置王。虽各小异,而俱以身毒为名,其时皆属月氏。月氏杀其王而置将,令统其人。土出象、犀、玳瑁、金、银、铜、铁、铅、锡,西与大秦通，有大秦珍物。又有细布、好毾㲪、诸香、石蜜、胡椒、姜、黑盐。"其记述"和帝时，数遣使贡献，后西域反畔，乃绝。至桓帝延熹二年、四年，频从日南徼外来献"。这里，其叙说佛教故事道："世传明帝梦见金人，长大，顶有光明，以问群臣。或曰：西方有神，名曰佛，其形长丈六尺而黄金色。帝于是遣使天竺，问佛道法，遂于中国图画形象焉。楚王英始信其术，中国因此颇有奉其道者。后桓帝好神，数祀浮图、老子，百姓稍有奉者，后遂转盛。"

最后，范晔论述西域风俗与传说故事，曰："西域风土之载，前古未闻也。汉世张骞怀致远之略，班超奋封侯之志，终能立功西遐，羁服外域。自兵威之所肃服，财赂之所怀诱，莫不献方奇，纳爱质，露顶肘行，东向而朝天子。故设戊己之官，分任其事；建都护之帅，总领其权。先驯则赏籝金以赐龟绶，后服则系头颡而衅北阙。立屯田于膏腴之野，列邮置于要害之路。驰命走驿，不绝于时月；商胡贩客，日款于塞下。其后甘英乃抵条支而历安息，临西海以望大秦，拒玉门、阳关者四万余里，靡不周尽焉。若其境俗性智之优薄，产载物类之区品，川河领障之基源，气节凉暑之通隔，梯山栈谷、绳行沙度之道，身热首痛、风灾鬼难之域，莫不备写情形，审求根实。至于佛道神化，兴自身毒，而二汉方志，莫有称焉。张骞但著地多暑湿，乘象而战，班勇虽列其奉浮图，不杀伐，而精文善法、导达之功，靡所传述。余闻之后说也，其国则殷乎中土，玉烛和气。灵圣之所降集，贤懿之所挺生，神迹诡怪，则理绝人区，感验明显，则事出天外。而骞、超无闻者，岂其道闭往运，数开叔叶乎？不然，何诬异之甚也！汉自楚英始盛斋戒之祀，桓帝又修华盖之饰。将微义未译，而但神明之邪？详其清心释累之训，空有兼遣之宗，道书之流也。且好仁恶杀，蠲敝崇善，所以贤达君子多爱其法焉。然好大不经，奇谲无已，虽邹衍谈天之辩，庄周蜗角之论，尚未足以概其万一。又精灵起灭，因报相寻。若晓而昧者，故通人多惑焉。盖导俗无方，适物异会，取诸同归，措夫疑说，则大道通矣。"

这些风俗与传说的记述，意味着少数民族民间文学及其民俗生活在我国史志中作为独立的内容，引起了史传文学作家的高度重视。诸如以上所举族源神话，在我国少数民族文学史上，是极难得的内容。因为族源神话不但记述了一个民族的起源，而且其中所包含的图腾、禁忌等信仰，是我们认识一个民族文化特性的重要依据。像犬图腾、狼图腾、竹图腾等原始信仰在神话传说中的具体记述，至今还在一些少数民族的神话传说、史诗、歌谣和民俗生活中不同程度地存在着。这也是民族学、人类学和社会学所研究的重要内容。

在范晔之前及其同时代，已经有一些史学家注意到少数民族神话传说的内容。如关于狼图腾的神话传说，司马迁在《史记·大宛列传》中就曾记述，提到"昆莫生，弃于野，乌嗛肉蜚其上，狼往乳之"的内容。又如，关于犬图腾的神话传说，三国时期魏国鱼豢在《魏略》中，曾提到"高辛氏有老妇"因"耳疾"而得"大如茧"的神物，其"俄顷化为犬，其文五色"即盘瓠；此前，应劭在《风俗通义》中也记述了相关的内容。范晔的同时代或相近时代，也有人注意到少数民族即中原地区之外非主流民族的传说，如晋代的干宝在《搜神记》中记述的盘瓠传说，张华在《博物志》中记述的徐偃王与"独孤母有犬名鹄苍"，"徐君宫人娠而生卵"的传说，常璩在《华阳国志》中所记述的竹王传说。范晔是南朝宋人，他注意到了这种现象，更集中地记述、保存了这些与古典神话传说相异的内容，相对而言，他有了较为明确的少数民族民间文学史的意识。这种做法直接影响到后世史传文学体例的变化，如唐代樊绰所著的《蛮书》等，为我们今天研究少数民族文学及其与汉族文化的联系，提供了丰富而宝贵的文献。

与其同时代人及其后来者多不同，范晔对汉代历史的关注充满着特殊的情感，隐藏在其叙说语言的字里行间。也可能是因为范晔生活在南朝的宋这个特殊的时期，社会现实给予他心灵的冲击，使他不自觉地形成对汉朝社会的留恋与回味。自然，在他的笔下，历史的真实与民间传说故事就不那么泾渭分明，作为情绪性表达的传说故事，也就成为他对历史的想象和叙说了。

第三节　个人著述与民间文学

秦亡之后,汉代知识分子从总结秦王朝灭亡的历史教训,渐渐转向对秦之前所有王朝兴衰历史的反思,并改变了《吕氏春秋》《晏子春秋》之类书籍简单地实行集体编写的创作方式,走向完全个体化的写作道路,开创了以刘向、刘安[1]、应劭等学者为代表的著述风尚,其视野比前人更加广大,其思想却失却了先秦时期,尤其是战国时代的自由,更多地受到经学、史学和神学的限制。在表现出文化自觉的同时,作者们逐渐收敛了自己的思想锋芒,体现出新的文化哲学走向。在他们的著述中,民间文学的保存具有新的意义。

一、刘向与民间文学

刘向,字子政,本名更生,汉成帝时更名为刘向。在汉宣帝时曾任辇郎,因为他曾经夸言可以亲手造黄金却没有成功,故而被下狱,后来免死;到汉元帝时,他因弹劾宦官弘恭、石显,又被下狱;在汉成帝时,又因反对外戚王凤擅权,受到王凤等人的打击。其主要著作有《别录》《列仙传》《列女传》《新序》《说苑》和《条灾异封事》等。其中民间文学保存尤为丰富者,当推《说苑》《列仙传》《列女传》。特别是他的《列仙传》,可以看作秦汉时代的第一部"神谱"。

刘向是汉高祖楚元王刘交四世孙,亲近皇室,得以博览群书,"采传记百家之言",其《说苑》旨在劝善惩恶,以教化为主要目的。《说苑》中保存了许多民间传说和民间故事,其采录来源,有学者指出与先秦时期的史籍和诸

---

[1] 许多学者以为《淮南子》为类书,其实不然。在《淮南子》中,我们处处可以感受到"道"阐释,而且这种阐释有明确的学术目的,有完整的理论体系。所以不应简单地把它看作类书,它应是个体写作。

子著作相关,但我们作详细对比时,会发现其"多有出入"。这些"出入",是刘向所记述的民间文学"异文"。有学者说他的《说苑》"撷拾群书,网罗旧闻,一些失传典籍的零金碎玉、吉光片羽,借以传世"[1],这个评价是中肯的。《说苑》中的故事,主要以对话的形式表述出来,常常在故事中套入故事,简洁生动,对后世短篇小说的发展有积极影响。从它的每一章中,我们都可以看到民间传说的影子,其"善说""杂言"诸篇尤为传神。全书二十卷,可以都看作民间传说和寓言故事,其中各个社会阶层的人物故事都有保存。我们称《说苑》为一部民间故事集,应该是不为过的。在《建本》中,"中牟鄙人"宁越提出"人将卧,吾不敢卧",颇有龟兔赛跑的寓意。在《立节》和《善说》中,我们可以看到著名的民间传说《孟姜女》在汉代的重要变化,即文献中第一次出现了杞梁妻哭塌(崩)了城墙的情节。如《立节》:

> 齐庄公且伐莒,为车五乘之宾,而杞梁、华舟独不与焉,故归而不食。其母曰:"汝生而无义,死而无名,则虽非五乘,孰不汝笑也!汝生而有义,死而有名,则五乘之宾,尽汝下也。"趣食乃行,杞梁、华舟同车,侍于庄公而行至莒。莒人逆之,杞梁、华舟下斗,获甲首三百。庄公止之曰:"子止,与子同齐国。"杞梁、华舟曰:"君为五乘之宾,而舟、梁不与焉,是少吾勇也。临敌涉难,止我以利,是污吾行也。深入多杀者,臣之事也,齐国之利,非吾所知也。"遂进斗,坏军陷阵,三军弗敢挡。至莒城下,莒人以炭置地,二人立有间,不能入。隰侯重为右,曰:"吾闻古之士犯患涉难者,其去遂于物也,来,吾逾子!"隰侯重杖楯伏炭,二子乘而入,顾而哭之,华舟后息。杞梁曰:"汝无勇乎?何哭之久也?"华舟曰:"吾岂无勇哉!是其勇与我同也,而先吾死,是以哀之。"莒人曰:"子毋死,与子同莒国。"杞梁、华舟曰:"去国归敌,非忠臣也;去长受赐,非正行也。且鸡鸣

---

[1] 钱宗武:《白话说苑·前言》,岳麓书社1994年版。

而期,日中而忘之,非信也。深入多杀者,臣之事也,苢国之利,非吾所知也。"遂进斗,杀二十七人而死。其妻闻之而哭,城为之阤,而隅为之崩。

在《善说》中,以"孟尝君寄客于齐王,三年而不见用"开题,客举"周氏之营,韩氏之卢,天下疾狗也""狗非不能,属之者罪也",孟尝君曰:

不然。昔华舟、杞梁战而死,其妻悲之,向城而哭,隅为之崩,城为之阤。君子诚能刑于内,则物应于外矣。

这是《孟姜女》传说形成的重要内容。由此可见《说苑》对民间传说的充分重视。另外,如《善说》中所举的"孝武帝时汾阴得宝鼎而献之于甘泉宫",侍中虞邱寿王却说"非周鼎",阐述其"乃汉鼎"而不受惩罚,反而受赐"黄金十斤"的故事,则可看作后世智对故事的原型。由此,我们可以想起《晏子使楚》之类的传说——即它们都是通过演绎法来论证,挫败对方的用意(设难)。这当是机智人物故事的又一个典型。《说苑》中也有一些民间寓言故事,如著名的"枭东徙",流传后世甚广。这是和《说苑》的成书义旨相关联的。《说苑》并不是简单抄录其他典籍,而是采录了大量民间故事,其"说"即传说,其"苑"即汇编,《说苑》即民间传说故事集。

刘向保存民间故事,以《列仙传》和《列女传》影响最广。在《列仙传》的"叙"中,我们可以看到关于该书起源的故事。传说刘安通神仙之道,存有《枕中鸿宝密秘》,"言神仙使鬼物及邹衍重道延命之术"。后来刘安因谋反案被诛杀,这部神仙书就不被别人所见,但刘向看到了它。刘向可能也就信以为真,想根据书中的提示来演习"淮南铸金术",但没有成功,差点儿把命丢了。他被赎出来之后,看到皇帝重用方士,就"辑上古以来及三代秦汉博采诸家言神仙事者",著出这部《列仙传》。《列仙传》两卷,记述了七十多个神仙。这些神仙或为历史上真实存在的人物,如老子、吕尚、介子推、范蠡,东方朔等,还有一些是传说中的人物,如黄帝、神农,以及那些无稽可查的"赤松子"(神农时雨师)、"马师皇"(黄帝时马医)、"方回"(尧时之隐人)、"涓子"(齐人)、"桂父"(象林人)等。《列仙传》中,民间传说与古代神话的仙化相结合,具有世俗性文化的特征。"仙"的文化精神被阐释为多种层次,表现出共同的特征即奇特的生活方式和超越自然的法术技能。一方面,这些神仙"不载不绩",服食如水玉、云母、丹砂,以及晨露、花木等物,无生无死,超越生命的简单的存在方式,举止间体现出无比自由的风度;另一方面,他们不具常形,超越天地间的限制,能飞出地面,死而复生,留住青春年少,甚至点石成金,化腐朽为神奇,如巫咸再世;而他们又是那样平凡,所有的神仙都有一副平常心。应该说,这是民间文学中向往自由和幸福、热爱生命和生活的自然体现,非一般道学思想所能容纳。当然,由于特殊的历史原因,"道"作为一种文化范畴,在与黄老思想结合时,很容易被民间百姓所接受。在《列仙传》中,七十多位神仙构成七十多篇民间传说、民间故事,正是民间文化在汉代社会的具体体现。《列仙传》在汉代社会的出现,具有重要的历史意义,它标志着《山海经》神话系统被替代成新的传说系统。《山海经》对远古神话的记述及其在先秦时期的流传,更多地被巫所支配;而《列仙传》则通过文人对民间文学传播的自觉参与,表现出世俗化、哲学化的倾向。如《列仙传》中"周灵王太子晋"王子乔,"好吹笙,作凤凰鸣,游伊、洛之间",后来"乘白鹤驻山头";"赵人"琴高,"浮游冀州涿郡之间二百余年",曾"入涿水中取龙子",后能"乘鲤来";"秦穆公时人"萧史,"善吹箫,能致孔雀、白鹤舞于庭",后娶秦穆公女弄玉,并教其"作凤鸣","皆随凤凰飞去";邗子随犬进入仙境,遇仙而成仙;"济阴人"园客,遇"五色蛾"而妻;"秦始皇宫人"毛女"食松叶,遂不饥寒,身轻如飞",到西汉时其"已百七十余年矣"。考察《列仙传》的哲学基础,明显存在于民间信仰之中,诸如灵魂不灭等观念。更值得我们注意的是,《列仙传》中有多处提到"立祠",这是民间文化物化具形的发生源头。今天我们还能见到许多与"祠"

相关的民间信仰活动,并能听到掺杂在这些民间信仰活动中的传说故事,而且分明能感受到《列仙传》中的神仙氛围。

《列仙传》形成独特的叙说传说故事风格。

《列仙传》分上下两卷,叙说方式各异。其上卷叙说各个神仙人物,以时代划分,其下卷,则以地域划分。其中的各色神仙人物都是传说人物,其分别属于不同时代,或者"不知何时人也",各有奇异能力。在民间传说叙述文体上,也表现出自己的特点,其先叙说其奇特的技能,再做赞颂。

如赤松子属于神农时代,《赤松子》记曰:"赤松子者,神农时雨师也。服水玉以教神农,能入火自烧。往往至昆仑山上,常止西王母石室中,随风雨上下。炎帝少女追之,亦得仙,俱去。至高辛时,复为雨师。今之雨师本是焉。眇眇赤松,飘飘少女。接手翻飞,泠然双举。纵身长风,俄翼玄圃。妙达巽坎,作范司雨。"

神农时代之后,属于黄帝时代。其中,《黄帝》记述曰:"黄帝者,号曰轩辕。能劾百神,朝而使之。弱而能言,圣而预知,知物之纪。自以为云师,有龙形。自择亡日,与群臣辞。至于卒,还葬桥山,山崩,柩空无尸,唯剑舄在焉。仙书曰:黄帝采首山之铜,铸鼎于荆山之下,鼎成,有龙垂胡髯下迎帝,乃升天。群臣百僚悉持龙髯,从帝而升,攀帝弓及龙髯,拔而弓坠,群臣不得从,仰望帝而悲号。故后世以其处为鼎湖,名其弓为乌号焉。神圣渊玄,邈哉帝皇。暂莅万物,冠名百王。化周六合,数通无方。假葬桥山,超升昊苍。"宁封子等人属于黄帝时代,其《宁封子》记述曰:"宁封子者,黄帝时人也,世传为黄帝陶正。有人过之,为其掌火,能出五色烟,久则以教封子。封子积火自烧,而随烟气上下,视其灰烬,犹有其骨。时人共葬于宁北山中。故谓之宁封子焉。奇矣封子,妙禀自然。铄质洪炉,畅气五烟。遗骨灰烬,寄坟宁山。人睹其迹,恶识其玄。"《马师皇》记述曰:"马师皇者,黄帝时马医也。知马形生死之诊,治之辄愈。后有龙下,向之垂耳张口,皇曰:'此龙有病,知我能治。'乃针其唇下口中,以甘草汤饮之而愈。后数数有疾龙出其波,告而求治之。一旦,龙负皇而去。师皇典马,厩无残驷。精感群龙,术兼殊类。灵虬报德,弥鳞衔辔。振跃天汉,粲有遗蔚。"《赤将子舆》记述曰:"赤将子舆者,黄帝时人。不食五谷,而啖百草花。至尧帝时,为木工。能随风雨上下,时时于市中卖缴,亦谓之缴父云。蒸民粒食,孰享遐祚。子舆拔俗,餐葩饮露。托身风雨,遥然矫步。云中可游,性命可度。"《容成公》记述曰:"容成公者,自称黄帝师,见于周穆王,能善辅导之事。取精于玄牝,其要谷神不死,守生养气者也。发白更黑,齿落更生。事与老子同,亦云老子师也。亹亹容成,专气致柔。得一在昔,含光独游。道贯黄庭,伯阳仰俦。玄牝之门,庶几可求。"

偓佺等人属于尧时代,《偓佺》记述曰:"偓佺者,槐山采药父也,好食松实,形体生毛,长数寸,两目更方,能飞行逐走马。以松子遗尧,尧不暇服也。松者,简松也。时人受服者,皆至二三百岁焉。偓佺饵松,体逸眸方。足蹑鸾凤,走超腾骧。遗赠尧门,贻此神方。尽性可辞,中智宜将。"《方回》记述曰:"方回者,尧时隐人也。尧聘以为闾士,炼食云母,亦与民人有病者。隐于五柞山中。夏启末为宦士,为人所劫,闭之室中,从求道。回化而得去,更以方回掩封其户。时人言,得回一丸泥涂门,户终不可开。方回颐生,隐身五柞。咀嚼云英,栖心隙漠。却闭幽室,重关自廓。印改掩封,终焉不落。"

夏朝神仙有务光等人,《务光》称:"务光者,夏时人也。耳长七寸,好琴,服蒲韭根。殷汤将伐桀,因光而谋。光曰:非吾事也。汤曰:孰可?曰:吾不知也。汤曰:伊尹何如?曰:强力忍诟,吾不知其他。汤既克桀,以天下让于光,曰:智者谋之,武者遂之,仁者居之,古之道也。吾子胡不遂之! 光辞曰:废上非义也,杀人非仁也,人犯其难,我享其利,非廉也。吾闻非义不受其禄,无道之世不践其位,况于尊我,我不忍久见也。遂负石自沉于蓼水,已而自匿。后四百余岁,至武丁时,复见。武丁欲以为相,不从。武丁以舆迎而从,逼不以礼,遂投浮梁山,后游尚父山。务光自仁,服食养真。冥游方外,独步常均。武丁虽高,让位不臣。负石自沉,虚无其身。"

周朝神仙有老子等人。《老子》记述曰:"老子姓李名耳,字伯阳,陈人也。生于殷,时为周柱下史。好养精气,贵接而不施。转为守藏史。积八十余年。史记云:二百余年时称为隐君子,谥曰聃。仲尼至周见老子,知其圣人,乃师之。后周德衰,乃乘青牛车去,入大秦。过西关,关令尹喜待而迎之,知真人也,乃强使著书,作《道德经》上下二卷。老子无为,而无不为。道一生死,迹入灵奇。塞兑内镜,冥神绝涯。德合元气,寿同两仪。"《关令尹》记述曰:"关令尹喜者,周大夫也。善内学,常服精华,隐德修行,时人莫知。老子西游,喜先见其气,知有真人当过,物色而遮之,果得老子。老子亦知其奇,为著书授之。后与老子俱游流沙,化胡,服苣胜实,莫知其所终。尹喜亦自著书九篇,号曰《关令子》。尹喜抱关,含德为务。挹漱日华,仰玩玄度。候气真人,介焉独悟。俱济流沙,同归妙处。"

夏朝之后,属于殷商和周,一些神仙人物横跨不同时代。吕尚等人是商周时人,《吕尚》称:"吕尚者,冀州人也。生而内智,预见存亡。避纣之乱,隐于辽东四十年。适西周,匿于南山,钓于溪。三年不获鱼,比间皆曰:可已矣。尚曰:非尔所及也。已而,果得兵钤于鱼腹中。文王梦得圣人,闻尚,遂载而归。至武王伐纣,尝作阴谋百余篇。服泽芝地髓,具二百年而告亡。有难而不葬,后子葬之,无尸,唯有《玉钤》六篇在棺中云。吕尚隐钓,瑞得赪鳞。通梦西伯,同乘入臣。沉谋籍世,芝体炼身。远代所称,美哉天人。"又如《啸父》记述曰:"啸父者,冀州人也。少在西周市上补履,数十年人不知也。后奇其不老,好事者造求其术,不能得也。唯梁母得其作火法。临上三亮,上与梁母别,列数十火而升西,邑多奉祀之。啸父驻形,年衰不迈。梁母遇之,历虚启会。丹火翼辉,紫烟成盖。眇企升云,抑绝华泰。"师门是啸父的学生,《师门》记述曰:"师门者,啸父弟子也,亦能使火,食桃李葩。为夏孔甲龙师,孔甲不能顺其意,杀而埋之外野。一旦,风雨迎之,讫,则山木皆焚。孔甲祠而祷之,还而道死。师门使火,赫炎其势。乃豢虬龙,潜灵隐惠。

夏王虐之，神存质毙。风雨既降，肃尔高逝。"邛疏属于周人，《邛疏》记述曰："邛疏者，周封史也。能行气炼形。煮石髓而服之，谓之石钟乳。至数百年，往来入太室山中，有卧石床枕焉。八珍促寿，五石延生。邛疏得之，炼髓饵精。人以百年，行迈身轻。寝息中岳，游步仙庭。"

仇生属于殷汤时人物，《仇生》记述曰："仇生者，不知何所人也。当殷汤时，为木正三十余年，而更壮。皆知其奇人也，咸共师奉之。常食松脂，在尸乡北山上，自作石室。至周武王，幸其室而祀之。异哉仇生，靡究其向。治身事君，老而更壮。灼灼容颜，怡怡德量。武王祠之，北山之上。"彭祖属于殷大夫，《彭祖》记述曰："彭祖者，殷大夫也。姓篯名铿，帝颛顼之孙陆终氏之中子，历夏至殷末八百余岁。常食桂芝，善导引行气。历阳有彭祖仙室，前世祷请风雨，莫不辄应。常有两虎在祠左右，祠讫，地即有虎迹，云后升仙而去。遐哉硕仙，时唯彭祖。道与化新，绵绵历古。隐伦玄室，灵著风雨。二虎啸时，莫我猜侮。"

葛由是周朝人，《葛由》记述曰："葛由者，羌人也。周成王时，好刻木羊卖之。一旦骑羊而入西蜀，蜀中王侯贵人追之上绥山。绥山在峨嵋山西南，高无极也，随之者不复还，皆得仙道。故里谚曰：得绥山一桃，虽不得仙，亦足以豪。山下立祠数十处云。木可为羊，羊亦可灵。灵在葛由，一致无经。爰陟崇绥，舒翼扬声。知术者仙，得桃者荣。"周朝还有王子乔，《王子乔》记述曰："王子乔者，周灵王太子晋也。好吹笙，作凤凰鸣。游伊洛之间，道士浮丘公接以上嵩高山三十余年。后求之于山上，见桓良曰：告我家，七月七日待我于缑氏山巅。至时，果乘白鹤驻山头，望之不得到。举手谢时人，数日而去。亦立祠于缑氏山下，及嵩高首焉。妙哉王子，神游气爽。笙歌伊洛，拟音凤响。浮丘感应，接手俱上。挥策青崖，假翰独往。"

春秋战国时神仙人物有介子推等。如《介子推》记述曰："介子推者，姓王名光，晋人也。隐而无名，悦赵成子，与游。旦有黄雀在门上，晋公子重耳异之。与出居外十余年，劳苦不辞。及还，介山伯子常晨来呼推曰：可去矣。

推辞母入山中,从伯子常游。后文公遣数千人,以玉帛礼之,不出。后三十年,见东海边,为王俗卖扇。后数十年,莫知所在。王光沉默,享年遐久。出翼霸君,处契玄友。推禄让勤,何求何取。遁影介山,浪迹海右。"《马丹》记述曰:"马丹者,晋耿之人也。当文侯时,为大夫。至献公时,复为幕府正。献公灭耿,杀恭太子,丹乃去。至赵宣子时,乘安车入晋都,候诸大夫。灵公欲仕之,逼不以礼,有迅风发屋,丹入回风中而去。北方人尊而祠之。马丹官晋,与时污隆。事文去献,显没不穷。密网将设,从礼迅风。杳然独上,绝迹玄宫。"《陆通》记述曰:"陆通者,云楚狂接舆也。好养生,食橐庐木实及芜菁子。游诸名山,在蜀峨嵋山上,世世见之,历数百年去。接舆乐道,养性潜辉。见讽尼父,谕以凤衰。纳气以和,存心以微。高步灵岳,长啸峨嵋。"如《范蠡》记述曰:"范蠡,字少伯,徐人也。事周师太公望,好服桂饮水。为越大夫,佐勾践破吴。后乘舟入海,变名姓,适齐,为鸱夷子。更后百余年,见于陶,为陶朱君,财累亿万,号陶朱公。后弃之,兰陵卖药。后人世世识见之。范蠡御桂,心虚志远。受业师望,载潜载悗。龙见越乡,功遂身返。屣脱千金,与道舒卷。"《琴高》记述曰:"琴高者,赵人也。以善鼓琴为宋康王舍人。行涓彭之术,浮游冀州涿郡之间二百余年。后辞,入涿水中取龙子,与诸弟子期曰:皆洁斋待于水傍。设祠,果乘赤鲤来,出坐祠中。旦有万人观之。留一月余,复入水去。琴高晏晏,司乐宋宫。离世孤逸,浮沉涿中。出跃赪鳞,入藻清冲。是任水解,其乐无穷。"《寇先》记述曰:"寇先者,宋人也。以钓鱼为业,居睢水旁百余年。得鱼,或放或卖或自食之。常着冠带,好种荔枝,食其葩实焉。宋景公问其道,不告,即杀之。数十年踞宋城门,鼓琴数十日乃去。宋人家家奉祀之。寇先惜道,术不虚传。景公戮之,尸解神迁。历载五十,抚琴来旋。夷俟宋门,畅意五弦。"萧史是秦穆公时神仙,《萧史》记述曰:"箫史者,秦穆公时人也。善吹箫,能致孔雀白鹤于庭。穆公有女,字弄玉,好之,公遂以女妻焉。日教弄玉作凤鸣,居数年,吹似凤声,凤凰来止其屋。公为作凤台,夫妇止其上,不下数年。一旦,皆随凤凰飞去。故秦人为作凤女祠于雍宫中,时有箫声而已。箫史妙吹,凤雀舞庭。嬴氏好合,乃习凤声。遂攀凤翼,参翥高冥。女祠寄想,遗音载清。"《羊修公》记述曰:"修羊公者,魏人也。在华阴山上石室中,有悬石榻,卧其上,石尽穿陷。略不食,时取黄精食之。后以道干景帝,帝礼之,使止王邸中。数岁道不可得。有诏问:修羊公能何日发?语未讫,床上化为白羊,题其胁曰:修羊公谢天子。后置石羊于灵台上。羊后复去,不知所在。卓矣修羊,韬奇含灵。枕石太华,餐茹黄精。汉礼虽隆,道非所经。应变多质,忽尔隐形。"《赤须子》记述曰:"赤须子,丰人也,丰中传世见之云。秦穆公时主鱼吏也,数道丰界灾害水旱,十不失一。臣下归向,迎而师之,从受业,问所长。好食松实、天门冬、石脂,齿落更生,发堕再出,服霞绝后。遂去吴山下,十余年,莫知所之。赤须去丰,爱憩吴山。三药并御,朽貌再鲜。空往师之,而无使延。顾问小智,岂识巨年?"

秦始皇时,出现安期先生。《安期先生》记述曰:"安期先生者,琅琊阜乡人也。卖药于东海边,时人皆言千岁翁。秦始皇东游,请见,与语三日三夜,赐金璧度数千万。出,于阜乡亭皆置去,留书,以赤玉舄一双为报,曰:后数年求我于蓬莱山。始皇即遣使者徐市、卢生等数百人入海,未至蓬莱山,辄逢风波而还。立祠阜乡亭海边十数处云。寥寥安期,虚质高清。乘光适性,保气延生。聊悟秦始,遗宝阜亭。将游蓬莱,绝影清泠。"《毛女》记述曰:"毛女者,字玉姜,在华阴山中,猎师世世见之。形体生毛,自言秦始皇宫人也,秦坏,流亡入山避难,遇道士谷春,教食松叶,遂不饥寒,身轻如飞,百七十余年。所居岩中有鼓琴声云。婉娈玉姜,与时遁逸。真人授方,餐松秀实。因败获成,延命深吉。得意岩岫,寄欢琴瑟。"

也有不知何处人者,如《平常生》记述曰:"谷城乡平常生者,不知何所人也。数死复生,时人以为不然。后大水出,所害非一。而平辄在缺门山头大呼言:'平常生在此!'云复水雨五日必止。止则上山求祠之,但见平衣帔革带。后数十年,复为华阴门卒。谷城妙匹,谲达奇逸。出生入死,不恒其质。玄化忘形,贵贱奚恤。暂降尘污,终腾云室。"如江妃二女,《江妃二女》记述曰:"江妃二女者,不知何所人也。出游于江汉之湄,逢郑交甫。见而悦之,不知其神人也。谓其仆曰:我欲下请其佩。仆曰:此间之人,皆习于辞,不得,恐罹悔焉。交甫不听,遂下与之言曰:二女劳矣。二女曰:客子有劳,妾何劳之有?交甫曰:橘是柚也,我盛之以笥,令附汉水,将流而下。我遵其旁,采其芝而茹之。以知吾为不逊,愿请子之佩。二女曰:橘是柚也,我盛之以笥,令附汉水,将流而下。我遵其旁,采其芝而茹之。遂手解佩与交甫。交甫悦受,而怀之中当心。趋去数十步,视佩,空怀无佩。顾二女,忽然不见。灵妃艳逸,时见江湄。丽服微步,流盼生姿。交甫遇之,凭情言私。鸣佩虚掷,绝影焉追?"《主柱》记述曰:"主柱者,不知何所人也。与道士共上宕山,言此有丹砂,可得数万斤。宕山长吏,知而上山封之。砂流出,飞如火,乃听柱取。为邑令章君明饵砂,三年得神砂飞雪,服之,五年能飞行,遂与柱俱去云。主柱同窥,道士精彻。玄感通山,丹砂出穴。荧荧流丹,飘飘飞雪。宕长悟之,终然同悦。"《服闾》记述曰:"服闾者,不知何所人也,常止莒,往来海边诸祠中。有三仙人于祠中博赌瓜,顾闾,令担黄白瓜数十头,教令瞑目。及觉,乃在方丈山(在蓬莱山南)。后往来莒,取方丈山上珍宝珠玉卖之,久矣。一旦,髡头着赭衣,貌更老,人问之,言坐取庙中物云。后数年,貌更壮好,鬓发如往日时矣。服闾游祠,三仙是使。假寐须臾,忽超千里。纳宝毁形,未足多耻。攀龙附凤,逍遥终始。"《子主》记述曰:"子主者,楚语而细音,不知何所人也。诣江都王,自言宁先生雇我作客,三百年不得作直,以为狂人也。问先生所在,云在龙眉山上。王遣吏将上龙眉山巅,见宁先生,毛身广耳,被发鼓琴。主见之叩头,吏致王命。先生曰:此主吾比舍九世孙。且念汝家,当有暴死女子三人。勿预吾事!语竟,大风发,吏走下山。比归,宫中相杀三人。王遣三牲立祠焉。子主挺年,理有所资。宁主祠秀,拊琴龙眉。以道相符,当与讼微。匡事竭力,问昭我师。"《负局先生》记述曰:"负局先生者,不知何许人也,语似燕、代间人。常负磨镜局徇吴市中,磨镜一钱。因磨之,辄问主人,得无有疾苦者,辄出紫丸药以与之,得者莫不愈。如此数十年。后大疫病,家至户到与药,活者万计,不取一钱,吴人乃知其真人也。后住吴山绝崖头,悬药下与人。将欲去时,语下人曰:吾还蓬莱山,为汝曹下神水。崖头一旦有水,白色,流从石间来,下服之。多愈疾。立祠十余处。负局神端,披褐含秀。术兼和鹊,心托宇宙。引彼莱泉,灌此绝岫。欲返蓬山,以齐天寿。"

神仙是历史上民间文学的主角,来去无踪影,搅动世间是是非非。但是,神仙也有自己的家乡,各属其地。《瑕丘仲》记述曰:"瑕丘仲者,宁人也。卖药于宁百余年,人以为寿矣。地动舍坏,仲及里中数十家屋临水,皆败。仲死,民人取仲尸,弃水中,收其药卖之。仲披裘而从,诣之取药。弃仲者惧,叩头求哀,仲曰:恨汝使人知我耳,吾去矣。后为夫余胡王驿使,复来至宁。北方人谓之谪仙人焉。瑕丘通玄,谪脱其迹。人死亦死,泛焉言惜。遨步观化,岂劳胡驿。苟不睹本,谁知其谪。"《酒客》记述曰:"酒客者,梁市上酒家人也。作酒常美而售,日得万钱。有过而逐之,主人酒常酢败。穷贫,梁市中贾人多以女妻而迎之,或去或来。后百余岁来,为梁丞,使民益种芋菜,曰:三年当大饥。卒如其言,梁民不死。五年解印绶去,莫知其终焉。酒客萧绎,寄沽梁肆。何以标异,醇醴殊味。屈身佐时,民用不匮。解绂晨征,莫知所萃。"《祝鸡翁》记述曰:"祝鸡翁者,洛人也。居尸乡北山下,养鸡百余年。鸡有千余头,皆立名字。暮栖树上,昼放散之。欲引呼名,即依呼而至。卖鸡及子,得千余万,辄置钱去。之吴,作养鱼池。后升吴山,白鹤孔雀数百,常止其傍云。人禽虽殊,道固相关。祝翁傍通,牧鸡寄骧。育鳞道洽,栖鸡树端。物之致化,施而不刊。"《崔文子》记述曰:"崔文子者,太山人也。文子世好黄老事,居潜山下,后作黄散赤丸,成石父祠,卖药都市,自言三百岁。后有疫气,民死者万计,长吏之文所请救。文拥朱幡,系黄散以徇人门。饮散者即愈,所活者万计。后去,在蜀卖黄散。故世宝崔文子赤丸黄散,实近于神焉。崔子得道,术兼秘奥。气疠降丧,仁心攸悼。朱幡电麾,神药捷到。一时获全,永世作效。"《犊子》记述曰:"犊子者,邺人也。少在黑山,采松子、茯苓,饵而服之,且数百年。时壮时老,时好时丑,时人乃知其仙人也。常过酤酒阳都家。阳都女者,市中酤酒家女,眉生而连,耳细而长,众以为异,皆言此天人也。会犊子牵一黄犊来过,都女悦之,遂留相奉侍。都女随犊子出,取桃李,一宿而返,皆连兜甘美。邑中随伺,逐之出门,共牵犊耳而走,人不能追也。且还复在市中数十年,乃去见潘山下,冬卖桃李云。犊子山栖,采松饵苓。妙气充内,变白易形。阳氏奇表,数合理冥。乃控灵犊,倏若电征。"《骑龙鸣》记述曰:"骑龙鸣者,浑亭人也。年二十,于池中求得龙子,状如守宫者十余头。养食,结草庐而守之。龙长大,稍稍而去。后五十余年,水坏其庐而去。一旦,骑龙来浑亭,下语云:冯伯昌孙也。此间人不去五百里,必当死。信者皆去,不信者以为妖。至八月,果水至,死者万计。骑鸣养龙,结庐虚池。专至俟化,乘云骖螭。纡辔故乡,告以速移。洞镜灾祥,情眷不离。"《园客》记述曰:"园客者,济阴人也。姿貌好而性良,邑人多以女妻之,客终不取。常种五色香草,积数十年,食其实。一旦,有五色蛾止其香树末,客收而荐之以布,生桑蚕焉。至蚕时,有好女夜至,自称客妻,道蚕状。客与俱收蚕,得百二十头茧,皆如瓮大。缲一茧,六十日始尽。讫则俱去,莫知所在。故济阴人世祠桑蚕,设祠室焉。或云陈留济阳氏。美哉园客,颜晔朝华。仰吸玄精,俯捋五葩。馥馥芳卉,采采文蛾。淑女宵降,配德升遐。"《鹿皮公》记述曰:"鹿皮公者,淄川人也。少为府小吏木工,举手能成器械。岑山上有神泉,人不能至也。小吏白府君,请木工斤斧三十人,作转轮悬阁,意思横生。数十日,梯道四间成。上其巅,作祠舍,留止其旁,绝其二间以自固。食芝草,饮神泉,且七十年。淄水来,三下呼宗族家室,得六十余人,令上山半。水尽漂,一郡没者万计。小吏乃辞遣宗家,令下山。着鹿皮衣,遂去,复上阁。后百余年,下卖药于市。皮公兴思,妙巧缠绵。飞阁悬趣,上挹神泉。肃肃清庙,二间愔愔。可以闲处,可以永年。"《昌容》记述曰:"昌容者,常山道人也,自称殷王子。食蓬根,往来上下,见之者二百余年,而颜色如二十许人。能致紫草,卖与染家,得钱以遗孤寡,历世而然,奉祠者万计。殷女忘荣,曾无遗恋。怡我柔颜,改华标蒨。心与化迁,日与气炼。坐卧奇货,惠及孤贱。"《溪父》记述曰:"溪父者,南郡鄘人也。居山间,有仙人常止其家。从买瓜,教之炼瓜子,与桂附子、芷实共藏,而对分食之。二十余年,能飞走,升山入水。后百余年,居绝山顶,呼溪下父老,与道平生时事云。溪父何欲?欲在幽谷。下临清涧,上翳委蓐。仙客舍之,导以秘篆,形绝埃磕,心在旧俗。"《山图》记述曰:"山图者,陇西人也。少好乘马,马踏之折脚。山中道人教令服地黄、当归、羌活(独活)、苦参散。服之一岁,而不嗜食,病愈身轻。追道人问之,自言五岳使,之名山采药,能随吾,使汝不死。山图追随之六十余年。一旦归来,行母服于家间。期年复去,莫知所之。山图抱患,因毁致金。受气使身,药轻命延。写哀坟柏,天爱犹缠。数周高举,永绝俗缘。"《阴生》记述曰:"阴生者,长安中渭桥下乞儿也。常止于市中乞,市人厌苦,以粪洒之。旋复在里中,衣不见污如故。长吏知之,械收。系着桎梏而续在市中乞,又械欲杀之。乃去洒者之家,室自坏,杀十余人。故长安中谣曰:见乞儿,与美酒,以免破屋之咎。阴生乞儿,人厌其黩。识真者稀,累见困辱。淮阴忘荅,况我仙属。恶肆殃及,自灾其屋。"《子英》记述曰:"子英者,舒乡人也,善入水捕鱼。得赤鲤,爱其色好,持归着池中,数以米谷食之。一年长丈余,遂生角,有翅翼。子英怪异,拜谢之。鱼言:我来迎汝。汝上背,与汝俱升天。即大雨。子英上其鱼背,腾升而去。岁岁来归故舍,食饮,见妻子,鱼复来迎之。如此七十年。故吴中门户皆作神鱼,遂立子英祠。子英乐水,游捕为职。灵鳞来赴,有炜厥色。养之长之,挺角傅翼。遂驾云螭,超步虡央。"《文宾》记述曰:"文宾者,太丘乡人也,卖草履为业。数取妪,数十年,辄弃之。后时故妪寿老,年九十余,续见宾年更壮。他时妪拜宾涕泣,宾谢曰:不宜。至正月朝,傥能会乡亭西社中邪?妪老,夜从儿孙行十余里,坐社中待之。须臾,宾到,大惊:汝好道邪?知汝尔,前不去汝也。教令服菊花、地肤、桑上寄生、松子,取以益气。妪亦更壮,复百余年见云。文宾养生,纳气玄虚。松菊代御,炼质鲜肤。故妻好道,拜泣踟蹰。引过告术,延龄百余。"《商丘子胥》记述曰:"商丘子胥者,高邑人也,好牧豕吹竽。年七十不娶妇,而不老。邑人多奇之,从受道,问其要。言但食术、菖蒲根,饮水,不饥不老如此。传世见之,三百余年。贵戚富室闻之,取而服之,不能终岁辄止,慢矣。谓将复有匿术也。商丘幽栖,韫椟妙术。渴饮寒泉,饥茹蒲术。吹竽牧豕,卓荦奇出。道足无求,乐兹永日。"《陶安公》记述曰:"陶安公者,六安铸冶师也,数行火。火一旦散,上行,紫色冲天。安公伏冶下求哀。须臾,朱雀止冶上曰:安公安公,治与天通。七月七日,迎汝以赤龙。至期,赤龙到。大雨,而安公骑之东南,上一城邑,数万人众共送视之,皆与辞决云。安公纵火,紫炎洞熙。翩翩朱雀,衔信告时。奕奕朱虬,蜿然赴期。倾城仰觐,回首顾辞。"《赤斧》记述曰:"赤斧者,巴戎人也,为碧鸡祠主簿。能作水澒炼丹,与硝石服之,三十年反如童子,毛发生皆赤。后数十年,上华山,取禹余粮饵,卖之于苍梧、湘江间。累世传见之,手掌中有赤斧焉。赤斧颐真,发秀戎巴。寓迹神祠,澒炼丹砂。发虽朱蕤,颜晔丹葩。采药灵山,观化南遐。"《呼子先》记述曰:"呼子先者,汉中关下卜师也,老寿百余岁。临去,呼酒家老妪曰:'急装,当与妪共应中陵王。'夜有仙人,持二茅狗来至,呼子先。子先持一与酒家妪,得而骑之,乃龙也。上华阴山,常于山上大呼,言子先、酒家母在此云。三灵潜感,应若符契。方驾茅狗,蜿尔龙逝。参登太华,自称应世。事君不端,会之有惠。"《朱璜》记述曰:"朱璜者,广陵人也。少病毒瘕,就睢山上道士阮丘。丘怜之,言:卿除腹中三尸,有真人之业可度教也。璜曰:病愈,当为君作客三十年,不敢自还。丘与璜七物药,日服九丸。百日,病下如肝脾者数斗。养之数十日,肥健,心意日更开朗。与老君《黄庭经》,令日读三过,通之,能思其意。丘遂与璜俱入浮阳山玉女祠。且八十年,复见故处,白发尽黑鬒,更长三尺余。过家食止,数年复去。如此至武帝末,故在焉。朱璜寝瘕,福祚相迎。真人投药,三尸俱灵。心虚神莹,腾赞幽冥。毛赪发黑,超然长生。"《女丸》记述曰:"女丸者,陈市上沽酒妇人也,作酒常美。遇仙人过其家饮酒,以素书五卷为质。丸开视其书,乃养性、交接之术。丸私写其文要,更设房室,纳诸年少,饮美酒,与止宿,行文书之法。如此三十年,颜色更如二十。时仙人数岁复来过,笑谓丸曰:盗道无私,有翅不飞。遂弃家追仙人去,莫知所之云。玄素有要,近取诸身。彭聃得之,五卷以陈。女丸蕴妙,仙客来臻。倾书开引,双飞绝尘。"《陵阳子明》记述曰:"陵阳子明者,乡人也,好钓鱼于旋溪。钓得白龙,子明惧,解钩拜而放之。后得白鱼,腹中有书,教子明服食之法。子明遂上黄山,采五石脂,沸水而服之。三年,龙来迎去,止陵阳山上百余年。山去地千余丈,大呼下人,令上山半,告言:中子安,当来问子明钓车在否。后二十余年,子安死,人取葬石山下。有黄鹤来,栖其冢边树上,鸣呼子安云。陵阳垂钓,白龙衔钩。终获瑞鱼,灵述是修。五石溉水,腾山乘虬。子安果没,鸣鹤何求。"《木羽》记述曰:"木羽者,巨鹿南和平乡人也。母贫贱,主助产。尝探产妇,儿生便开目,视母大笑,其母大怖。夜梦见大冠赤帻者守儿,言此司命君也。当报汝恩,使汝子木羽得仙。母阴信识之。母后生儿,字之为木羽。所探儿生年十五,夜有车马来迎去。遂过母家,呼木羽木羽,为御来!遂俱去。后二十余年,鹳雀旦衔二尺鱼,着母户上。母匿不道,而卖其鱼。三十年乃没去。母至百年乃终。司命挺灵,产母震惊。乃要报了,契定未成。道足三五,轻驷宵迎。终然报德,久乃遐龄。"《玄俗》记述曰:"玄俗者,自言河间人也。饵巴豆,卖药都市,七丸一钱,治百病。河间王病瘕,买药服之,下蛇十余头。问药意,俗云:'王瘕,乃六世余殃下堕,即非王所招也。王常放乳鹿,怜母也,仁心感天,故当遭俗耳。'王家老舍人自言:'父世见俗,俗形无影。'王乃呼俗日中看,实无影。王欲以女配之,俗夜亡去。后人见于常山下。质虚影灭,时惟玄俗。布德神丸,乃寄鹿赎。道发河间,亲宠方渥。腾龙不制,超然绝足。"

汉朝神仙也不乏其人。这些传说故事具有当世意味,其流传的价值更特殊。如朱仲,《朱仲》记述曰:"朱仲者,会稽人也,常于会稽市上贩珠。汉高后时,下书募三寸珠。仲读购书笑曰:直值汝矣。赍三寸珠诣阙上书。珠好过度,即赐五百金。鲁元公主复私以七百金,从仲购珠。仲献四寸珠,送置于阙即去。下书会稽征聘,不知所在。景帝时,复来献三寸珠数十枚,辄去,不知所之云。朱仲无欲,聊寄贾商。俯窥骊龙,扪此夜光。发迹会稽,曜奇咸阳。施而不德,历世弥彰。"《稷丘君》记述曰:"稷丘君者,泰山下道士也。武帝时,以道术受赏赐。髪白再黑,齿落更生。后罢去。上东巡泰山,稷丘君乃冠章甫,衣黄衣,拥琴来迎,拜武帝,指帝:陛下勿上也,上必伤足指。及数里,右足指果折。上讳之,故但祠而还。为稷丘君立祠焉,为稷承奉之云。稷丘洞彻,修道灵山。炼形濯质,变白还年。汉武行幸,携琴来延。戒以升陟,逆睹未然。"如东方朔,《东方朔》记述曰:"东方朔者,平原厌次人也。久在吴中,为书师数十年。武帝时,上书说便宜,拜为郎。至昭帝时,时人或谓圣人,或谓凡人。作深浅显默之行,或忠言,或诙语,莫知其旨。至宣帝初,弃郎以避乱世,置帻官舍,风飘之而去。后见于会稽,卖药五湖。智者疑其岁星精也。东方奇达,混同时俗。一龙一蛇,岂豫荣辱?高韵冲霄,不羁不束。沉迹五湖,腾影旸谷。"《钩翼夫人》记述曰:"钩翼夫人者,齐人也,姓赵。少时好清净,病卧六年,右手拳屈,饮食少。望气者云:'东北有贵人气。'推而得之。召到,姿色甚伟。武帝披其手,得一玉钩,而手寻展,遂幸而生昭帝。后武帝害之,殡尸不冷,而香一月间。后昭帝即位,更葬之,棺内但有丝履。故名其宫曰钩翼。后避讳,改为弋庙。闻有神祠、阁在焉。婉婉弱媛,庙符授钩。诞育嘉嗣,皇祚惟休。武之不达,背德致仇。委身受戮,尸灭芳流。"《谷春》记述曰:"谷春者,栎阳人也,成帝时为郎。病死,而尸不冷。家发丧行服,犹不敢下钉。三年,更着冠帻,坐县门上,邑中人大惊。家人迎之,不肯随归。发棺有衣无尸。留门上三宿,去之长安,止横门上。人知追迎之,复去之太白山。立祠于山上,时来,至其祠中止宿焉。谷春既死,停尸犹温。棺阖五稔,端委于门。顾视空柩,形逝衣存。留轨太白,纳气玄根。"

《列女传》共八篇八卷,记述了汉代和汉代之前的一百多位非凡女性,其中保存了许多与女性相关的民间故事。

《列女传》也记述了《孟姜女》传说中杞梁妻哭夫尸于城下,城崩,同时又加上了她自赴淄水而死的情节。这个情节应该是后世传说中孟姜女投东海殉夫而令秦始皇沮丧的雏形。

《列女传》是一部女性故事集,不论其用意何在,我们都看到其中大量的民间传说,同时,我们也可以看到"巧女"型故事占据了该书的很大比重。诸如《鲁秋洁妇》即秋胡戏妻故事,秋胡妻的聪明成为故事中最富有光彩的内容。尤其是其首篇所举的《娥皇女英》,可看作后世"巧女故事"最完整的早期文本:

> 有虞二妃者,帝尧之二女也。长娥皇,次女英。舜父顽母嚚。父号瞽叟,弟曰象,敖游于嫚,舜能谐柔之,承事瞽叟以孝。母憎舜而爱象,舜犹内治,靡有奸意。四岳荐之于尧,尧乃妻以二女,以观厥内。二女承事舜于畎亩之中,不以天子之女故而骄盈怠嫚,犹谦谦恭俭,思尽妇道。
>
> 瞽叟与象谋杀舜,使涂廪;舜归告二女曰:"父母使我涂廪,我其往?"二女曰:"往哉!"舜既治廪,乃捐阶。瞽叟焚廪,舜往飞出。象复与父母谋使舜浚井。舜乃告二女,二女曰:"俞,往哉!"舜往浚井,格其出入,从掩,舜潜出。时既不能杀舜,瞽叟又速舜饮酒,醉,将杀之。舜告二女,二女乃与舜药浴汪,遂往。舜终日饮酒不醉。

《列女传》把著名的尧舜神话推向传说世界,使之充满世俗的生活气息。在这里,我们既能看到"巧女"故事的雏形,又能看到"兄弟分家"型故事、"后母"型故事等雏形。《列女传》成为汉代民间故事女性专题集成,其意义是非常丰富的。其他还有关于姜原、简狄等远古母亲神的传说化表现和孟母教子而三迁等内容,这些故事有一个共同特点,即原始信仰色彩逐渐淡化,加重了世俗色彩,标志着汉代民间故事集的重要特征。

刘向对民间故事的保存与整理,有着很突出的倾向性,即我们前面讲到的教化,这也体现了刘向文化取舍的卓识。像刘向这样成功的保存效果,在汉代并不是很多。除了应劭在《风俗通义》中这样做过,其他人更多地融入了自己的情感。刘向重在说教,也是与民间文学的教化功能相符合的。事实上,民间文学的传播,除了娱乐的需要之外,就是教育的需要。《孝子传》传为刘向所作,其中记述了著名的董永故事,后世戏曲《天仙配》即以此为原型。如《法苑珠林》卷六十二引《孝子传》:

> 董永者,少偏孤,与父居,乃肆力田亩,鹿车载父自随。父终,自卖于富公以供丧事。道逢一女,呼与语云:"愿为君妻。"遂与俱至富公。富公曰:"女为谁?"答曰:"永妻,欲助偿债。"富公曰:"汝织三百匹遣汝。"一旬乃毕。女出门,谓永曰:"我天女也,天令我助子偿人债耳。"语毕,忽然不知所在。

有学者以为这是《牛郎织女》故事的变异文本,其实不然,这是董永与七仙女"天仙配"故事的起源。其中"孝"的主题,在汉代文化的影响下,对后世民间文学产生了辐射作用,成为民间文化的重要主题。同时,我们也可以看到,汉代皇帝以"孝"为谥号者相当多,如"孝文帝""孝武帝""孝惠帝"等,这必然影响到民间文学的主题变化。董永故事与牛郎织女故事显然是两种形态。最重要的是,董永卖身葬父感动天帝所得爱情,是人神之恋,在《牛郎织女》中不但包含着这种主题,而且更重要的是它还包含着兄弟分家型的故事情节。在我国流传的民间故事中还有大量报应主题。有许多学者以为报应主题是佛教轮回观念的体现,事实上在汉代佛教传入之前,这种主题就已经在民俗文化生活中有所表现了,只不过佛教所强调的"恶有恶报、善有善报"与之相结合时,进一步强化了报应主题的存在与发展。

在这方面,刘向的整理态度应为我们重视。

班昭为刘向的《列女传》作注,并为之续传,在"母仪"等名目下所记述的 125 位女性[1]（晋人顾恺之为《列女传》作像,扩大了它的影响）成为重要的文化原型,堪称后世"列女传""女仙传"等史籍、神仙书的先声。

刘向在《楚辞》的整理上也做出了重要贡献。他的儿子刘歆继承了他的事业,曾著出我国第一部目录学著作《七略》,在《山海经》的整理上,也有突出成就。他的《上〈山海经〉表》成为我们研究《山海经》的重要文献,从中我们可以看到他独到的见解:

> 侍中奉车都尉光禄大夫臣秀[2]领校,秘书言授校,秘书太常属臣望所校《山海经》凡三十二篇,今定为十八篇,已定。《山海经》者,出于唐虞之际。昔洪水洋溢,漫衍中国,民人失据,崎岖于丘陵,巢于树木。鲧既无功,而帝尧使禹继之。禹乘四载,随山刊木,定高山大川。益与伯翳主驱禽兽,命山川,类草木,别水土。四岳佐之,以周四方,逮人迹之所希至,及舟舆之所罕到,内别五方之山,外分八方之海,纪其珍宝奇物,异方之所生,水土草木禽兽昆虫麟凤之所止,祯祥之所隐,及四海之外,绝域之国,殊类之人。禹别九州,任土作贡,而益等类物善恶,著《山海经》,皆圣贤之遗书,古文之著明者也,其事质明有信。孝武皇帝时尝有献异鸟者,食之百物,所不肯（肯）食。东方朔见之,言其鸟名,又言其所当食,如朔言。问朔何以知之,即《山海经》所出也。孝宣皇帝时,击磻石于上郡,陷得石室,其中有反缚盗械人。时臣秀父向为谏议大夫,言此贰负之臣也。诏问何以知之,亦以《山海经》对。其文曰:"贰负杀窫窳,帝乃梏之疏属之山,桎其右足,反缚两手。"上大惊。朝士由是多奇《山海经》者,文学大

---

[1] 其中班昭加了 20 位。
[2] 刘歆,字子骏,汉成帝时与刘向共同校领秘书,作《三统历》。其名为秀,是因为他看到《河图赤伏符》有"刘秀发兵捕不到",为了应此谶言,即改为"秀"字。

儒皆读学，以为奇可以考祯祥变怪之物，见远国异人之谣俗。故《易》曰："言天下之至迹而不可乱也。"博物之君子，其可不惑焉。臣秀昧死谨上。

我在《神话之源——〈山海经〉与中国文化》（河南大学出版社2001年版）一书中，曾谈到《山海经》作为上古巫史之书，包含着许多民间传说、民间故事的原型，而且其韵致独特，类于民族史诗。《山海经》的成书，包含着漫长而复杂的历程，刘歆在与其父亲刘向一起校书时，正式提出其书名（袁珂从王充著作中考证司马迁所提《山海经》应为《山经》[1]），对这部神话典籍的整理成书及其流传，都有着重要意义。甚至可以说，若没有刘向、刘歆父子对《山海经》的整理，《山海经》很可能散佚，是他们拯救了这部典籍，其功不可没。

二、刘安与民间文学

刘安的《淮南子》，是继《山海经》之后保存神话最丰富的一部典籍。《淮南子》共二十一篇，本名《鸿烈》，汉武帝建元元年献上，由刘向、刘歆父子校订，名《淮南》。后人因此称《淮南鸿烈》，也称《淮南子》。此称是与刘安的"淮南王"身份联系在一起的，刘安是汉高祖刘邦的孙子，在汉文帝时被立为"淮南王"。《汉书·淮南衡山济北王传》：

淮南王安，为人好书、鼓琴，不喜弋猎狗马驰骋，亦欲以行阴德拊循百姓，流名誉。招致宾客方术之士数千人，作为《内书》二十一篇，《外书》甚众，又有《中篇》八卷，言神仙黄白之术，亦二十余万言。时武帝方好艺文，以安属为诸父，辩博，善为文辞，甚尊重之。每为报书及赐，常召司马相如等视草乃遣。初，安入朝，献所作《内篇》，新出，上爱秘之。使

---

[1] 见《山海经全译》袁珂"前言"，贵州人民出版社1991年版。

为《离骚传》,旦受诏,日食时上。又献《颂德》及《长安都国颂》。每宴见,谈说得失及方技赋颂,昏莫然后罢。

汉武帝是一位好大喜功、梦想有大作为的皇帝,在历史上以罢黜百家、独尊儒术而著名。这种文化专制,实际上是为了加强皇权的需要,他必然要想尽办法削弱诸侯的权力,才能达到加强皇权的目的。但刘安作为淮南王,又是汉武帝的叔父,从外表上来看已经构成对皇权的威胁,汉武帝肯定会注意到对刘安的严密监视;刘安的《淮南子》以道家思想为文化基础,兼采百家学说,他一再强调"古之立帝王者非以奉养其欲","为一人之聪明而不足以遍照海内,故立三公九卿以辅翼之","绝国殊俗,僻远幽闲之处,不能被德承泽,故立诸侯以教诲之"(《淮南子·修务训》),事实上是代表了诸侯的利益,所以,他必然受到皇权的猜忌,后来被诛杀也就是必然的了。如黄震《黄氏日钞》第五十五卷中所感慨的那样:

> 夫圣人之治天下者,君臣父子以相生,桑麻谷粟以相养,其义在六经,其用在民生日用之常,如此而已耳。自周衰天下乱,诸子蜂起,各立异说而各以祸其人之国。汉兴,一切扫除,归之忠厚。诸子余党,终然无所售。诸侯王之好事而不知体要者稍稍收之,亦无不以之自祸。安不幸贵盛而多材,慷慨而喜事,起而招集散亡,力为宗主。于是,春秋战国以来,纷纷诸子之遗毒余祸皆萃于安矣,安亦将如之何而不诛灭哉!

正是这种背景,一方面刘安欲"起而召集散亡,力为宗主","招致宾客方术之士数千人","会萃诸子,旁搜异闻","凡阴阳造化、天文地理、四夷百蛮之远,昆虫草木之细,瑰奇诡异,足以骇人耳目者,无不森然罗列其间",使这部书涵盖了大量民间传说和神话故事,另一方面,其遭遇非凡,更吸引后人对其关注,所以其书流传甚广。如高诱在《淮南子·叙目》中所说:"故夫学者不论淮南,则不知大道之深也。是以先贤通儒述作之士,莫不援采以验经传。"我国先秦诸子学说对后世影响甚远,儒道两家作为两种文化,分别影响着士阶层和民众。道家以老庄思想为主要内容,对民间文化的影响最深厂,其从民间来,到民间去的文化风格最明显;《淮南子》保存民间文学最丰富,也就在情理之中。因此,我们也可以说,《淮南子》采录了大量民间文学,诸如流传在民间的神话、传说、故事、寓言,是对神巫之书、神话之源《山海经》中神话传说的补充、修复、阐释和钩沉。它是我国民间文学史上一部难得的经典之作。

《隋书·经籍志》载,《淮南子》有二十一卷,其中有高诱注和许慎注两种。有人考证,《淮南子》版本和注本达162种[1]。今存《淮南子》二十一卷分别为"原道""俶真""天文""堕形""时则""览冥""精神""本经""主术""缪称""齐俗""道应""记论""诠言""兵略""说山""说林""人间""修务""泰族"和"要略"。与《山海经》所保存神话形态不同者,是《淮南子》体现出典型的宗教化,即道家思想渗入了神话。如卷一"原道"中,为了述说"道",刘安描述道:"泰古二皇,得道之柄,立于中央,神与化游,以抚四方。"又有"昔者夏鲧作三仞之城,诸侯背之,海外有狡心。禹知天下之叛也,乃坏城平池,散财物,焚甲兵,施之以德,海外宾伏,四夷纳职,会诸侯于涂山,执玉帛者万国",他总结为"是故鞭噬狗、策蹄马而欲教之,虽伊尹、造父弗能化。欲害之心亡于中,则饥虎可尾,何况狗马之类乎","是故禹之决渎也,因水以为师;神农之播谷也,因苗以为教"。他还举了"昔共工之力,触不周之山,使地东南倾,与高辛争为帝,遂潜于渊,宗族残灭,继嗣绝祀""昔舜耕于历山,期年,而田者争处垅埆,以封壤肥饶相让;钓于河滨,期年,而渔者争处湍濑,以曲隈深潭相予"等,都是为了述说"无为之有益"。在"俶真"中,他举"洛出丹书,河出绿图,故许由、方回、善卷、披衣得

---

[1] 见《淮南鸿烈集解》"点校说明"引吴则虞语,中华书局1989年版。

达其道""逮至夏桀、殷纣,燔生人,辜谏者,为炮烙,铸金柱,剖贤人之心,析才士之胫,醢鬼侯之女,菹梅伯之骸。当此之时,峣山崩,三川涸,飞鸟铩翼,走兽挤脚""夫历阳之都,一夕反而为湖,勇力圣知与罢怯不肖者同命"等,是为了论证"不能通其道者,不遇其世"。在"天文"中,他对"太昭"解释为"道始于虚廓,虚廓生宇宙,宇宙生气",而"气有涯垠,清阳者薄靡而为天,重浊者凝滞而为地",故"天地之袭精为阴阳,阴阳之专精为四时,四时之散精为万物","积阳之热气生火,火气之精者为日;积阴之寒气为水,水气之精者为月。日月之淫为精者为星辰",接着举"昔者共工与颛顼争为帝,怒而触不周之山,天柱折,地维绝。天倾西北,故日月星辰移焉;地不满东南,故水潦尘埃归焉"为例,说气与道等范畴。他还提到:"四时者,天之吏也;日月者,天之使也;星辰者,天之期也;虹霓彗星者,天之忌也。天有九野,九千九百九十九隅,去地五亿万里,五星,八风,二十八宿,五官,六府,紫宫,太微,轩辕,咸池,四守,天阿……何谓五星?东方,木也,其帝太皞,其佐句芒,执规而治春。其神为岁星,其兽苍龙,其音角,其日甲乙。南方,火也,其帝炎帝,其佐朱明,执衡而治夏。其神为荧惑,其兽朱鸟,其音徵,其日丙丁。中央,土也,其帝黄帝,其佐后土,执绳而制四方。其神为镇星,其兽黄龙,其音宫,其日戊己。西方,金也,其帝少昊,其佐蓐收,执矩而治秋。其神为太白,其兽白虎,其音商,其日庚辛。北方,水也,其帝颛顼,其佐玄冥,执权而治冬。其神为辰星,其兽玄武,其音羽,其日壬癸。"其中的二十八宿等星辰崇拜,五方星及帝、佐、神、兽、音、日等信仰内容,既体现出五行学说等哲学思想在汉代的表现,又具体描绘出在当世流传甚广的天文观念及相关的神话传说,同样也是为了述说"道"之理义。在"堕形"中,他用神话传说来阐释"天地之间,九州八极,土有九山,山有九塞,泽有九薮,风有八等,水有六品"。在"览冥"中,他记述了"隋侯之珠,和氏之璧,得之者富,失之者贫"的传说,证明"顺之者利,逆之者凶"的道理。这里,他还举例了许多异常重要的神话传说,如"昔者黄帝治天下,而力牧、太山稽辅之,以治日月之行律,治阴阳之气,节四时之度,正律历之数,别男女,异雌雄,明上下,等贵贱,使强不掩弱,众不暴寡,人民保命而不夭……""往古之时,四极废,九州裂,天不兼覆,地不周载,火爁炎而不灭,水浩洋而不息,猛兽食颛民,鸷鸟攫老弱。于是,女娲炼五色石以补苍天……"这些神话的详细描述,意味着对《山海经》中黄帝神话、女娲神话的修复或者还原。当然,诸如"女娲炼五色石以补苍天"是否掺杂了"道"的成分,也是值得我们思索的。在"精神"中,记述有关于"古未有天地之时"的"二神混生,经天营地"这类宇宙起源神话。在"本经"中,记述了"仓颉造字""伯益作井""尧使羿射十日""舜使禹疏三江五湖"等神话,同时,还记述了"纣为肉圃酒池"和"武王甲卒三千破纣牧野"的传说,而这是为了具体论证"本立而道行,本伤而道废"。在"缪称"中,记述了"伯夷饿死首阳之下"的传说。在"齐俗"中,记述了"庖丁用刀十九年而刀如新剖硎"等传说。刘安选取远古神话和先秦历史传说,都是为了论述当世之"道",阐述其政治理想。他为我们保存了大量的神话传说故事,其中或详或略,有的是典型的神话,有的是具有神话色彩的传说,而有的分明是寓言故事。诸如"人间"中的"狡狐捕雉""螳螂搏轮""塞翁失马","道应"中的"佽非斩蛟"等篇,这些民间寓言成为后世广为流传的成语,其寓意就是刘安在"训"中所阐释出来的。还值得一提的是,在"精神"中,刘安提到"殖、华将战而死,莒君厚赂而止之,不改其行""殖、华可以止以义,而不可悬以利",为我们保存下《孟姜女》传说故事在当世流传的"文本"材料,而这和整书一样,都染上了"道"的色彩。《淮南子》主要保存了神话和传说,幻想故事和生活故事较为少见,这是由其义旨决定的。

《淮南子》与《史记》《汉书》不同,与《论衡》《风俗通义》也不同,其语言扑朔迷离,形成独具特色的神话叙事。这是中国民间文学史上独特的一页。

《淮南子》的神话叙事,语言优美,堪称中国古老的神话诗学。

神话意境在中国传统文化的描述与叙说中具有诗学的意义,它既是一种背景的昭示,也是一种氛围和环境的衬托与营造。

星辰崇拜,是天庭神话的重要背景。茫茫苍穹,星光闪烁,寄托着人间的想象和期待。《淮南子》用别有意味的语言叙说着关于世界生成和发展变化的故事。如其《天文训》对自然世界"天倾西北"与"地不满东南"的神话解释:

> 昔者共工与颛顼争为帝,怒而触不周之山。天柱折,地维绝。天倾西北,故日月星辰移焉;地不满东南,故水潦尘埃归焉。天道曰圆,地道曰方。方者主幽,圆者主明。明者,吐气者也,是故火曰外景;幽者,含气者也,是故水曰内景。吐气者施,含气者化,是故阳施阴化。天之偏气,怒者为风;天地之含气,和者为雨,阴阳相薄,感而为雷,激而为霆,乱而为雾。阳气胜则散而为雨露,阴气盛则凝而为霜雪。

一切都能够从神话传说中找到根据,这是中国古代神话主义的表达。天地有形,在神话传说中被解释为位置的神灵主宰。如《天文训》对"五星"的阐释:

> 何谓五星?东方,木也,其帝太皞,其佐句芒,执规而治春;其神为岁星,其兽苍龙,其音角,其日甲乙。南方,火也,其帝炎帝,其佐朱明,执衡而治夏;其神为荧惑,其兽朱鸟,其音徵,其日丙丁。中央,土也,其帝黄帝,其佐后土,执绳而制四方;其神为镇星,其兽黄龙,其音宫,其日戊己。西方,金也,其帝少昊,其佐蓐收,执矩而治秋;其神为太白,其兽白虎,其音商,其日庚辛。北方,水也,其帝颛顼,其佐玄冥,执权而治冬;其神为辰星,其兽玄武,其音羽,其日壬癸。太阴在四仲,则岁星行三宿,太阴在四钩,则岁星行二宿,二八十六,三四十二,故十二岁而行二十八宿。日月行

十二分度之一,岁行三十度十六分度之七,十二岁而周。荧惑常以十月入太微,受制而出行列宿,司无道之国,为乱为贼,为疾为丧,为饥为兵,出入无常,辨变其色,时见时匿。镇星以甲寅元始建斗,岁镇行一宿,当居而弗居,其国亡土,未当居而居之,其国益地,岁熟。日行二十八分度之一,岁行十三度百一十二分度之五,二十八岁而周,太白元始以正月甲寅,与荧惑晨出东方,二百四十日而入,入百二十日而夕出西方,二百四十日而入,入三十五日而复出东方,出以辰戌,入以丑未。当出而不出,未当入而入,天下偃兵;当入而不入,当出而不出,天下兴兵。辰星正四时,常以二月春分效奎、娄,以五月夏至效东井、舆鬼,以八月秋分效角、亢,以十一月冬至效斗、牵牛,出以辰戌,入以丑未,出二旬而入。晨候之东方,夕候之西方。一时不出,其时不和;四时不出,天下大饥。

仰望星空,闪烁其间的除了星辰的光辉,还有神性主宰的事迹,即神迹。由此构成历史文化的不断叙说,形成神话与史实的交替。在《地形训》中,各个方位的神话区域被概括为"美",如其所述:

东方之美者,有医毋闾之珣玗琪焉;东南方之美者,有会稽之竹箭焉;南方之美者,有梁山之犀象焉;西南方之美者,有华山之金石焉。西方之美者,有霍山之珠玉焉;西北方之美者,有昆仑之球琳琅玕焉。北方之美者,有幽都之筋角焉;东北方之美者,有斥山之文皮焉;中央之美者,有岱岳以生五谷桑麻,鱼盐出焉。

各个区域的神话都是一种需要解释的意境,在简约的叙说中,形成神话的再记述。由此,刘安总结道:"凡地形,东西为纬,南北为经,山为积德,川为积刑,高者为生,下者为死,丘陵为牡,溪谷为牝。水圆折者有珠,方折者有玉。清水有黄金,龙渊有玉英。土地各以其类生,是故山气多男,泽气多女,障气多喑,风气多聋,林气多癃,木气多伛,岸下气多肿,石气多力,险阻气多瘿,暑气多夭,寒气多寿,谷气多痹,丘气多狂,衍气多仁,陵气多贪。轻土多利,重土多迟,清水音小,浊水音大,湍水人轻,迟水人重,中土多圣人。皆象其气,皆应其类。故南方有不死之草,北方有不释之冰,东方有君子之国,西方有形残之尸。寝居直梦,人死为鬼,磁石上飞,云母来水,土龙致雨,燕雁代飞。蛤蟹珠龟,与月盛衰,是故坚土人刚,弱土人肥,垆土人大,沙土人细,息土人美,耗土人丑。食水者善游能寒,食土者无心而慧,食木者多力而奰,食草者善走而愚,食叶者有丝而蛾,食肉者勇敢而悍,食气者神明而寿,食谷者知慧而夭。不食者不死而神。"其运用的自然是神话语言。进而,他论述道:"凡人民禽兽万物贞虫,各有以生,或奇或偶,或飞或走,莫知其情,唯知通道者,能原本之。天一地二人三,三三而九,九九八十一。一主日,日数十,日主人,人故十月而生。八九七十二,二主偶,偶以承奇,奇主辰,辰主月,月主马,马故十二月而生。七九六十三,三主斗,斗主犬,犬故三月而生。六九五十四,四主时,时主彘,彘故四月而生。五九四十五,五主音,音主猿,猿故五月而生。四九三十六,六主律,律主麋鹿,麋鹿故六月而生。三九二十七,七主星,星主虎,虎故七月而生。二九十八,八主风,风主虫,虫故八月而化。鸟鱼皆生于阴,阴属于阳,故鸟鱼皆卵生。鱼游于水,鸟飞于云,故立冬燕雀入海,化为蛤。"

这是刘安的自然世界形成观,同时也体现出他的神话观。同时,还有一个值得注意的现象是,在《淮南子》的神话叙事语言中,《山海经》的神话传说被化用,作为新的神话语言。如《地形训》所记述:

凡海外三十六国,自西北至西南方,有修股民、天民、肃慎民、白民、沃民、女子民、丈夫民、奇股民、一臂民、三身民;自西南至东南方,结胸民、羽民、谨头国民、裸国民、三苗民、交股民、不死民、穿胸民、反舌民、豕喙民、凿齿民、三头民、修臂民;自东南至东北方,有大人国、君子国、黑齿民、玄股民、毛民、劳民;自东北至西北方,有跂踵民、句婴民、深目民、无肠民、柔利民、一目民、无继民。雒棠、武人在西北陬,硊鱼在其南,有神二人连臂为帝候夜,在其西南方,三珠树在其东北方,有玉树在赤水之上。昆仑、华丘在其东南方,爰有遗玉、青马、视肉、杨桃、甘樝、甘华、百果所生。和丘在其东北陬,三桑、无枝在其西,夸父、耽耳在其北方。夸父弃其策,是为邓林。昆吾丘在南方,轩辕丘在西方,巫咸在其北方,立登保之山,旸谷榑桑在东方,有娀在不周之北,长女简翟,少女建疵。西王母在流沙之濒,乐民、拏闾,在昆仑弱水之洲。三危在乐民西,宵明、烛光在河洲,所照方千里。龙门在河渊,湍池在昆仑,玄耀、不周、申池在海隅。孟诸在沛。少室、太室在冀州。烛龙在雁门北,蔽于委羽之山,不见日,其神人面龙身而无足。后稷垅在建木西,其人死复苏,其半鱼,在其间。流黄、沃民在其北方三百里,狗国在其东。雷泽有神,龙身人头,鼓其腹而熙。江出岷山,东流绝汉入海,左还北流,至于开母之北,右还东流,至于东极。河出积石。雎出荆山。淮出桐柏山。睢出羽山。清漳出揭戾,浊漳出发包。济出王屋。时、泗、沂出臺、台、术。洛出猎山,汶出弗其,流合于济。汉出嶓冢。泾出薄落之山。渭出鸟鼠同穴。伊出上魏。雒出熊耳。浚出华窍。维出覆舟。汾出燕京。衽出溃熊。淄出目饴。丹水出高褚。股出嶕山。镐出鲜于。凉出茅庐、石梁,汝出猛山。淇出大号。晋出龙山结绐。合出封羊。辽出砥石,釜出景,岐出石桥,呼沱出鲁平,泥涂渊出横山,维湿北流出于燕。

诸稽、摄提,条风之所生也;通视,明庶风之所生也;赤奋若,清明风之所生也;共工,景风之所生也;诸比,凉风之所生也;皋稽,阊阖风之所生也;隅强,不周风之所生也;穷奇,广莫风之所生也。突生海人,海人生若菌,若菌生圣人,圣人生庶人。凡突者生于庶人。羽嘉生飞龙,飞龙生凤皇,凤皇生鸾鸟,鸾鸟生庶鸟,凡羽者生于庶鸟。毛犊生应龙,应龙生建马,建马生麒麟,麒麟生庶兽,凡毛者,生于庶兽。介鳞生蛟龙,蛟龙生鲲鲲，鲲鲤生建邪，建邪生庶鱼，凡鳞者生于庶鱼。介潭生先龙，先龙生玄鼋，玄鼋生灵龟，灵龟生庶龟，凡介者生于庶龟。暖湿生容，暖湿生于毛风，毛风生于湿玄，湿玄生羽风，羽风生煖介，煖介生鳞薄，鳞薄生暖介。五类杂种兴乎外，肖形而蕃。日冯生阳阏，阳阏生乔如，乔如生干木，干木生庶木，凡根拔木者生于庶木。根拔生程若，程若生玄玉，玄玉生醴泉，醴泉生皇辜，皇辜生庶草，凡根茇草者生于庶草。海间生屈龙，屈龙生容华，容华生蒉，蒉生萍藻，萍藻生浮草，凡浮生不根茇者生于萍藻。

《淮南子》是一部神话诗学著作，其神话语言来自《山海经》。这是历史文化的继承和发展。除了对《山海经》神话意境的再运用和再叙说，《淮南子》还表现出对《山海经》神话国家的概念使用，借以表达自己的思想观念。如其《时则训》对"五位"的解释：

五位，东方之极，自碣石山过朝鲜，贯大人之国，东至日出之次，樽木之地，青土树木之野，太皞、句芒之所司者，万二千里。其令曰：挺群禁，开闭阖，通穷室，达障塞，行优游，弃怨恶，解役罪，免忧患，休罚刑，开关梁，宣出财，和外怨，抚四方，行柔惠，止刚强。南方之极，自北户孙之外，贯颛顼之国，南至委火炎风之野，赤帝、祝融之所司者，万二千里。其令曰：爵有德，赏有功，惠贤良，救饥渴，举力农，振贫穷，惠孤寡，忧疲疾，出大禄，行大赏，起毁宗，立无后，封建侯，立贤辅。中央之极，自昆仑东绝两恒山，日月之所道，江汉之所出，众民之野，五谷之所宜，龙门、河、济相贯，以息壤堙洪水之州，东至于碣石，黄帝、后土之所司者，万二千里。其令曰：平而不阿，明而不苛，包裹覆露，无不囊怀，溥氾无私，正静以和，行稃鬻，养老衰，吊死问疾，以送万物之归。西方之极，自昆仑绝流沙、沈羽，西至三危之国，石城金室，饮气之民，不死之野，少皞、蓐收之所司者，万二千里。其令曰：审用法，诛必辜，备盗贼，禁奸邪，饬群牧，谨著聚，修城郭，补决窦,塞蹊径,遏沟渎,止流水,雝溪谷,守门闾,陈兵甲,选百官,诛不法。北方之极,自九泽穷夏晦之极,北至令正之谷,有冻寒积冰,雪雹霜霰,漂润群水之野,颛顼、玄冥之所司者,万二千里。其令曰:申群禁,固闭藏,修障塞,缮关梁,禁外徙,断罚刑,杀当罪,闭关闾,大搜客,止交游,禁夜乐,蚤闭晏开,以索奸人。已德,执之必固。天节已几,刑杀无赦,虽有盛尊之亲,断以法度。毋行水,毋发藏,毋释罪。

自然世界的构成与社会的运行,在刘安看来,有许多内在的因素在起作用。而这些内在的因素,需要被具体的解释,置之于历史文化的语境中,才能揭示出其本源。或者说,这就是中国特色的神话思维。

除了自然世界的文化解释,刘安还表现出对社会发展的神话解释。这也形成他独特的神话观和历史文化观。如其在《览冥训》中所记述的"黄帝时代":"昔者黄帝治天下,而力牧、太山稽辅之,以治日月之行律,治阴阳之气,节四时之度,正律历之数,别男女,异雌雄,明上下,等贵贱,使强不掩弱,众不寡,人民保命而不夭,岁时孰而不凶,百官正而无私,上下调而无尤,法令明而不暗,辅佐公而不阿,田者不侵畔,渔者不争隈。道不拾遗,市不豫贾,城郭不关,邑无盗贼,鄙旅之人相让以财,狗彘吐菽粟于路,而无忿争之心。于是日月精明,星辰不失其行,风雨时节,五谷登孰,虎狼不妄噬,鸷鸟不妄搏,凤皇翔于庭,麒麟游于郊,青龙进驾,飞黄伏皂,诸北、儋耳之国,莫不献其贡职,然犹未及虙戏氏之道也。"同时,他还描绘出一个"女娲时代",其记述道:"往古之时,四极废,九州裂,天不兼覆,地不周载,火爁炎而不灭,水浩洋而不息,猛兽食颛民,鸷鸟攫老弱,于是女娲炼五色石以补苍天,断鳌足以立四极。杀黑龙以济冀州,积芦灰以止霪水。苍天补,四极正,霪水涸,冀州平,狡虫死,颛民生。背方州,抱圆天,和春阳夏,杀秋约冬,枕方寝绳,阴阳之所壅沉不通者,窍理之;逆气戾物,伤民厚积者,绝止之。当此之时,卧倨倨,兴昈昈,一自以为马,一自以为牛,其行蹎蹎,其视瞑瞑,侗然皆得其和,莫知所由生,浮游不知所求,魍魉不知所往。当此之时,禽兽蝮蛇,无不匿其爪牙,藏其螫毒,无有攫噬之心。考其功烈,上际九天,下契黄垆,名声被后世,光晖重万物。乘雷车,服驾应龙,骖青虬,援绝瑞,席萝图,黄云络,前白螭,后奔蛇,浮游消摇,道鬼神,登九天,朝帝于灵门,宓穆休于太祖之下。然而不彰其功,不扬其声,隐真人之道,以从天地之固然。何则?道德上通,而智故消灭也。"在刘安的笔下,两个时代各有所指,各有寓意。其归结点在于"当今之世",如其所述:"逮至当今之时,天子在上位,持以道德,辅以仁义,近者献其智,远者怀其德,拱揖指麾而四海宾服,春秋冬夏皆献其贡职,天下混而为一,子孙相代,此五帝之所以迎天德也。夫圣人者,不能生时,时至而弗失也。辅佐有能,黜谗佞之端,息巧辩之说,除刻削之法,去烦苛之事,屏流言之迹,塞朋党之门,消知能,修太常,隳肢体,绌聪明,大通混冥,解意释神,漠然若无魂魄,使万物各复归其根,则是所修伏羲氏之迹,而反五帝之道也。"由此推而论之,他说:"夫钳且、大丙不施辔衔,而以善御闻于天下。伏戏、女娲不设法度,而以至德遗于后世。何则?至虚无纯一,而不喋喋苛事也。《周书》曰:掩雉不得,更顺其风。今若夫申、韩、商鞅之为治也,挬拔其根,芜弃其本,而不穷究其所由生,何以至此也。凿五刑,为刻削,乃背道德之本,而争于锥刀之末,斩艾百姓,殚尽太半,而忻忻然常自以为治,是犹抱薪而救火,凿窦而出水。夫井植生梓而不容瓮,沟植生条而不容舟,不过三月必死。所以然者何也?皆狂生而无其本者也。河九折注于海,而流不绝者,昆仑之输也,潦水不泄,瀇瀁极望,旬月不雨则涸而枯泽,受溦而无源者。譬若羿请不死之药于西王母,姮娥窃以奔月,怅然有丧,无以续之。何则?不知不死之药所由生也。是故乞火不若取燧,寄汲不若凿井。"言语之中,处处都以神话传说作为自己的根据。

同样的理念,他在《精神训》中论述道:"人之所以乐为人主者,以其穷耳目之欲,而适躬体之便也。今高台层榭,人之所丽也;而尧朴桷不斫,素题不枅。珍怪奇异,人之所美也;而尧粝粢之饭,藜藿之羹。文绣狐白,人之所好也;而尧布衣掩形,鹿裘御寒。养性之具不加厚,而增之以任重之忧。故举天下而传之于舜,若解重负然。非直辞让,诚无以为也。此轻天下之具也。禹南省方,济于江,黄龙负舟,舟中之人五色无主,禹乃熙笑而称曰:'我受命于天,竭力而劳万民,生寄也,死归也,何足以滑和?'视龙犹蝘蜓,颜色不变,龙乃弭耳掉尾而逃。禹之视物亦细矣。郑之神巫相壶子林,见其征,告列子。列子行泣报壶子。壶子持以天壤,名实不入,机发于踵。壶子之视死生亦齐矣。子求行年五十有四,而病伛偻,脊管高于顶,䯒下迫颐,两髀在上,烛营指天。匍匐自窥于井,曰:伟哉!造化者其以我为此拘拘邪?此其视变化亦同矣。故睹尧之道,乃知天下之轻也;观禹之志,乃知天下之细也;原壶子之论,乃知死生之齐也;见子求之行,乃知变化之同也。""尧不以有天下为贵,故授舜。公子札不以有国为尊,故让位。子罕不以玉为富,故不受宝。务光不以生害义,故自投于渊。由此观之,至贵不待爵,至富不待财。天下至大矣,而以与佗人;身至亲矣,而弃之渊;外此,其余无足利矣。此之谓无累之人,无累之人,不以天下为贵矣!上观至人之论,深原道德之意,以下考世俗之行,乃足羞也。故通许由之意,《金縢》《豹韬》废矣;延陵季子不受吴国,而讼间田者惭矣;子罕不利宝玉,而争券契者愧矣;务光不污于世,而贪利偷生者闷矣。故不观大义者,不知生之不足贪也;不闻大言者,不知天下之不足利也。"同时,他在《本经训》中继续阐发道:"天地之大,可以矩表识也;星月之行,可以历推得也;雷震之声,可以鼓钟写也。风雨之变,可以音律知也。是故大可睹者,可得而量也;明可见者,可得而蔽也;声可闻者,可得而调也;色可察者,可得而别也。夫至大,天地弗能含也;至微,神明弗能领也。及至建律历,别五色,异清浊,味甘苦,则朴散而为器矣。立仁义,修礼乐,则德迁而为伪矣。及伪之生也,饰智以惊愚,设诈以巧上,天下有能持之者,有能治之者也。昔者仓颉作书,而天雨粟,鬼夜哭;伯益作井,而龙登玄云,神栖昆仑;能愈多而德愈薄矣。故周鼎着倕,使衔其指,以明大巧之不可为也。故至人之治也,心与神处,形与性调,静而体德,动而理通。随自然之性而缘不得已之化,洞然无为而天下自和,澹然无欲而民自朴,无机祥而民不夭,不忿争而养足,兼包海内,泽及后世,不知为之谁何。是故生无号,死无谥,实不聚而名不立,施者不德,受者不让,德交归焉。而莫之充忍也。故德之所总,道弗能害也;智之所不知,辩弗能解也。不言之辩,不道之道,若或通焉,谓之天府。取焉而不损,酌焉而不竭,莫知其所由出,是谓瑶光。瑶光者,资粮万物者也,振困穷,补不足,则名生,兴利除害,伐乱禁暴,则功成。世无灾害,虽神无所施其德,上下和辑,虽贤无所立其功。昔容成氏之时,道路雁行列处,托婴儿于巢上,置余粮于畮首,虎豹可尾,虺蛇可蹍,而不知其所由然。逮至尧之时,十日并出,焦禾稼,杀草木,而民无所食。猰貐、凿齿、九婴、大风、封豨、修蛇皆为民害。尧乃使羿诛凿齿于畴华之野,杀九婴于凶水之上,缴大风于青丘之泽,上射九日而下杀猰貐,断修蛇于洞庭,禽封豨于桑林,万民皆喜,置尧以为天子。于是天下广狭、险易、远近,始有道里。舜之时,共工振滔洪水,以薄空桑,龙门未开,吕梁未发,江、淮通流,四海溟涬,民皆上丘陵,赴树木。舜乃使禹疏三江五湖,辟开伊阙,导廛涧,平通沟陆,流注东海,鸿水漏,九州干,万民皆宁其性,是以称尧舜以为圣。晚世之时,帝有桀、纣,为旋室、瑶台、象廊、玉床,纣为肉圃、酒池,燎焚天下之财,罢苦万民之力,刳谏者,剔孕妇,攘天下,虐百姓,于是汤乃以革车三百乘,伐桀于南巢,放之夏台,武王四卒三千,破纣牧野,杀之于宣室,天下宁定,百姓和集。是以称汤、武之贤。由此观之,有贤圣之名者,必遭乱世之患也。今至人生乱世之中,含德怀道,拘无穷之智,钳口寝说,遂不言而死者众矣。然天下莫知贵其不言也。故道可道,非常道;名可名,非常名。着于竹帛,镂于金石,可传于人者,其粗也。五帝三王,殊事而同指,异路而同归。晚世学者,不知道之所一体,德之所总要,取成之迹,相与危坐而说之,鼓歌而舞之,故博学多闻,而不免于惑。诗云:不敢暴虎,不敢冯河。人知其一,不知其他。此之谓也。"

用神话述说政治,也是中国传统文化的重要叙事方式。刘安特别重视作为社会政治统治者教化、疏导的作用,在《主术训》中,他为了阐述"人主之术,处无为之事,而行不言之教"的道理,论述道:"禹决江疏河,以为天下兴利,而不能使水西流;稷辟土垦草,以为百姓力农,然不能使禾冬生。岂其人事不至哉?其势不可也。夫推而不可为之势,而不修道理之数,虽神圣人不能以成其功,而况当世之主乎!夫载重而马羸,虽造父不能以致远;车轻马良,虽中工可使追速。是故圣人举事也,岂能拂道理之数,诡自然之性,以曲为直,以屈为伸哉!未尝不因其资而用之也。是以积力之所举,无不胜也,而众智之所为,无不成也。聋者可令嚼筋,而不可使有闻也;瘖者可使守圉,而不可使言也。形有所不周,而能有所不容也。是故有一形者处一位,有一能者服一事。力胜其任,则举之者不重也;能称其事,则为之者不难也。毋小大修短,各得其宜,则天下一齐,无以相过也。圣人兼而用之,故无弃才。人主贵正而尚忠,忠正在上位,执正营事,则谗佞奸邪无由进矣。譬犹方员之不相盖,而巨直之不相入。夫鸟兽之不可同群者,其类异也;虎鹿之不同游者,力不敌也。是故圣人得志而在上位,谗佞奸邪而欲犯主者,譬犹雀之见鹯,而鼠之遇狸也,亦必无余命也。"他在《泛论训》中叙说社会进化的道理,称"古者民泽处复穴,冬日则不胜霜雪雾露,夏日则不胜暑蛰蚊虻。圣人乃作,为之筑土构木,以为宫室,上栋下宇,以蔽风雨,以避寒暑,而百姓安之。伯余之初作衣也,緂麻索缕,手经指挂,其成犹网罗。后世为之机杼胜复,以便其用,而民得以掩形御寒",进而论述道:"故圣人所由曰道,所为曰事。道犹金石,一调不更;事犹琴瑟,每弦改调。故法制礼义者,治人之具也,而非所以为治也。故仁以为经,义以为纪,此万世不更者也。若乃人考其才,而时省其用,虽日变可也。天下岂有常法哉!当于世事,行于人理,顺于天地,祥于鬼神,则可以正治矣。古者人醇工庞,商朴女重,是以政教易化,风俗易移也。今世德益衰,民俗益薄,欲以朴重之法,治既弊之民,是犹无镝衔橛策錣而御駻马也。昔者,神农无制令而民从,唐、虞有制令而无刑罚,夏后氏不负言,殷人誓,周人盟。逮至当今之世,忍訽而轻辱,贪得而寡羞,欲以神农之道治之,则其乱必矣。伯成子高辞为诸侯而耕,天下高之。今之时人,辞官而隐处,为乡邑之下,岂可同哉!古之兵,弓剑而已矣,槽矛无击,修戟无刺;晚世之兵,隆冲以攻,渠幨以守,连弩以射,销车以斗。古之伐国,不杀黄口,不获二毛。于古为义,于今为笑。古之所以为荣者,今之所以为辱也;古之所以为治者,今之所以为乱也。夫神农、伏羲不施赏罚而民不为非,然而立政者不能废法而治民;舜执干戚而服有苗,然而征伐者不能释甲兵而制强暴。由此观之,法度者,所以论民俗而节缓急也;器械者,因时变而制宜适也。"由此,他总结道:"今世之祭井灶、门户、箕帚、臼杵者,非以其神为能飨之也,恃赖其德,烦苦之无已也。是故以时见其德,所以不忘其功也。触石而出,肤寸而合,不崇朝而雨天下者,唯太山。赤地三年而不绝流,泽及百里而润草木者,唯江、河也。是以天子秋而祭之。故马免人于难者,其死也,葬之。牛,其死也,葬以大车为荐。牛马有功,犹不可忘,又况人乎!此圣人所以重仁袭恩。故炎帝于火,死而为灶;禹劳天下,死而为社;后稷作稼穑,死而为稷;羿除天下之害,死而为宗布。此鬼神之所以立。"

神话不但能够叙说政治,而且可以述说军事,因为中国古代神话不乏兵的内容。或者说军事是政治的延伸,神话中的军事,也可能就是政治神话。刘安在《兵略训》中论述道:"古之用兵者,非利土壤之广而贪金玉之略,将以存亡继绝,平天下之乱,而除万民之害也。凡有血气之虫,含牙带角,前爪后距,有角者触,有齿者噬,有毒者螫,有蹄者趹。喜而相戏,怒而相害,天之性也。人有衣食之情,而物弗能足也。故群居杂处,分不均,求不澹,则争;争,则强胁弱,而勇侵怯。人无筋骨之强,爪牙之利,故割革而为甲,铄铁而为刃。贪昧饕餮之人,残贼天下,万人搔动,莫宁其所。有圣人勃然而起,乃讨强暴,平乱世,夷险除秽,以浊为清,以危为宁,故不得不中绝。兵之由来者远矣!黄帝尝与炎帝战矣,颛顼尝与共工争矣。故黄帝战于涿鹿之野,尧战于丹水之浦,舜伐有苗,启攻有扈。自五帝而弗能偃也,又况衰世乎!""夫兵者,所以禁暴讨乱也。炎帝为火灾,故黄帝禽之;共工为水害,故颛顼诛之。教之以道,导之以德而不听,则临之以威武;临之威武而不从,则制之以兵革。故圣人之用兵也,若栉发耨苗,所去者少,而所利者多。杀无罪之民,而养无义之君,害莫大焉;殚天下之财,而澹一人之欲,祸莫深焉。使夏桀、殷纣有害于民而立被其患,不至于为炮烙;晋厉、宋康行一不义而身死国亡,不至于侵夺为暴。此四君者,皆有小过而莫之讨也,故至于攘天下,害百姓,肆一人之邪,而长海内之祸,此大伦之所不取也。所为立君者,以禁暴讨乱也。今乘万民之力,而反为残贼,是为虎傅翼,曷为弗除!夫畜池鱼者必去猵獭,养禽兽者必去豺狼,又况治人乎!"

现实是历史的延续,是传统的表达,神话是传统的总结。在刘安的神话思维世界中,神话被喻指于社会生活的各个方面。如其《修务训》所论:"或曰:无为者,寂然无声,漠然不动,引之不来,推之不往。如此者,乃得道之像。吾以为不然。尝试问之矣:若夫神农、尧、舜、禹、汤,可谓圣人乎?有论者必不能废。以五圣观之,则莫得无为,明矣。古者,民茹草饮水,采树木之实,食蠃蠬之肉。时多疾病毒伤之害,于是神农乃始教民播种五谷,相土地宜,燥湿肥垙高下,尝百草之滋味,水泉之甘苦,令民知所辟就。当此之时,一日而遇七十毒。尧立孝慈仁爱,使民如子弟。西教沃民,东至黑齿,北抚幽都,南道交趾。放谨兜于崇山,窜三苗于三危,流共工于幽州,殛鲧于羽山。舜作室,筑墙茨屋,辟地树谷,令民皆知去岩穴,各有家室。南征三苗,道死苍梧。禹沐浴霪雨,栉扶风,决江疏河,凿龙门,辟伊阙,修彭蠡之防,乘四载,随山刊木,平治水土,定千八百国。汤夙兴夜寐,以致聪明,轻赋薄敛,以宽民氓,布德施惠,以振困穷,吊死问疾,以养孤孀。百姓亲附,政令流行,乃整兵鸣条,困夏南巢,谯以其过,放之历山。此五圣者,天下之盛主,劳形尽虑,为民兴利除害而不懈。奉一爵酒不知于色,挈一石之尊则白汗交流,又况赢天下之忧,而海内事者乎?其重于尊亦远也!且夫圣人者,不耻身之贱,而愧道之不行;不忧命之短,而忧百姓之穷。是故禹之为水,以身解于阳盱之河。汤旱,以身祷于桑山之林。圣人忧民,如此其明也,而称以无为,岂不悖哉!""且古之立帝王者,非以奉养其欲也;圣人践位者,非以逸乐其身也。为天下强掩弱,众暴寡,诈欺愚,勇侵怯,怀知而不以相教,积财而不以相分,故立天子以齐一之。为一人聪明而不足以遍照海内,故立三公九卿以辅翼之。绝国殊俗、僻远幽间之处,不能被德承泽,故立诸侯以教诲之。是以地无不任,时无不应,官无隐事,国无遗利。所以衣寒食饥,养老弱而息劳倦也。若以布衣徒步之人观之,则伊尹负鼎而干汤,吕望鼓刀而入周,百里奚转鬻,管仲束缚,孔子无黔突,墨子无暖席。是以圣人不高山,不广河,蒙耻辱以干世主,非以贪禄慕位,欲事起天下利,而除万民之害。盖闻传书曰:神农憔悴,尧瘦癯,舜霉黑,禹胼胝。由此观之,则圣人之忧劳百姓甚矣。故自天子以下至于庶人,四肢不动,思虑不用,事治求澹者,未之闻也。"在《泰族训》中,刘安论述道:"天设日月,列星辰,调阴阳,张四时,日以暴之,夜以息之,风以干之,雨露以濡之。其生物也,莫见其所养而物长;其杀物也,莫见其所丧而物亡。此之谓神明。圣人象之,故其起福也,不见其所由而福起;其除祸也,不见其所以而祸除。远之则迹,延之则疏;稽之弗得,察之不虚;日计无算,岁计有余。夫湿之至也,莫见其形而炭已重矣;风之至也,莫见其象而木已动矣。日之行也,不见其移;骐骥倍日而驰,草木为之靡;县烽未转,而日在其前。故天之且风,草木未动而鸟已翔矣;其且雨也,阴曀未集而鱼已噞矣。以阴阳之气相动也。"以此,刘安得出"风俗决定世道"的结论:"禹以夏王,桀以夏亡;汤以殷王,纣以殷亡。非法度不存也,纪纲不张,风俗坏也。三代之法不亡,而世不治者,无三代之智也;六律具存,而莫能听者,无师旷之耳也。故法虽在,必待圣而后治;律虽具,必待耳而后听。故国之所以存者,非以有法也,以有贤人也;其所以亡者,非以无法也,以无贤人也。晋献公欲伐虞,宫之奇存焉,为之寝不安席,食不甘味,而不敢加兵焉。赂以宝玉骏马,宫之奇谏而不听,言而不用,越疆而去,荀息伐之,兵不血刃,抱宝牵马而去。故守不待渠堑而固,攻不待冲降而拔,得贤之与失贤也。故臧武仲以其智存鲁,而天下莫能亡也;璩伯玉以其仁宁卫,而天下莫能危也。

《易》曰:丰其屋,蔀其家,窥其户,阒其无人。无人者,非无众庶也,言无圣人以统理之也。民无廉耻,不可治也;非修礼义,廉耻不立。民不知礼义,法弗能正也;非崇善废丑,不向礼义。无法不可以为治也;不知礼义,不可以行法。法能杀不孝者,而不能使人为孔、曾之行;法能刑窃盗者,而不能使人为伯夷之廉。孔子弟子七十,养徒三千人,皆入孝出悌,言为文章,行为仪表,教之所成也。墨子服役者百八十人,皆可使赴火蹈刃,死不还踵,化之所致也。夫刻肌肤,镵皮革,被创流血,至难也;然越为之,以求荣也。圣王在上,明好恶以示之,经诽誉以导之,亲贤而进之,贱不肖而退之,无被创流血之苦,而有高世尊显之名,民孰不从!"

《淮南子》的主旨不在叙说神话,而是以神话传说为叙说道理的根据。刘安把神话传说看作社会发展历史的真实发生,也把神话传说看作世间普遍存在的道理,视作自己判断是非的逻辑起点。这就形成《淮南子》的思想文化特色。

三、应劭与民间文学

应劭的《风俗通义》,是一部具有显著自觉意识的探索民俗发展变化及其规律、特征、意义的民俗学著作。其学术目的非常明确,即"为政之要,辨风正俗最其上也"(《序》)。全书十卷,卷一包括"皇霸""三皇""五帝""三王""五伯""六国",以历史文献来论述风俗教化的重要性。

这里,集中体现了其民间文学理论,其中包括他对神话传说等民间文学内容的运用。如开章明义,其解释"皇霸",称:"盖天地剖分,万笁萌毓,非有典艺之文,坚基可据,推当今以览太古,自昭昭而本冥冥,乃欲审其事而建其论,董其是非而综其详矣,言也实为难哉!故易记三皇,书叙唐、虞,惟天为大,唯尧则之,巍巍其有成功,焕乎其有文章。自是以来,载籍昭晢。然而立谈者人异,缀文者家舛,斯乃杨朱哭于歧路,墨翟悲于练素者也。是以上述三皇,下记六国,备其终始,曰皇霸。"其解释"三皇"概念,称:"《春秋运斗枢》说:伏羲、女娲、神农是三皇也。皇者,天,天不言,四时行焉,百物生焉。三皇垂拱无为,设言而民不违,道德玄泊,有似皇天,故称曰皇。皇者,中也,光也,弘也。含弘履中,开阴布纲,上含皇极,其施光明,指天画地,神化潜通,煌煌盛美,不可胜量。""《礼号谥记》说:伏羲、祝融、神农。""《含文嘉纪》:伏戏、燧人、神农。伏者,别也,变也。戏者,献也,法也。伏羲始别八卦,以变化天下,天下法则,咸伏贡献,故曰伏羲也。燧人始钻木取火,炮生为熟,令人无复腹疾,有异于禽兽,遂天之意,故曰遂人也。神农,神者,信也。农者,浓也。始作耒耜,教民耕种,美其衣食,德浓厚若神,故为神农也。""《尚书大传》说:遂人为遂皇,伏羲为戏皇,神农为农皇也。遂人以火纪,火,太阳也。阳尊,故托遂皇于天。伏羲以人事纪,故托戏皇于人。盖天非人不因,人非天不成也。神农悉地力,种谷疏,故托农皇于地。天地人道备,而三五之运兴矣。""谨按《易》称:古者伏羲氏之王天下也,仰则观象于天,俯则观法于地,始作八卦,以通神明之德,以类万物之情。结绳为网罟,以田以渔。伏羲氏没,神农氏作,斫木为耜,揉木为耒,耒耜之利,以教天下。日中为市,致天下之民,通其变,使民不倦,神而化之,使民宜之。唯独叙二皇,不及遂人。遂人功重于祝融、女娲,文明大见。大传之义斯近之矣。"其解释"五帝",称:"《易传》《礼记》《春秋》《国语》《太史公记》:黄帝、颛顼、帝喾、帝尧、帝舜是五帝也。""谨按《易》《尚书大传》:天立五帝以为相,四时施生,法度明察,春夏庆赏,秋冬刑罚,帝者任德设刑以则象之。言其能行天道,举错审谛。黄帝始制冠冕,垂衣裳,上栋下宇,以避风雨,礼文法度,兴事创业。黄者,光也,厚也。中和之色,德施四季,与地同功,故先黄以别之也。颛者,专也。项者,信也,愨也。言其承文易之以质,使天下蒙化,皆贵贞愨也。喾者,考也,成也。言其考明法度,醇美喾然,若酒之芬香也。尧者,高也,饶也。言其隆兴焕炳,最高明也。舜者,推也,循也。言其推行道德,循尧绪也。"继而,其解释"三王""五伯",称:"《礼号谥记》说:夏禹、殷汤、周武王是三王也。《尚书》说:文王作罚,刑兹无赦。《诗》说:有命自天,命此文王。文王受命,有此武功。仪刑文王,万国作孚。《春秋》说:王者孰谓?谓文王也。谨按《易》称:汤、武革命。《尚书》:武王戎车三百辆,虎贲八百人,擒纣于牧之野。惟十有三祀,王访于箕子。《诗》云:亮彼武王,袭伐大商。胜殷遏刘,耆定武功。由是言之,武王审矣。《论语》:文王率殷之叛国以服事殷。时尚臣属,何缘便得列三王哉!经美文王三分天下有其二,王业始兆于此耳。俗儒新生不能采综多共辨论,至于讼阋。大王、王季皆见追号,岂可复谓已王乎?禹者,辅也,辅续舜后,庶绩洪茂,自尧以上王者也。子孙据国而起,功德浸盛,故造美论。舜、禹本以白衣砥行显名,升为天子。虽复更制,不如名著,故因名焉。经曰:有鳏在下,曰虞舜。佥曰伯禹,禹平水土是也。汤者,攘也,昌也。言其攘除不轨,改亳为商,成就王道,天下炽盛,文武皆以其所长。夫擅国之谓王,能制割之谓王,制杀生之威之谓王。王者,往也,为天所归往也。"《春秋》说:齐桓、晋文、秦缪、宋襄、楚庄是五伯也。"

论及六国,其引述相关神话传说,称:"楚之先出自帝颛顼,其裔孙曰陆终,娶于鬼方氏,是谓女溃。盖孕而三年不育,启其左胁,三人出焉,启其右胁,三人又出焉。其六曰季连,是为芈。其后有鬻熊子为文王师,成王举文武勤劳,而封熊绎于楚,食子男之采,其十世称王。怀王佞臣上官、子兰,斥远忠臣,屈原作离骚之赋,自投汨罗水。因为张仪所欺,客死于秦。到王负刍,遂为秦所灭。百姓哀之,为之语曰:楚虽三户,亡秦必楚。自颛顼至负刍六十四世,凡千六百一十六载。"

其卷二中所引"俗说夔一足而用精专,故能调畅于音乐""俗说丁氏家穿井得一人于井中""俗说岱宗上有金箧玉策能知人年寿修短""俗言东方朔太白星精,黄帝时为风后,尧时为务成子,周时为老聃,在越为范蠡……能兴王霸之业,变化无常"和"俗说淮南王安招致宾客方术之士数千人,作鸿宝苑秘枕中之书,铸成黄白,白日升天"等,既有古代传说,又有当世传说,作者引经据典,多方述说这些传说的实质。其卷八列"祀典""先农""社神""稷神""灵星""灶神""风伯""雨师""桃梗、苇茭、画虎"和"杀狗磔邑四门"等条,阐述民间信仰和民间传说的具体联系,可看作风物传说的集中。其卷九列"怪神""鲍君神""李君神""石贤士神"以及"世间多有精物妖怪百端""世间多有蛇作怪者"等,则既有民间传说,又有民间幻想故事。

《风俗通义》各个篇章表面上看起来散乱无章,其实内容上相互关联,形成应劭风俗思想的整体。这里,处处可以看到应劭的思想理论,其论据材料也总是与神话传说相关。如其卷二"正失"篇称:"孔子曰:众善焉,必察之;众恶焉,必察之。孟轲云:尧、舜不胜其美,桀、纣不胜其恶。传言失指,图景失形,众口铄金,积毁销骨,久矣其患之也。是故乐正后夔有一足之论,晋师己亥渡河有三豕之文。非夫大圣至明,孰能原析之乎?《论语》:名不正则言不顺。《易》称:失之毫厘,差以千里。故纠其谬曰正失也。"其解释"乐正夔一足",称:"俗说夔一足而用精专,故能调畅于音乐。谨按《吕氏春秋》:鲁哀公问于孔子:乐正夔一足,信乎?孔子曰:昔者舜以夔为乐正,始治六律,和均五声,以通八风,而天下服。重黎又荐能为音者,舜曰:夫乐天地之精,得失之节,故唯圣人为能和乐之本。夔能和之,平天下,若夔一足矣。故曰夔一足,非一足行。"其解释"穿井",称:"俗说丁氏家穿井,得一人于井中也。谨按《吕氏春秋》:宋丁氏无井,常一人溉汲于外。及自穿井,喜而告人:吾穿井得一人。传之,闻于宋君,公问其故,对曰:得一人之使,非得一人于井中也。"其解释"泰山封禅",称:"俗说岱宗上有金箧玉策,能知人年寿修短。武帝探策得十八,因读曰八十,其后果用耆长。武帝出玺印石,裁有兆朕,奉车子侯即没其印,乃止。武帝畏恶,亦杀去之。封禅书说:黄帝升封泰山,于是有龙垂胡髯下迎黄帝。黄帝上骑,群臣后宫从者七十余人,小臣独不得上,乃悉持龙髯,拔堕黄帝之弓。小臣百姓仰望黄帝不能复,乃抱其弓而号,故后世因曰乌号弓。孝武皇帝时,齐人公孙卿言:汉之圣者在高祖之孙,今历正值黄帝之日,圣主亦当上封,则能神仙矣。谨按《尚书》《礼》:天子巡守,岁二月至于岱宗。孔子称:封泰山,禅梁父,可得而数七十有二。盖王者受命,易姓改制,应天下太平,功成封禅,以告平也。所以必于岱宗者,长万物之宗,阴阳交代,触石而出,肤寸而合,不崇朝遍雨天下,唯泰山乎。"其称:"传曰:五帝圣焉死,三王仁焉死,五伯智焉死。其陨落崩薨之日,不能咸至百年。诗云:三后在天。论语曰:古皆没。太史记:黄帝葬于桥山。骑龙升天,岂不怪乎!乌号弓者,柘桑之林,枝条畅茂,乌登其上,下垂著地,乌适飞去,从后拨杀,取以为弓,因名乌号耳。"

应劭的思想理论常常在"按"中显示出来,这也构成其阐释文体。如其卷二所记述"俗说淮南王安":"俗说淮南王安招致宾客方术之士数千人,作鸿宝苑秘枕中之书,铸成黄白,白日升天。谨按《汉书》:淮南王安天资辨博,善为文辞,孝武以属诸父,甚尊之。招募方伎怪迂之人,述神仙黄白之事,财殚力屈,无能成获。乃谋叛逆,克皇帝玺,丞相、将军、大夫已下印,汉使符节法冠。赵王彭祖、列侯让等议曰:安废法,行邪僻,诈伪心,以乱天下,营惑百姓,背叛宗庙。春秋无将,将而必诛。安罪重于将,反形已定,图书印及他逆无道事验明白。丞相弘、廷尉汤以闻,上使宗正以符节治王。安自杀,太子诸所与谋皆收夷,国除为九江郡。亲伏白刃,与众弃之,安在其能神仙乎!安所养士或颇漏亡,耻其如此,因饰诈说。后人吠声,遂传行耳。"卷二记述"王阳"称:"《汉书》说:王阳虽儒生,自寒贱,然好车马衣服,极为鲜好,而无金银文绣之物。及迁徙去处,所载不过囊衣,不蓄积余财。去位家居,亦布衣蔬食。天下服其廉而怪其奢,故俗传王阳能作黄金。谨按太史记:秦始皇欺于徐市之属,求三山于海中,通甬道,隐形体,弦诗想蓬莱,而不免沙丘之祸。孝武皇帝兹益迷谬,文成、五利处之不疑,妻以公主,赐以甲第,家累万金,身佩四印,辞穷情得,亦旋枭裂。淮南王安锐精黄白,庶几轻举,卒离亲伏白刃之罪。刘向得其遗文,奇而献之。成帝令典尚方铸作事,费甚多,而方不验。劾向大辟,系须冬狱,兄阳城侯乞入国半,故得减死。秦汉以天子之贵,四海之富,淮南竭一国之贡税,向假尚方之饶,然不能有成者,夫物之变化固自有极,王阳何人,独能乎哉!语曰:金不可作,世不可度。王阳居官食禄,虽为鲜明,车马衣服,亦能几所,何足怪之。乃傅俗说,班固之论陋于是矣。"卷二记述"九江多虎",称:"九江多虎,百姓苦之。前将募民捕取,武吏以除赋课,郡境界皆设陷阱。后太守宋均到,乃移记属县曰:夫虎豹在山,鼋鼍在渊,物性之所托。故江、淮之间有猛兽,犹江北之有鸡豚。令数为民害者,咎在贪残,居职使然。而反逐捕,非政之本也。坏槛井,勿复课录,退贪残,进忠良。后虎悉东渡江,不为民害。谨按《尚书》:武王戎车三百辆,虎贲三千人,擒纣于牧野。言猛怒如虎之奔赴也。《诗》美南仲阚如哮虎。《易》称:大人虎变,其文炳;君子豹变,其文蔚。《传》曰:山有猛虎,草木茂长。故天之所生,备物致用,非以伤人也。然时为害者,乃其政使然也。今均思求其政,举清黜浊,神明报应,宜不为灾。江渡七里,上下随流,近有二十余。虎山栖穴处,毛鬣岂能犯阳侯、凌涛濑而横厉哉!俚语:狐欲渡河,无奈尾何。舟人楫棹,犹尚畏怖,不敢迎上与之周旋。云悉东渡,谁指见者?尧、舜钦明在上,稷、契允懿于下。当此时也。宁复有虎耶?若均登据三事,德被四海,虎岂可抱负相随,乃至鬼方绝域之地乎!"

《风俗通义》卷三意在论述"不愆不忘,帅由旧章",记述礼仪相关的传说故事,应劭逐篇进行阐释。其"九江太守武陵陈子威生不识母"篇称:"九江太守武陵陈子威,生不识母,常自悲感。游学京师,还于陵谷中,见一老母,年六十余,因就问母姓为何。曰:陈家女李氏。何故独行?曰:我孤独,欲依亲家。子威再拜长跪自白曰:子威少失慈母,姓陈,舅氏亦李。又母与亡亲同年,会遇于此,乃天意也。因载归家,供养以为母。谨按《礼》:继母如母,慈母如母。谓继父之室,慈爱己皆有母道,故事之如母也,何有道路之人而定省!世间共传丁兰克木而事之,今此之事,岂不是似。如仁人恻隐,哀其无归,直可收养,无事正母之号耳。"卷三有记述"弘农太守河内吴匡伯康,少服职事,号为敏达。为侍御史,与长乐少府黄琼共佐清河王事,文书印成,甚嘉异之。后匡去济南相,琼为司空,比比援举,起家拜尚书,迁弘农。班诏劝耕,道于渑池,闻琼薨,即发丧制服,上病,载辇车还府",其"按"称:"《春秋》:大夫出使,闻父母之丧,徐行而不反;君追还之,礼也。匡虽为琼所援举,由郡县功曹、州治中、兵曹位朝廷尚书也,凡所按选,岂得复为君臣者耶!今匡与琼其是矣。剖符守境,劝民耕桑,肆省冤疑,和解仇怨,国之大事,所当勤恤。而顾私恩,傲很自遂,若宫车晏驾,何以过兹。论者不深察而归之厚,多有是言,及其人患失,而亦曰其然。司室袁周阳举荀慈明有道,太尉邓柏条举訾孟直方正,二公薨,皆制齐衰,世非一然。荀、訾通儒,于义足责。或举者名位斥落,子孙无继,多不亲至,何乃衰乎!过与不及,古人同称,吊服之制斯近之矣。"

《风俗通义》卷四记述"违礼过誉",其叙说"长沙太守汝南郅恽君章"事,称:"长沙太守汝南郅恽君章,少时为郡功曹。郡俗冬飨,百里内县皆赍牛酒到府宴饮。时太守司徒欧阳歙临飨礼讫,教曰:西部督邮繇延,天资忠贞,禀性公方,典部折冲,摧破奸雄,不严而治。书曰:安民则惠,黎民怀之。盖举善以教,则不能者劝。今与诸儒共论延功,显之于朝。主簿读教,户吏引延受赐。恽前跪曰:司正举觥,以君之罪,告谢于天。明府有言而误,不可覆掩。按延资性贪邪,外方内圆,朋党构奸,罔上害民,所在荒乱,虚而不治,怨愿并作,百姓苦之。而明府以恶为善,股肱莫争。此既无君,又复无臣。君臣俱丧,孰与偏有。君虽倾危,臣子扶持,不至于亡,恽敢再拜奉觥。歙甚惭。"其论说道:"谨按礼,谏有五,风为上,狷为下。故入则造膝,出则诡辞,善则称君,过则称己。暴谏露言,罪之大者。而歙于飨中用延为吏,以紫乱朱,大妨王命。造次颠沛,不及讽喻,虽举觥强歙可行也。今恽久见授任,职在昭德塞违,为官择人,知延贪邪,罔上害民,所在荒乱,怨愿并作,此为恶积愆,非一旦一夕之渐也。孔子以匹夫,朋徒无几,习射矍相之圃,三哲而去者过半。汝南,中土大郡,方城四十,养老复敬,化之至。延奸豐彰著,无与比崇。臧文仲有言:见无礼于君者,若鹰鹯之逐鸟雀,农夫之务去草也。何敢宿留。不即弹黜奸佞,而须于万人之中乃暴引之,是为陷君。君子不临深以为高,不因少以为多,况创病君父以为己功者哉!而论者苟眩虚声,以为美谈。汝南,楚之界也,其俗急疾有气决然自君章之后,转相放式,好干上忤枨,以采名誉,末流论起于爱憎,而政在陪隶也。"其记述"太原周党伯况少为乡佐发党过于人中辱之"事:"党学春秋长安,闻报仇之义,辍讲下辞归报仇。到与乡佐相闻,期斗日。乡佐多从正往,使乡佐先拔刀,然后相击。佐欲直令正击之,党被创困乏。佐服其义勇,篑舆养之,数日苏兴,乃知非其家,即径归,其立勇果乃至于是。"其论说道:"谨按《孝经》:身体发肤,受之父母,不敢毁伤,孝之始也。乐正子春下堂而伤足,三月不出,既瘳矣,犹有忧色。身无择行,口无择言,修身慎行,恐辱先也。而伯况被发,则得就业,乡佐虽云凶暴,何缘侵己。今见辱者,必有以招之,身自取焉,何尤于人。亲不可辱,在我何伤。凡报雠者,谓为父兄耳,岂以一朝之忿而肆其狂怒者哉!既远春秋之义,殆令先祖不复血食,不幸不智,而两有之。归其义勇,其义何居!"其记述"江夏太守"事,曰:"江夏太守河内赵仲让,举司隶茂材,为高唐令,密乘舆车径至高唐,变易名姓,止都亭中十余日。默入市里,观省风俗,已,呼亭长,问新令为谁,从何官来,何时到也。曰:县已遣吏迎,垂有起居。曰:正我是也。亭长怖,遽拜谒,竟,便具吏。其日入舍,乃谒府,数十日,无故便去。为郡功曹,所选颇有不用,因称狂,乱首走出府门。太守以其宿有重名,忍而不罪。后为大将军梁冀从事中郎,冬月坐庭中,向日解衣裘捕虱,已,因倾卧,厥形悉表露。将军夫人襄城君云:不洁清,当亟推问。将军叹曰:是赵从事,绝高士也。他事若此非一也。"然后,其论说道:"谨按诗云:不愆不忘,率由旧章。左氏传曰:旧章不可无也。凡张官置吏,为之律度,故能摄固其位,天下无觊觎也。今仲让不先谒府,乃径到县,俱谍吏民,尔乃入舍。论语:升车,必正立,执绥,不内顾。不掩不备,不见人短。礼记:户有二屦,不入。将上堂,声必扬。家且犹若此,况于长吏乎!君子之仕,行其道也。民未见德,唯诈是闻。远荐功曹,策名委质,就有不合,当徐告退。古既待放,须起乃逝,何得乱道,进退自由,傲很天常,若无君父。洪范陈五事,以貌为首。孝经列三法,以服为先。仲让居有田业,加之禄赐,势可免冻馁之厄,未必须冬日之暖也,利不体皆此也。河内,殷之旧都,国分为三,康叔之风既激,而纣之化由存,其俗士大夫本矜好大言,而少实行。"

《风俗通义》卷八为"祀典"等内容,集中记述神灵信仰,其实是对神话传说的解释。包括风伯、雨师、桃梗、苇索,等等,在应劭的解说中,传说故事与民间信仰的意义被阐释。这些内容成为应劭民间文学思想理论的一部分。如其解释"祀典"称:"《礼》:天子祭天地山川岁遍。《春秋国语》:凡禘、郊、宗、祖、报,此五者国之典礼。加之以社稷山川之神,皆有功烈于民者也;及前哲令德之人,所以为质者也;及天之三辰,所昭仰也;地之五行,所生殖也;九州名山川泽,所出财用也。非是族也,不在祀典礼矣。《论语》:非其鬼而祭之,谄也。又曰:淫祀无福。是以泰山不享季氏之旅,而《易》美西邻之禴祭。盖重祀而不贵牲,敬宝而不求华也。自高祖受命,郊祀祈望,世有所增。武帝尤敬鬼神,于时盛矣。至平帝时,天地六宗已下及诸小神凡千七百所,今营寓夷泯,宰器阙亡。盖物盛则衰,自然之道,天其或者欲反本也,故记叙神物曰祀典也。"其解释"先农"称:"谨按《春秋左氏传》曰:夏四月,三卜郊不从,乃免牲。孟献子曰:吾乃今而知有卜筮。夫郊,祀后稷以祈农事也。是故启蛰而郊,郊而后耕。今既耕而卜郊,宜其不从也。周四月,今二月也,先农之时也。孝文帝二年正月诏曰:农者,天下之本,其开籍田,朕躬帅耕,以给宗庙粢盛。今民间名曰官田。古者使民如借,故曰藉田。"其解释"社神"称:"《孝经》说:社者,土地之主。土地广博,不可遍敬,故封土以为社而祀之,报功也。《周礼》说:二十五家置一社,但为田祖报求。诗云:乃立冢土。又曰:以御田祖,以祈甘雨。谨按《春秋左氏传》曰:共工有子曰勾龙,佐颛顼,能平九土,为后土。故封为上公,祀以为社,非地只。"其解释"稷神"说:"《孝经》说:稷者,五谷之长。五谷众多,不可遍祭,故立稷而祭之。谨按《春秋左氏传》:有烈山氏之子曰柱,能殖百谷疏果,故立以为稷正也。周弃亦以为稷,自商以来祀之。礼缘生以事死,故社稷人祀之也。则祭稷谷,不得以稷米祭。稷反自食也。而邾文公用缯子于次睢之社,司马子鱼谏曰:古者六畜不相为用,祭以为人也,民人,神之主也,用人,其谁享之?《诗》云:吉日庚午,既伯既祷。岂复杀马以祭马乎?《孝经》之说于斯悖矣。未之神为稷,故以癸未日祠稷于西南,水胜火为金相也。"其解释"灶神",论说道:"《礼器记》曰:臧文仲安知礼? 燔柴于灶。灶者,老妇之祭也。故盛于盆,尊于瓶。《周礼》说:颛顼氏有子曰黎,为祝融,祀以为灶神。谨按《明堂月令》:孟冬之月,其祀灶也。五祀之神,王者所祭,古之神圣有功德于民,非老妇也。《汉记》:南阳阴子方积恩好施,喜祀灶,腊日晨炊而灶神见,再拜受神,时有黄羊,因以祀之。其孙识,执金吾,封原鹿侯;兴,卫尉,阳侯。家凡二侯,牧守数十。其后子孙常以腊日祀灶以黄羊。"其解释民间雄鸡崇拜,论说道:"俗说鸡鸣将旦,为人起居。门亦昏闭晨开,捍难守固。礼贵报功,故门户用鸡也。《青史子书》说:鸡者,东方之牲也。岁终更始,辨秩东作,万物触户而出,故以鸡祀祭也。太史丞邓平说:腊者,所以迎刑送德也。大寒至,常恐阴胜,故以戌日腊。戌者,温气也,用其气日杀鸡以谢刑德。雄著门,雌著户,以和阴阳,调寒配水,节风雨也。谨按《春秋左氏传》:周大夫宾孟适郊,见雄鸡自断其尾,归以告景王曰:惮其为牺也。《山海经》曰:祠鬼神皆以雄鸡。鲁郊祀常以丹鸡祝曰:以斯鸣音赤羽,去鲁侯之咎。令人卒得鬼剌痱悟,杀雄鸡以傅其心上。病贼风者作鸡散治之,东门鸡头可以治蛊。由此言之,鸡主以御死辟恶也。"

《风俗通义》的主体内容在于阐释,形成其独特的文体与话语。如其卷九解释"怪神",称:"《礼》:天子祭天地、五岳、四渎,诸侯不过其望也。大夫五祀,士门、户,庶人祖。盖非其鬼而祭之,谄也。又曰:淫祀无福。是以隐公将祭钟巫,遇贼氏。二世欲解淫神,阎乐劫弑。仲尼不许子路之祷,而消息之节平。荀茔不从《桑林》之祟,而晋侯之疾间。由是观之,则淫躁而畏者,灾自取之,厥咎响应。反诚据义,内省不疚者,物莫能动。祸转为福矣。传曰:神者,申也。怪者,疑也。孔子称土之怪为坟羊。《论语》:子不语怪力乱神。故采其晃著者曰怪神也。世间多有见怪惊怖以自伤者。谨按《管子书》:齐公出于泽,见衣紫衣,大如縠,长如辕,拱手而立。还归,寝疾,数月不出。有皇士者见公,语惊曰:物恶能伤公,公自伤也。此所谓泽神委蛇者也,唯霸主乃得见之。于是桓公欣然笑,不终日而病愈。"又如其卷九中所记"汝南汝阳彭氏"事,其论说道:"汝南汝阳彭氏墓路头立一石人,在石兽后。田家老母到市买数片饵,暑热行疲,顿息石人下,小瞑,遗一片饵,去,忽不自觉,行道人有见者。时客适会,问因有是饵,客聊调之:石人能治病,愈者来谢之。转语头痛者摩石人头,腹痛者摩其腹,亦还自摩,他处于此。凡人病自愈者,因言得其福力,号曰贤士。辎軿毂击,帷帐绛天,丝竹之音,闻数十里。尉部常往护视,数年亦自歇沫,复其故矣。世间多有亡人魄持其家语声气,所说良是,谨按陈国张汉直到南阳,从京兆尹延叔坚读《左氏传》,行后数月,鬼物持其女弟,言:我病死,丧在陌上,常苦饥寒。操一量不借,挂屋后楮上。傅子方送我五百钱,在北墉中,皆亡取之。又买李幼一头牛,本券在书篋中。往求索之,悉如其言。妇尚不知有此,女新从巩家来,非其所及,家人哀伤,益以为审。父母诸弟衰经到来迎丧,去精舍数里,遇汉直与诸生十余人相追。汉直顾见其家,怪其如此。家见汉直,谓其鬼也。惝惘良久,汉直乃前为父拜,说其本末,且悲且喜。凡所闻见,若此非一。夫死者,澌也,鬼者,归也,精气消越,骨肉归于土也。夏后氏用明器,殷人用祭器,周人兼用之,视民疑也。子贡问孔子:死者其有知乎?曰:赐尔死自知之,由未晚也。董无心云:杜伯死,亲射宣王于镐京。予以为桀、纣所杀,足以成军,可不须汤、武之众。古事既察,且复以今验之,人相啖食,甚于畜生,凡菜肝鳖虾,尚能病人,人用物精多,有生之最灵者也,何不芥蒂于其胸腹而割裂之哉!犹死者无知审矣,而时有汉直为狗鼠之所为。世间亡者多有见神,语言饮食,其家信以为是,益用悲伤。"这里,应劭还解释了"世间多有狗作变怪,朴杀之,以血涂门户,然众得咎殃""世间多有精物妖怪百端"等神话传说现象,具体表现出他的神鬼观念、信仰观念。

应劭笔下的《风俗通义》既可以看作一部民俗学的理论著作,同样可以看作一部以民间文学为重要内容的民族志。在《风俗通义》中,形成应劭的阐释方式和记述方式。即应劭所记民间传说、民间故事有一个重要特点，既作文献考据，又有以民间信仰为根据的解说阐释，在其所保存的故事类型上，相当齐备。如其中既有女娲抟土造人的神话描述，又有"故富贵者黄土人也"的解释，这则故事是神话与传说相融合的典型。同时，我们也可以据《山海经》中的"栗广之野有神十人曰女娲之肠"与此对比，看到女娲神话的嬗变。《淮南子》中所增加的"补天"和"炼五色石"，其意义的阐释，也应该与此相结合而进行。这种格式贯穿全书，在两汉时代的文献中，其保存民间文学并作阐释，显得别具一格。再如《鲍君神》记述曰："汝南鲖阳，有于田得獐者，其主未往取也。商车十余乘，经泽中行，望见此獐着绳，因持去。念其不俟，持一鲍鱼置其处。有顷，其主往，不见所得獐，反见鲍鱼。泽中非人道路，怪其如是，大以为神，转相告语，治病求福，多有效验。因为起祀舍，众巫数十，帷帐钟鼓，方数百里皆来祷祀，号鲍君神。其后数年，鲍鱼主来历祠下，寻问其故，曰：此我鱼也，当有何神？上堂取之，遂以此坏。传曰：物之所聚，斯有神。言人共奖成之耳。"这当是精怪传说的反驳之文，也可看作另一类型的风物传说。应劭的民俗学思想因此体现出来。又如《颍川富室》："颍川有富室，兄弟同居，两妇数月皆怀妊。长妇胎伤，因闭匿之。产期至，同至乳母舍。弟妇生男，夜因盗取之。争讼三年，州郡不能决。丞相黄霸出坐殿前，令卒抱儿，取两妇各十步，叱妇曰：自往取之。长妇抱持甚急，儿大啼叫。弟妇恐伤害之，因乃放与，而心甚怆怆，长妇甚喜。霸曰：此弟子也。责问，乃伏。"这则故事被后人引用，如李行道杂剧《灰阑记》即取此材，只不过将黄霸换成了包拯，成为包公戏的代表作之一。故事的关键性细节不独在《风俗通义》中有，在其他民族的民间文学作品中也有[1]。它向我们提出一个问题：是否在不同的地区，只有一个民族才能创造这样的故事？

---

[1] 如藏族、傣族的民间故事中也有类似故事，参见《云南各族民间故事选》，人民文学出版社1962年版。

是否其他地区的同类故事都自此地区传入？近些年来，在民间文学原型研究中，有一些学者若在某一地区发现某种故事的文献，立即断言其他地区皆从此处借用。这种学风颇为盛行，应该引起我们的思索。应劭记述这则故事时，应该是录自民间，而当时佛经在中原地区并没有传播的优势，又怎能简单地把它看作是从佛经中传入的呢？其实，各个民族由于相近的生活经验与审美经验，很可能创作出主题和细节相同的作品，我们没有必要一定在全世界范围内找到"最原始"的一个文本——某些学者大谈盘古神话外来说，其实就是在强求这种文本。

应劭记述民间文学，既注意到文献，又注意到民间活在人们口头上的故事，他可以被看作民间文学史上最早成功地使用"双重证据法"的学者。这种方法值得我们重视和珍惜。

对于中国民间文学史的发展而言，应劭《风俗通义》的贡献主要体现在其理论表述与故事记述的系统性类型意义。

刘向、刘安和应劭在个人著作中保存了丰富的民间文学作品，在汉代民间文学的发展历史上具有重要的代表意义。他们不同于前代学者或记述过于简略，或只作记述而不作具体阐发，而是在记述民间文学作品的同时阐明自己的观点，这种学术个性化标志着汉代知识分子民间文学观的具体形成。这和孔子等人所表现的"不语怪力乱神"之类的片段论述是不一样的，最鲜明的特点就是具有系统性。同类现象还表现在王充的《论衡》中。王充的民间文学观在我国民间文学史上具有重要的代表性，他是"唯理论"的首创者，对后世民间文学发展历史上无神论思想的形成，具有深刻的影响作用。

四、王充的《论衡》及其民间文学思想理论

王充的民间文学思想理论以唯理论为代表，在某种意义上是对先秦两汉此类无神论思想的重要总结，是汉代民间文学思想史上的一座高峰，也是我国民间文学思想史上的珍贵财富。

一个时代民间文学思想理论的形成与发展总是有自己的特殊背景。王充所处的时代,社会政治文化发生重要变化,一方面是黄老思想文化的盛行,形成全社会推崇神仙、颓废无为,到处充满、弥漫着蔑视生命与文明的乌烟瘴气;一方面是社会伦理失常、道德沦丧,邪恶横行,尤其是上层社会,骄奢淫逸,飞扬跋扈。重建社会文化秩序,修复伦理道德思想文化体系,成为社会发展最强力的呼唤与诉求,王充应时而作,勇敢承担其为文化发展正本清源、移风易俗的重任,严肃而深切地关注世情,深入思索历史文化的价值与命运,形成自己特立独行的民间文学思想理论。

王充,字仲任,会稽上虞人。他出身社会底层,既有丰富的民间文化知识,熟稔民间文学,又有对下层民众情感的深切感受,如《论衡·自纪》所述,其生自"细族孤门",并没有显赫的贵胄背景,"祖宗无淑懿之基";他"八岁出于书馆",天资甚佳。《后汉书·王充王符仲长统列传》中说他"后到京师,受业太学,师事扶风班彪",其"好博览而不守章句",养成了理性判断、独立思索的学习态度;其"好论说,始若诡异,终有理实。以为俗儒守文,多失其真,乃闭门潜思,绝庆吊之礼,户牖墙壁,各置刀笔,著《论衡》八十五篇,二十余万言,释物类同异,正时俗嫌疑"。《论衡》集中体现了他富有理论特色的民间文学思想。

他卓尔不群的民间文学理论与文化立场的形成不是偶然的,既有独特的生活感受,又有自己特殊的文化选择,具有鲜明的思想倾向,以批判现实、考问历史、追求真知形成自己相对完整的理论体系。如其《论衡·自纪》中所述:

> 充既疾俗情,作《讥俗》之书;又悯人君之政,徒欲治人,不得其宜,不晓其务,愁精苦思,不睹所趋,故作《政务》之书。又伤伪书俗文,多不实诚,故为《论衡》之书。夫贤圣殁而大义分,蹉跎殊趋,各自开门;通人观览,不能钉铨,遥闻传授,笔写耳取,在百岁之前,历日弥久,以为昔古之

事,所言近是,信之入骨,不可自解,故作实论。其文盛,其辩争,浮华虚伪之语,莫不澄定。没华虚之文,存敦庞之朴,拨流失之风,反宓戏之俗。

的确,他的理性批判态度的形成,一是与他出身下层,"贫无一亩庇身","贱无斗石之秩"(《论衡·自纪》)的生活经历有关,一是与他所持的人生信念有关,他"仕郡为功曹,以数谏争不合而去"(《后汉书》本传),他不满于当时为"干禄"而争献图谶的俗儒,"不贪富贵","不慕高官","忧德之不丰,不患爵之不尊"(《论衡·自纪》),保持独立、正直的人格,因此才有他独具特色的学术思想。其《论衡》一书,始著于永平中,完成于永元中,历时三十多年,凝聚着他大半人生的心血。全书共有八十五篇(其中《招致》仅存篇目),以"疾虚妄"为思想核心,"订其真伪,辨其虚实"(《论衡·对作》)。总的看来,他的学术思想主要集中在以下几个方面:

(一)对纬书天人谴告说的批判(诸如《谴告》《变动》《遭虎》《商虫》《寒温》等);

(二)对纬书感应说的批判(诸如《感应》《感类》《明雩》《奇怪》《变虚》《异虚》《福虚》《祸虚》《龙虚》《雷虚》等);

(三)对神鬼论和神仙方术的批判(诸如《道虚》《订鬼》《论死》《死伪》等);

(四)对天命报应说的批判(诸如《命禄》《命义》《幸遇》《逢遇》《累害》《气寿》等);

(五)对占卜、巫筮、祥瑞诸说的批判(诸如《卜筮》《辨祟》《难岁》《四讳》《讥日》《诘术》《祀义》《解除》《祭意》《是应》《讲瑞》《指瑞》《说日》《谈天》《物势》《自然》等)。

他所反对的谶纬学说,是两汉时代盛行的文化思潮。这种思潮的盛行有着悠久的历史,可上溯至殷商时期的占卜、巫术,同时又有着广泛的社会基础,在当时被统治者所提倡,大批俗儒的推波助澜、神仙方士的火上浇油,使其融神学、儒学与政治为一体,如火如荼。最重要的是由于统治者愚民政策在理论支持上的需要,使谶纬成为两汉显学。汉武帝所谓"罢黜百家,独尊儒术",事实上并不是以儒学来替代谶纬之术,而是把这种谶纬推向了文化上的极致。在这样的氛围中,更可见王充的学术思想弥足珍贵。同时,我们也应该看到,王充的学术思想并不是凭空而生的,他有自己独有的视角,但他对前人无神论思想的有机继承,也是不可忽视的重要因素。从这种意义上讲,他的《论衡》是对他当世与他之前以无神论为核心的民间文学思想的重要总结,对后世也产生了非常重要的影响。

这里值得说明的是,王充的《论衡》和他所批判的诸种学说著作中,都保存了丰富的民间文学;所不同的是,在不同的保存形式背后,体现出不同的民间文学观念。王充是在批判、诘问中保存了民间文学,把民间文学作为自己探讨的对象;谶纬学说更多的是对民间文学的深信不疑,这种保存也是有意义的。应该说,王充的《论衡》和那些谶纬之书对民间文学的保存,都值得我们重视。关于谶纬之书对民间文学的保存,在他处再详细论述,这里先集中看《论衡》对民间文学的保存情况。

《论衡》所保存的民间文学主要有神话和传说两大类,另外还有民俗生活中的民间信仰等内容。在王充看来,这些神话和传说,有一些是可信的,而有一些则是不可信的,其可信与不可信的区别即"唯理",看其是否符合物质世界存在与发展的实际,这就构成了他关于民间文学一系列见解的"唯理论"。如《论衡》卷五"感虚篇"所载:

> 传书言:杞梁氏之妻向城而哭,城为之崩。此言杞梁从军不还,其妻痛之,向城而哭,至诚悲痛,精气动城,故城为之崩也。夫言向城而哭者,实也;城为之崩者,虚也。夫人哭悲莫过雍门子,雍门之哭对孟尝君,孟尝君为之于邑,盖哭之精诚,故对向之者,凄怆感恸也。夫雍门子能动孟尝之心,不能感孟尝衣者。衣不知恻怛,不以人心相关通也。今城,土也,土

犹衣也,无心腹之藏,安能为悲哭感恸而崩!使至诚之声能动城土,则其对林木哭,能折草破木乎?向水火而泣,能涌水灭火乎?夫草木水火与土无异,然杞梁之妻不能崩城,明矣!或时城适自崩,杞梁妻适哭。下世好虚,不原其实,故崩城之名,至今不灭。传书言:邹衍无罪,见拘于燕,当夏五月,仰天而叹,天为陨霜。此与杞梁之妻哭而崩城,无以异也。……

传书言:汤遭七年旱,以身祷于桑林,自责以六过,天乃雨。或言五年,祷辞曰:"余一人有罪,无及万夫。万夫有罪,在余一人。天以一人之不敏,使上帝鬼神伤民之命。"于是,剪其发,丽其手,自以为牲,用祈福于上帝。上帝甚说,时雨乃至。言汤以身祷于桑林自责,若言剪发丽手,自以为牲,用祈福于帝者,实也。言雨至,为汤自责以身祷之故,殆虚言也……

传书言:仓颉作书,天雨粟,鬼夜哭。此言文章兴而乱渐见,故其妖变,致天雨粟,鬼夜哭也。夫言天雨粟,鬼夜哭,实也;言其应仓颉作书,虚也。夫河出图,洛出《书》,圣帝明,王之瑞应也。图书文章,与仓颉所作字画何以异?天地为图书,仓颉作文字,业与天地同,指与鬼神合,何非何恶而致雨粟神哭之怪?使天地鬼神恶人有书,则其出图书,非也……

这里,我们可以看到著名的神话传说《孟姜女》《仓颉造字》《商汤祈雨》等作品的当世保存状况。同时,其"传书言:杞梁氏之妻向城而哭,城为之崩""传书言:汤遭七年旱,以身祷于桑林,自责以六过,天乃雨""传书言:仓颉作书,天雨粟,鬼夜哭"等故事被言说,王充做出在其看来十分合乎情理的解释,以"虚"与"实"做出自己的思索。诸如"或时城适自崩,杞梁妻适哭,下世好虚,不原其实,故崩城之名至今不灭""言汤以身祷于桑林自责,若言剪发丽手,自以为牲,用祈福于帝者,实也;言雨至为汤自责以身祷之故,殆虚言也""其妖变致天雨粟,鬼夜哭也。夫言天雨粟,鬼夜哭,实也;

言其应仓颉作书,虚也"云云,包括"图书文章与仓颉所作字画何以异?天地为图书,仓颉作文字,业与天地同,指与鬼神合,何非何恶而致雨粟神哭之怪?使天地鬼神恶人有书,则其出图书非也"之类答问,可以想见王充对民间文学作为社会文化历史意义与现实价值的理解表达。

在其他篇中,我们也可以看到类似状况,即先冠之以"传书言",大意即"民间传说道",运用了典型的民间话语,然后逐层作阐释,将这些神话传说故事一一与客观物质世界的变化相对应,辨其真伪。同时,我们也可以看到,在《论衡》各篇章之中,上自远古时代的神话,下至汉代的各种民间传说,尤其是先秦时期的历史传说故事,几乎都融会其中。如果我们把屈原的《天问》看作是对古代神话传说的一种具体保存形式,那么,王充的《论衡》同样可以看作是一种保存形式,而且他在保存的同时,还对这些神话和传说进行释疑,其"答"正与《天问》之"问"相对。

我曾经检索《论衡》各篇,发现其中几乎保存了汉代之前我国所有的民间文学现象、所有的神话类型与传说故事类型。这是民间文学史上少见的现象。许多珍贵的民间文学文本,正是由此得到保存。

《论衡》被称为汉代和汉代之前的"神话传说集成",当之无愧,而且其内容远超过《淮南子》的保存量。如其《道虚篇》所载:

> 儒书言:黄帝采首山铜铸鼎于荆山下,鼎既成,有龙垂胡须,下迎黄帝。黄帝上骑龙,群臣后宫从上七十余人。龙乃上去,余小臣不得上,乃悉持龙髯,龙髯拔,堕黄帝之弓;百姓仰望黄帝既上天,乃抱其弓与龙胡髯吁号,故后世因其处曰鼎湖,其弓曰乌号。太史公记诔五帝,亦云黄帝封禅已仙去,群臣朝其衣冠,因葬埋之。曰此虚言也。实黄帝者,何等也?……五帝三王皆有圣德之优者,黄帝不在上焉。如圣人皆仙,仙者非独黄帝;如圣人不仙,黄帝何为独仙?世见黄帝好方术;方术,仙者之业,则谓帝仙矣。又见鼎湖之名,则言黄帝采首山铜铸鼎,而龙垂胡髯迎

黄帝矣。是与说会稽之山无以异也。夫山名曰会稽,即云夏禹巡狩会计于此山上,故曰会稽。夫禹至会稽治水不巡狩,犹黄帝好方伎不升天也。无会计之事,犹无铸鼎龙垂胡髯之实也。

黄帝神话的传说化,其中一个重要标志即故事出现世俗性内容,有地名传说与之相融合,表现了汉代神话历史化、宗教化、世俗化的大趋势。王充详细记述了这种大趋势及其具体内容,为我们研究古典神话的嬗变形态提供了全面而具体的珍贵材料。

在同一篇中,王充还记述了"淮南王学道"的传说:

儒书言:淮南王学道。招会天下有道之人,倾一国之尊,下道术之士,是以道术之士并会淮南,奇方异术,莫不争出。王遂得道,举家升天,畜产皆仙,犬吠于天上,鸡鸣于云中。此言仙药有余,犬鸡食之,并随王而升天也。好道学仙之人皆谓之然,此虚言也。

这是我们研究汉代民间传说的珍贵材料。王充对神话和民间传说的记述,既取诸经典文献,又注意其活性形态即口头传播的采录,其保存内容之丰富、类型之全备,不仅在当世,即使在后来,也是不多见的。尤其是他对民间文学的见解,使我们能够看到"唯理"的倾向,即过于追求民间文学对物质世界的直接反映,而忽视了民间文学的个性特征,这固然是一种偏颇,但在当时又何尝不是一种难得的见解?

两汉时代,王充的唯理论民间文学思想应该引起我们重视。

唯理论的核心内容是驳斥社会文化思想中的虚妄,即骗人等种种欺世盗名丑恶行径,与所谓唯物思想是两个概念。当然,其中包含无神论,而此时的无神论应该是相对的,是与泛神相对存在的一种信仰形态。其思想倾向与价值立场,并不是简单的唯物或维新,而是唯理,即从社会生活实际出发,做出合理性述说。当然,他严重忽视了民间文学的非现实性因素。

王充在《论衡》中所表现出的民间文学观,我们概括其为"唯理论",其哲学基础是无神论思想。无神论作为一种哲学思想,在先秦时期就已经萌芽,如《左传》《国语》等历史著作中,已经有对鬼神信仰的动摇、怀疑甚至反对。《左传·僖公五年》中提出"鬼神非人实亲,惟德是依",《左传·桓公六年》中有"夫民,神之主也,是以圣王先成民而后致力于神"。《左传·昭公十八年》载"四国发生火灾,人以为是天变人应,子产不听禳灶",他说:"天道远,人道迩,非所及也,何以知之?灶焉知天道?是亦多言矣,岂不或信?"《左传·僖公二十一年》载"夏大旱,公欲焚巫尪",臧文仲说:"非旱备也,修城郭,贬食省用,务穑劝分,此其务也。巫尪何为?天欲杀之,则如勿生;若能为旱,焚之滋甚!"管仲、晏婴、孔子、老子、庄子、孟子、荀子、韩非和尉缭子等人,都有过相类似的文化思想。《史记·魏世家》还记载了著名的"西门豹治邺"故事,表明无神论思想的发展与实践。汉代社会谶纬流行,封建统治者大搞天神崇拜、封禅、祠祀,如《史记·高祖本纪》中所载刘邦母亲"尝息大泽之陂,梦与神遇","蛟龙于其上",这应属野合的痕迹,却成了龙种神话的演绎。在《史记·封禅书》中,我们可以看到刘邦"尝杀大蛇",有神人告其"蛇,白帝子也,而杀者,赤帝子";在他为沛公时,就"祠蚩尤",为自己的政治欲望而装神弄鬼,自欺欺人。汉武帝"罢黜百家",要寻找的是神学理论对他的支持,于是,董仲舒的《天人三策》便为他所青睐,"天人合一""天人感应"的神学理论继承了商周神学思想,在汉代社会肆虐无忌,以《春秋繁露》为代表的一批神学典籍,就成为全社会主流话语的支配者。固然,董仲舒的天人相应理论包含着对统治者辜负苍天、政治缺失的批评。董仲舒提出,苍天是人间的道德监督者,当统治者不负责任,出现严重灾难时,统治者必须向天祷告,祈求苍天谅解自己的罪过,从而下罪己诏。遗憾的是董仲舒在当世不为统治者所容忍,也被后世经常误会、曲解。

王充在《论衡》中形成自己的神话观、传说观和风俗观,成为中国民间文学史独特的一页。这些观念相互掺杂,混生于各个篇章,在总体上相互呼应。

贯穿于《论衡》论与据之中的,正是这些神话传说故事和社会风俗的内容。如其卷一《逢遇篇》所记:"以大才之臣,遇大才之主,乃有遇不遇,虞舜、许由、太公、伯夷是也。虞舜、许由俱圣人也,并生唐世,俱面于尧。虞舜绍帝统,许由入山林。太公、伯夷俱贤也,并出周国,皆见武王;太公受封,伯夷饿死。夫贤圣道同,志合趋齐,虞舜、太公行耦,许由、伯夷操违者,生非其世,出非其时也。道虽同,同中有异,志虽合,合中有离。何则?道有精粗,志有清浊也。许由,皇者之辅也,生于帝者之时;伯夷,帝者之佐也,出于王者之世,并由道德,俱发仁义,主行道德,不清不留;主为仁义,不高不止,此其所以不遇也。尧溷,舜浊;武王诛残,太公讨暴,同浊皆粗,举措均齐,此其所以为遇者也。故舜王天下,皋陶佐政,北人无择深隐不见;禹王天下,伯益辅治,伯成子高委位而耕。非皋陶才愈无择,伯益能出子高也,然而皋陶、伯益进用,无择、子高退隐,进用行耦,退隐操违也。退隐势异,身虽屈,不愿进;人主不须其言,废之,意亦不恨,是两不相慕也。"意在叙说历史上的"遇与不遇",其选择神话传说故事阐释其中的道理,便自然归结于"且夫遇也,能不预设,说不宿具,邂逅逢喜,遭触上意,故谓之遇。如准主调说,以取尊贵,是名为揣,不名曰遇。春种谷生,秋刈谷收,求物得物,作事事成,不名为遇。不求自至,不作自成,是名为遇。犹拾遗于涂,摭弃于野,若天授地生,鬼助神辅,禽息之精阴庆,鲍叔之魂默举,若是者,乃遇耳。今俗人既不能定遇不遇之论,又就遇而誉之,因不遇而毁之,是据见效,案成事,不能量操审才能也。"其卷一《气寿篇》所论"凡人禀命有二品,一曰所当触值之命,二曰强弱寿夭之命",其论曰:"何以明人年以百为寿也?世间有矣。儒者说曰:太平之时,人民侗长,百岁左右,气和之所生也。《尧典》曰:朕在位七十载。求禅得舜,舜征三十岁在位。尧退而老,八岁而终,至殂落,九十八岁。

未在位之时,必已成人,今计数百有余矣。又曰:舜生三十,征用三十,在位五十载,陟方乃死。适百岁矣。文王谓武王曰:我百,尔九十。吾与尔三焉。文王九十七而薨,武王九十三而崩。周公,武王之弟也,兄弟相差,不过十年。武王崩,周公居摄七年,复政退老,出入百岁矣。邵公,周公之兄也,至康王之时,尚为太保,出入百有余岁矣。圣人禀和气,故年命得正数。气和为治平,故太平之世多长寿人。百岁之寿,盖人年之正数也,犹物至秋而死,物命之正期也。物先秋后秋,则亦如人死或增百岁,或减百也;先秋后秋为期,增百减百为数。物或出地而死,犹人始生而夭也;物或逾秋不死,亦如人年多度百至于三百也。传称:老子二百余岁,邵公百八十。高宗享国百年,周穆王享国百年,并未享国之时,皆出百三十四十岁矣。"

其卷二《幸偶篇》讲述"凡人操行,有贤有愚,及遭祸福,有幸有不幸;举事有是有非,及触赏罚,有偶有不偶。并时遭兵,隐者不中。同日被霜,蔽者不伤。中伤未必恶,隐蔽未必善。隐蔽幸,中伤不幸。俱欲纳忠,或赏或罚;并欲有益,或信或疑。赏而信者未必真,罚而疑者未必伪。赏信者偶,罚疑不偶也",以孔子传说为例,记述曰:"孔子门徒七十有余,颜回蚤夭。孔子曰:不幸短命死矣!短命称不幸,则知长命者幸也,短命者不幸也。服圣贤之道,讲仁义之业,宜蒙福佑。伯牛有疾,亦复颜回之类,俱不幸也。蝼蚁行于地,人举足而涉之。足所履,蝼蚁笮死;足所不蹈,全活不伤。火燔野草,车辙所致,火所不燔,俗或喜之,名曰幸草。夫足所不蹈,火所不及,未必善也,举火行有适然也。由是以论,痈疽之发,亦一实也。气结阏积,聚为痈;溃为疽创,流血出脓,岂痈疽所发,身之善穴哉?营卫之行,遇不通也。蜘蛛结网,蜚虫过之,或脱或获;猎者张罗,百兽群扰,或得或失。渔者罾江河之鱼,或存或亡。或奸盗大辟而不知,或罚赎小罪而发觉:灾气加人,亦此类也。不幸遭触而死,幸者免脱而生,不幸者,不侥幸也。孔子曰:人之生也直,罔之生也幸。则夫顺道而触者,为不幸矣。立岩墙之下,为坏所压;蹈圻岸之上,为崩所坠,轻遇无端,故为不幸。鲁城门久朽欲顿,孔子过之,趋而疾行。左右曰：久矣。孔子曰：恶其久也。孔子戒慎已甚，如过遭坏，可谓不幸也。故孔子曰：君子有不幸而无有幸，小人有幸而无不幸。又曰：君子处易以俟命，小人行险以侥幸。"其得出结论："虞舜圣人也，在世宜蒙全安之福。父顽母嚚，弟象敖狂，无过见憎，不恶而得罪，不幸甚矣！孔子，舜之次也。生无尺土，周流应聘，削迹绝粮。俱以圣才，并不幸偶。舜尚遭尧受禅，孔子已死于阙里。以圣人之才，犹不幸偶，庸人之中，被不幸偶，祸必众多矣！"

其卷二《无形篇》论述"人禀元气于天，各受寿夭之命"，称："龙之为虫，一存一亡，一短一长。龙之为性也，变化斯须，辄复非常。由此言之，人，物也，受不变之形，形不可变更，年不可增减。传称高宗有桑谷之异，悔过反政，享福百年，是虚也。传言宋景公出三善言，荧惑却三舍，延年二十一载，是又虚也。又言秦缪公有明德，上帝赐之十九年，是又虚也。称赤松、王乔好道为仙，度世不死，是又虚也。假令人生立形谓之甲，终老至死，常守甲形。如好道为仙，未有使甲变为乙者也。夫形不可变更，年不可减增。何则？形、气、性，天也。形为春，气为夏。人以气为寿，形随气而动。气性不均，则于体不同。牛寿半马，马寿半人，然则牛马之形与人异矣。禀牛马之形，当自得牛马之寿；牛马之不变为人，则年寿亦短于人。世称高宗之徒，不言其身形变异。而徒言其增延年寿，故有信矣。"其概括总结道："图仙人之形，体生毛，臂变为翼，行于云则年增矣，千岁不死。此虚图也。世有虚语，亦有虚图。假使之然，蝉蛾之类，非真正人也。海外三十五国，有毛民羽民，羽则翼矣。毛羽之民土形所出，非言为道身生毛羽也。禹、益见西王母，不言有毛羽。不死之民，亦在外国，不言有毛羽。毛羽之民，不言之死；不死之民，不言毛羽。毛羽未可以效不死，仙人之有翼，安足以验长寿乎？"

其卷二《率性篇》论述"论人之性，定有善有恶"，举例神话传说，记述曰："王良、造父称为善御，能使不良为良也。如徒能御良，其不良者不能驯服，此则驵工庸师服驯技能，何奇而世称之？故曰：王良登车，马不罢驽；

尧、舜为政,民无狂愚。传曰:'尧、舜之民可比屋而封,桀、纣之民可比屋而诛。'斯民也,三代所以直道而行也。圣主之民如彼,恶主之民如此,竟在化不在性也。闻伯夷之风者,贪夫廉而懦夫有立志;闻柳下惠之风者,薄夫敦而鄙夫宽。徒闻风名,犹或变节,况亲接形面相敦告乎?孔门弟子七十之徒,皆任卿相之用,被服圣教,文才雕琢,知能十倍,教训之功而渐渍之力也。未入孔子之门时,闾巷常庸无奇,其尤甚不率者,唯子路也。世称子路无恒之庸人,未入孔门时,戴鸡佩豚,勇猛无礼,闻诵读之声,摇鸡奋豚,扬唇吻之音,聒贤圣之耳,恶至甚矣。孔子引而教之,渐渍磨砺,阖导牖进,猛气消损,骄节屈折,卒能政事,序在四科。斯盖变性使恶为善之明效也。"其论"天道有真伪",称:"真者固自与天相应,伪者人加知巧,亦与真者无以异也。何以验之?《禹贡》曰璆琳琅玕,此则土地所生真玉珠也。然而道人消烁五石,作五色之玉,比之真玉,光不殊别,兼鱼蚌之珠,与《禹贡》璆琳皆真玉珠也。然而随侯以药作珠,精耀如真,道士之教至,知巧之意加也。阳遂取火于天,五月丙午日中之时,消炼五石,铸以为器,磨砺生光,仰以向日,则火来至。此真取火之道也。今妄以刀剑之钩月,摩拭朗白,仰以向日,亦得火焉。夫钩月非阳遂也,所以耐取火者,摩拭之所致也。今夫性恶之人,使与性善者同类乎?可率勉之令其为善;使之异类乎,亦可令与道人之所铸玉、随侯之所作珠、人之所摩刀剑钩月焉,教导以学,渐渍以德,亦将日有仁义之操。黄帝与炎帝争为天子,教熊罴貔虎以战于阪泉之野,三战得志,炎帝败绩。尧以天下让舜,鲧为诸侯,欲得三公,而尧不听,怒其猛兽,欲以为乱,比兽之角可以为城,举尾以为旌,奋心盛气,阻战为强。夫禽兽与人殊形,犹可命战,况人同类乎?推此以论,百兽率舞,潭鱼出听,六马仰秣,不复疑矣。异类以殊为同,同类以钧为异,所由不在于物,在于人也。凡含血气者,教之所以异化也。三苗之民,或贤或不肖,尧、舜齐之,恩教加也。楚、越之人,处庄、岳之间,经历岁月,变为舒缓,风俗移也。故曰:齐舒缓,秦慢易,楚促急,燕戆投。以庄、岳言之,四国之民,更相出入,久居单处,性必变易。"

最后,其以西门豹故事为例,引述道:"西门豹急,佩韦以自缓;董安于缓,带弦以自促。急之与缓,俱失中和,然而韦弦附身,成为完具之人。能纳韦弦之教,补接不足,则豹、安于之名可得参也。贫劣宅屋不具墙壁宇达,人指訾之。如财货富愈,起屋筑墙,以自蔽鄣,为之具宅,人弗复非。魏之行田百亩,邺独二百,西门豹灌以漳水,成为膏腴,则亩收一钟。夫人之质犹邺田,道教犹漳水也。患不能化,不患人性之难率也。洛阳城中之道无水,水工激上洛中之水,日夜驰流,水工之功也。由此言之,迫近君子,而仁义之道数加于身,孟母之徙宅,盖得其验。人间之水污浊,在野外者清洁,俱为一水,源从天涯,或浊或清,所在之势使之然也。南越王赵佗,本汉贤人也,化南夷之俗,背畔王制,椎髻箕坐,好之若性。陆贾说以汉德,惧以圣威,蹶然起坐,心觉改悔,奉制称蕃,其于椎髻箕坐也,恶之若性。前则若彼,后则若此。由此言之,亦在于教,不独在性也。"

其卷二《吉验篇》论述"凡人禀贵命于天,必有吉验见于地"的话题,引述神话传说,先举例神话称:"传言黄帝妊二十月而生,生而神灵,弱而能言。长大率诸侯,诸侯归之;教熊罴战,以伐炎帝,炎帝败绩。性与人异,故在母之身留多十月;命当为帝,故能教物,物为之使。尧体就之如日,望之若云。洪水滔天,蛇龙为害,尧使禹治水,驱蛇龙,水治东流,蛇龙潜处。有殊奇之骨,故有诡异之验;有神灵之命,故有验物之效。天命当贵,故从唐侯入嗣帝后之位。舜未逢尧,鳏在侧陋。瞽瞍与象谋欲杀之。使之完廪,火燔其下;令之浚井,土掩其上。舜得下廪,不被火灾;穿井旁出,不触土害。尧闻征用,试之于职。官治职修,事无废乱。使入大麓之野,虎狼不搏,蝮蛇不噬;逢烈风疾雨,行不迷惑。夫人欲杀之,不能害时,之毒螫之野,禽虫不能伤,卒受帝命,践天子祚。"又举例传说故事称"后稷之时,履大人迹,或言衣帝喾之服,坐息帝喾之处,妊身。怪而弃之隘巷,牛马不敢践之;置之冰上,鸟以翼覆之,庆集其身。母知其神怪,乃收养之。长大佐尧,位至司马。乌孙王号昆莫,匈奴攻杀其父,而昆莫生,弃于野,乌衔肉往食之。单于怪之,以为神,而收长。及壮,使兵,数有功。单于乃复以其父之民予昆莫,令长守于西城。夫后稷不当弃,故牛马不践,鸟以羽翼覆爱其身;昆莫不当死,故乌衔肉就而食之。北夷橐离国王侍婢有娠,王欲杀之。婢对曰:有气大如鸡子,从天而下,我故有娠。后产子,捐于猪溷中,猪以口气嘘之,不死;复徙置马栏中,欲使马借杀之,马复以口气嘘之,不死。王疑以为天子,令其母收取,奴畜之,名东明,令牧牛马。东明善射,王恐夺其国也,欲杀之。东明走,南至掩淲水,以弓击水,鱼鳖浮为桥,东明得渡,鱼鳖解散,追兵不得渡,因都王夫馀。故北夷有夫馀国焉。东明之母初妊时,见气从天下,及生,弃之,猪马以气呼之而生之。长大,王欲杀之,以弓击水,鱼鳖为桥。天命不当死,故有猪马之救;命当都王夫馀,故有鱼鳖为桥之助也。伊尹且生之时,其母梦人谓己曰:臼出水,疾东走。母顾!明旦视臼出水,即东走十里,顾其乡,皆为水矣。伊尹命不当没,故其母感梦而走。推此以论,历阳之都,其策命若伊尹之类,必有先时感动在他地之效。"两则故事类型各异,寓意不同。最后,其又举例"高皇帝母曰刘媪,尝息大泽之陂,梦与神遇。是时,雷电晦冥,蛟龙在上。及生而有美。性好用酒,尝从王媪、武负贳酒,饮醉止卧,媪、负见其身常有神怪。每留饮醉,酒售数倍。后行泽中,手斩大蛇,一妪当道而哭,云:赤帝子杀吾子。此验既著闻矣。"以此,其得出结论:"盖天命当兴,圣王当出,前后气验,照察明著。继体守文,因据前基,禀天光气,验不足言。创业龙兴,由微贱起于颠沛;若高祖、光武者,曷尝无天人神怪光显之验乎!"

其卷三《偶会篇》论述"命,吉凶之主也。自然之道,适偶之数,非有他气旁物厌胜感动使之然也",举例神话传说,论述道:"雁鹄集于会稽,去避碣石之寒,来遭民田之毕,蹈履民田,啄食草粮。粮尽食索,春雨适作,避热北去,复之碣石。象耕灵陵,亦如此焉。传曰:舜葬苍梧,象为之耕。禹葬会稽,鸟为之佃。失事之实,虚妄之言也。丈夫有短寿之相,娶必得早寡之妻;早寡之妻,嫁亦遇夭折之夫也。世曰:男女早死者,夫贼妻,妻害夫。非相贼害,命有然也。使火燃,以水沃之,可谓水贼火。火适自灭,水适自覆,两各自败,不为相贼。今男女之早夭,非水沃火之比,适自灭覆之类也。贼父之子,妨兄之弟,与此同召。同宅而处,气相加凌,羸瘠消单,至于死亡,可谓相贼。或客死千里之外,兵烧厌溺,气不相犯,相贼如何?王莽姑正君,许嫁二夫,二夫死,当适赵而王薨。气未相加,遥贼三家,何其痛也!黄次公取邻巫之女,卜谓女相贵,故次公位至丞相。其实不然。次公当贵,行与女会;女亦自尊,故入次公门。偶适然自相遭遇,时也。"

其卷三《骨相篇》记述曰:"人曰命难知。命甚易知。知之何用?用之骨体。人命禀于天,则有表候见于体。察表候以知命,犹察斗斛以知容矣。表候者,骨法之谓也。传言黄帝龙颜,颛顼戴午,帝喾骈齿,尧眉八采,舜目重瞳,禹耳三漏,汤臂再肘,文王四乳,武王望阳,周公背偻,皋陶马口,孔子反羽。斯十二圣者,皆在帝王之位,或辅主忧世,世所共闻,儒所共说,在经传者较著可信。若夫短书俗记、竹帛胤文,非儒者所见,众多非一。仓颉四目,为黄帝史。晋公子重耳仳胁,为诸侯霸。苏秦骨鼻,为六国相。张仪仳胁,亦相秦、魏。项羽重瞳,云虞舜之后,与高祖分王天下。"称:"贵贱贫富,命也;操行清浊,性也。非徒命有骨法,性亦有骨法。唯知命有明相,莫知性有骨法,此见命之表证,不见性之符验也。"其举例"范蠡去越传说"和"孔子独立郑东门故事"称:"范蠡去越,自齐遗大夫种书曰:飞鸟尽,良弓藏,狡兔死,走犬烹。越王为人长颈鸟喙,可与共患难,不可与共容乐。子何不去?大夫种不能去,称疾不朝,赐剑而死。大梁人尉缭,说秦始皇以并天下之计,始皇从其册,与之亢礼,衣服饮食与之齐同。缭曰:秦王为人,隆准长目,鸷膺豺声,少恩,虎视狼心,居约易以下人;得志亦轻视人。我布衣也,然见我,常身自下我。诚使秦王须得志,天下皆为虏矣。不可与交游。乃亡去。故范蠡、尉缭见性行之证,而以定处来事之实,实有其效,如其法相。由此言之,性命系于形体,明矣。以尺书所载,世所共见,准况古今,不闻者必众多非一,皆有其实。禀气于天,立形于地,察在地之形,以知在天之命,莫不得其实也。有传孔子相澹台子羽、唐举占蔡泽不验之文,此失之不审,何隐匿微妙之表也。相或在内,或在外,或在形体,或在声气。察外者遗其内;在形体者,亡其声气。孔子适郑,与弟子相失,孔子独立郑东门。郑人或问子贡曰:东门有人,其头似尧,其项若皋陶,肩类子产。然自腰以下,不及禹三寸,儽儽若丧家之狗。子贡以告孔子,孔子欣然笑曰:形状未也。如丧家狗,然哉!然哉!夫孔子之相,郑人失其实。郑人不明,法术浅也。孔子之失子羽,唐举惑于蔡泽,犹郑人相孔子,不能具见形状之实也。"

其卷三《物势篇》论述"天地故生人此言妄也",具体阐释五行与十二生辰之间的关系,实际上是对汉代社会民间信仰的总结:"或曰:五行之气,天生万物。以万物含五行之气,五行之气更相贼害。曰:天自当以一行之气生万物,令之相亲爱,不当令五行之气反使相贼害也。或曰:欲为之用,故令相贼害;贼害相成也。故天用五行之气生万物,人用万物作万事。不能相制,不能相使,不相贼害,不成为用。金不贼木,木不成用。火不烁金,金不成器。故诸物相贼相利,含血之虫相胜服、相啮噬、相啖食者,皆五行气使之然也。曰:天生万物欲令相为用,不得不相贼害也。则生虎、狼、蝮蛇及蜂、虿之虫,皆贼害人,天又欲使人为之用邪?且一人之身,含五行之气,故一人之行,有五常之操。五常,五行之道也。五藏在内,五行气俱。如论者之言,含血之虫,怀五行之气,辄相贼害。一人之身,胸怀五藏,自相贼也;一人之操,行义之心,自相害也。且五行之气相贼害,含血之虫相胜服,其验何在?曰:寅,木也,其禽虎也;戌,土也,其禽犬也。丑、未,亦土也,丑禽牛,未禽羊也。木胜土,故犬与牛羊为虎所服也。亥水也,其禽豕也;巳,火也,其禽蛇也;子亦水也,其禽鼠也。午亦火也,其禽马也。水胜火,故豕食蛇;火为水所害,故马食鼠屎而腹胀。曰:审如论者之言,含血之虫,亦有不相胜之效。午,马也,子,鼠也,酉,鸡也,卯,兔也。水胜火,鼠何不逐马?金胜木,鸡何不啄兔?亥,豕也,未,羊也。丑,牛也。土胜水,牛羊何不杀豕?巳,蛇也。申,猴也。火胜金,蛇何不食猕猴?猕猴者,畏鼠也。啮猕猴者,犬也。鼠,水。猕猴,金也。水不胜金,猕猴何故畏鼠也?戌,土也,申,猴也。土不胜金,猴何故畏犬？东方,木也,其星仓龙也。西方,金也,其星白虎也;南方,火也,其星朱鸟也。北方,水也,其星玄武也。天有四星之精,降生四兽之体。含血之虫,以四兽为长,四兽含五行之气最较著。案龙虎交不相贼,鸟龟会不相害。以四兽验之,以十二辰之禽效之,五行之虫以气性相刻,则尤不相应。"

其卷三《奇怪篇》论述道"儒者称圣人之生,不因人气,更禀精于天。禹母吞薏苡而生禹,故夏姓曰姒;禼母吞燕卵而生禼,故殷姓曰子。后稷母履大人迹而生后稷,故周姓曰姬。《诗》曰:不坼不副。是生后稷。说者又曰:禹、禼逆生,闿母背而出;后稷顺生,不坼不副。不感动母体,故曰不坼不副。逆生者子孙逆死,顺生者子孙顺亡。故桀、纣诛死,赧王夺邑。言之有头足,故人信其说;明事以验证,故人然其文。谶书又言:尧母庆都野出,赤龙感己,遂生尧。《高祖本纪》言:刘媪尝息大泽之陂,梦与神遇。是时,雷电晦冥,太公往视,见蛟龙于上。已而有身,遂生高祖。其言神验,文又明著,世儒学者,莫谓不然。如实论之,虚妄言也。"其辩称:"且夫薏苡,草也;燕卵,鸟也;大人迹,土也,三者皆形,非气也,安能生人？说圣者,以为禀天精微之气,故其为有殊绝之知。今三家之生,以草、以鸟、以土,可谓精微乎？天地之性,唯人为贵,则物贱矣。今贵人之气,更禀贱物之精,安能精微乎？夫令鸠雀施气于雁鹄,终不成子者,何也？鸠雀之身小,雁鹄之形大也。今燕之身不过五寸,薏苡之茎不过数尺,二女吞其卵实,安能成七尺之形乎？烁一鼎之铜,以灌一钱之形,不能成一鼎,明矣。今谓大人天神,故其迹巨。巨迹之人,一鼎之烁铜也;姜原之身,一钱之形也。使大人施气于姜原,姜原之身小,安能尽得其精？不能尽得其精,则后稷不能成人。尧、高祖审龙之子,子性类父,龙能乘云,尧与高祖亦宜能焉。万物生于土,各似本种;不类土者,生不出于土,土徒养育之也。母之怀子,犹土之育物也。尧、高祖之母,受龙之施,犹土受物之播也。物生自类本种,夫二帝宜似龙也。且夫含血之类,相与为牝牡;牝牡之会,皆见同类之物。精感欲动,乃能授施。若夫牡马见雌牛,雄雀见牝鸡,不相与合者,异类故也。今龙与人异类,何能感于人而施气?或曰:夏之衰,二龙斗于庭,吐漦于地。龙亡漦在,椟而藏之。至周幽王发出龙漦,化为玄鼋,入于后宫,与处女交,遂生褒姒。玄鼋与人异类,何以感于处女而施气乎?夫玄鼋所交非正,故褒姒为祸,周国以亡。以非类妄交,则有非道妄乱之子。今尧、高祖之母,不以道接会,何故二帝贤圣,与褒姒异乎?或曰:赵简子病,五日不知人。觉言,我之帝所,有熊来,帝命我射之,中熊,死;有罴来,我又射之,中罴,罴死。后问当道之鬼,鬼曰:熊罴,晋二卿之先祖也。熊罴物也,与人异类,何以施类于人,而为二卿祖?夫简子所射熊罴,二卿祖当亡,简子当昌之祅也。简子见之,若寝梦矣。空虚之象,不必有实。假令有之,或时熊罴先化为人。乃生二卿。鲁公牛哀病化为虎。人化为兽,亦如兽为人。玄鼋入后宫,殆先化为人。天地之间,异类之物,相与交接,未之有也。"其推论以问道:"天人同道,好恶均心。人不好异类,则天亦不与通。人虽生于天,犹虮虱生于人也。人不好虮虱,天无故欲生于人。何则?异类殊性,情欲不相得也。天地,夫妇也,天施气于地以生物。人转相生,精微为圣,皆因父气,不更禀取。如更禀者为圣、后稷不圣。如圣人皆当更禀,十二圣不皆然也。黄帝、帝喾、帝颛顼、帝舜之母,何所受气?文王、武王、周公、孔子之母,何所感吞?"从而称论:"此或时见三家之姓,曰姒氏、子氏、姬氏,则因依放,空生怪说,犹见鼎湖之地,而著黄帝升天之说矣。失道之意,还反其字。仓颉作书,与事相连。姜原履大人迹。迹者基也,姓当为其下土,乃为女旁臣,非基迹之字,不合本事,疑非实也。以周姬况夏殷,亦知子之与姒,非燕子、薏苡也。或时禹、契、后稷之母适欲怀妊,遭吞薏苡、燕卵,履大人迹也。世好奇怪,古今同情。不见奇怪,谓德不异,故因以为姓。世间诚信,因以为然。圣人重疑,因不复定。世士浅论,因不复辨。儒生是古,因生其说。《诗》言不坼不副者,言后稷之生,不感动母身也。儒生穿凿,因造禹、契逆生之说。感于龙,梦与神遇,犹此率也。尧、高祖之母,适欲怀妊,遭逢雷龙载云雨而行,人见其形,遂谓之然。梦与神遇,得圣子之象也。梦见鬼合之,非梦与神遇乎,安得其实!野出感龙,及蛟龙居上,或尧、高祖受富贵之命。龙为吉物,遭加其上,吉祥之瑞,受命之证也。光武皇帝产于济阳宫,凤皇集于地,嘉禾生于屋。圣人之生,奇鸟吉物之为瑞应。必以奇吉之物见而子生,谓之物之子,是则光武皇帝嘉禾之精,凤皇之气欤?案《帝系》之篇及《三代世表》,禹,鲧之子也;卨、稷皆帝喾之子,其母皆帝喾之妃也,及尧,亦喾之子。帝王之妃,何为适草野?古时虽质,礼已设制,帝王之妃,何为浴于水?夫如是,言圣人更禀气于天,母有感吞者,虚妄之言也。实者,圣人自有种族,如文、武各有类。孔子吹律,自知殷后;项羽重瞳,自知虞舜苗裔也。五帝、三王皆祖黄帝。黄帝圣人,本禀贵命,故其子孙皆为帝王。帝王之生,必有怪奇,不见于物,则效于梦矣。"

其卷四《书虚篇》记述道:"儒书言:舜葬于苍梧、禹葬于会稽者,巡狩年老,道死边土。圣人以天下为家,不别远近,不殊内外,故遂止葬。夫言舜、禹,实也;言其巡狩,虚也。舜之与尧,俱帝者也,共五千里之境,同四海之内;二帝之道,相因不殊。《尧典》之篇,舜巡狩东至岱宗,南至霍山,西至太华,北至恒山。以为四岳者,四方之中,诸侯之来,并会岳下,幽深远近,无不见者,圣人举事,求其宜适也。禹王如舜,事无所改,巡狩所至,以复如舜。舜至苍梧,禹到会稽,非其实也。实舜、禹之时,鸿水未治,尧传于舜,舜受为帝,与禹分部,行治鸿水。尧崩之后,舜老,亦以传于禹。舜南治水,死于苍梧;禹东治水,死于会稽。贤圣家天下,故因葬焉。吴君高说:会稽本山名,夏禹巡守,会计于此山,因以名郡,故曰会稽。夫言因山名郡可也,言禹巡狩会计于此山,虚也。巡狩本不至会稽,安得会计于此山?宜听君高之说,诚会稽为会计,禹到南方,何所会计?如禹始东死于会稽,舜亦巡狩,至于苍梧,安所会计?百王治定则出巡,巡则辄会计,是则四方之山皆会计也。百王太平,升封太山。太山之上,封可见者七十有二,纷纶湮灭者,不可胜数。如审帝王巡狩辄会计,会计之地如太山封者,四方宜多。夫郡国成名,犹万物之名,不可说也。独为会稽立欤?周时旧名吴、越也,为吴、越立名,从何往哉？六国立名,状当如何？天下郡国且百余,县邑出万,乡亭聚里,皆有号名,贤圣之才莫能说。君高能说会稽,不能辨定方名。会计之说,未可从也。巡狩考正法度,禹时吴为裸国,断发文身,考之无用,会计如何？"其又称:"传书言:舜葬于苍梧,象为之耕；禹葬会稽,鸟为之田。盖以圣德所致,天使鸟兽报佑之也。世莫不然。考实之,殆虚言也。夫舜、禹之德不能过尧,尧葬于冀州,或言葬于崇山,冀州鸟兽不耕,而鸟兽独为舜、禹耕,何天恩之偏驳也？或曰:舜、禹治水,不得宁处,故舜死于苍梧,禹死于会稽。勤苦有功,故天报之；远离中国,故天痛之。夫天报舜、禹,使鸟田象耕,何益舜、禹？天欲报舜、禹,宜使苍梧、会稽常祭祀之。使鸟兽田耕,不能使人祭。祭加舜、禹之墓,田施人民之家,天之报佑圣人,何其拙也,且无益哉！由此言之,鸟田象耕,报佑舜、禹,非其实也。实者,苍梧多象之地,会稽众鸟所居。《禹贡》曰:彭蠡既潴,阳鸟攸居。天地之情,鸟兽之行也。象自蹈土,鸟自食苹。土蹶草尽,若耕田状,壤靡泥易,人随种之,世俗则谓为舜、禹田。海陵麋田,若象耕状,何尝帝王葬海陵者邪？"

其卷五《异虚篇》开题记述:"殷高宗之时,桑谷俱生于朝,七日而大拱。高宗召其相而问之,相曰:吾虽知之,弗能言也。问祖己,祖己曰:夫桑谷者,野草也,而生于朝,意朝亡乎？高宗恐骇,侧身而行道,思索先王之政,明养老之义,兴灭国,继绝世,举佚民。桑谷亡。三年之后,诸侯以译来朝者六国,遂享百年之福。高宗,贤君也,而感桑谷生。而问祖己,行祖己之言,修政改行。桑谷之妖亡,诸侯朝而年长久。修善之义笃,故瑞应之福渥。此虚言也。"然后,其辩称:"河源出于昆仑,其流播于九河。使尧、禹却以善政,终不能还者,水势当然,人事不能禁也。河源不可禁,二龙不可除,则桑谷不可却也。王命之当兴也,犹春气之当为夏也。其当亡也,犹秋气之当为冬也。见春之微叶,知夏有茎叶。睹秋之零实,知冬之枯萃。桑谷之生,其犹春叶秋实也,必然犹验之。今详修政改行,何能除之？夫以周亡之祥,见于夏时,又何以知桑谷之生,不为纣亡出乎！或时祖己言之,信野草之占,失远近之实。高宗问祖己之后,侧身行道,六国诸侯偶朝而至,高宗之命自长未终,则谓起桑谷之问,改行修行,享百年之福矣。夫桑谷之生,殆为纣出,亦或时吉而不凶,故殷朝不亡,高宗寿长。祖己信野草之占,谓之当亡之征。"同时,其又举例称:"汉孝武皇帝之时,获白麟戴两角而共牴,使谒者终军议之。军曰:夫野兽而共一角,象天下合同为一也。麒麟野兽也,桑谷野草也,俱为野物,兽草何别?终军谓兽为吉,祖己谓野草为凶。高宗祭成汤之庙,有蜚雉升鼎而雊。祖己以为远人将有来者,说《尚书》家谓雉凶,议驳不同。且从祖己之言,雉来吉也,雉伏于野草之中,草覆野鸟之形,若民人处草庐之中,可谓其人吉而庐凶乎?民人入都,不谓之凶,野草生朝,何故不吉?雉则民人之类。如谓含血者吉,长狄来至,是吉也,何故谓之凶?如以从夷狄来者不吉,介葛卢来朝,是凶也。如以草木者为凶,朱草、蓂荚出,是不吉也。朱草、蓂荚,皆草也,宜生于野,而生于朝,是为不吉。何故谓之瑞?一野之物,来至或出,吉凶异议。朱草荚善草,故为吉,则是以善恶为吉凶,不以都野为好丑也。周时天下太平,越尝献雉于周公。高宗得之而吉。雉亦草野之物,何以为吉?如以雉所分有似于士,则麕亦仍有似君子;公孙术得白鹿,占何以凶?然则雉之吉凶未可知,则夫桑谷之善恶未可验也。桑谷或善物,象远方之士将皆立于高宗之朝,故高宗获吉福,享长久也。"其继续记述道:"禹南济于江,有黄龙负舟。舟中之人五色无主。禹乃嘻笑而称曰:我受命于天,竭力以劳万民。生,寄也;死,归也。何足以滑和,视龙犹蝘蜓也。龙去而亡。案古今龙至皆为吉,而禹独谓黄龙凶者,见其负舟,舟中之人恐也。夫以桑谷比于龙,吉凶虽反,盖相似。野草生于朝,尚为不吉,殆有若黄龙负舟之异。故为吉而殷朝不亡。"

其卷五《感虚篇》论述"儒者传书言:尧之时,十日并出,万物焦枯。尧上射十日,九日去,一日常出。此言虚也",辩称:"夫人之射也,不过百步,矢力尽矣。日之行也,行天星度。天之去人,以万里数,尧上射之,安能得日?使尧之时,天地相近,不过百步,则尧射日,矢能及之;过百步,不能得也。假使尧时天地相近,尧射得之,犹不能伤日。伤日何肯去?何则?日,火也。使在地之火附一把炬,人从旁射之,虽中,安能灭之?地火不为见射而灭,天火何为见射而去?此欲言尧以精诚射之,精诚所加,金石为亏,盖诚无坚则亦无远矣。夫水与火,各一性也。能射火而灭之,则当射水而除之。洪水之时,流滥中国,为民大害。尧何不推精诚射而除之?尧能射日,使火不为害,不能射河,使水不为害。夫射水不能却水,则知射日之语,虚非实也。或曰:日,气也。射虽不及,精诚灭之。夫天亦远,使其为气,则与日月同;使其为体,则与金石等。以尧之精诚,灭日亏金石,上射日则能穿天乎?世称桀、纣之恶,射天而殴地;誉高宗之德,政消桑谷。今尧不能以德灭十日,而必射之;是德不若高宗,恶与桀、纣同也。安能以精诚获天之应也?"此处其记述著名的孟姜女传说原型。其解析著名的"商汤祷雨"称:"传书言:汤遭七年旱,以身祷于桑林,自责以六过,天乃雨。或言:五年。祷辞曰:余一人有罪,无及万夫。万夫有罪,在余一人。天以一人不敏,使上帝鬼神伤民之命。于是剪其发,丽其手,自以为牲,用祈福于上帝。上帝甚说,时雨乃至。言汤以身祷于桑林自责,若言剪发丽手,自以为牲,用祈福于帝者,实也。言雨至为汤自责以身祷之故,殆虚言也。孔子疾病,子路请祷。孔子曰:有诸?子路曰:有之。《诔》曰:祷尔于上下神祇。孔子曰:丘之祷,久矣。圣人修身正行,素祷之日久,天地鬼神知其无罪,故曰祷久矣。《易》曰:大人与天地合其德,与日月合其明,与四时合其叙,与鬼神合其吉凶。此言圣人与天地、鬼神同德行也。即须祷以得福,是不同也。汤与孔子俱圣人也,皆素祷之日久。孔子不使子路祷以治病,汤何能以祷得雨?孔子素祷,身犹疾病。汤亦素祷,岁犹大旱。然则天地之有水旱,犹人之有疾病也。疾不可以自责除,水旱不可以祷谢去,明矣。汤之致旱,以过乎?是不与天地同德也。今不以过致旱乎?自责祷谢,亦无益也。人形长七尺,形中有五常,有瘅热之病,深自克责,犹不能愈,况以广大之天,自有水旱之变。汤用七尺之形,形中之诚,自责祷谢,安能得雨邪?人在层台之上,人从层台下叩头,求请台上之物。台上之人闻其言,则怜而与之;如不闻其言,虽至诚区区,终无得也。夫天去人,非徒层台之高也,汤虽自责,天安能闻知而与之雨乎?夫旱,火变也;湛,水异也。尧遭洪水,可谓湛矣。尧不自责以身祷祈,必舜、禹治之,知水变必须治也。除湛不以祷祈,除旱亦宜如之。由此言之,汤之祷祈,不能得雨。或时旱久,时当自雨;汤以旱久,亦适自责。世人见雨之下,随汤自责而至,则谓汤以祷祈得雨矣。"其解析"仓颉造字"神话传说,称:"传书言:仓颉作书,天雨粟,鬼夜哭。此言文章兴而乱渐见,故其妖变,致天雨粟,鬼夜哭也。夫言天雨粟,鬼夜哭,实也;言其应仓颉作书,虚也。夫河出图,洛出《书》,圣帝明,王之瑞应也。图书文章,与仓颉所作字画何以异?天地为图书,仓颉作文字,业与天地同,指与鬼神合,何非何恶而致雨粟鬼哭之怪?使天地鬼神恶人有书,则其出图书,非也;天不恶人有书,作书何非而致此怪?或时仓颉适作书,天适雨粟,鬼偶夜哭,而雨粟、鬼神哭自有所为。世见应书而至,则谓作书生乱败之象,应事而动也。天雨谷,论者谓之从天而下,(应)变而生。如以云雨论之,雨谷之变,不足怪也。何以验之?夫云(气)出于丘山,降散则为雨矣。人见其从上而坠,则谓之天雨水也。夏日则雨水,冬日天寒则雨凝而为雪,皆由云气发于丘山,不从天上降集于地,明矣。夫谷之雨,犹复云(气)之亦从地起,因与疾风俱飘,参于天,集于地。人见其从天落也,则谓之天雨谷。建武三十一年中,陈留雨谷,谷下蔽地。案视谷形,若茨而黑,有似于稗实也。此或时夷狄之地,生出此谷。夷狄不粒食,此谷生于草野之中,成熟垂委于地,遭疾风暴起,吹扬与之俱飞,风衰谷集,坠于中国。中国见之,谓之雨谷。何以效之?野火燔山泽,山泽之中,草木皆烧,其叶为灰,疾风暴起,吹扬之,参天而飞,风衰叶下,集于道路。夫天雨谷者,草木叶烧飞而集之类也。而世以为雨谷,作传书者以(为)变怪。天主施气,地主产物。有叶、实可啄食者,皆地所生,非天所为也。今谷非气所生,须土以成。虽云怪变,怪变因类。生地之物,更从天集,生天之物,可从地出乎?地之有万物,犹天之有列星也。星不更生于地,谷何独生于天乎?传书又言:伯益作井,龙登玄云,神栖昆仑。言龙井有害,故龙神为变也。夫言龙登玄云,实也。言神栖昆仑,又言为作井之故,龙登神去,虚也。夫作井而饮,耕田而食,同一实也。伯益作井,致有变动。始为耕耘者,何故无变?神农之桡木为耒,教民耕耨,民始食谷,谷始播种。耕土以为田,凿地以为井。井出水以救渴,田出谷以拯饥,天地鬼神所欲为也,龙何故登玄云?神何故栖昆仑?夫龙之登玄云,古今有之,非始益作井而乃登也。方今盛夏,雷雨时至,龙多登云。云龙相应,龙乘云雨而行,物类相致,非有为也。尧时,五十之民,击壤于涂。观者曰:大哉,尧之德也!击壤者曰:吾日出而作,日入而息,凿井而饮,耕田而食。尧何等力?尧时已有井矣。唐、虞之时,豢龙、御龙,龙常在朝。夏末政衰,龙乃隐伏。非益凿井,龙登云也。所谓神者,何神也?百神皆是。百神何故恶人为井?使神与人同,则亦宜有饮之欲。有饮之欲,憎井而去,非其实也。夫益殆之凿井,龙不为凿井登云,神不栖于昆仑,传书意妄,造生之也。"其解析"梁山崩"传说,称:"传书言:梁山崩,壅河三日不流,晋君忧之。晋伯宗以辇者之言,令景公素缟而哭之,河水为之流通。此虚言也。夫山崩壅河,犹人之有痈肿,血脉不通也。治痈肿者,可复以素服哭泣之声治乎?尧之时,洪水滔天,怀山襄陵。帝尧吁嗟,博求贤者。水变甚于河壅,尧忧深于景公,不闻以素缟哭泣之声能厌胜之。尧无贤人若辇者之术乎?将洪水变大,不可以声服除也?如素缟而哭,悔过自责也,尧、禹之治水以力役,不自责。梁山,尧时山也;所壅之河,尧时河也。山崩河壅,天雨水踊,二者之变无以殊也。尧、禹治洪水以力役,辇者治壅河用自责。变同而治异,人钧而应殊,殆非贤圣变复之实也。凡变复之道,所以能相感动者,以物类也。有寒则复之以温,温复解之以寒。故以龙致雨,以刑逐暑,皆缘五行之气用相感胜之。山崩壅河,素缟哭之,于道何意乎?此或时何壅之时,山初崩,土积聚,水未盛。三日之后,水盛土散,稍坏沮矣。坏沮水流,竟注东去。遭伯宗得辇者之言,因素缟而哭,哭之因流,流时谓之河变,起此而复,其实非也。何以验之?使山恒自崩乎,素缟哭无益也。使其天变应之,宜改政治。素缟而哭,何政所改而天变复乎?"

其卷六《龙虚篇》辨析"盛夏之时,雷电击折树木,发坏室屋,俗谓天取龙,谓龙藏于树木之中,匿于屋室之间也,雷电击折树木,发坏屋室,则龙见于外。龙见,雷取以升天。世无愚智贤不肖,皆谓之然。如考实之,虚妄言也",其称:"夫天之取龙何意邪?如以龙神为天使,犹贤臣为君使也,反报有时,无为取也。如以龙遁逃不还,非神之行,天亦无用为也。如龙之性当在天,在天上者固当生子,无为复在地。如龙有升降,降龙生子于地,子长大,天取之,则世名雷电为天怒,取龙之子,无为怒也。且龙之所居,常在水泽之中,不在木中屋间。何以知之?叔向之母曰:深山大泽,实生龙蛇。传曰:山致其高,云雨起焉。水致其深,蛟龙生焉。传又言:禹渡于江,黄龙负船。荆次非渡淮,两龙绕舟。东海之上,有菑丘䜣,勇而有力,出过神渊,使御者饮马,马饮因没。䜣怒,拔剑入渊追马,见两蛟方食其马,手剑击杀两蛟。由是言之,蛟与龙常在渊水之中,不在木中屋间明矣。在渊水之中,则<u>鱼鳖</u>之类。鱼鳖之类,何为上天?天之取龙,何用为哉?如以天神乘龙而行,神恍惚无形,出入无间,无为乘龙也。如仙人骑龙,天为仙者取龙,则仙人含天精气,形轻飞腾,若鸿鹄之状,无为骑龙也。世称黄帝骑龙升天,此言盖虚,犹今谓天取龙也。""且世谓龙升天者,必谓神龙。不神,不升天;升天,神之效也。天地之性,人为贵,则龙贱矣。贵者不神,贱者反神乎?如龙之性有神与不神,神者升天,不神者不能。龟蛇亦有神与不神,神龟神蛇,复升天乎?且龙禀何气而独神?天有苍龙、白虎、朱鸟、玄武之象也,地亦有龙、虎、鸟、龟之物。四星之精,降生四兽。虎鸟与龟不神,龙何故独神也?人为倮虫之长,龙为鳞虫之长。俱为物长,谓龙升天,人复升天乎?龙与人同,独谓能升天者,谓龙神也。世或谓圣人神而先知,犹谓神龙能升天也。因谓圣人先知之明,论龙之才,谓龙升天,故其宜也。"

其卷七《道虚篇》论述"儒书言:黄帝采首山铜,铸鼎于荆山下。鼎既成,有龙垂胡髯,下迎黄帝。黄帝上骑龙,群臣、后宫从上七十余人,龙乃上去。余小臣不得上,乃悉持龙髯。龙髯拔,堕黄帝之弓,百姓仰望黄帝既上天,乃抱其弓与龙胡髯吁号。故后世因其处曰鼎湖,其弓曰乌号。《太史公记》诔五帝,亦云:黄帝封禅已,仙云。群臣朝其衣冠。因葬埋之"的话题,其称:"曰:此虚言也。实黄帝者何等也?号乎,谥乎?如谥,臣子所诔列也。诔生时所行为之谥。黄帝好道,遂以升天,臣子诔之,宜以仙升,不当以黄谥。《谥法》曰:静民则法曰黄。黄者,安民之谥,非得道之称也。百王之谥,文则曰文,武则曰武。文武不失实,所以劝操行也。如黄帝之时质,未有谥乎?名之为黄帝,何世之人也?使黄帝之臣子,知君,使后世之人,迹其行。黄帝之世,号谥有无,虽疑未定,黄非升仙之称,明矣。龙不升天,黄帝骑之,乃明黄帝不升天也。龙起云雨,因乘而行;云散雨止,降复入渊。如实黄帝骑龙,随溺于渊也。案黄帝葬于桥山,犹曰群臣葬其衣冠。审骑龙而升天,衣不离形;如封禅已,仙去。衣冠亦不宜遗。黄帝实仙不死而升天,臣子百姓所亲见也。见其升天,知其不死,必也。葬不死之衣冠,与实死者无以异,非臣子实事之心,别生于死之意也。"其又称:"载太山之上者,七十有二君,皆劳情苦思,忧念王事,然后功成事立,致治太平。太平则天下和安,乃升太山而封禅焉。夫修道求仙,与忧职勤事不同。心思道则忘事,忧事则害性。世称尧若腊,舜若腒,心愁忧苦,形体羸癯。使黄帝致太平乎,则其形体宜如尧、舜。尧、舜不得道,黄帝升天,非其实也。使黄帝废事修道,则心意调和,形体肥劲,是与尧、舜异也,异则功不同矣。功不同,天下未太平而升封,又非实也。五帝三王皆有圣德之优者,黄帝(亦)在上焉。如圣人皆仙,仙者非独黄帝;如圣人不仙,黄帝何为独仙?世见黄帝好方术,方术仙者之业,则谓帝仙矣。又见鼎湖之名,则言黄帝采首山铜铸鼎,而龙垂胡髯迎黄帝矣。是与说会稽之山无以异也。夫山名曰'会稽',即云夏禹巡狩,会计于此山上,故曰'会稽'。夫禹至会稽治水不巡狩,犹黄帝好方伎不升天也。无会计之事,犹无铸鼎龙垂胡髯之实也。里名胜母,可谓实有子胜其母乎?

邑名朝歌,可谓民朝起者歌乎?"

其卷七《语增篇》记述神话传说曰:"传语曰:尧、舜之俭,茅茨不剪,采椽不斫。夫言茅茨采椽,可也;言不剪不斫,增之也。《经》曰弼成五服。五服,五采服也。服五采之服,又茅茨、采椽,何宫室衣服之不相称也?服五采,画日月星辰,茅茨、采椽,非其实也。"其论析"传语曰:圣人忧世,深思事勤,愁扰精神,感动形体,故称尧若腊,舜若腒,桀、纣之君,垂腴尺余。夫言圣人忧世念人,身体羸恶,不能身体肥泽,可也;言尧、舜若腊与腒,桀、纣垂腴尺余,增之也",其称:"齐桓公云:寡人未得仲父极难,既得仲父甚易。桓公不及尧、舜,仲父不及禹、契,桓公犹易,尧、舜反难乎?以桓公得管仲易,知尧、舜得禹、契不难。夫易则少忧,少忧则不愁,不愁则身体不癯。舜承尧太平,尧、舜袭德。功假荒服,尧尚有忧,舜安能无事。故《经》曰:上帝引逸,谓虞舜也。舜承安继治,任贤使能,恭己无为而天下治。故孔子曰:巍巍乎!舜、禹之有天下而不与焉。夫不与尚谓之癯若腒,如德劣承衰,若孔子栖栖,周流应聘,身不得容,道不得行,可骨立(皮)附,僵仆道路乎?纣为长夜之饮,糟丘酒池,沉湎于酒,不舍昼夜,是必以病。病则不甘饮食,不甘饮食,则肥腴不得至尺。《经》曰:惟湛乐是从,时亦罔有克寿。魏公子无忌为长夜之饮,困毒而死。纣虽未死,宜羸癯矣。然桀、纣同行则宜同病,言其腴垂过尺余,非徒增之,又失其实矣。"这里,王充引述了纣王的传说故事,为其辩言道:"传语曰:纣沉湎于酒,以糟为丘,以酒为池,牛饮者三千人,为长夜之饮,亡其甲子。夫纣虽嗜酒,亦欲以为乐。令酒池在中庭乎?则不当言为长夜之饮。坐在深室之中,闭窗举烛,故曰长夜。令坐于室乎?每当饮者,起之中庭,乃复还坐,则是烦苦相藉,不能甚乐。令池在深室之中,则三千人宜临池坐,前俯饮池酒,仰食肴膳,倡乐在前,乃为乐耳。如审临池而坐,则前饮害于肴膳,倡乐之作不得在前。夫饮食既不以礼,临池牛饮,则其啖肴不复用杯,亦宜就鱼肉而虎食。则知夫酒池牛饮,非其实也。传又言:纣悬肉以为林,令男女裸而相逐其间,是为醉乐淫戏无节度也。夫肉当内于口,口之所食,宜洁不辱。今言男女裸相逐其间,何等洁者?如以醉而不计洁辱,则当其浴于酒中,而裸相逐于肉间。何为不肯浴于酒中?以不言浴于酒,知不裸相逐于肉间。传者之说,或言:车行酒,骑行炙,百二十日为一夜。夫言:用酒为池,则言其车行酒非也;言其悬肉为林,即言骑行炙非也。或时纣沉湎覆酒,滂沱于地,即言以酒为池。酿酒糟积聚,则言糟为丘。悬肉以林,则言肉为林。林中幽冥,人时走戏其中,则言裸相逐。或时载酒用鹿车,则言车行酒、骑行炙。或时十数夜,则言其百二十。或时醉不知问日数,则言其亡甲子。周公封康叔,告以纣用酒期于悉极,欲以戒之也。而不言糟丘酒池,悬肉为林,长夜之饮,亡其甲子。圣人不言,殆非实也。传言曰:纣非时与三千人牛饮于酒池。夫夏官百,殷二百,周三百。纣之所与相乐,非民,必臣也;非小臣,必大官,其数不能满三千人。传书家欲恶纣,故言三千人,增其实也。"

其卷八《儒增篇》引述神话传说道:"儒书称:尧、舜之德,至优至大,天下太平,一人不刑。又言:文、武之隆,遗在成、康,刑错不用四十余年。是欲称尧、舜,褒文、武也。夫为言不益,则美不足称;为文不渥,则事不足褒。尧、舜虽优,不能使一人不刑;文、武虽盛,不能使刑不用。言其犯刑者少,用刑希疏,可也;言其一人不刑,刑错不用,增之也。"其辩称:"夫能使一人不刑,则能使一国不伐;能使刑错不用,则能使兵寝不施。案尧伐丹水,舜征有苗,四子服罪,刑兵设用。成王之时,四国篡畔,淮夷、徐戎,并为患害。夫刑人用刀,伐人用兵,罪人用法,诛人用武。武、法不殊,兵、刀不异。巧论之人,不能别也。夫德劣故用兵,犯法故施刑。刑与兵,犹足与翼也,走用足,飞用翼。形体虽异,其行身同。刑之与兵,全众禁邪,其实一也。称兵之不用,言刑之不施,是犹人耳缺目完,以目完称人体全,不可从也。人桀于刺虎,怯于击人,而以刺虎称谓之勇,不可听也。身无败缺,勇无不进,乃为全耳。今称一人不刑,不言一兵不用;褒刑错不用,不言一人不畔:未得为优,未可谓盛也。"这里,王充记述鲁班传说,曰:"儒书称:鲁般、墨子之巧,刻木为鸢,飞之三日而不集。夫言其以木为鸢飞之,可也;言其三日不集,增之也。夫刻木为鸢以象鸢形,安能飞而不集乎?既能飞翔,安能至于三日?如审有机关,一飞遂翔,不可复下,则当言遂飞,不当言三日。犹世传言曰:鲁般巧,亡其母也。言巧工为母作木车马、木人御者,机关备具,载母其上,一驱不还,遂失其母。如木鸢机关备具,与木车马等,则遂飞不集。机关为须臾间,不能远过三日,则木车等亦宜三日止于道路,无为径去以失其母。二者必失实者矣。"其记述"周鼎物自出"传说,曰:"世俗传言:周鼎不爨自沸;不投物,物自出。此则世俗增其言也,儒书增其文也,是使九鼎以无怪空为神也。且夫谓周之鼎神者,何用审之?周鼎之金,远方所贡,禹得铸以为鼎也。其为鼎也,有百物之象。如为远方贡之为神乎,远方之物安能神?如以为禹铸之为神乎,禹圣不能神,圣人身不能神,铸器安能神?如以金之物为神乎,则夫金者石之类也,石不能神,金安能神?以有百物之象为神乎,夫百物之象犹雷樽也,雷樽刻画云雷之形,云雷在天,神于百物,云雷之象不能神,百物之象安能神也?"

其卷八《艺增篇》记述神话传说,曰:"《论语》曰:大哉!尧之为君也。荡荡乎民无能名焉。传曰:有年五十击壤于路者,观者曰:大哉!尧德乎!击壤者曰:吾日出而作,日入而息,凿井而饮,耕田而食,尧何等力!此言荡荡无能名之效也。言荡荡,可也;乃欲言民无能名,增之也。四海之大,万民之众,无能名尧之德者,殆不实也。夫击壤者曰:尧何等力?欲言民无能名也。观者曰:大哉!尧之德乎!此何等民者,犹能知之。实有知之者,云无,竟增之。儒书又言:尧、舜之民,可比屋而封。言其家有君子之行,可皆官也。夫言可封,可也;言比屋,增之也。"

其卷十一《谈天篇》论述"儒书言:共工与颛顼争为天子不胜,怒而触不周之山,使天柱折,地维绝。女娲销炼五色石以补苍天,断鳌足以立四极。天不足西北,故日月移焉;地不足东南,故百川注焉。此久远之文,世间是之言也。文雅之人,怪而无以非,若非而无以夺,又恐其实然,不敢正议。以天道人事论之,殆虚言也",辩称:"与人争为天子,不胜,怒触不周之山,使天柱折,地维绝,有力如此,天下无敌。以此之力,与三军战,则士卒蝼蚁也,兵革毫芒也,安得不胜之恨,怒触不周之山乎?且坚重莫如山,以万人之力,共推小山,不能动也。如不周之山,大山也,使是天柱乎,折之固难;使非柱乎?触不周山而使天柱折,是亦复难。信,颛顼与之争,举天下之兵,悉海内之众,不能当也,何不胜之有?且夫天者,气邪?体也?如气乎,云烟无异,安得柱而折之?女娲以石补之,是体也。如审然,天乃玉石之类也。石之质重,千里一柱,不能胜也。如五岳之巅,不能上极天乃为柱。如触不周,上极天乎?不周为共工所折,当此之时,天毁坏也。如审毁坏,何用举之?断鳌之足,以立四极,说者曰:鳌,古之大兽也,四足长大,故断其足,以立四极。夫不周,山也;鳌,兽也。夫天本以山为柱,共工折之,代以兽足,骨有腐朽,何能立之久?且鳌足可以柱天,体必长大,不容于天地,女娲虽圣,何能杀之?如能杀之,杀之何用?足可以柱天,则皮革如铁石,刀剑矛戟不能刺之,强弩利矢不能胜射也。""察当今天去地甚高,古天与今无异。当共工缺天之时,天非坠于地也。女娲,人也,人虽长,无及天者。夫其补天之时,何登缘阶据而得治之?岂古之天,若屋庑之形,去人不远,故共工得败之,女娲得补之乎?如审然者,女娲(以)前,齿为人者,人皇最先。人皇之时,天如盖乎?说《易》者曰:元气未分,浑沌为一。儒书又言:溟涬濛澒,气未分之类也。及其分离,清者为天,浊者为地。如说《易》之家、儒书之言,天地始分,形体尚小,相去近也。近则或枕于不周之山,共工得折之,女娲得补之也。含气之类,无有不长。天地,含气之自然也,从始立以来,年岁甚多,则天地相去,广狭远近,不可复计。儒书之言,殆有所见。然其言触不周山而折天柱,绝地维,消炼五石补苍天,断鳌之足以立四极,犹为虚也。何则?山虽动,共工之力不能折也。岂天地始分之时,山小而人反大乎?何以能触而折之?以五色石补天,尚可谓五石若药石治病之状。至其断鳌之足以立四极,难论言也。从女娲以来久矣,四极之立自若,鳌之足乎?"

其卷十五《顺鼓篇》记述道:"尧遭洪水,《春秋》之大水也,圣君知之,不祷于神,不改乎政,使禹治之,百川东流。夫尧之使禹治水,犹病水者之使医也。然则尧之洪水,天地之水病也;禹之治水,洪水之良医也。说者何以易之?攻社之义,于事不得。雨不霁,祭女娲,于礼何见?伏羲、女娲,俱圣者也。舍伏羲而祭女娲,《春秋》不言。董仲舒之议,其故何哉?夫《春秋经》但言鼓,岂言攻哉?说者见有鼓文,则言攻矣。夫鼓未必为攻,说者用意异也。"

其卷十六《乱龙篇》论曰:"舜以圣德,入大麓之野,虎狼不犯,虫蛇不害。禹铸金鼎象百物,以入山林,亦辟凶殃。论者以为非实,然而上古久远,周鼎之神,不可无也。夫金与土,同五行也,使作土龙者如禹之德,则亦将有云雨之验。""神灵以象见实,土龙何独不能以伪致真也?上古之人,有神荼、郁垒者,昆弟二人,性能执鬼,居东海度朔山上,立桃树下,简阅百鬼。鬼无道理,妄为人祸,荼与郁垒缚以卢索,执以食虎。故今县官斩桃为人,立之户侧;画虎之形,著之门阑。夫桃人,非荼、郁垒也;画虎,非食鬼之虎也,刻画效象,冀以御凶。今土龙亦非致雨之龙,独信桃人画虎,不知土龙。"

其卷十六《讲瑞篇》论述"儒者之论,自说见凤皇麒麟而知之。何则?案凤皇麒麟之象。又《春秋》获麟文曰:有麇而角。麇而角者,则是麒麟矣。其见鸟而象凤皇者,则凤皇矣。黄帝、尧、舜、周之盛时皆致凤皇。孝宣帝之时,凤皇集于上林,后又于长乐之宫东门树上,高五尺,文章五色。周获麟,麟似麇而角。武帝之麟,亦如麇而角。如有大鸟,文章五色;兽状如麇,首戴一角:考以图象,验之古今,则凤、麟可得审也",称曰:"夫凤皇,鸟之圣者也;麒麟,兽之圣者也;五帝、三王、皋陶、孔子,人之圣也。十二圣相各不同,而欲以麇戴角则谓之麒麟,相与凤皇象合者谓之凤皇,如何?夫圣鸟兽毛色不同,犹十二圣骨体不均也。"又曰:"戴角之相,犹戴午也。颛顼戴午,尧、舜必未然。今鲁所获麟戴角,即后所见麟未必戴角也。如用鲁所获麟求知世间之麟,则必不能知也。何则?毛羽骨角不合同也。假令不同,或时似类,未必真是。虞舜重瞳,王莽亦重瞳;晋文骈胁,张仪亦骈胁。如以骨体毛色比,则王莽,虞舜;而张仪,晋文也。有若在鲁,最似孔子。孔子死,弟子共坐有若,问以道事,有若不能对者,何也?体状似类,实性非也。今五色之鸟,一角之兽,或时似类凤皇、麒麟,其实非真,而说者欲以骨体毛色定凤皇、麒麟,误矣。是故颜渊庶几,不似孔子;有若恒庸,反类圣人。由是言之,或时真凤皇、麒麟,骨体不似,恒庸鸟兽,毛色类真,知之如何?""尧生丹朱,舜生商均。商均、丹朱,尧、舜之类也,骨性诡耳。鲧生禹,瞽瞍生舜。舜、禹、鲧、瞽瞍之种也,知德殊矣。试种嘉禾之实,不能得嘉禾。恒见粢梁之粟,茎穗怪奇。人见叔梁纥,不知孔子父也;见伯鱼,不知孔子之子也。张汤之父五尺,汤长八尺,汤孙长六尺。孝宣凤皇高五尺,所从生鸟或时高二尺,后所生之鸟或时高一尺。安得常种?"最后曰:"方今圣世,尧、舜之主,流布道化,仁圣之物,何为不生?或时以有凤皇、麒麟,乱于鹄鹊、麋鹿,世人不知。美玉隐在石中,楚王、令尹不能知,故有抱玉泣血之痛。今或时凤皇、麒麟,以仁圣之性,隐于恒毛庸羽,无一角五色表之,世人不之知,犹玉在石中也。何用审之?为此论草于永平之初,时来有瑞,其孝明宣惠,众瑞并至。至元和、章和之际,孝章耀德,天下和洽,嘉瑞奇物,同时俱应,凤皇、麒麟,连出重见,盛于五帝之时。此篇已成,故不得载。"

其卷十八《自然篇》记述曰:"《易》曰:黄帝、尧、舜垂衣裳而天下治。垂衣裳者,垂拱无为也。孔子曰:大哉,尧之为君也!惟天为大,惟尧则之。又曰:巍巍乎!舜、禹之有天下也,而不与焉。周公曰:上帝引佚。上帝,谓禹、舜也。禹、舜承安继治,任贤使能,恭己无为而天下治。禹、舜承尧之安,尧则天而行,不作功邀名,无为之化自成,故曰荡荡乎,民无能名焉。年五十者击壤于涂,不能知尧之德,盖自然之化也。《易》曰:大人与天地合其德。黄帝、尧、舜,大人也,其德与天地合,故知无为也。天道无为,故春不为生,而夏不为长,秋不为成,冬不为藏。阳气自出,物自生长;阴气自起,物自成藏。汲井决陂,灌溉园田,物亦生长,霈然而雨,物之茎叶根垓,莫不洽濡。程量澍泽,孰与汲井决陂哉! 故无为之为大矣。本不求功,故其功立;本不求名,故其名成。沛然之雨,功名大矣,而天地不为也,气和而雨自集。"

其卷十八《感类篇》记述曰:"秦始皇帝东封岱岳,雷雨暴至。刘媪息大泽,雷雨晦冥。始皇无道,自同前圣,治乱自谓太平,天怒可也。刘媪息大泽,梦与神遇,是生高祖,何怒于生圣人而为雷雨乎? 尧时大风为害,尧激大风于青丘之野。舜入大麓,烈风雷雨。尧、舜世之隆主,何过于天,天为风雨也? 大旱,《春秋》雩祭,又董仲舒设土龙,以类招气,如天应雩龙,必为雷雨。何则? 秋夏之雨,与雷俱也。必从《春秋》、仲舒之术,则大雩龙,求怒天乎? 师旷奏《白雪之曲》,雷电下击,鼓《清角》之音,风雨暴至。苟为雷雨为天怒,天何憎于《白雪》《清角》,而怒师旷为之乎? 此雷雨之难也。"

其卷十八《齐世篇》记述曰:"语称上世之时,圣人德优,而功治有奇。故孔子曰:大哉,尧之为君也! 唯天为大,唯尧则之。荡荡乎民无能名焉! 巍巍乎其有成功也! 焕乎其有文章也! 舜承尧不堕洪业,禹袭舜不亏大功。其后至汤,举兵代桀,武王把钺讨纣,无巍巍荡荡之文,而有动兵讨伐之言。盖其德劣而兵试,武用而化薄。化薄,不能相逮之明验也。及至秦、汉,兵革云扰,战力角势,秦以得天下。既得在下,无嘉瑞之美,若叶和万国、凤皇来仪之类,非德劣不及,功薄不若之征乎? 此言妄也。""尧、舜之禅,汤、武之诛,皆有天命,非优劣所能为,人事所能成也。使汤、武在唐、虞,亦禅而不伐;尧、舜在殷、周,亦诛而不让。盖有天命之实,而世空生优劣之语。经言叶和万国,时亦有丹朱;凤皇来仪,时亦有有苗;兵皆动而并用,则知德亦何优劣而小大也?"其称:"世论桀、纣之恶,甚于亡秦。实事者谓亡秦恶甚于桀、纣。秦、汉善恶相反,犹尧、舜、桀、纣相违也。亡秦与汉皆在后世,亡秦恶甚于桀、纣,则亦知大汉之德不劣于唐、虞也。唐之万国,固增而非实者也。有虞之凤皇,宣帝贴已五致之矣。孝明帝符瑞并至。夫德优故有瑞,瑞钧则功不相下。宣帝、孝明如劣,不及尧、舜,何以能致尧、舜之瑞? 光武皇帝龙兴凤举,取天下若拾遗,何以不及殷汤、周武?世称周之成、康不亏文王之隆,舜巍巍不亏尧之盛功也。方今圣朝,承光武,袭孝明,有浸酆溢美之化,无细小毫发之亏,上何以不逮舜、禹?下何以不若成、康?世见五帝、三王事在经传之上,而汉之记故尚为文书,则谓古圣优而功大,后世劣而化薄矣。"

其卷二十二《纪妖篇》记述了秦始皇传说,称:"秦始皇帝三十六年,荧惑守心,有星坠下,至地为石,刻其石曰:始皇死而地分。始皇闻之,令御史逐问莫服,尽取石旁家人诛之,因燔其石。妖,使者从关东夜过华阴平野,或有人持璧遮使者,曰:为我遗镐池君。因言曰:今年祖龙死。使者问之,因忽不见,置其璧去。使者奉璧,具以言闻,始皇帝默然良久,曰:山鬼不过知一岁事,乃言曰祖龙者,人之先也。使御府视璧,乃二十八年行渡江所沉璧也。明三十七年,梦与海神战,如人状。是何谓也?曰:皆始皇且死之妖也。始皇梦与海神战,恚怒入海,候神射大鱼,自琅邪至劳、成山不见。至之罘山,还见巨鱼,射杀一鱼,遂旁海西至平原津而病,至沙丘而崩。当星坠之时,荧惑为妖,故石旁家人刻书其石,若或为之,文曰始皇死,或教之也。犹世间童谣,非童所为,气导之也。凡妖之发,或象人为鬼,或为人象鬼而使,其实一也。"

其卷二十二《订鬼篇》记述曰:"一曰:鬼者,物也,与人无异。天地之间,有鬼之物,常在四边之外,时往来中国,与人杂则,凶恶之类也,故人病且死者乃见之。天地生物也,有人如鸟兽。及其生凶物,亦有似人象鸟兽者。故凶祸之家,或见蜚尸,或见走凶,或见人形,三者皆鬼也。或谓之鬼,或谓之凶,或谓之魅,或谓之魑,皆生存实有,非虚无象类之也。何以明之?成事:俗间家人且凶,见流光集其室,或见其形若鸟之状,时流入堂室,察其不谓若鸟兽矣。夫物有形则能食,能食则便利。便利有验,则形体有实矣。《左氏春秋》曰:投之四裔,以御魑魅。《山海经》曰:北方有鬼国。说魑者谓之龙物也,而魅与龙相连,魅则龙之类矣。又言:国,人物之党也。《山海经》又曰:沧海之中,有度朔之山。上有大桃木,其屈蟠三千里,其枝间东北曰鬼门,万鬼所出入也。上有二神人,一曰神荼,一曰郁垒,主阅领万鬼。恶害之鬼,执以苇索,而以食虎。于是黄帝乃作礼以时驱之,立大桃人,门户画神荼、郁垒与虎,悬苇索以御凶魅。有形,故执以食虎。案可食之物,无空虚者。其物也性与人殊,时见时匿,与龙不常见,无以异也。"

其卷二十五《解除篇》论述"世信祭祀,谓祭祀必有福",称:"解逐之法,缘古逐疫之礼也。昔颛顼氏有子三人,生而皆亡,一居江水为虐鬼,一居若水为魍魉,一居欧隅之间主疫病人。故岁终事毕,驱逐疫鬼,因以送陈、迎新、内吉也。世相仿效,故有解除。夫逐疫之法,亦礼之失也。行尧、舜之德,天下太平,百灾消灭,虽不逐疫,疫鬼不往。行桀、纣之行,海内扰乱,百祸并起,虽日逐疫,疫鬼犹来。衰世好信鬼,愚人好求福。周之季世,信鬼修祀。以求福助。愚主心惑,不顾自行,功犹之立,治犹不定。故在人不在鬼,在德不在祀。国期有远近,人命有长短,如祭祀可以得福,解除可以去凶,则王者可竭天下之财,以兴延期之祀;富家翁妪可求解除之福,以取逾世之寿。案天下人民,夭寿贵贱,皆有禄命;操行吉凶,皆有衰盛。祭祀不为福,福不由祭祀。世信鬼神,故好祭祀。祭祀无鬼神,故通人不务焉。祭祀,厚事鬼神之道也,犹无吉福之验,况盛力用威,驱逐鬼神,其何利哉!"其又称:"祭祀之礼,解除之法,众多非一,且以一事效其非也。夫小祀足以况大祭,一鬼足以卜百神。世间缮治宅舍,凿地掘土,功成作毕,解谢土神,名曰解土。为土偶人,以像鬼形,令巫祝延,以解土神。已祭之后,心快意喜,谓鬼神解谢,殃祸除去。如讨论之,乃虚妄也。何以验之?夫土地犹人之体也,普天之下皆为一体,头足相去,以万里数。人民居土上,犹蚤虱着人身也。蚤虱食人,贼人肌肤,犹人凿地,贼地之体也。蚤虱内知,有欲解人之心,相与聚会,解谢于所食之肉旁,人能知之乎?夫人不能知蚤虱之音,犹地不能晓人民之言也。胡、越之人,耳口相类,心意相似,对口交耳而谈,尚不相解;况人之与地相似,地之耳口与人相远乎!今所解者地乎?则地之耳远,不能闻也。所解一宅之土,则一宅之土犹人一分之肉也,安能晓之!如所解宅神乎,则此名曰解宅,不名曰解土。礼入宗庙,无所主意,斩尺二寸之木,名之曰主,主心事之，不为人像。今解土之祭，为土偶人，像鬼之形，何能解乎？神荒忽无形，出入无门，故谓之神。今作形象，与礼相违，失神之实，故知其非。象似布藉，不设鬼形。解土之礼，立土偶人，如祭山可为石形，祭门户可作木人乎？"

其卷二十六《实知篇》记述曰："孔子将死，遗谶书，曰：不知何一男子，自谓秦始皇，上我之堂，踞我之床，颠倒我衣裳，至沙丘而亡。其后，秦王兼吞天下，号始皇，巡狩至鲁，观孔子宅，乃至沙丘，道病而崩。又曰：董仲舒乱我书。其后，江都相董仲舒，论思《春秋》，造著传记。又书曰：亡秦者，胡也。其后，二世胡亥，竟亡天下。用三者论之，圣人后知万世之效也。孔子生不知其父，若母匿之，吹律自知殷宋大夫子氏之世也。不案图书，不闻人言，吹律精思，自知其世，圣人前知千岁之验也。"其回答"黄帝生而神灵，弱而能言。帝喾生而自言其名。未有闻见于外，生辄能言，称其名，非神灵之效，生知之验乎"，曰："黄帝生而言，然而母怀之二十月生，计其月数，亦已二岁在母身中矣。帝喾能自言其名，然不能言他人之名，虽有一能，未能遍通。所谓神而生知者，岂谓生而能言其名乎？乃谓不受而能知之，未得能见之也。黄帝、帝喾虽有神灵之验，亦皆早成之才也。人才早成，亦有晚就，虽未就师，家问室学。人见其幼成早就，称之过度。云项托七岁，是必十岁，云教孔子，是必孔子问之。云黄帝、帝喾生而能言，是亦数月。云尹方年二十一，是亦且三十。云无所师友，有不学书，是亦游学家习。世俗褒称过实，毁败逾恶。世俗传颜渊年十八岁升太山，望见吴昌门外有系白马。定考实，颜渊年三十不升太山，不望吴昌门。项托之称，尹方之誉，颜渊之类也。"

其卷二十八《正说篇》记述曰："说《易》者皆谓伏羲作八卦，文王演为六十四。夫圣王起，河出图，洛出书。伏羲王，《河图》从河水中出，《易》卦是也。禹之时，得《洛书》，书从洛水中出，《洪范》九章是也。故伏羲以卦治天下，禹案《洪范》以治洪水。古者烈山氏之王得河图，夏后因之曰《连山》；烈山氏之王得河图，殷人因之曰《归藏》；伏羲氏之王得河图，周人曰《周易》。其经卦皆六十四,文王、周公因象十八章究六爻。世之传说《易》者,言伏羲作八卦;不实其本,则谓伏羲真作八卦也。伏羲得八卦,非作之;文王得成六十四,非演之也。演作之言,生于俗传。苟信一文,使夫真是几灭不存。既不知《易》之为河图,又不知存于俗何家《易》也,或时《连山》《归藏》,或时《周易》。案礼夏、殷、周三家相损益之制,较著不同。如以周家在后,论今为《周易》,则礼亦宜为周礼。六典不与今礼相应,今礼未必为周,则亦疑今《易》未必为周也。案左丘明之传,引周家以卦,与今《易》相应,殆《周易》也。"其称:"唐、虞、夏、殷、周者,土地之名。尧以唐侯嗣位,舜从虞地得达,禹由夏而起,汤因殷而兴,武王阶周而伐,皆本所兴昌之地,重本不忘始,故以为号,若人之有姓矣。说《尚书》谓之有天下之代号,唐、虞、夏、殷、周者,功德之名,盛隆之意也。故唐之为言荡荡也,虞者乐也,夏者大也,殷者中也,周者至也。尧则荡荡民无能名;舜则天下虞乐;禹承二帝之业,使道尚荡荡,民无能名;殷则道得中;周武则功德无不至。其立义美也,其褒五家大矣,然而违其正实,失其初意。唐、虞、夏、殷、周,犹秦之为秦,汉之为汉。秦起于秦,汉兴于汉中,故曰犹秦、汉;犹王莽从新都侯起,故曰亡新。使秦、汉在经传之上,说者将复为秦、汉作道德之说矣。"其又曰:"尧老求禅,四岳举舜。尧曰:我其试哉!说《尚书》曰:试者,用也;我其用之为天子也。文为天子也。文又曰:女于时,观厥刑于二女。观者,观尔虞舜于天下,不谓尧自观之也。若此者,高大尧、舜,以为圣人相见已审,不须观试,精耀相照,旷然相信。又曰:四门穆穆,入于大麓,烈风雷雨不迷。言大麓,三公之位也。居一公之位,大总录二公之事,众多并吉,若疾风大雨。夫圣人才高,未必相知也。圣成事,舜难知佞,使皋陶陈知人之法。佞难知,圣亦难别。尧之才,犹舜之知也。舜知佞,尧知圣。尧闻舜贤,四岳举之,心知其奇而未必知其能,故言我其试哉!试之于职,妻以二女,观其夫妇之法,职治修而不废,夫道正而不僻。复令人庶之野,而观其圣,逢烈风疾雨,终不迷惑。尧乃知其圣,授以天下。夫文言观试,观试其才也。说家以为譬喻增饰,使事失正是,诚而不存;曲折失意,使伪说传而不绝。造说之传,失之久矣。后生精者,苟欲明经,不原实,而原之者亦校古随旧,重是之文,以为说证。经之传不可从,《五经》皆多失实之说。《尚书》《春秋》,行事成文,较著可见,故颇独论。"

汉代社会"凭谶为说","以谶解经",今文经学横行霸道。王充"疾虚妄"之作《论衡》的出现,有力地动摇了这种局面。之后,张衡、王符、荀悦、仲长统等学者,不同程度地继承他的无神论思想,与封建神学进行坚决斗争。特别是张衡,他不但是一位杰出的天文学家,而且是一位卓越的哲学家。他以科学为武器,有力地驳斥了封建神学"畏天威,惧天变"等理论。应该说,这些无神论哲学思想对民间文学的发展是有益的。如《史记·陈涉世家》中就有"王侯将相宁有种乎"这种对神权的怀疑,说明挣脱神学对民间文学的发展具有重要意义。民间文学在后世常作为思想解放的先声,其原因正在这里。所以说,王充的"唯理论"民间文学观并不是对民间文学的扼杀,相反,在整体上是一种促进。它促进了民间文学对神学的超越,引发了千百万人民群众的觉醒。那些时政歌谣对时局的清醒揭露和批评的不断深入,就是最好的证明。

我国是农耕文明时代极其长久的国度,农业的基本特征就在于依赖天时,所以,我们的哲学思想尤其推崇"天人合一""天人相应"和"顺从自然"的社会发展观。那么,对神鬼的信奉,就化为对自然世界的皈依与崇拜。文化的实质内容在于超自然的表达,以"虚"显示"实",虚实之间互为现象,共同构成民间文化生活世界。所以,民间文学成为这种信仰的形象表达,即一切以农为本,四时八节,五方世界,各有其主,其主便是形形色色的神灵。

最后要特别提到的是崔寔的《四民月令》。这是汉代民间文化中又一部专门记述农桑种植特性的典籍,可以看作农耕文明时代中国社会风俗生活的百科全书,其中保存了大量的民间谚语。这是中国民间文学史上一部难得的经典之作。

崔寔,字子真,一名台,字元始。《后汉书·崔骃列传》中称:"(其)明于政体,吏才有余,论当世便事数十字,名曰《政论》。指切时要,言辩而确,当世称之。仲长统曰:'凡为人主,宜写一通,置之坐侧。'"崔寔志在"矫衰汉之弊",虽"家徒四壁立"而无悔。在《政论》中,他强调抑制淫侈,奖励农耕,提倡革新。《四民月令》就是贯彻他这种思想的一部理想图景之作。在这部典籍中,我们可以看到他所描述的农耕习俗在范围上主要是洛阳一带即中州腹地,在时序上从正月一直到十二月,以某家族的民俗生活为主线,有"典馈""蚕妾""女红""缝人""司部""执事""家人"等不同阶层人物的具体活动。这是一部以洛阳名门崔氏家族民俗生活为主要描述内容的"民俗志",对后世"农书"的写作体例产生了深刻的影响。如北魏贾思勰的《齐民要术》中就可以看到它的身影。《齐民要术》中引述了《四民月令》所引的农谚,如:

二月昏,
参星夕。
杏花盛,
桑叶赤。

蜻蛉鸣,
衣裘成。
蟋蟀鸣,
懒妇惊。

河射角,
堪夜作。
犁星没,

水生骨。

崔寔辑录这些农家谚意在励农,其他还有"冬青花,不落湿沙"等句。一切都是经验的总结,来自深入体会和理解农耕文明社会风俗生活的实践,而后人辑本屡见屡失。其原因主要在于官本位的价值立场,对农业生活身份的轻视。只是后来在杨慎的《古今风谣》中,我们所见到这些内容是较为集中的整理。

汉代保存民间谚语的典籍,还有《氾胜之书》等个人著述,《齐民要术》中也有保存,如"顷不比亩善""子欲富,黄金覆"等条。这里不但记述了谚语的内容,而且记述了谚语的生成背景。如对"顷不比亩善"作阐述时清杜文澜辑《古谣谚》云:

《氾胜之书》据《齐民要术》:诸山陵近邑高危倾坂及丘城上,皆可为区田;区田不耕旁地,庶尽地力。凡区种不先治地,便荒地为之。以亩为率,上农夫一亩三千七百区,亩收百斛;中农夫一亩千二十七区,收粟五十一石;下农夫一亩五百六十七区,收二十八石。自注云:谚曰云云,谓多恶不如少善也。顷不比亩善。

在注《壅麦根谚》时,阐释"子欲富,黄金覆"时引道:

麦生黄色,伤于太稠,稠者锄而稀之。秋锄以棘柴楼之,以壅麦根,故谚曰"子欲富,黄金覆"。谓秋锄麦,曳柴壅麦根也。至春冻解,棘柴曳之突,绝其干叶,须麦生,复锄之,到榆荚时注雨止。候土白背复锄。如此则收必倍。

民以食为天,国以农为本。长期以来,我国社会政治经济文化思想发展中形成如此本固而邦宁的理念与传统,也因此构成我国民间文学极其重要的思想文化内容。

农耕是我国历史文化发展中一个不可忽视的主题,不独在《四民月令》和《记胜之书》中已经有农谚的记述,《汉书·艺文志》也曾举九家农书,著录《神农》《野老》等篇。在此之前,《管子》和《吕氏春秋》中也有农书的内容,尤其是《吕氏春秋》的"任地""上农""辨土""审时"诸篇,强调"所以务耕织者,以为本教也"。但像汉代如此集中记述者甚为少见,这是常被我们忽略的内容。

第四节　典籍注释与民间文学

汉代典籍的注释有两个非常重要的文化背景,一是秦统一中国之后,六国文字相异,文献典籍的整理需要注释,文献经过注释,才能更好地传播和保存;另一种原因是汉代学者以贾逵为代表,以为先秦诸子已经把所有的道理都说尽,后人只需要对前人的著作进行注释和解说便可。在注释的过程中,汉代学者所使用的材料有两种,一种是凭文献或者是记忆中的典籍材料,一种是凭口头传说即当世所流行的民间文学材料。因此,注释中既有作者个人对某种典籍的具体理解,又有以集体记忆为基本内容的民间文学的具体保存。注释在开始只是一种文化发展中的阅读技术,而随着它与学术文化发展的密切联系,既深刻影响着经学的产生,同时也深刻影响着后世文学与学术格局的基本形成与发展变化。当然,学术传统一旦形成,就会产生非凡的意义,而这种意义的显现,又是社会需求与知识阶层自身努力及选择方式等多种因素相互作用的结果。诸如注释中所出现的大章句与小章句,汉魏时更多的人曾经选择了小章句,后来唐宋时期又有人选择了大章句,大小章句在不断的文化选择中保持了各自的学术风格与学术体系。利用当时流行的民间传说等民间文学、民间文化现象阐释经典文献,这种学术传统对我国民间文学的发展具有重要意义,应该引起我们的充分重视。在某种意义上讲,这种学术传统的继承和发展,可视为与文化人类学理论相对等的学术方法,即它们都看到了民间文化存在的活性形态对我们认识经典中某些文化生活事项所具有的特殊价值,"礼失求诸野"即表现出这种意义。但令人遗憾的是,这种良好的学术方法、学术传统,在后世文学、文化的研究中不断受到压抑,以义理、辞章、考据为代表的学术方法成为主流,在民间文化生活中寻求文化活力的学术传统日益隐没、式微。回首汉代学者所做的这种学术实践,有许多问题应该引起我们的深入思索。

现在看来,汉代学者在经典文献的注释中注重民间传说的引入并有突出成就的当数王逸的《楚辞章句》、高诱的《淮南子注》、赵岐的《孟子注》、韩婴的《韩诗外传》,还有郑玄、蔡邕、应劭等学者的注释、解说。董仲舒在《春秋繁露》中以公羊学派的观点阐发《春秋》,也采用了一些民间传说、民间信仰事项,他是汉代今文经学的重要奠基者,同样可以属于王逸等人之列。另外,许慎在《说文解字》中对古代神话的解释,也可以看作此类现象。注释的意义不仅仅体现在章句的形式上,而且表现在一种自觉的学术意识上,关键在于注释者是摒弃还是保存民间文学这一重要内容。在具体的注释中,我们可以看到这些学者不同的民间文学观,更重要的是可以看到汉代保存的民间文学状况。

王逸对《楚辞》的注释,至今对我们理解《楚辞》中的神话与传说,仍具有重要意义。他的《楚辞章句》是《楚辞》的最早注本,是汉代学者注释经典、引用、保存民间传说的一个典型。鲁迅在论述神话与传说时,举到王逸对《楚辞》的注释及其意义:

> 若求之诗歌,则屈原所赋,尤在《天问》中,多见神话与传说,如"夜光何德,死则又育?厥利惟何,而顾菟在腹?""鲧何所营?禹何所成?康回凭怒,地何故以东南倾?""昆仑县圃,其尻安在?增城九重,其高几

里?""鲮鱼何所?鬿堆焉处?羿焉彈日?乌焉解羽"是也。王逸曰,"屈原放逐,彷徨山泽,见楚有先王之庙及公卿祠堂,图画天地山川神灵琦玮谲诡及古贤圣怪物行事……因书其壁,何而问之。"(本书注)是知此种故事,当时不特流传人口,且用为庙堂文饰矣。[1]

此"本书注",指王逸在《楚辞章句》中所作的《天问章句序》。王逸是东汉南郡宜城人,在安帝元初中为校书郎,顺帝时进侍中,他所生活的环境离屈原故地并不远,而且熟悉文献典籍,所以能既运用文献典籍,又运用口头传说故事,结合庙堂文物,注解(释)《楚辞》。鲁迅尤为重视王逸对《楚辞》的注。如其《汉文学史纲要》在论述"屈原及宋玉"时讲:

况《离骚》产地,与《诗》不同,彼有河渭,此则沅湘,彼惟朴樕,此则兰茝;又重巫,浩歌曼舞,足以乐神,盛造歌辞,用于祀祭。《楚辞》中有《九歌》,谓"楚南郢之邑,沅湘之间,其俗信鬼而好祀……屈原放逐……愁思怫郁,出见俗人祭祀之礼,歌舞之乐,其词鄙俚,因为作《九歌》之曲"。[2]

此引文见王逸《楚辞章句·九歌序》。

王逸在论述《楚辞》作品的具体产生时,注意到了民俗生活的重要影响作用。他在《楚辞章句·招魂序》中说:"宋玉怜哀屈原忠而斥弃,愁懑山泽,魂魄放佚,厥命将落,故作《招魂》。"这里不论《招魂》是否为屈原所作,或是否为宋玉所作,王逸都提到了民俗生活环境,这在当时来说是很难得的。又如《大山》《小山》的形成,王逸在《楚辞章句·招隐士序》中说:"昔

---

[1] 《鲁迅全集第九卷·中国小说史略》,人民文学出版社2005年版,第23页。
[2] 《鲁迅全集第九卷·汉文学史纲要》,人民文学出版社2005年版,第385页。

淮南王博雅好古，招怀天下俊伟之士。自八公之徒，咸慕其德而归其仁，各竭才智，著作篇章，分造辞赋，以类相从，故或称《小山》，或称《大山》，其义犹《诗》有《小雅》《大雅》也。"这里的"天下俊伟之士"虽然不一定就直接形成民间口头创作，但却在"各竭才智"中包含着民间文学。细数王逸在《楚辞章句》中对各种神话传说的具体注释，我们可以看到王逸对神话传说的历史化处理方式，这表现出当时普遍存在的学术风尚。

高诱的《淮南子注》在保存和运用民间传说方面的倾向更明显。如他在"叙目"中说：

> 淮南子名安，厉王长子也。长，高皇帝之子也。其母赵氏女，为赵王张敖美人。高皇帝七年讨韩信于铜鞮，信亡走匈奴，上遂北至楼烦。还过赵，不礼赵王。赵王献美女赵氏女，得幸，有身。赵王不敢内之于宫，为筑舍于外。及贯高等谋反发觉，并逮治王，尽收王家，及美人赵氏女亦与焉。吏以得幸有身闻上，上方怒赵王，未理也。赵美人弟兼，因辟阳侯审食其言之吕后，吕后不肯白，辟阳侯亦不强争。及赵美人生男，恚而自杀。吏奉男诣上，上命吕后母之，封为淮南王。暨孝文皇帝即位，长弟上书，愿相见，诏至长安。日从游宴，骄蹇如家人兄弟。怨辟阳侯不争其母于吕后，因椎杀之。上非之，肉袒北阙谢罪，夺四县，还归国。为黄屋左纛，称东帝，坐徙蜀岩道，死于雍。上闵之，封其四子为列侯。时民歌之曰："一尺缯，好童童。一升粟，饱蓬蓬。兄弟二人，不能相容。"上闻之曰："以我贪其地邪？"乃召四侯而封之：其一人病薨，长子安袭封淮南王，次为衡山王，次为庐江王。太傅贾谊谏曰："怨仇之人，不可贵也。"后淮南、衡山卒反，如贾谊言。初，安为辨达，善属文。皇帝为从父，数上书，召见。孝文皇帝甚重之，诏使为《离骚赋》，自旦受诏，日早食已。上爱而秘之。天下方术之士多往归焉……及诸儒大山、小山之徒，共讲论道德，总统仁义，而著此书。其旨近老子，淡泊无为，蹈虚守静，出入经道。言其大也，则涛

天载地;说其细也,则沦于无垠,及古今治乱存亡祸福,世间诡异瑰奇之事。其义也著,其文也富,物事之类,无所不载,然其大较归之于道,号曰鸿烈。鸿,大也;烈,明也,以为大明道之言也。故夫学者不论《淮南》,则不知大道之深也。是以先贤通儒述作之士,莫不援采以验经传。以父讳"长",故其所著,诸"长"字皆曰"修"。光禄大夫刘向校定撰具,名之"淮南"。又有十九篇者,谓之"淮南外篇"。自诱之少,从故侍中、同县卢君受其句读,诵举大义。会遭兵灾,天下棋峙,亡失书传,废不寻修,二十余载。建安十年,辟司空掾,除东郡濮阳令,睹时人少为淮南者,惧遂凌迟,于是以朝餔事毕之间,乃深思先师之训,参以经传道家之言,比方其事,为之注解,悉载本文,并举音读。典农中郎将弁揖借八卷刺之,会揖身丧,遂亡不得。至十七年,迁监河东,复更补足。浅学寡见,未能备悉,其所不达,注以"未闻"。唯博物君子览而详之,以劝后学者云耳。

其中详述了淮南王刘安的皇族身世,引述了那首"兄弟二人,不能相容"的歌谣,借以论述《淮南子》成书的具体背景。高诱所注,对神话传说的阐释同样有历史化的倾向,而他更重要的贡献,则是有机地运用了秦汉间的方言。如《原道》中有一句"甚淖而滒,甚纤而微",高诱注为"滒亦淖也。夫馈粥多沈者谓滒。滒,读歌讴之歌"。胡适对此较为重视,他在为刘文典《淮南鸿烈集解》作序时,称此"可供考古者之采访"[1],并结合徽州方言更进一步述说其意义。以俗注俗、释俗,运用民间传说解释民间传说,高诱这种注释方式被后世广泛采用,成为民间文学典籍文献保存的一种有效方式。

《韩诗外传》是一部注释《诗经》的典籍,也是一部阐述《诗经》经义的典籍。《汉书·儒林传》称:"韩婴,燕人也。孝文帝时为博士,景帝时至常

---

[1] 刘文典撰,冯逸、乔华点校:《淮南鸿烈集解·序》,中华书局1989年版。

山太傅。婴推诗人之意而作外传数万言,其语颇与齐鲁间殊,然归一也。淮南、贲生受之,燕赵间言《诗》者由韩生。韩生亦以《易》授人,推《易》意而为之传。燕赵间好《诗》,故其《易》微,惟韩氏自传之。武帝时,婴尝与董仲舒论于上前,其人精悍,处事分明,仲舒不能难也。"在《韩诗外传》中,我们能看到这样一种体例,即先讲述一段故事,然后引《诗经》中的一句来作证。这种体例在《论语》《墨子》《孟子》《荀子》等先秦著作中就已出现,但就对《诗经》的注解和阐释来说,《韩诗外传》最为集中。汉初传授的《诗经》有齐、鲁、韩、毛四大家,齐、鲁、韩三家列为学官,毛家传于民间。在韩家所传《诗经》及其"注"中,保存的故事有许多就是民间传说,成为汉代学者保存、运用民间文学的又一类典型。如《韩诗外传》第二十三章对《诗经》中"载色载笑,匪怒伊教"的阐释,引用了舜与禹的神话传说:

当舜之时,有苗不服。其不服者,衡山在南,岐山在北,左洞庭之波,右彭泽之水,由此险也。以其不服,禹请伐之,而舜不许,曰:"吾喻教犹未竭也。"久喻教,而有苗民请服。天下闻之,皆薄禹之义,而美舜之德。《诗》曰:载色载笑,匪怒伊教,舜之谓也。问曰:"然则禹之德不及舜乎?"曰:"非然也。禹之所以请伐者,欲彰舜之德也。故善则称君,过则称己,臣下之义也。假使禹为君,舜为臣,亦如此而已矣。夫禹可谓达于人臣之大礼也。"

又如其卷三第二十九章所载:

舜生于诸冯,迁于负夏,卒于鸣条,东夷之人也。文王生于岐周,卒于毕郢,西夷之人也。地之相去也,千有余里;世之相后也,千有余岁;然得志行乎中国,若合符节。孔子曰:"先圣后圣,其揆一也。"《诗》曰:"帝命不违,至于汤齐。"

《韩诗外传》中保存了一些神话传说,也保存了一些历史传说。如它在多处记载了孔子的事迹,具有浓郁的民间文学风格,可看作典型的民间传说中的历史人物传说。又如卷四第一、二章以"纣作炮烙之刑""桀为酒池"历史传说的记载,作为《诗经》中"昊天大怃,予慎无辜"的阐释。

历史人物传说在《韩诗外传》中的保存所占比重最大,有些传说成为至今仍被传诵的作品。如著名的"孟母教子"传说,被后世广为传颂,成为年画等民间艺术的主要题材,其初保存在《韩诗外传》卷九第一章之中:

> 孟子少时诵,其母方织。孟子辍然中止,乃复进。其母知其喧也,呼而问之曰:"何为中止?"对曰:"有所失复得。"其母引刀裂其织,以此诫之。自是之后,孟子不复喧矣。孟子少时,东家杀豚。孟子问其母曰:"东家杀豚何为?"母曰:"欲啖汝。"其母自悔而言,曰:"吾怀妊是子,席不正不坐,割不正不食,胎教之也。今适有知而欺之,是教之不信也。"乃买东家豚肉以食之,明不欺也。《诗》云:"宜尔子孙绳绳兮。"言贤母使子贤也。

《韩诗外传》还曾记述了著名的《孟姜女》传说故事,同时还保存了许多民间寓言故事,通过短小精悍的故事来喻示某种意义,如《韩诗外传》卷九第二十七章所记:

> 夫凤凰之初起也,翾翾十步之雀喔呷而笑之。及其升少阳,一诎一信,展而云间,藩篱之雀超然自知不及远矣。士褐衣缊著未尝完也,粝苍之食未尝饱也,世俗之士即以为羞耳。及其出则安百议,用则延民命,世俗之士超然自知不及远矣,《诗曰》:"正是国人,胡不万年!"[1]

---

[1] 除了此则寓言,民间寓言故事还有著名的《塞翁失马》《屠牛吐》等。

《韩诗外传》有一些篇章可以看出鲜明的幻想色彩,是典型的民间幻想故事,不但有生动的故事情节,叙事语言极有特色,而且有鲜明的思想情感。

如卷十第七章所载"东海勇士"故事:

东海有勇士,曰菑丘欣,以勇猛闻于天下。

过神渊,曰:"饮马。"

其仆曰:"饮马于此者,马必死。"

曰:"以欣之言饮之。"

其马果沉。菑丘欣去朝服,拔剑而入,三日三夜,杀三蛟一龙而出。雷神随而击之,十日十夜,眇其左目。

要离闻之,往见之,曰:"欣在乎?"

曰:"送有(友)丧者。"

往见欣于墓。

曰:"闻雷神击子十日十夜,眇子左目。夫天怨不全日,人怨不旋踵。至今弗报,何也?"

叱而去,墓上振愤者不可胜数。

要离归,谓门人曰:"菑丘欣,天下之勇士也。今日我辱之人中,是其必来攻我。墓无闭门,寝无闭户。"

菑丘欣果夜来,拔剑拄要离颈,曰:"子有死罪三。辱我以人中,死罪一也。暮不闭门,死罪二也。寝不闭户,死罪三也。"

要离曰:"子待我一言。子有三不肖。昏暮来谒,不肖一也。拔剑不刺,不肖二也。刃先辞后,不肖三也。能杀我者,是毒药之死耳。"

菑丘欣引剑而去曰:"嘻!所不若者,天下惟此子尔。"

传曰:"公于目夷以辞得国,今要离以辞得身。言不可不文,犹若此乎?"

《诗》曰:"辞之怿矣,民之莫矣。"

《韩诗外传》中所保存的民间故事,在类型上相当齐备,除了不见民间笑话,其他类型都可以看到。

经典注释,一方面经典作品本身就是民间文学文本,一方面在解释文本作为现象存在意义与价值的时候,以俗说俗,用民间传说故事解释民间传说故事,更见其本来面目与真实性,形成我国民间文学解释模式与重要的文化传统。

当然,这也是其阐释、注解经典的目的所决定的,即一切经典都为时代首先是统治阶层所选择和认同。所有的解释,都在自然与情理之中,符合社会需求与文化规范。汉代的典籍注释对民间文学的具体保存,明显具有功利色彩,即注释者难免从自己的需要出发,对那些民间文学进行删简或演绎,这就使民间文学失去其原始性,而发生变异。这种注释效果,通过文化传播渗透进民间文化,使民间文学的原型不断发生变化,这也是民间文学史上一种重要现象。

第五节　纬书中的民间文学

纬书是中国的神学。

一个不容忽视的民间文学历史现象是,许多神话传说故事未必就是直接产生或承传于远古时代,却影响后世极其深刻,谶纬文化是一个典型。或者说,中国古代神话渐渐形成一条相当模糊的发展轨迹:从神话在原始信仰中产生;其逐步发展到仙话,以仙话表现神话;神话与仙话不断糅合,衍生出具有神话意义的传说,通过传说保存或者解释神话;三者共生于原始信仰,各自独立,又相互联系,共同发展。中国神话传说在历史发展中形成三个基本系统,一个是原始神话相同,如前面神话时代的内容;一个是神话化的神话系统,即以纬书为代表的具有仙话色彩的众多神话;第三个系统是民间社会广泛流传的民间神话,不断被衍生,或称为神话主义的泛神话现象。直到今天,我们在中国神话学理论体系的建构中出现许多争执,其焦点就是以偏概全,一定要用自己的一只手遮掩自己的眼睛,也执意遮掩他人的眼睛,甚至动辄训斥或辱骂他人!或曰,一切应该有事实作为证据。

因此,中国文化版图中,中国神话在事实上形成了这样一个特色鲜明、谱系清晰的文化坐标。

这个阶段中,纬书作为中国神学的经典,在后世演变为《搜神大全》和《神异典》,形成中国神话传说发展历史上具有转折意义的一个阶段,是中国神话的又一个中转站。

中国纬书因为时代需要而产生,以谶纬等形式保存了中国文化发展中那些被正统所排斥的文化现象。或者说,在社会历史文化发展中,民间文学有自己的运行规律,有自己的独特价值,未必为那些急功近利之徒所认同,也未必如那些以御用为人生追求者所理解。而且,我们不得不承认,民间文学与纬书文献互见,其联系极其密切。如果不理解中国历史文化发展中的纬书及其思想内容,就不能够完整理解民间文学的发展历史与实质价值。换句话说,正是纬书为典型的神神鬼鬼,构成民间文学中民间信仰等十分重要的思想文化内容。

纬书是一个文化概念,是与社会文化经典即"经书"相对的文献典籍。它是用中国特色的神学理论对以儒学为主要内容的经典所进行的解释方式。其具体出现在汉代初年,伴随着以董仲舒为代表的今文经学的崛起,在两汉交际时出现高潮。至东汉建初四年(79)汉章帝亲自主持召开著名的白虎观会议,标志着经学神化的系统性完成。谶纬法典《白虎通义》作为这次会议的理论集成,从此登堂入室,深刻影响到当世及后世文化的发展。也深刻影响着后世民间文化的发展。在众多的谶纬典籍中,包含了许多被扭曲的民间文化、民间文学,出现了典型的神话传说宗教化、神学化的重要现象,是我们理解民间文学历史发展的重要材料。

汉代建立的刘氏政权,在其开始年代,较为重视吸取秦代灭亡的历史教训,政策较为宽松,曾出现文景之治的繁盛局面;到汉武帝时,实行罢黜百家,独尊儒术,更进一步加强了教化统治。汉武帝设立"五经博士","五经"包括《诗》《书》《礼》《易》《春秋》,后因提倡"孝治",又加上《论语》和《孝经》,合称为"七经"。《隋书·经籍志》中曾提到前人"以明天人之道,知后世不能稽同其意,故别立纬及谶,以遗来世",并记载纬书有八十一卷。谶纬之书多依托"七经",如《诗推度灾》《尚书帝命验》《礼含文嘉》《易乾凿度》《春秋元命苞》《论语比考谶》《孝经援神契》等,又有《河图》《洛书》等典籍,它们都保存和运用了丰富的民间传说。

总观其形成背景,有三种内容不可忽视,一是统治者的提倡及其运用,这是基本背景,谶纬之书能形成显学与之息息相关;一是知识阶层对经学的开拓,许多学者自觉地走与神学、政权相结合的道路,原因是相当复杂的;一是民间文化的深厚基础以及宗教在世俗文化中的崛起,这是谶纬之学能够流行于世的必要条件,也是谶纬之学吸取材料的重要来源。只有这三者的有机融合,才会出现谶纬文化与谶纬之学的真正繁荣。

更重要的一个问题是,谶纬之学是否完全属于无稽之谈,我们应该如何认识其文化史的意义,应该引起我们的认真思索。因为多种原因,长期以来,我们对于谶纬之书的价值没能给予足够的重视,而是把它简单地抛弃、割舍在文化发展史之外。严格说来,谶纬之书虽在汉初具体形成,但并非汉之前就没有谶纬之作;谶与纬是两个不同的概念,即《四库全书总目提要·易纬》中所说:"谶自谶,纬自纬,非一类也。谶者诡为隐语,预决吉凶","纬者,经之支流,衍及旁义"。在《史记》和《淮南子》中,曾记载秦代卢生奏《录图》,其为谶,而非为纬;如伏生《尚书大传》、董仲舒《春秋繁露》等书,则是纬书而非谶书。谶纬合称,是秦汉之后的事情,是"弥传弥失,又益以妖妄之词"的结果。一位学者说:"只要我们剥去纬书乃孔子撰作这层外衣,即可正确估计纬书的意义和价值。这好像基督教的《圣经》,于

《旧约》《新约》之外，还有所谓《伪经》，其中不乏富于史料或文学价值的篇章。"[1] 这是有道理的。总观谶纬之书，它包含着符命、遣告、感应论等哲学思想，以释帝王命历为核心内容，同时，也融会了先秦诸子、汉世黄老方术与统治者的政治思想等内容，更包容丰富的民间文化。而其主导性内容，则明显表现出从先秦诸子的理性主义向汉代神秘主义的大转变。神秘主义是民间文学赖以生存的温床，因而谶纬之作，包括"图纬""纬侯""纬术""星纬"，以及众多的"考灵曜""运斗枢""感精符""考异邮"等，保存了丰富的神话传说和民间歌谣等民间文学作品，也就是自然而然的事情了。它具有百科全书的意义，是我们研究古代民间文学的重要宝库——尽管其中有许多被扭曲的内容。

纬书的主要内容表现在三个方面，一是天文占（天人合一的哲学基础），一是五行占（阴阳五行学说的预测功能），一是史事谶。其中最有价值，保存民间文学最集中、最丰富的部分，是"史事谶"。它以隐语、谜语、民间歌谣、怪异图像等形式，预示未来政治局势和社会生活将发生的变化。造谶，成为历史上民间传说的发生契机。"大楚兴，陈胜王""刘秀发兵捕不到"和"千里草，何青青"是这样，好像一切早已被上天安排好，巧合的自然现象被有意神秘化，夸张成一系列历史的"影子"。有时，我们过于强调革命家或者野心家以此作为政治舆论工具的一面，而忽视了其悠远的民间信仰心理积淀的一面。在这里面，包含着历史的和文化的丰富内容，有许多机遇从这里发生，演绎出一幕幕悲喜剧。纬书与谶记，其自身也常常成为民间传说表现的具体内容。更多的时候，纬书与谶记成为历史文化的旋涡，掀起一层层令人眩晕的涟漪。

纬书的基本主题是天与人之间关系的解说。

两汉谶纬思潮有两个高峰，堪称"二武"，一个是汉武帝时代，一个是

---

[1] 李学勤：《纬书集成·序》，河北人民出版社1994年版。

王莽和汉光武帝刘秀时代,这两个时代的谶纬文化主题都是对"天意"的解说。"天意"的解说和传达,不仅起到了有效巩固封建统治主要是精神统治的重要作用,而且具体影响到相关内容的民间文学的大量产生——最为典型的例子就是关于汉武帝遇仙的传说和王莽赶刘秀的传说,这两则传说成为两汉时代民间文学的亮点。如汉武帝遇仙的传说,我们可以在汉魏之际至晋代出现的《汉武故事》《汉武帝内传》和《海内十洲记》等作品中管窥其端倪。《汉武故事》今可见于鲁迅的《古小说钩沉》,其中的"金屋藏娇""柏谷微行""东方朔行状"颇具生活故事的传奇色彩,诸如"会遇西王母""汾水悲歌""汉武帝死后灵异"等篇,则更多了一些幻想故事的神秘意蕴。尤其是汉武帝与西王母相遇的故事,我们可以看到当年在《山海经》中那位"虎齿""豹尾""善啸"的司五残的女神,此时已经变成雍容华贵、举止端庄而且神秘莫测的女仙。《汉武故事》中的汉武帝会遇西王母故事是后世西王母神话向仙话转化的重要见证,著名的《牛郎织女》传说故事中有拔簪划天河的细节,应该与此相关。遇仙不仅自武帝发生,而且其他人也有这种经历,如前面提到的王子乔,但作为一位好大喜功的皇帝与西王母相遇,则成为后世许多作品所演绎的对象。例如《汉武帝内传》就是从《汉武故事》中的这一节生发出来的,演绎成西王母和上元夫人向汉武帝传道,教其修仙。《海内十洲记》又是从《汉武帝内传》中引发出来的,它集中描绘了西王母十洲之说如何使汉武帝动心,汉武帝又如何把东方朔召至身边,让东方朔详细讲述西王母的《五岳真形图》以及《神州真形图》,昆仑神话在这里成为富丽堂皇的仙境,其中的神仙们"视之可三十许,修短得中,天姿掩霭,容颜绝世"。这是成熟的仙话。王莽和刘秀的时代谶言泛滥,在《汉书·王莽传》和《后汉书·光武帝纪》中,可见到"篡汉"和"复汉"的斗争及其中"用符命称功德"等故事。王莽在夺取政权时,先利用武功长孟通掘自井中的一块白石做文章,石上刻有赤字"告安汉公莽为皇帝",又有人在长安制造"天帝行玺金匮图""赤帝行玺某传于黄帝金策书",广为散布"王莽为真天子""赤世计尽,黄德当兴""火德销尽,土德当兴"即"革汉而立新,废刘而立王"的舆论。刘秀利用西汉末年的社会大动荡恢复汉室,同样利用谶言为自己做宣传。如当时有人制造《赤伏符》,其中写道:"刘秀发兵捕不到,四夷云集龙斗野,四七之际火为主。"于是,刘秀起兵南阳,带二十八宿挺进中原,复兴"赤汉",就成为后世民间传说的重要内容。至今,在河南、河北和山东一带,还广为流传着"王莽赶刘秀"的传说,甚至还有"扳倒井""倒栽槐""葬靴冢""蝼蛄截腰""母骡不下驹"等风物故事具体描述刘秀起兵的艰辛、天意的必然。此外,还有"麦仁汤"等故事相伴而生,告诫为政者不要忘记艰难岁月中人民的支持。这些传说的流传不是偶然的,其中谶纬思潮的作用也是十分明显的。如《后汉书·方术列传》中所言:"王莽矫符命,及光武尤信谶言,士之趣赴时宜者,皆驰骋争谈也。"谶纬作为一种思潮,上承巫术、图腾和远古神话、原始信仰,下接宗教和世俗迷信,其影响不仅表现在民间传说诸如风水传说、盗宝传说的产生上,而且影响到人们的民俗生活,诸如《尚书中候》中的"赤文绿字"对建筑文化中红、绿等字与图显示意义的作用。所谓"绿书"即"篆"和"图谶",成为民间文化生活中的重要内容。由此可见谶纬直接影响到民间文化中审美机制的生成与运行。

在岁月的长河中,谶言(记)和纬书不断产生,也不断淘汰,"富贵在天,生死有(由)命""成事在天,谋事在人"等与之相关的俗谚,成为人们处世的信条。谶纬并非无一点益处,有时它成为树立自强、自立、自信等人生信念的催生剂,具有辩证的色彩。但它终究不是科学,它把一切归于超越自然、横贯古今的"天意",在矛盾世界中就显得那样脆弱,那样苍白无力。诸如"天理良心",其源头是与谶纬文化分不开的,它构成了人们保持做人道德的信念的基石,但在社会发展中为人处世如仅仅凭良心,又是何等孱弱!谶纬的意义没有消失,谶纬之书在不断地消亡,这是文明递进发展的规律。我们总览纬书,可以看到邹衍五德终始学说的影响,甚至还可追溯到更远的历史时期,但是,一个明显的事实是,在西汉之前没有我们所举的纬书。《汉书·三统历》中有"易九厄谶",但并没有见书;在《白虎通》中,我们才见到纬书的具体篇名,如《易乾凿度》《书刑德放》《尚书中候》《礼含文嘉》《礼稽命征》《乐稽耀嘉》《乐动声仪》《春秋潜潭巴》《春秋元命苞》《春秋感精符》《春秋含文嘉》《春秋谶》和《孝经援神契》《孝经谶》《论语谶》等;《论衡》和《风俗通义》中也曾记述了一些纬书。

《后汉书·方术传》中,纬书保存是其冰山一角,章怀太子李贤注释文献所保存的纬书,其篇名可见:

一、易纬(《周易》):

《稽览图》《乾凿度》《坤灵图》《通卦验》《是类谋》《辨终备》;

二、书纬(《尚书》):

《璇玑钤》《考灵曜》《刑德放》《帝命验》《运期授》;

三、诗纬(《诗经》):

《推度灾》《记历枢》《含神雾》;

四、礼纬(《周礼》):

《含文嘉》《稽命征》《斗威仪》;

五、乐纬(《乐经》):

《动声仪》《稽耀嘉》《汁图征》;

六、孝经纬(《孝经》):

《援神契》《钩命决》;

七、春秋纬(《春秋传》):

《演孔图》《元命苞》《文耀钩》《运斗枢》《感精符》《考异邮》《保乾图》《汉含孳》《佐助期》《握诚图》《潜潭巴》《说题辞》。

纬书对神话传说的保存,明显经过许多加工,如那些神话中的帝王、英雄形象多与帝人相异,但这种保存与加工并不是凭空而生,而是有着民间信仰作为具体背景的。我们从郑玄等学者的注中,也可以看到这种现象的形成。以《尚书》纬为例,我们可以看到古典神话在两汉(东汉)时代的变形(嬗变形态之一)。在先秦典籍中,我国神话传说的零散性保存是多种原因造成的;在《山海经》中,这种局面有所改变,但《山海经》所记述的神话传说系统偏重于黄帝之后,以舜和禹的神话传说最为详细,还有帝俊系统也较为详细。在汉代谶纬文献中,我们看到中国古典神话好像瞬间被修补得那样详细,而且非常生动。如《尚书》纬类中的《尚书中候》,提到"伏羲氏有天下,龙马负图出于河,遂法之画八卦。又龟书,洛出之也","帝轩提像,配永循机,天地休通,五行期化。河龙图出,洛龟书威,赤文像字,以授轩辕","尧火德,故赤龙应焉","尧时,龙马衔甲,赤文绿色,临坛上。甲似龟背,广袤九尺,圆理平上,五色文,有列星之分,斗正之度,帝王录记,兴亡之数","尧率群臣,东沉璧于洛,退候至于下稷。赤光起,玄龟负书出,赤文成字","尧使禹治水,禹辞,天地重功,帝钦择人。帝曰:'出尔命图乃天。'禹临河观,有白面长人鱼身,出曰:'吾河精也。'表曰:'文命治淫水,臣河图去入渊'","禹治水,天赐玄硅,告厥成功也","夏桀无道,天雨血","玄鸟翔水遗卵,娀简易拾吞,生契,封商,后萌水易","周文王为西伯,季秋之月甲子,赤雀衔丹书入丰镐(鄗),止于昌户。乃拜稽首受,取曰:'姬昌苍帝子,亡殷者纣也'","黄河千年一清,圣人千年出世"等。这里出现最多的是"河洛"和"玄龟"等自然物,即"河图洛书",相伴的是各种神奇的自然景观。这是神化的自然,构成纬书中普遍存在的内容。其他还有各种星象的非凡变化、神话传说中人物面目或体形的怪异等现象,谶纬之书正是通过这些来寓寄、昭示某种事项,或预示某种事件的发生。

近年来,谶言、纬书的整理、研究出现了一些可观的成果,如钟肇鹏的《谶纬论略》、冷德熙的《超越神话——纬书政治神话研究》等。河北人民出版社1994年出版的日本学者安居香山、中村璋八所辑的《纬书集成》,是目前我们所能见到的在纬书保存方面最为全备的一套丛书,为我们检索谶纬典籍提供了很大的方便。

此外,在一些史籍文献,诸如《史记》《汉书》《后汉书》《续汉书》中,还保存着不少谶言,其中有许多谶言是以民间歌谣的形式表现出来的。

如《汉书·五行志》中的元帝时童谣:

井水溢,
灭灶烟,
灌玉堂,
流金门。

这则歌谣被释为王莽出世。其每一句话都有传说做解释的依据,即歌谣产生的传说。

又如《汉书·五行志》所载的成帝时童谣,一首为:

燕燕尾涎涎,
张公子,
时相见。
木门仓琅根,
燕飞来,
啄皇孙,
皇孙死,
燕啄矢。

这首歌谣可与汉世关于赵飞燕的传说联系起来。赵飞燕何许人也?一切都要有传说故事做解释才更合理。

另一首歌谣同样是讲述历史,述说传说:

邪径败良田,
谗口乱善人。
桂树华不实,
黄爵巢其颠。
故为人所羡,
今为人所怜。

如果我们仅仅从语言表面上看,是无从理解其真正所表现历史文化内容的。

其中的"桂树"花为赤色象征汉家天下,"黄爵"则以王莽自谓"黄象"所寓意,预示王莽颠覆西汉政权。在《后汉书·五行志》和《续汉书·五行志》中,也记述了大量的谶言歌谣,如"黄牛白腹,五铢当复""谐不谐,在赤眉""城上乌,尾毕逋"和"王莽天水童谣"等都预示着历史。甚至《风俗通义》中一句"乌腊乌腊",也与后世董卓"滔天虐民"而为人诛杀,"若乌腊虫相随"的内容联系起来,这是我国古代民间歌谣与民间传说相联系的一个典型。

民间歌谣与谣言有着天然的联系。许多学者注意到这种现象,把谣言称为世界上最古老的传媒,说"在文字出现以前,口传媒介便是社会唯一的交流渠道","谣言传递消息,树立或毁坏名声,促发暴动或战争",即使后来出现现代电子媒介等新媒介,"都未能使谣言烟消云散"。所以,他们断言,"不论是我们社会生活的哪一个领域,谣言无所不在"[1]。在历史上,

---

[1] 让－诺埃尔·卡普费雷著,郑若麟译:《谣言:世界最古老的传媒》,上海人民出版社2008年版,第1页。

我们能够看到许多类似的材料,诸如《明季北略》等史籍所载,明末李自成农民起义中,李岩他们就曾经使用诱饵让儿童传唱那些歌颂李自成起义的歌谣。在太平天国和义和团运动中,这种现象比比皆是;这也表明歌谣作为谣言所具有的特殊意义。同样,即使是在今天,大量的谣言与歌谣仍然存在。

民间歌谣的发生,有时并非具有多么明显的功利性或指示意义,而民间传说作为阐释工具时,民间歌谣就被赋予了特殊的意义,人们在歌谣中好像听到了历史的指示和时代的先声,所以,后人把民间歌谣称作"天籁",一切谣言都有自己的目的。应该说,这是民间百姓对民间歌谣的钟爱与寄意,人们渴望安宁、幸福的生活环境,憎恨暴政和动乱,通过这些歌谣来抒发自己的衷情,民间歌谣也因此成为百姓认识历史、面向现实、直视各种矛盾的镜子和旗帜。其中最重要的不是歌谣自身,而是歌谣的发生背景,及其在民间传说中被赋予的某种特定意义。这种现象在先秦就有,而在汉代它的指示、寓寄意义更为丰富。这也是汉代民间文学保存的一种特色。

第六节 神庙与石刻中的民间文学

读古代诗篇,我们常常为"燕然未勒归无计"而感慨万端。未勒,就是刻石作为纪念。人们相信,刻在石头上的东西会永存,最少能够提示人们注意,不能忘记。所以,最早有了岩画,后来有了不同形式的石刻、雕刻和雕塑。

在神庙中,人们需要传递神灵的旨意,需要使其具有权威性意义,所以采用雕塑、石刻、壁画等形式颂扬神灵的丰功伟绩。神庙就因此成为神话传说故事的重要集散地。在墓室中,石刻与各种纹饰具有同样的意义。

《史记·封禅书》中记述道:

余从巡祭天地诸神、名山川而封禅焉。入寿官侍词神语,究观方士祠官之言,于是退而论次自古以来用事于鬼神者,具见其表里。后有君子,得以览焉。

我们在这里可以看到司马迁清醒的史学意识,同时,也可以看到封神建庙和刻石等活动的实质。《史记》《汉书》等史籍以及《风俗通义》等著作中,都记载了大量的神庙及其信仰活动、信仰内容,这表明汉代统治者十分注重利用神庙建筑宣传自己的思想和意志,借以制造"皇权天(神)授"等舆论,巩固其统治。神庙的建设就是文化中心的建设,历代统治者都是这样,汉代也不例外。《说文解字》中提到"庙者,貌也",即通过神像的安置,再通过相应的祭祀活动,使之成为文化辐射中心。

关于庙祀的文化建设意义,拙作《中国庙会文化》(上海文艺出版社1999年版)、《沉重的祭典:中原古庙会文化分析》(河南大学出版社2000年版)、《庙会与中国文化》(人民出版社2008年版)等著述中已作详细论述,此不赘说。笔者所要强调的是,神庙作为社会文化的重要集结地、集散地,不但起到宣传民间文化、民间文学的作用,而且对于保存民间文学也具有非常重要的积极意义。

庙祀的对象是神灵,神灵和人间社会一样,是有等级差别的,主要分为两大类,一类是国家祭祀的天地山川、祖先、帝王和圣贤之类的大神,称为雅神,一类是以草木鱼虫和民间英雄为代表的俗神,或称淫神。一般来讲,雅神的信仰是排斥俗神的,而俗神信仰则更宽容一些,民间百姓按照自己的意志,依照自己的想象塑造表达自己意愿的众神。如,在《尚书·商书》中,我们可以看到"社稷宗庙,罔不祗肃",而在《左传》和《礼记》中,我们则能看到"民有寝庙""庶人祭于寝"的内容。值得我们注意的是,每一座神庙中所供奉的神像,尤其是民间信仰中的俗神,都存在着一个以民间传说为基本内容的阐释系统。在世间流传的民间传说,有许多就是通过神庙的祭祀等信仰活动广为传播的。每一座神庙至少伴随着一组民间故事,包括神话、传说等内容。汉代的庙祀制度,在某种意义上就是对民间文化、民间文学所实行的控制和管理的手段。不独是政府干预庙祀,而且宗教力量、民间社会也都自觉参与,通过神庙的设置和管理,让自己的意志变成民间文学的声音。这样,在民俗生活的文化空间中,就有了民间文学的多重声调。在《史记·封禅书》中,我们可以看到众多神庙的罗列,而在其背后,分明存在着许多相应的民间传说等民间文学内容,甚至还包含着民间戏曲的萌芽。因为神庙是巫觋活动尤为集中的地方,而巫觋作为"神之子",在戏曲起源中具有很重要的作用。戏曲包括歌唱与表演,歌唱的内容多为民间文学——以神庙为中心的民间歌唱,当然直接影响到民间戏曲的产生。这种情况,今天还可以在许多庙会上看到其存在的"痕迹"。以此相推,《史记·封禅书》中所记的"各以岁时奉祠"的神庙,每一类神灵在"奉祠"中都应该伴随着相应的民间文艺活动,包括民间传说、民间戏曲等内容。如其中的各山山神、各水水神,还有郊祭诸神、皇天后土,应有尽有。其他如"日月、参辰、南北斗、荧惑、太白、岁星、填星、辰星、二十八宿、风伯、雨师、四海、九臣、十四臣、诸布、诸严、诸逑之属,百有余庙",像社主那样"其在秦中最小鬼神者"也在奉祀之列。每一个奉祀对象都需要解释奉祀的原因,解释的内容常常成为具体的神话传说故事。这是民间文学发展的重要规律。

《汉书·郊祀志》中,也记载许多神庙、神灵、祭祀等内容,与《史记·封禅书》有所不同者,是它更突出了神仙传说等内容的记述。诸如关于"自威宣燕昭使人入海求蓬莱、方丈、瀛洲三山者,其传在渤海中"等内容均在记述之列;同时,它还提到"鬼神淫祀""自天地六宗以下至诸小鬼神凡千七百",那么,"凡千七百"则当相伴而生相当此数量的民间传说。

在《风俗通义》中,诸鬼神信仰所列更为详细,如鲍君神、李君神等神庙,以及各种风俗、信仰,都属于民间传说发生发展变化规律性内容的具体显示。

总之,神庙兴衰直接影响到民间文学,这种现象至今仍存在着。

庙祀是这样,石刻也是这样。汉代石刻中所保存的民间文学,以各地出土的画像石为典型。关于这一点,已经有许多学者注意到。如1940年《说文月刊》曾刊载常任侠的《重庆沙坪坝出土之石棺画像研究》。他在考证"人首蛇身画像即伏羲女娲"时,对此类画像石刻总结道:

> 人首蛇身画像,汉石刻画像中常有之。其最著者有汉武梁祠石室画像。其第一石即画两人首蛇身像,两尾相结,铭曰"伏戏仓精,初造王业"。又后石五,左石四,俱有人首蛇身交尾像。左石四所刻,一人执矩向右,一妇人执器向左,虽无铭文,然作一阳性一阴性者,均可知其为伏羲与女娲也。又金陵大学中国文化研究所近印南阳汉画,第十四图第五十三图至六十二图,均为人首蛇身像;第六十三图为两人首蛇身交尾像;第六十八图为两人首蛇身对立像,下一巨人承之;第三图为一人首蛇身捧月像。收集颇富。此外山东图书馆王献唐氏,亦集嘉祥滕县所出人首蛇身画像石多品。曲阜近出尤多(据王氏函告,拓本俱未见)。川中发现类此画像者,就所见尚有嘉陵江岸磐溪上无名汉阙画像,作两人首蛇身捧日月状,日中有踆乌,月中有蟾蜍,与渠县沈君阙相类。又新津宝子山画像石,亦作两人首蛇身交尾状。同地所发现者,尚有一画像汉砖,刻人首蛇身捧日轮状,冠三尖上出,与石棺画像相同(砖石为重庆江鹤笙君所得,墨本余俱有之)。武梁祠与南阳各像,及川中所发现者,风格皆异,而大体相同。沙坪坝石棺画像姿态尤为夭矫。又此类画像,我国新疆以及中央亚细亚古墓中,亦常发现。

常任侠结合古典文献和"在苗瑶中传说之伏羲、女娲",研究汉画像石刻中的神话传说,很有见地,此当为后世学者所倡导的"三重证据法"(即文献、文物、口述材料相结合）的重要开创者。这种研究方法,对我国现代神话学的发展有重要的促进作用,闻一多在《伏羲考》[1]中进一步借用了这种方法。细究汉代画像石刻对民间文学的保存,诚如常任侠先生所感叹的那样:"传其灵异图像,绘于神圣殿堂、死者墟墓,有由然矣。"同时,这也是汉代民间信仰与画风相结合的产物。如唐代张彦远《历代名画记》中所说:

  汉明帝画宫图五十卷,第一起庖牺,五十杂画赞。汉明帝雅好画图,别立画官,诏博洽之士班固、贾逵辈取诸经史事。

汉代社会信奉灵魂不灭,以为在墓棺刻画人间仙境,就能使死者在另一个世界享受到幸福,神话传说因此就成为墓棺刻画石像的重要题材,这也是我国民间文学在汉代被保存的一种特殊情况。在后世文物发掘整理工作中,汉画像石的发现越来越多,更多的文物得到有效保护,汉代民间文学的保存状况也就越来越能够为我们全面认识[2]。同类情况还有汉墓帛画等出土文物,其中也保存了许多汉代流传的民间文学,成为我们研究民间文学发展历史的重要材料。

第七节　民间戏曲是后世戏剧文学的重要源头

汉代民间文学在我国民间文学发展史上具有特殊地位,它上承秦代之前缤纷多彩的民间文学,下启魏晋南北朝民间文学的大发展、大融合、大交流。相对而言,汉代社会历史文化的发展处于统一状态,是汉民族历史

---

[1]　《闻一多全集》,上海开明书店1948年版。
[2]　如河南省南阳市专门建立"南阳汉画像馆",集中收藏汉画像石,成为我国研究汉画像石刻内容的重要基地。近年来,文物出版社集中出版了一批汉画像石的专集和专著,这里不一一详述。

文化具体形成的关键时期,这一时期的民间文学可看作对前代各历史时期民间文学的整理,和先秦时期的民间文学一样,具有元典意义。认识和理解汉代民间文学的发展历史,不能仅仅局限于文献,我们还要注意到文物发掘所提供的新材料,同样,还要注意到民间文化的田野作业,尤其要注意到汉代各种文化生活的复杂变化,诸如道教的兴起、佛教的传入,以及农民起义对宗教的利用、文仕阶层知识结构与意识形态所发生的变化,这些内容都具体影响到汉代民间文学的形成和变化。同时,我们不仅要关注汉代的文献对民间文学的直接记录,而且要注意后世典籍中对汉代民间文学的追忆或追记。像《西京杂记》这类典籍,就是对汉代民间文学的追记,但它不可避免地刻上汉代之后的烙印。甄别和辨伪,就成为我们的一项重要任务。尤其是汉代戏曲文化的发展,应看作中国戏剧的源头,而许多学者忽略了这个事实。在以上论述中,我们也较多论述了秦汉时代的民歌、谚语、神话、传说、故事等体裁,而对民间曲艺等具有表演内容的作品论及较少,其主要原因是限于有关的记述严重不足。但在一些典籍中,我们仍可以管窥到这部分内容。如《韩非子·外储说左上》中,已经有皮影戏或影戏雏形之类内容的记述:

> 客有为周君画策者,三年而成,君观之,与髹策者同状,周君大怒。画策者曰:"筑十版之墙,凿八尺之牖,而以日始出时加之其上而观。"周君为之,望见其状尽成龙蛇禽兽车马,万物之状备具。周君大悦。

汉代方术盛行,"天下怀协道艺之士,莫不负策抵掌,顺风而届焉"(《后汉书·方术列传》),戏曲和曲艺的发展必然与之相联系。如《史记·孝武本纪》中所提及的"夫人卒,少翁以方术盖夜致王夫人及灶鬼之貌云,天子自帷中望见焉",《汉书·郊祀志》中也提到类似内容。"致其神"即"夜张灯烛""夜设烛张幄",这固然是"方士巧妄之伪"(《论衡·自然》),

但确实是影戏的萌芽或雏形。所以宋代学者高承在《事物纪原》卷九"影戏"中把《汉书·郊祀志》和《汉书·外戚传》中的"李夫人故事"作为"影戏"之源:

> 故老相承,言影戏之原,出于汉武帝李夫人之亡,齐人少翁言能致其魂。上念夫人无已,乃使致之。少翁夜为方帷,张灯烛,帝坐它帐,自帐中望见之,仿佛夫人像也,盖不得就视之。由是世间有影戏,历代无所见。

汉代民间文学艺术的发展,应该说离不开民间曲艺、民间戏曲作为传播媒介,这对神话传说和民间故事的传播具有非常重要的促进作用。后世出土的文物,诸如"说书俑"之类,可以作为汉代民间曲艺的重要见证,从中我们可以看到汉代民间文学艺术"史迹"之丰富。如1958年第1期《考古学报》所载刘志远文章《成都天回山崖墓清理记》,其中记述一尊"击鼓俑",它"头上着巾,戴笄,额前有花饰。大腹丰凸,赤膊上有璎珞珠饰",其"左臂环抱一鼓,右臂向前平伸,手中握鼓棰欲击","面部表情幽默风生,额前皱纹数道,张口露齿"。这可以表明在汉代已经有了较为成熟的曲艺艺术,这是我国民间文学史上一个重要阶段的标志。同时,这也说明,荀子的"成相辞"作为民间文艺形式在先秦时期的出现,也绝非偶然,在它之前,还当有更为久远的曲艺以雏形作为其背景存在。此后,"说书俑""说唱俑"等汉代文物不断被发现,如1979年在江苏扬州邗江胡场1号两汉墓中所发掘的两件木质"说书俑",一件为"老翁",一件"头有髻"。这与四川成都所发现的"击鼓俑"相应,表明汉代"艺俑"的出现是有着普遍的流传背景的。再与汉代史籍中所载的"王夫人""李夫人"形象相比,都说明汉代民间曲艺流传之广。《旧唐书·音乐志》中曾提到"作偶人以戏,善歌舞,本丧家乐,汉末始用之于嘉会",这并不是凭空而论,而是有着深远的口承传统。由此,我们可以联系到《西京杂记》中所追述的"角抵之戏":

有东海人黄公,少时为术,能制蛇御虎;佩赤金刀,以绛缯束发;立兴云雾,坐成山河。及衰老,气力羸惫,饮酒过度,不能复行其术。秦末有白虎见于东海,黄公乃以赤刀往厌之。术既不行,遂为虎所杀。三辅人,俗用以为戏。汉帝亦取以为角觚之戏焉。

　　关键的内容在于"俗用以为戏"。《西京杂记》并不是杜撰出来的。"角抵戏"在《汉书》中就曾提及;张衡的《西京赋》描述得更详细:

　　临回望之广场,程角抵之妙戏。乌获扛鼎,都卢寻橦。冲狭燕濯,胸突铦锋。九剑之挥霍,若索上而相逢……总会仙唱,戏豹舞黑;白虎鼓瑟,苍龙吹篪。女娥坐而长歌,声清畅而委蛇……巨兽百寻,是为曼延。神山崔巍,歘从背见。熊虎升而挐攫,猨狖超而高援……奇幻倏忽,易貌分形;吞刀吐火,云雾杳冥。画地成川,流渭通泾。东海黄公,赤刀粤祝。冀厌白虎,卒不能救。挟邪作蛊,于是不售。尔乃建戏车,树修旃,侲僮程材,上下翩翻。突倒投而跟絓,譬陨绝而后联。百马同辔,骋足并驰。橦末之伎,态不可弥……

　　王国维在《戏曲考原》中说:"汉之角抵,于鱼龙百戏外,兼搬演古人物。"但是,他又把张衡所述的"东海黄公",说成是"所演者实仙怪之事,不得云故事也",即不作戏曲看待。这种见解至今尚有代表性,许多学者无视民间戏曲的发展,硬要把雅化即文人化的戏曲出现看作其起源。那么,民间戏曲就不是戏曲吗?

第八节　汉代民间故事的重要特点

故事的基本功能在于对一定的事物作出合理的解释与叙述,其中的人物、时间、地点与事件(包括原因、过程、结果)被完整表现出来,形成模式化的"口头文本"。

汉代经历过秦末农民起义的大动荡之后,统治者采取了一系列便民、利民的休养生息之类政治策略,恢复倾听民间社会呼声的"乐府制度"等措施,此时的社会一度出现了"文景之治"的盛况。所以,民间故事作为"秦汉间俗说"的典型形态,应运而生,既是历史传统的继承者,又是时代的记录者,也是新时期历史具有文化复兴意义的出发点,其传达的故事显示出特殊的标志性和解释性意义。

标志性和解释性:一是重说,热剩饭,对以往的民间传说故事继续述说,赋予时代的意义;一是新说,开新灶,讲述汉代社会的"这一个"。这是民间文学发展变化的普遍规律。

其标志性和解释性意义主要体现在对于一些传统节日形成的具体阐释,包括故事内容中所显示的风俗实质(信仰对象与信仰功能)与风俗符号(标志)。如对于介子推传说与寒食节形成的故事,其中的介子推救晋文公有功而未得到奖赏的故事并不是在汉代才流传,此内容最早见之于《左传·僖公二十四年》"介子推不言禄"所述"晋侯赏从亡者,介子推不言禄,禄亦弗及。推……遂隐而死。晋侯求之不获,以绵上为之田,曰:以志吾过,且旌善人"。其后,见之于《庄子·盗跖》"介子推"中"介子推至忠义,自割其股以食文公。文公后背之,子推怒而去,抱木而燔死"条。其中的《龙蛇之歌》等内容,具体见之于《吕氏春秋·季冬纪·介立》中"晋文公反国,介子推不肯受赏",有介子推为赋诗曰:"有龙于飞,周遍天下,五蛇从之,为之丞辅。龙反其乡,得其所处。四蛇从之,得其露雨。一蛇羞之,桥死于中野。"当然,我们未必就把这首歌曲看作实有其事。其后有"悬书公门而伏于山下。文公闻之曰:僖!此必介子推也。避舍变服,令士庶人曰:有能得介子推者爵上卿,田百万。或遇之山中,负釜盖簦,问焉,曰:请问介子推安在? 应之曰:夫介子推苟不欲见而欲隐,吾独焉知之。遂背而行,终身不见"。显然,这里只是介子推故事的讲述,与寒食节并没有什么具体的联系。

汉代社会的各种文化环境都发生重要变化,介子推故事继续流传的同时,也被进一步表述为相异于历史的时代内容。如《说苑·复恩》"介子推":

> 文公即位,赏不及推。推母曰:"盍亦求之?"推曰:"尤而效之,罪又甚焉。且出怨言,不食其食。"其母曰:"亦使知之。"推曰:"言,身之文也,身将隐,安用文?"其母曰:"能如是,与若俱隐。"至死不复见。……(文公)使人召之则亡,遂求其所在,闻其入绵上山中。于是文公表绵上山中而封之,以为介推田,号曰介山。

又《新序·节士》"介子推":

> 晋文公反国,酌士大夫酒,召咎犯而将之,召艾陵而相之,授田百万。介子推无爵齿而就位……遂去而之介山之上。文公使人求之,不得,为之避寝三月,号呼期年。……文公待之不肯出,求之不能得,以谓焚其山宜出。及焚其山,遂不出而焚死。

再如蔡邕撰《琴操》卷下"五月五日禁火":

> 《龙蛇歌》者,介子绥所作也。晋文公重耳,与子绥俱亡。子绥割其

腕股，以救重耳。重耳复国，舅犯、赵衰俱蒙厚赏，子绥独无所得。绥甚怨恨，乃作《龙蛇之歌》以感之，遂遁入山。……文公惊悟，即遣求，得于绵山之下。使者奉节迎之，终不肯出。文公令燔山求之，火荧自出。子绥遂抱木而烧死。文公哀之，流涕归，令民五月五日不得举发火。

《说苑》与《新序》对同一故事的记述是有区别的，主要体现在叙述的点上，但故事的内容是一致的，一个强调"不食其食"，一个强调"焚山而死"。而作为"禁火"与寒食的节日内容被完整体现，《龙蛇歌》的出现并没有成为蔡邕撰《琴操》的一个文化亮点，亮点在于对"令民五月五日不得举发火"的追忆性描述，无疑，这种迟到的解释以"不举火"在汉代成为重要的标志，即寒食节的历史出发点。如果我们深入汉代社会农耕文明的发展相对迅速和历史上不断出现农业生产繁荣等条件来看，"不举火"恰恰是时代的诉求，是农业文明迅速发展需要更加丰富的节日系统所表现出的文化建设标志。

汉代社会非常重视文化传统的修复与发扬，有许多传统民间故事被重新述说，一些民间传说与民间故事被赋予新的含义。

如著名的"螳螂捕蝉，黄雀在后"的故事，其模型最早出现于《庄子·山木》"游雕陵"：

庄周游乎雕陵之樊，睹一异鹊自南方来者，翼广七尺，目大运寸，感周之颡而集于栗林。庄周曰："此何鸟哉，翼殷不逝，目大不睹？"蹇裳躩步，执弹而留之。睹一蝉，方得美荫而忘其身；螳螂执翳而搏之，见得而忘其形；异鹊从而利之，见利而忘其真。庄周怵然曰："噫！物固相累，二类相召也！"捐弹而反走，虞人逐而谇之。

《韩诗外传》卷十第二十一章"螳螂食蝉"描述为：

园中有榆,其上有蝉。蝉方奋翼悲鸣,欲饮清露,不知螳螂之在后,曲其须,欲攫而食之也。螳螂方欲食蝉,而不知黄雀在后,举其颈,欲啄而食之也。黄雀方欲食螳螂,不知童子挟弹丸在下,迎而欲弹之。童子方欲弹黄雀,不知前有深坑,后有掘株也。此皆言前之利,而不顾后害者也。非独昆虫众庶若此也,人主亦然。君今知贪彼之士,而乐其士卒。

《说苑》卷九《正谏》"螳螂捕蝉"描述为:

园中有树,其上有蝉。蝉高居悲鸣饮露,不知螳螂在其后也。螳螂委身曲附欲取蝉,而不知黄雀在其傍也。黄雀延颈欲啄螳螂,而不知弹丸在其下也。此三者皆务欲得其前利而不顾其后之有患也。

射猎是我国古代最重要的体能行为之一,可以考验人的能力与胆量,出现许多著名的射虎故事。其首见于《吕氏春秋·季秋纪·精通》中"养由基射石",此时《韩诗外传》卷六"熊渠子射石"描述为:

勇士一呼而三军皆避,士之诚也。昔者楚熊渠子夜行,见寝石以为伏虎,弯弓而射之,没金饮羽,下视知其石也,因复射之,矢跃无迹。熊渠子见其诚心,而金石为之开,而况人乎?

刘向撰《新序·杂事四》"熊渠子射石"与此则基本相同。《论衡》卷八《儒增》"射石饮羽"描述为:

儒书言:楚熊渠子出,见寝石,以为伏虎,将弓射之,矢没其卫。或曰:养由基见寝石,以为兕也,射之,矢饮羽。或言李广。便是熊渠、养由基、李广主名不审,无实也。

在司马迁《史记》卷一〇九《李将军列传》"李广射石"则转换李广为主角,代替了"熊渠子射石":

> (李)广出猎,见草中石,以为虎而射之,中石没镞,视之石也。因复更射之,终不能复入石矣。

班固撰《汉书》卷五十四《李广苏建传》"射石没矢"与《史记》的此则相同,仅个别字句有出入。李广是汉武帝时代著名的英雄,因为武艺超群,受到人们的景仰,却也出现"李广难封"的悲剧。但是,李广毕竟不同于"熊渠子射石",尽管他被"箭垛化",他还是汉代的传说中人物。

与李广相似的还有东方朔,也是一个被"箭垛化"的集成人物。如东方朔与"不死药"的故事。不死是一个文化概念,也是一个社会概念。作为文化概念,包含着仙话的内容,人们超越生命时空的强烈向往与想象。作为社会概念,是一种具有宗教文化色彩的活动仪式,一种灵魂存在的社会形态显示与表达。汉代社会黄老之术兴旺,此类故事屡见不鲜。此同类故事在《韩非子·说林》上"不死之药"中被记述为"有献不死之药于荆王者,谒者操之以入。中射之士问曰:可食乎?曰:可。因夺而食之。王大怒,使人杀中故食之。是臣无罪,而罪在谒者也。且客献不死之药,臣食之而王杀臣,是死药也,是客欺王也。夫杀无罪之臣,臣食人之欺王也,不如释臣。王乃不杀"。这种结局也成为一种被循环的模式,存在于后世同类传说故事中。如《太平御览》引《汉武帝故事》记述为:

> (汉武)帝斋七日,遣栾宾将男女数十人至君山,得酒,欲饮之;东方朔曰:"臣识此酒,请视之。"因即便饮。帝欲杀之,朔曰:"杀朔若死,此为不验;如其有验,杀亦不死。"帝赦之。

这一时期有许多民间传说故事被具体化、格式化,即在流传中被定型为某种包含特殊意蕴与固定情节。这在中国民间文学史上是一个非常重要的问题,犹如文化的重新整合与集结,使得文化自身不断得到生机。也就是说,变异性使得民间传说故事更加丰富。如著名的孟姜女哭长城故事,在这一时期的流传更具有特殊意义。

早在先秦之前,《左传·襄公二十三年》"齐侯吊唁"即记述"齐侯还自晋,不入。遂袭莒……莒子亲鼓之,从而伐之,获杞梁。……齐侯归,遇杞梁之妻于郊,使吊之。辞曰:殖之有罪,何辱命焉?若免于罪,犹有先人之敝庐在,下妾不得与郊吊。齐侯吊诸其室",《礼记·檀弓下》记述有"齐庄公袭莒于夺,杞梁死焉。其妻迎其柩于路,而哭之哀",《孟子·告子下》记述为"华周、杞梁之妻,善哭其夫,而变国俗"。刘向撰《说苑·善说》"杞梁妻哭城"中,记述为"昔杞梁战而死,其妻悲之,向城而哭,隅为之崩,城为之陁"。也就是说,这一时期虽然还没有具体出现孟姜女与秦始皇之间的纠葛,但是,其传统故事框架已经成熟,为后来的架构奠定了基础。

刘向《列女传》卷三《仁智传·齐杞梁妻》更详细记述为:

> 齐杞,梁殖之妻也。庄公袭莒,殖战而死。庄公归,遇其妻,使使者吊之于路。杞梁妻曰:"今殖有罪,君何辱命焉?若令殖免于罪,则贱妾有先人之弊庐在,下妾不得与郊吊。"于是庄公乃还车诣其室,成礼然后去。杞梁之妻无子,内外皆无五属之亲。既无所归,乃枕其夫之尸于城下而哭。内诚动人,道路过者,莫不为之挥涕,十日而城为之崩。既葬,曰:"吾何归矣!夫妇人必有所倚者也,父在则倚父,夫在则倚夫,子在则倚子。今吾上则无父,中则无夫,下则无子,内无所依以见吾诚,外在所倚以立吾节,吾岂能更二哉?亦死而已。"遂赴淄水而死。君子谓杞梁之妻贞而知礼。《诗》云:"我心伤悲,聊与子同归。"此之谓也。
>
> 颂曰:杞梁战死,其妻收丧。齐庄道吊,避不敢当。哭夫于城,城为之

崩。自以无亲,赴渊而薨。

这一时期出现许多表现当世社会生活的民间传说故事,一切都是时势造就,前面所举到的董永故事如此,著名的"塞翁失马,焉知非福"故事也是如此。董永故事的核心在于卖身,次主题在于男耕女织,都是汉代社会条件下庄园经济发展所铺设的环境条件。其中出现胡人入塞与"父子相保"之类的情节,这便是汉代兵制与对外战争生活等内容的体现。刘安《淮南子·人间训》"塞翁失马":

近塞上之人,有善术者,马无故亡而入胡,人皆吊之,其父曰:"此何遽不为福乎?"居数月,其马将胡骏马而归,人皆贺之。其父曰:"此何遽不能为祸乎?"家富良马,其子好骑,堕而折其髀,人皆吊之。其父曰:"此何遽不为福乎?"居一年,胡人大入塞,丁壮者引弦而战,近塞之人,死者十九。此独以跛之故,父子相保。

刘向《说苑》佚文"北塞上之人亡马"记述为:

北塞上之人,其马亡入胡中,人皆吊之,其父曰:"此何讵知不为福。"居数月,其马将胡骏马而归,人皆贺之。其父曰:"此何讵知不为祸。"家富马良,其子好骑,堕而折髀,人皆吊之。其父曰:"此何讵知不为福。"居一年,胡夷大出虏,丁壮者皆控弦而战,塞上之人,死者十九,此子独以跛故,父子相保。

我国历史文化传统表现出鲜明的天人相应、天人合一的社会发展观念,人们把大自然的奇异变化归之为上天对人间的惩罚与昭示。这一时期出现许多关于自然现象异常等内容的传说,诸如《淮南子·真训》"历阳没为

湖"的记载:"历阳之都,一夕反而为湖,勇力圣知与罢怯不肖者同命。"在后来的高诱《淮南子注》中被更详细地记述:

> 历阳,淮南国之县名,今属江都。
>
> 昔有老姁,常行仁义。有二诸生过之,谓曰:"此国当没为湖。"谓姁:"视东城门阃有血,便走上北山,勿顾也。"自此,姁便往视门阃,阍者问之,姁对曰如是。其暮,门吏故杀鸡,血涂门阃。明旦,老姁早往视门,见血,便上北山,国没为湖。与门吏言其事适一宿耳,一夕旦而为湖也。

湖陷落传说中的遇见"血"即出现大灾难的情节在后世被不断重复显示,成为一些洪水传说、兄妹婚故事、天地再造和移民等传说故事的重要转折性内容。血崇拜背后的内容非常复杂,诸如各种相关的信仰问题,都值得我们深思。

这一时期还出现一些具有公案色彩的故事,从一个方面体现出现实社会中法制与世俗(风俗)的联系。如班固撰《汉书》卷七十六《张敞传》"偷长(盗贼头目)污赭捕盗",这是一个智慧型故事。其具体讲述某夜有一伙强盗到一富家进行抢劫,将富人家里的人全都抓了起来。有一个婢女装作举烛为强盗照明的样子,便于他们开箱,抢走财富。同时,婢女故意将蜡烛的油脂滴在这些强盗的衣服上,而不使他们发觉。等到后来报告官府,凭盗贼身上的烛泪痕迹,很快将这些强盗捉拿归案。

一个社会的风俗是民间文学存在的重要背景,甚至成为民间文学生活所存在的土壤。其中的每一个细节都可能是重大社会事件的具体映现。《风俗通义·阴教》记述道:

> 齐人有女,二人求之。东家子丑而富,西家子好而贫。
>
> 父母疑不能决,问其女,定所欲适:"难指斥言者,偏袒,令我知之。"

女便两袒。

> 怪问其故,云:"欲东家食,西家宿。"此为两袒者也。

应该说,这是汉代婚姻风俗形态即崇尚财富社会风尚的具体体现。包括前面举例提到的应劭《风俗通义》"颖川富室"中因为儿子所有权的争执形成官司,都是从不同方面对汉代社会风俗生活的具体体现。这些故事都深刻影响到后世民间文学主题生成与变异的内容,成为许多民间戏曲矛盾冲突的主体。

再者是当时出现了许多富有时代特点的神仙故事与佛教故事。汉代社会的文化复兴,特别是在其后期,除了人文社会的图书整理、文化活动多种多样等现象,在民间社会具体体现出日益激烈的宗教文化相互争夺文化空间。一方面是神仙传说的广泛流行,一方面是佛教文化以高文典册的形式逐步走进民间社会。尤其是佛教文化的传入,对后世的民间文学发展变化产生了非常重要的影响作用,尽管这一时期的佛教文化还没有形成巨大的规模。

其中的神仙故事以《风俗通义》中所举故事为例,可以从不同方面看到汉代社会民间信仰的生成过程,与人们对待神灵信仰的不同态度与选择方式。这是汉代社会风俗生活最直接的体现。

《风俗通义·怪神》"李君神":

> 汝南南顿张助,于田中种禾,见李核,意欲持去。顾见空桑中有土,因植种,以余浆溉灌。后人见桑中反复生李,转相告语,有病目痛者,息阴下,言:"李君令我目愈,谢以一豚。"目痛小疾,亦行自愈。众犬吠声,因盲者得视,远近翕赫。其下车骑常数千百,酒肉滂沱。间一岁余,张助远出来还,见之,惊云:"此有何神,乃我所种耳。"因就斩也。

《风俗通义·怪神》"石贤士神":

> 汝南汝阳彭氏墓路头立一石人,在石兽后。田家老母到市买数片饵,暑热行疲,顿息石人下。小瞑,遗一片饵去,忽不自觉。行道人有见者,时客适会,问何因有是饵,客聊调之:"石人能治病,愈者来谢之。"转语:"头痛者摩石人头,腹痛者摩其腹,亦还自摩,他处于此。"凡人病自愈者,因言得其福力,号曰"贤士"。辎辇毂击,帷帐绛天,丝竹之音,闻数十里。尉部常往护视,数年亦自歇,末复其故矣。

《风俗通义·怪神》"山神取公妪":

> 九江逡道有唐居山。名有神。众巫共为取公妪。岁易,男不得复娶,女不得复嫁。百姓苦之。时太守宋均到官。主者白出钱,给聘男女。均曰:"众巫与神合契,知其旨欲,卒取小民不相当。"于是敕条巫家男女以备公妪,巫扣头服罪,乃杀之,是后遂绝。

其中的"李君神""石贤士神""山神取公妪"各具特色;"李君神"和"石贤士神"都是述说人神之间的联系,讲述愚昧与迷信是由盲目崇拜所形成的,意在告诫民众与社会要有清醒的头脑;"山神取公妪"则是揭穿巫婆如何愚弄社会伎俩与危害,同样意在告诫人们反抗邪恶势力利用恶俗愚弄他人,应该是西门豹故事的同类型。这是中国民间文学史上极富有科学和文明意义的内容。

佛教故事在汉代社会末期的出现,作为文献保存的意义肯定大于其社会流传的影响作用。但是,这毕竟体现出汉代末年佛教文化的存在状况。

一般文献表明,佛教文化大规模传入中国是在东汉永平九年。东汉社会末年出现汉译佛经《杂譬喻经》,即以譬喻故事彰显佛理,有多种版本,西土贤圣集、吴康僧会译的《旧杂譬喻经》,比丘道略集、秦罗什译的《杂譬喻经》(又名《众经撰杂譬喻经》),后汉支娄迦谶译的《杂譬喻经》,或为佚名译。譬喻的形式传说由释迦牟尼首创,他在舍卫城为胜光王即波斯匿王讲了一个譬喻,说从前有一人获罪于王而畏罪潜逃,国王命令一只醉象或无常虎去追他;这个人惊慌之中堕入一个枯井,他在井壁半空处发现了井底有凶恶的龙,正吐出毒汁。他急中生智,紧紧抓住井壁上的一把草,以防坠井。而此时刚好有黑、白二只老鼠啃井壁上的草,眼看草就要被啃断;又有象或虎在他头上,时刻准备用鼻子袭击他。忽然,他头顶上出现一棵树,树上有蜂窝,蜂蜜不断落到这个人的口中,使他暂忘危险处境。在民间文学史上,这个故事的内容并不十分重要,重要的是其文体形式深刻影响到后世民间文学众多体裁。

如《杂譬喻经》卷二十六"捕鸟师":

> 昔有捕鸟师,张罗网于泽上,以鸟所食物著其中。众鸟命侣竞来食之。鸟师引其网,众鸟尽堕网中。时有一鸟,大而多力,身举此网,与众鸟俱飞而去。鸟师视影,随而逐之,有人谓鸟师曰:"鸟飞虚空,而汝步逐,何其愚哉。"鸟师答曰:"不如是告。彼鸟日暮,要求栖宿,进趣不同,如是当堕。"其人故逐不止,日以转暮,仰观众鸟,翻飞争竞,或欲趣东,或欲趣西,或望长林,或欲赴渊。如是不已,须臾便堕。鸟师遂得次而杀之。

又如《杂譬喻经》中《瓮中影》记述:

> 昔有长者子,新迎妇,甚相爱敬。夫语妇言:"卿入厨中,取蒲桃酒来共饮之。"妇往开瓮,自见影在此瓮中,谓更有女人,大恚,还语夫言:"汝自有妇,藏著瓮中,复迎我为?"夫自入厨视之,开瓮见已身影,逆恚其妇,谓藏男子。二人更相怨恚,各自呼实。有一梵志,与此长者子素情亲厚,

遇与相见夫妇斗,问其所由。复往视之,亦见身影。恚恨长者:"自有亲厚藏瓮中,而佯共斗乎!"即便舍去。复有一比丘尼,长者所奉,闻其所诤如是,便往视瓮中有比丘尼,亦恚舍去。须臾,有道人亦往视之,知为是影耳,喟然叹曰:"世人愚惑,以空为实也!"呼妇共入视之,道人曰:"吾当为汝出瓮中人!"取一大石,打坏瓮,酒尽,了无所有。二人意解,知定身影,各怀惭愧。

譬喻成为文体,不仅丰富了中国民间文学的内容,而且刺激许多民间文学形式。正由于汉代社会具有宽阔的文化胸襟与日益繁多的文化诉求,才能够出现佛教文化以民间文学形式发生的涌动。

考察民间文学发展的历史,若单从所谓正统文献即文人化的视野出发,许多有珍贵价值的民间文学将被抛弃。秦汉间的"俗说",其实就是最珍贵的民间文学,是我们中华民族宝贵的精神财富、难得的艺术遗产,它在整个中国文化史上具有承前启后的意义。

秦汉时代的民间文学从来不是一尘不染,其良莠并存,泥沙俱下。谶纬、巫术、方士方术以及一些邪教,固然可以看作时代的特色,却不能视作中国文化的前途。它也提出了许多新的命题,即中国文化的发展方向何在?如何避免各种文化冲突并建构一个时代的精神文化大厦?民众的诉求与民间信仰在社会发展中的位置如何?

此时,道教和佛教在汉代末年开始有了大的发展,但是,除了道教为黄巾军起义所用,提出"苍天(汉)已死,黄天(角)当立,岁在甲子,天下大吉",佛教在当时还远未形成大的规模。汉顺帝时,于吉将《太平青领书》一百七十卷献给朝廷,"专以奉天地顺五行为本",之后,太平青领教分为五斗米道(张陵)和太平道(张角)。道教曾独领风骚,佛教望尘莫及。秦时天竺国阿育王大弘佛法,派人四处传教,在汉武帝通西域之后,哀帝元寿元年曾有大月氏使臣伊存来朝,影响博士弟子景卢。于是,佛才作为谶纬的辅助者在中国流传,以浮屠经面目出现,至汉明帝永平年间佛教的流传始见于典籍,桓帝时出现了"或言老子入夷狄为浮屠"的宗教谣言;此后,牟融作《理惑论》,引发张骞十二人至大月氏写佛经《四十二章经》,以及归来建造洛阳白马寺的文化事件,印度文化也逐渐传入中国。但是,佛教在两汉时代并未形成大气候,后人动辄把汉代民间文学归之于佛教的影响,应是对这段历史缺乏真正的理解。也就是说,汉代之前的民间文学,总体上来看,是古典意义上的本土文化;进入魏晋南北朝这一非凡的历史时期,这种意义上的文化格局才被真正打破。